백성

백성

6

제2부 | 메아리가 묻혀오는 것

김동민 대하소설

문이당

차례

제2부 | 메아리가 묻혀오는 것

닮았다 말을 하니

"아즉도 춘화를 팔로 댕기고 있다이, 임자도 에나 고래 심줄이거마는."

그 말을 들은 반능출은 거의 습관적으로 꽁지수염에 손이 갔다. 예전에는 그렇지 않았는데 지금은 눈발이 묻어 있는 것처럼 흰빛이 드문드문 섞여 있는 수염이다.

'아즉도?'

능출은 속으로 배봉이 한 소리를 마른 오징어 씹듯이 잘근잘근 곱씹었다. 어쨌거나 능출이 받아들이기에, 배봉의 그 말속에는 분명히 업신여김과 더불어 한심하다는 뜻도 담겨 있다.

"배운 도독질이라꼬, 죽지 몬해 안 합니꺼."

능출은 부러움과 시샘이 잔뜩 서린 눈빛으로 크고 넓은 동업직물 포목점 안을 계속 휘둘러보며 내심 이기죽거렸다.

'욕심이 목구녕꺼지 꽉 찬 인간인 줄은 내 진작부텀 알고 있었지만도……..'

이 세상의 비단이란 비단은 모조리 가져다 놓은 것 같다. 완전 색색

가지 꽃밭이다. 이런 규모의 점포라면 전국 어느 곳에다 내놓아도 하등 손색이 없을 것이다.

"지난날 나리가 그 비싼 춘화를 단 한 푼도 안 깎고 떡 사실 때부텀 훤한 불보듯기 예상했지예."

그는 큰 감명을 받았다는 듯 파르르 몸을 떠는 시늉까지 해 보였다.

"어마어마한 거상이 되실 끼라고예."

배봉은 땅바닥에 패대기쳐진 개구리를 연상시키는 능출을 눈 아래로 내려다보듯이 하며 반문했다.

"거상?"

능출은 사팔뜨기 같은 한쪽 눈을 찡긋했다.

"예, 나리."

배봉은 정신을 못 차리게 할 만큼 끊임없이 드나드는 손님들을 매우 흐뭇한 눈으로 지켜보면서 진담인 듯 농담인 듯 말했다.

"다 임자한테서 산 춘화 덕분 아인가베."

능출은 노르끄레한 기운이 감도는 눈을 크게 떴다.

"그기 무신 말씀이신지?"

배봉은 여전히 천박함을 벗어던지지 못한 품새였다.

"아, 돈이 쌔삐야 여자도 한거석 살 수 있다, 그 이약이제."

그러면서 새끼손가락을 귀 높이까지 치켜들어 보였다.

"하기사!"

능출은 집게손가락으로 크게 원을 그렸다.

"그라고 이 정도로 엄청시리 큰 포목점이라모, 춘화에 나오는 여자들 보담도 훨씬 삼삼한 기집들도 나리 앞에 죽 나래비(줄)를 안 서것심니 꺼."

그런데 또 무슨 뺑덕어미 심사일까? 능출의 아첨에 배봉이 좋아하기는커녕 갑자기 벌컥 화를 냈다.

"내가 시방도 기집들 치맛자락 밟을라꼬 쫓아댕길 그런 사람으로 비이요?"

"예?"

능출은 자다가 불침 맞은 사람같이 놀랐다.

"인자 이 임배봉이는 조선 갱재(경제)를 지 손 안에 딱 잡아 흔들 큰 상인으로서, 채통(체통)과 이신(위신)을 최고로 아는 신분이란 거 모리는가베?"

그러면서 살이 쪘다기보다도 퉁퉁 부었다는 것이 더 어울리게 크게 불어난 몸집을 화난 불곰처럼 사뭇 위협적으로 흔들어 보이는 배봉이었다.

"어이쿠우!"

겁을 집어먹은 능출은 어쩔 줄 몰라 하면서도 그 천부적인 아부 근성만은 여전히 놓치지 않았다. 아니, 그런 면에서는 예전보다 한층 심했다.

"모, 모리기는예?"

그는 거기 수북하게 쌓여 있는 갖가지 빛깔의 비단들이 눈꼴시어 고개를 돌릴 정도로 온몸을 굽혀가며 말했다.

"지, 지 말씀은 그, 그런 뜻이 아이지예."

배봉은 그 대단한 덩치를 위에서 아래로 바윗덩이처럼 굴려 상대를 깔아뭉개버릴 기세였다.

"아이라? 아이모?"

자신도 모르게 뒤로 몸을 빼며 능출이 하는 소리가 뻑적지근했다.

"나리는 시전市廛상인이나 공인貢人보담도 몇 배나 훌륭한 상인이다, 지 말씀은 그런 말씀이지예."

배봉 눈빛이 사냥감을 찾은 매 눈같이 번득였다.

"그라모 진즉 그리 말 안 하고?"

능출은 살았다는 빛이었다.

"죄, 죄송합니더. 앞으로는 진즉 그리 말하것심니더."

언제부터인가 배봉은 상인 이야기만 나왔다 하면 번번이 그래왔다. 그리하여 속마음은 싹 감추고 짐짓 퉁명스레 물었다.

"시전상인이 머고, 공인은 또 머시요?"

"그거도 모……."

그러는 능출 얼굴에 깔보는 빛이 보일락 말락 스쳐갔지만 이내 멋진 건수件數 하나 올릴 기회를 잡았다는 투로 일러주었다.

"역시 거상다우신 질문이심니더. 참말로 대단, 대단하시다 아입니꺼?"

배봉은 따스한 햇살에 골짜기 봄눈 녹듯 금세 기분이 풀어졌다.

"나야 술상이라모 몰라도 거상은 무신?"

마음에 없는 소리란 게 투명한 유리처럼 빤히 드러나 보이는데도 입은 달랐다.

"그리 될라모 안주 마이 멀었거마는."

"아이지예, 나리께서는 하매 그리 되싯지예."

능출은 그 안에 산맥같이 길고 높직이 진열해 놓은 갖가지 빛깔의 비단들을 당장 집어 들고 달아나기라도 할 듯 햘끔햘끔 훔쳐보며 말했다.

"시전상인하고 공인, 그거는 바로 나라에서 허가해준 한양 상인들을 말합니더."

"허가?"

그 소리가 능출 귀에는 '혀가' 소리로 들렸다.

"한양 상인?"

배봉은 괜히 부아가 솟고 질투도 치미는 모양이었다. 불퉁해진 얼굴로 쥐어박듯 말했다.

"그런 상인이라모 그냥 보통 상인이 아이것네?"

"하모, 하모예."

물건 판매를 위해 가는 곳마다 그 지역 독특한 토박이말을 알아내어 능숙하게 부려 쓰는 능출은, 꽁지수염을 짧은 새 꼬리처럼 까딱까딱했다. 그 모습이 방정맞기 이를 데 없었다. 그러고는 일장 연설을 늘어놓는 모양새였다.

"에, 보자, 그런께네 특정 품목을 독점해서 판매하고, 그 대신에 나라에서 필요로 하는 물품을 대주는 일을 하는 기 시전상인이고예."

"호오, 그런 기……."

배봉은 다 알아들을 수 없었지만 무식이 탄로 날까 봐 고개를 크게 끄덕이고 나서, 또 제 딴에는 탐구심 많은 선비 학자인 양 점잖은 목소리로 물었다.

"공인은 또 머신고?"

그러자 배봉과 말을 주고받는 사이에도 잠시도 쉴 새 없이 화려한 비단에만 눈이 가던 능출이 되물었다.

"대동법이라꼬 아시지예?"

배봉은 허를 찔린 사람 모습이었다.

"대, 대동법?"

이번에는 하관이 쪽 빠진 능출의 상판대기에 잔뜩 떠오른 경멸과 조소의 기운을 배봉도 놓치지 않았다. 못 배운 한과 약점을 한꺼번에 틀어잡힌 꼬락서니가 되고 말았다.

"헛! 헛헛!"

배봉은 마치 사레에 걸리기라도 한 듯 헛기침을 연방 해댔다.

'각중애 몬 무울 거를 뭇나?'

여자 같이 얇은 능출 입술에 기분 나쁜 미소가 번졌다. 배봉은 점포 안이 떠나가라 큰소리쳤다.

"아, 알다말다!"

그 소리에 깜짝 놀란 점원들과 손님들이 하나같이 사장실로 연결된 긴 통로 쪽을 바라보았다. 배봉이 잘났다고 직접 설계한 점포 내부 구조는 상점의 그것과는 거리가 멀고 오히려 하인들을 가까이 거느리고 있는 고관대작의 거처와 흡사했다.

"법에는 여러 가지가 있지만도…….."

배봉은 약간 머쓱해진 얼굴로 목소리를 한 단계 낮추었다.

"대동법, 그거 모리는 사람이 시상에 오데 있다꼬?"

능출은 끝내 '쿡' 웃음을 터뜨렸다. 하지만 얼른 그 웃음을 감추었다.

"그 대동법 시행으로 등장한 한양 상인이 공인입니더."

배봉은 한양이라면 무조건 과민반응을 일으키거나 주눅 든 촌놈 같아 보였다.

"한양, 그눔의 한양."

"더 들어보시소."

능출은 언제 어디서 얻어들었는지 몰라도 어려운 말까지 섞어가며 자기 나름 꽤나 근사하게 늘어놓기 시작했다. 역시 말주변이 탁월한 자였다.

"공물주인貢物主人, 공계인貢契人이라고도 하는데예, 그런께, 에, 대동법이 실시되기 이전에 있던 방납防納상인이 불법이라쿠모예, 이 공인은 합법적인 공납청부업자다, 그런 말 아이것심니꺼."

"공물주인, 방납상인, 공납청부업자…….."

전부 머릿속에 새겨 넣으려는 듯이 게걸스럽도록 그렇게 서너 가지를 되뇌어보던 배봉은 그만 기가 팍 죽은 얼굴이 되었다.

"하모, 법을 어기모 안 되제. 안 되는 기라."

무쇠 솥뚜껑같이 크고 투박한 주먹까지 휘둘러 보였다.

"그런 눔들은 당장 뇌옥에 처넣어뻬야제. 뇌옥이 머 땜에 있는 기고? 흐음."

"히힛."

연방 입가에 웃음이 삐어져 나오는 능출은, 내가 비록 춘화나 팔러 다니지만, 아는 것도 많다는 것을 한 번 더 과시해 보일 양으로 가진 지식을 밑바닥까지 싹싹 긁어모았다.

"공인은 공물이 매끄럽기 조달되거로 영업의 독점권도 갖고 있지만도, 관청에 너모 크기 구속돼갖고 안 좋은 점도 있지예."

그러고 나서 글방 훈장이 학동들에게 가르쳐준 것을 아는지 모르는지 시험해보듯 했다.

"인자 알아묵으시것지예, 배봉 나리?"

잠시 이쪽을 보고 있던 점원과 손님들은 본래대로 돌아가서 물품들을 살펴보거나 흥정과 거래에 분주한 모습들이었다.

'이눔 씨부리쌌는 소리가 맞기는 맞나?'

늙은 여우같이 의심이 많은 배봉은 속으로 생각했다.

'내가 모린다꼬 벌로 씨부는 기 아인가 모리것다.'

그러자 그는 능출 따위에게 모멸당하는 일에 뿔이 있는 대로 돋았다. 그래서 나라에 대고 분풀이를 해대기 시작했다.

"한양 사람들은 오데 새맹커로 휘잉 날라댕기는감?"

배봉은 눈과 코, 입 등이 한가운데로 모인 얼굴뿐만 아니라 돼지처럼 굵은 목까지 벌겋게 되었다.

"와 시골 사람들한테는 나라에서 그리 돌봐주는 상인이 없는고? 젠

장! 이거는 마, 에나 성나고 억울한 기라."

가만히 듣고 있던 능출이 이런 무식쟁이하고는 더는 입을 섞어서 말도 나누기 싫다는 듯 불쑥 내뱉었다.

"와 없심니꺼?"

배봉은 그만 발을 헛디딘 사람 같아 보였다.

"머?"

능출의 목이 철삿줄이 들어간 듯 빳빳해졌다.

"있지예."

"있다꼬?"

배봉이 탐욕스러운 눈을 크게 치떴다. 그러고는 아까보다도 더 퉁명스럽게 물었다.

"그기 머신데?"

능출은 너무나 한심하고 어이없다는 빛이었다.

"아, 나으리는 여태 살아오심서 보부상도 몬 보싯심니꺼?"

대포 소리같이 점포 안을 왕왕 울리던 배봉 목소리가 다른 사람 그것처럼 아주 형편없이 쪼그라들었다.

"보부상?"

능출은 짐짓 시무룩한 어조로 말했다.

"하모예."

"내가 보부상을 와 몬 봐?"

그러는 배봉 눈에 때마침 기다렸다는 듯이 포목점 바로 앞을 지나가는 보부상들 모습이 비쳤다. 우연치고는 너무나 끼워 맞춘 듯한 현상이었다.

"어? 호래이도 지 말하모 머 우짠다더이."

능출도 그쪽으로 고개를 돌리며 공연한 흠집 잡듯 했다.

"우째서 저리 청승맞은 꼬라지를 하고 있노? 그라모 사람들이 안됐다 꼬 물건 사줄 줄 아는 모냥이제?"

봇짐과 등짐에 깔리듯이 힘겹게 걷고 있는 그들. 막대기를 짚은 보부상의 턱수염이 지쳐 빠진 그네들 몰골과 마찬가지로 축 늘어져 있다. 한마디로 세상 살아가기 힘든 인간 군상들의 축소판이다. 그 보부상들 위로 임술년 농민군 모습이 겹쳐 보이는 것은 단지 그들 두 사람만의 눈일까?

"보부상은 아모나 할 거 겉지만도 그거는 아이지예."

조금 전에 원을 그리던 능출의 가느다란 집게손가락이 그들을 가리켰다.

"저들도 나라에서 허가해준 상인들 아입니꺼!"

"……."

배봉은 기분 팍 잡쳐 그냥 가만히 있다. 조선팔도 구석구석 돌아다니지 않은 데가 없는 능출답게 이어지는 이야기도 그 진위를 따지기에 앞서 우선 유창하고 대단하다. 또한, 지역 말의 고수다.

"하지만도 허락받을 필요 없는 자유상인은 더 천지삐까립니더. 쌔뺏다, 그거지예."

한양의 난전亂廛은 시전市廛 장부에 등록이 되지 않은 무허가 상인이라고 했다. 한데 지방 자유 상인 종류는 더 많단다.

"음."

배봉은 한밤중에 저만큼 어둠 너머로 무슨 이상한 소리를 들은 개처럼 잔뜩 귀를 곤두세웠다. 자고로 배우는 자가 유능한 자이니라. 배울 기회를 놓쳐버린 그의 인생 철학 중의 하나였다.

"더 이약하소. 들을 만하거마."

"예, 나리. 들어놓으모 피가 되고 살이 되고 또 머가 되지예?"

객주는 상품을 위탁, 매매하는 중간 상인으로 금융이라든지 창고, 숙박업에도 종사한다. 소비자와 상인을 직접 연결해주는 일을 하고 품삯을 받는 중개 상인인 거간도 있고, 선상船商이라고 하여 서남부 지방의 쌀이나 어물 등을 배로 한양까지 수송, 판매하는 경강상인, 또 인삼 재배 유통으로 성장한 송상은 개성상인이다. 청나라 무역에 참여하는 의주 상인은 만상, 동래상인은 내상이라 하여 훗날 일본 무역에도 많이 끼어든다.

"우헤헤헤. 우떻심니꺼, 나리?"

예의 그 간사한 웃음이 오래 참았구나 싶게 또 선을 보인다.

"그런 장사치들한테 비하모 나리는 진짜 올매나 팬해자빠진 장삽니꺼?"

그러면서 괜스레 코를 훌쩍이는 능출이다.

'이눔이야? 내 보고 머? 팬해자빠진? 자빠졌다꼬?'

지난날 기세등등한 농민군을 보고 너무나 놀란 나머지 황급하게 달아나려다가 그만 뒤로 벌렁 나자빠진 경험이 있는 배봉은, 그 말이 무척 귀에 거슬렸지만, 꾹 참았다.

"그거는 또 무신 소린 기요?"

하나도 제대로 알아듣는 게 없군, 능출은 그렇게 속으로 빈정거리다가 말했다.

"아, 간단하거로 생각해봐도 그렇다 아입니꺼."

이제 막 점포 안으로 들어오는 또 한 무리의 사람들을 턱으로 가리켰다.

"그냥 자리 딱 펴놓고 가마이 앉아 있으모, 저리 손님들이 모도 알아갖고 지 발로 착착 기들오고예."

장바닥 약장수 같은 능출 이야기를 들으며 배봉은 조선 제일가는 거상으로 우뚝 서 있는 자신의 모습을 그려보았다. 지금 와서 잠깐 뒤돌아봐도 정말이지 얼마나 서럽고 더러운 날들이었던가. 뿌드득 이가 갈렸다.

'니 이누움!'

천석꾼이었던 호한의 선친 김생강에게 당해야만 했던 그 치욕과 수모. 꼼짝없이 한평생을 찬 바람이 몰아치는 개울가의 자갈처럼 밑바닥을 빡빡 구르며 살아가야 할 팔자였다.

'흐흐흐.'

그런데 실로 하늘이 내린 행운이 있어 학지암 산길에서 우연히 맞닥뜨린 안골 백 부잣집 염 부인, 상촌나루터 강에서 익사체로 발견됐지만 호한에게서 그 많은 돈을 후려내는 데 결정적 역할을 해준 몰락 양반 소 궁복, 그들이 있었기에 저 도깨비방망이로 '금 나와라, 똑딱. 은 나와라, 똑딱' 하고 주문을 욀 때마다 마구 쏟아내는 듯 주체하기도 힘든 동업직물의 엄청난 수입, ……

잠시 아련한 표정으로 그런 기억들을 더듬고 있던 배봉의 정신이 돌아온 것은, 그때 막 들리는 어린아이 목소리 때문이었다.

"할아부지!"

배봉 입귀가 금세 찢어졌다. 험악한 인상이 한없이 인자하게 변했다.

"어, 우리 동업이 왔나?"

큰며느리 분녀 손에 이끌려 점포 안으로 들어서는 동업 얼굴에도 반가운 기운이 서려 있다.

"오이라, 내 새끼."

배봉은 얼른 두 손을 내밀어 동업을 덥석 안아주며 그렇게 흐뭇할 수 없는 미소를 가득 지었다. 그러고는 동업의 키를 이래 눈대중해보면서 말했다.

"우리 동업이는 콩나물 안 겉나."

동업은 한층 어리광 피우는 모습으로 한 번 더 불렀다.

"할아부지."

"온냐, 온냐, 동업아이."

"할아부지."

"다린 거 하나도 안 주고 물만 부우줘도 금방 쑥쑥 커삐는 콩나물 말인 기라."

그러던 배봉은 전혀 대비하지 못한 기습처럼 얼핏 떠오르는 생각에 또다시 눈살을 크게 찌푸렸다. 속에서 욕설이 터져 나왔다.

'니기미!'

콩나물이란 자신의 말끝에서 비화가 운영하는 상촌나루터 콩나물국밥집이 떠올랐던 것이다.

에라이, 말아먹어라, 콩나물. 상호가 나루터집이라던가. 염병에 땀을 못 낼, 나루터집? 내 남강에 있는 나루터들을 모돌띠리 없애삘 끼다.

어쨌거나 동업은 남들이 몰라보게 부쩍 자란 모습이다. 살결은 거기 온갖 비단이 무색할 정도로 곱고 머루 알같이 까만 눈망울이 그저 귀엽다.

"이 되련님이 배봉 나리 손주 되시는가베예?"

능출이 호기심 철철 넘치는 목소리로 탐색하듯 물었다.

"그렇소."

배봉은 으스대는 투로 대답했다.

"이 배봉이 손주 아인가베."

점원들도 물건을 팔면서 힐끔힐끔 동업을 바라보고 있었다. 주인집 새끼를 보는 눈빛이 그다지 곱지 못했다.

"진짜 깜짝 놀래것심니더."

능출은 무척이나 경악하는 빛이다. 크지도 않은 키를 낮추어 고개를 숙여 동업의 얼굴을 요모조모 뜯어보았다.

"우짜모 이리 훠언하거로 잘생기싯을꼬?"

능출은 믿을 수 없었다. 몇 번 본 적이 있는 억호와 분녀 부부 사이에서 저런 귀공자가 태어나다니. 솔직히 그 두 남녀는 대갓집 장자요, 맏며느리라니까 그렇지, 어느 누가 봐도 참으로 형편없는 생김새 아닌가?

'콩과 팥을 심은 데 금은이 난 격이다, 이거는.'

그런데 다음 순간이었다. 내심 그런 생각을 굴리던 능출은 문득 혼자 고개를 갸우뚱했다. 이날 생전 처음 대하는 동업이라는 그 아이가 어쩐지 낯설지가 않아서였다. 그는 갑자기 까끄라기 같은 이물질이라도 들어간 것처럼 연방 눈을 끔벅끔벅했다.

'이상타. 똑 한분 본 얼골 겉다.'

하지만 이내 스스로의 그 느낌을 부정했다.

'보기는? 내가 저 아이를 만날 리가 없제.'

배봉 눈에 능출 표정이 좀 수상쩍게 보였던 모양이었다. 배봉은 보물 상자처럼 끌어안았던 동업을 내려주며 약간 경계하는 얼굴로 능출에게 물었다.

"임자, 각중애 와 그라요? 우리 손주 보는 눈빛이 영 요상하거마는."

"예?"

상대는 생트집 잡는 데는 이골이 붙은 작자라는 걸 알기에, 능출은 자칫 봉변을 당할세라 두 손을 크게 내저으며 부인했다.

"아, 아입니더."

그래도 배봉은 닦달하듯 했다.

"아이라?"

능출은 좀 더 높고 빠른 어투로 나왔다.

"예, 와 지가 되련님매이로 귀하신 분을 요상한 눈으로 보것심니꺼?"

배봉은 뱀눈같이 가느스름하게 뜬 눈으로 능출을 노려보았다.

"내가 보는 기 맞는 거 겉은데?"

"아이지예. 그거는 아인데, 아인데……."

능출은 계속 손사래를 쳤다.

"그라모 머 땜새 그라는 기요, 으잉?"

참을성의 수위를 넘긴 그 큰소리에 또 손님들 시선이 이쪽으로 확 쏠렸지만 배봉은 전혀 개의치 않았다.

"쌔이 이약해 봐라 캐도?"

배봉의 불같은 다그침에 능출은 그러잖아도 좁아터진 어깨를 더 움츠렸다. 그러자 좀 과장 섞어 말해서 조금만 더하면 동업의 어깨와 별 차이가 없을 성싶었다. 목소리도 점포 바닥까지 깔렸다.

"더 이약할 거도 없……."

한데, 그러던 그의 입에서 스스로도 자제하지 못한 듯 홀연 나오는 소리였다.

"실은예, 지가 아는 우떤 여자하고 너모 한거석 닮은 거 겉거든예."

순간, 배봉보다도 분녀 안색이 몇 배나 크게 바뀌었다. 그때까지만 하더라도 그곳에 있었는지 없었는지도 모를 것같이 아무런 말도 기척도 없던 분녀였다.

"보소!"

그런데 그 분녀가 갑자기 능출을 향해 막 바로 집어삼킬 듯한 사나운 기세로 버럭 고함을 내질렀던 것이다.

"시방 핸 그기 무신 소리지예?"

그 바람에 줄곧 배봉하고 이야기를 나누던 능출은 엉겁결에 쥐어박힌 소리를 냈다.

"헉!"

그는 남의 조상 무덤을 몰래 파헤치다가 그 후손들에게 들켜버린 사람 같았다. 분녀의 목소리가 너무 높아서 지금 그곳에 진열된 각양각색의 비단들도 흠칫, 놀라는 분위기였다.

"우떤 여자가 우리 동업이하고 한거석 닮았다이?"

분녀는 화로를 방불케 할 만큼 벌겋게 달아오른 얼굴로 배봉보다 더 손님들을 아랑곳하지 않고 대역 죄인을 심하게 추궁하듯 했다.

"그 여자가 눕니꺼, 예에?"

"어?"

배봉은 느닷없이 고함을 질러대는 분녀를 매우 놀란 눈으로 멀뚱멀뚱 바라봤다. 그 돌발 사태에는 누구라도 상황 파악이 어려울 수밖에 없을 것이다.

"아, 아입니더!"

능출은 어쩔 줄 몰라 했다. 그는 삼족을 멸한다는 소리를 들은 중죄인처럼 굴었다.

"내가 나잇살이나 묵어간께, 요 눈깔에 허물이 씌이서 잘몬 본 기지예."

주먹으로 제 눈을 콱 쥐어박을 것같이 하더니 얼토당토않다는 투로 말했다.

"그런 여자가 우찌 이리 귀한 댁 되련님하고 닮을 낍니꺼?"

"흐."

그래도 분녀는 눈에 띌 정도로 살점이 부들부들 떨리고 있다. 여간 큰 충격을 받은 사람 모습이 아니다. 허옇게 살이 붙은 목에 시퍼런 핏대를 세웠다.

"그란데 와 벌로 입을 놀리는 깁니꺼?"

"며눌악아."

그런 분녀를 탐색하는 눈으로 가만히 응시하는 배봉 얼굴이 적잖은 의문에 휩싸여 있다. 그가 얼핏 듣기에는 능출이 뭐 별다른 소리를 꺼낸 것도 아닌데, 당장 하늘이 무너지고 땅이 꺼지는 것같이 하는 며느리였다.

'대체 와 저라제?'

어쨌거나 그런 속에서도 배봉은 능출을 향해 자못 협박하듯 나갔다. 그건 며느리 앞에서 은근히 시아버지 세도를 뽐내고자 하는 의도이기도 했다.

"임자! 그리 시지부지 발 뺄라쿠지 말고 자세하거로 이약을 해보소. 우리 동업이하고 닮은 그 여자가 눈고 말이오."

그러자 능출은, 내가 지금 무슨 죽을죄를 지었다고 이러느냐, 하는 얼굴이 되었다. 사실 세상에는 능출만큼 빠질빠질 닳아먹은 자도 극히 드물 것이다. 그는 별안간 다른 사람이 되기라도 한 듯 지금까지와는 전혀 달리 아무 거리낌 없이 내뱉기 시작했다.

"내사 뜬구름매이로 이리저리 돌아댕기는 몸이다 본께 베라벨 인간들도 만내거로 되는데, 실은 사내한테 미치갖고 이눔 저눔 벌로 붙어묵는 기집 하나를 봤지예. 그 여자가……."

그러나 능출이 미처 말을 끝내기도 전에 거기 점포 높은 천장이 와르르 내려앉을 불호령이 떨어져 내렸다.

"이누우움! 허어, 이 쌍눔이 뒤질라꼬 환장을 했나?"

보기만 해도 간담이 철렁 내려앉을 만치 무섭게 눈알을 부라린 배봉이었다.

"천하의 이 임배봉이가 그래도 질로 사람 취급해갖고 임자라꼬 불러줬더이 머라? 함 더 이약해 봐라, 우떤 여자? 시상 더 안 볼라꼬 고마 간디이가 확 분 기가, 허파에 바람이 들간 기가?"

그 서슬이 얼마나 시퍼렇던지 비단을 고르고 있던 손님 중에는 슬슬 눈치를 보아가며 그곳을 빠져나가는 이들까지도 있었다.

"어? 어?"

그걸 본 점원들은 더없이 난감해했다.

"옴마야!"

특히 이 비단이 더 좋니, 저 비단이 더 좋니, 하던 어떤 젊은 여자 둘은 자지러지듯 비명까지 질렀다.

"함 더 말해 봐라 안 쿠나, 엉?"

장사야 망치거나 말거나 배봉은 갈수록 더 사납게 나왔다.

"머라아? 머시라꼬오?"

주인이 흡사 남의 영업을 훼방 놓으려고 온 건달패처럼 굴었다.

"그라모 이눔 저눔 벌로 붙어묵는 고, 고 화냥년하고 우리 동업이가 가리방상하다, 그기가, 으잉?"

"어이쿠우!"

"이, 이눔이 각중애 주디가 붙었나?"

"으으."

능출 얼굴은 이미 살아 있는 사람의 그것이 아니었다. 그가 팔러 다니는 춘화에 나오는 인물 중에도 그렇게 얼굴이 변색이 돼 있는 사람은 없었다.

"허억!"

그는 마치 발목 꺾인 동물처럼 점포 맨바닥에 털썩 무릎을 꿇고 앉았다. 그리고는 거친 두 손바닥에 불이 날 정도로 싹싹 비벼대며 애원하기 시작했다.

"사, 살리 주시이소, 나, 나리! 이눔이 아즉 눈깔 멀 때가 안 됐는데, 고만 구, 구신이 씐 깁니더. 지, 지발 목심만, 목심만…… 으흐흐……."

능출은 끝내 울음마저 보였다. 그런 능출이 우습기도 하고 두렵기도 한지 어린 동업은 눈 하나 깜짝 않고 추레한 그 중늙은이를 바라보고 있었다.

"이 보이소!"

분녀가 거북처럼 납작 엎드린 능출 앞에 거만하게 떡 서며 따지고 들었다.

"그 여자가 우떤 여잔고 퍼뜩 이약해보이소. 내는 꼭 듣고 말 낍니더."

그러는 분녀 표정이 너무나 차갑고 매서워 배봉은 소름이 끼칠 지경이었다. 점포 안을 발칵 뒤엎을 듯한 그 기세에 질릴 대로 질린 능출이 덜덜 떨리는 목소리로 털어놓기 시작했다.

"지가 얼핏 들은께 허나연이라꼬 하듭니더."

능출 입에서 허나연이라는 이름이 나온 것이다. 비화 남편 박재영과 애정 도피 행각을 벌였던 그 여자, 허나연.

그러나 배봉이나 분녀로서는 난생처음 들어보는 이름이 아닐 수 없었다. 분녀는 여전히 격분을 이기지 못해 몸에 경련을 일으키면서도 입으로 계속 그 이름을 뇌까렸다.

"허나연, 허나연……."

화난 표정을 풀지 못한 배봉이, 큰절이라도 하는 모습인 능출의 어깻죽지를, 촉석루 기둥처럼 굵은 다리를 들어 사정없이 밟아버릴 것같이 하며 큰소리로 심히 나무랐다.

"인자 고마 일어나소. 넘 장사하는 집에 와갖고 재수 없거로 꿇어앉아갖고 울기는 와 우요? 누 죽었소? 똑 초상난 거맹커로."

그러자 능출은 죽임을 당하기 직전에 풀려난 사람처럼 했다.

"그, 그라모 요, 용서?"

그는 못 이기는 척 슬며시 일어서더니만 제 주먹으로 제 머리통을 깨지지 않을까 싶을 정도로 소리 나게 쿵쿵 쥐어박기까지 했다.

"지가 돌았지예. 홰까닥했지예. 요 대갈빼이가 텅텅 빈 깁니더."

그곳에 있는 사람들뿐만 아니라 비단들도 그를 물끄러미 바라보는 것 같았다.

"시상에, 이리 귀한 되련님하고 고 화냥년하고 닮았다이?"

"쯧쯧."

심한 자책하듯 하는 능출을 향해 배봉이 혀를 차며 무뚝뚝한 어조로 비아냥거렸다.

"그라고 보이, 임자도 인자 저승 기경할 날이 올매 안 남았는 거 겉거마는. 텍도 없는 고따우 헛소리나 해쌓고 있으이."

하지만 분녀는 달랐다. 그녀는 한층 복잡하고 앙칼진 얼굴로 변해갔다. 목소리에도 더 매서운 칼날이 돋쳤다.

"내 한 가지만 더 묻지예."

살았다 싶었던 능출은 또 무슨 빌미라도 잡힐세라 여간 경계하지 않는 빛이었다.

"예? 예."

"허나연이라쿠는 그 여자, 시방 오데 있어예?"

분녀는 당장 그 여자 있는 곳으로 같이 가자는 태세였다.

"오데 살아예?"

"그, 그······."

주저주저하는 능출보다 배봉이 먼저 입을 열었다.

"며눌악아, 인자 고마해라. 애호박에 손톱도 안 들갈 소리, 머 더 듣고 새기볼 필요 없다. 말이 말 겉애야 성을 내든지 따지보든지 할 거 아이가."

그런데도 분녀는 그대로 순순히 물러날 낌새가 아니다. 막돼먹은 성깔에 불길이 옮겨 붙은 듯 즉각 소매라도 걷어붙이고 나설 것같이 굴었다.

"아입니더, 아버님. 이 늙도 젊도 안 한 때리쥑일 인간이 그런 말도 안 되는 소리 더 나불대고 댕기지 몬하거로 세게 혼내조야 합니더."

"허, 와 그라노? 며누리 니 시방 하는 짓이 내는 더 이해가 안 된다 고마!"

배봉은 능출과 손님들이 있어 억지로 성질을 죽이는 눈치였다.

"머 땜새 자꼬 이리쌌는고 내한테 좀 알카조라."

분녀는 아차! 싶었다. 사실 시아버지가 더 알고자 해도 자신이 앞서서 막아야 할 일이 아닌가 말이다. 그렇지만 허나연이라는 그 이름 석자를 도저히 머리에서 밀어내버릴 수 없었다. 그것은 분녀 자신이 통제할 수 있는 영역의 한참 바깥쪽에 자리하고 있는 거였다.

어쩌면, 어쩌면…… 동업의 생모인지도 모른다. 업둥이의 친어머니.

'아아아.'

그런 상상만으로도 분녀는 제정신이 아니었다. 미치고 팔딱 뛸 노릇이었다. 그래서 감히 호랑이 같은 시아버지 앞에서 그런 건방진 언동도 하는 것이다. 그가 얼마나 무섭고 버거운 사람인가.

분녀는 귀 빠지고 나서 지금처럼 두렵고 흥분하긴 처음이었다. 아무것도 모른 채 갖가지 빛깔의 화려한 비단들이 그저 신기하기만 한 듯, 새까만 눈망울을 부지런히 굴리고 있는 동업을 당장 품속에 꽉 끌어안고 싶었다. 금방이라도 허나연이라는 여자가 나타나 내 아들 돌려 달라며 마구 떼를 써올 것만 같았다. 아니, 솔개가 병아리 채가듯이 동업을 빼앗아 달아나 버리지 않을까 전전긍긍했다.

그때 마침 기생이 아닐까 짐작되는 젊고 고운 여자들이 한꺼번에 무리 지어 점포 안으로 들어왔고, 배봉이 점원들보다도 서둘러 그들을 맞이했다. 그의 얼굴은 어느새 흥분으로 차 있었다. 그 틈을 타 분녀가 능출에게 낮은 소리로 채근했다.

"허나연이라쿠는 그 여자에 대해 말해보이소."

비로소 능출도 적잖이 이상하다는 생각이 들기 시작하는 모양이었다. 그 아이 얼굴에서 얼핏 허나연을 발견하고 자신도 모르게 불쑥 내뱉은 짧은 몇 마디였다. 그런데도 저렇게 깊은 관심과 큰 반응을 보이다니. 아니다. 차라리 발작이라는 게 옳았다.

"그런께네 그기 우찌 된 긴고 하모예."

아무튼 능출은 말해주지 않을 수 없는 막다른 곳까지 떠밀린 입장이었다.

"사실은 내도 잘 모리는 여잡니더."

"머라꼬요?"

분녀가 그 말의 진위를 파악하기 위해선지 작은 눈으로 능출 얼굴을 쏘아보았다.

"잘 모리는 여자라꼬예?"

능출은 더럽게 기분 나쁘다 여겨지는 분녀의 시선을 외면했다.

"자조 들리는 우떤 객줏집에 갔다가 사람들이 그 여자를 두고 막 수군거리쌌는 소리를 들었지예."

"우찌 수군거리던데예?"

시시콜콜 따지려 드는 분녀였다. 마음 같아서는 따귀라도 올려붙이고 싶었지만 능출은 참았다.

"실은 말입니더."

능출은 분녀 얼굴을 햇끔 한번 훔쳐보고 나서 목 안으로 기어들어가는 소리로 말했다.

"그기 정숙하시고 지체 높으신 마님 겉은 분 앞에서 이약하긴 쪼매 그렇심더."

분녀가 강압적인 어조로 으름장을 놓았다.

"말 안 할랍니꺼? 말 안 하모…….."

"하, 하지예."

능출은 이래 죽으나 저래 죽으나 죽는 것은 마찬가지라는 자포자기였다.

"그 여자가, 혼래꺼지 치른 우떤 사내하고 눈이 맞아갖고, 그래갖고 둘이서 애정 도피 행각을 벌잇다 쿠덥니더."

그러잖아도 패악스러운 분녀 상판이 그 말을 듣는 순간에는 더더욱 악녀를 방불케 했다. 하지만 언성은 상반되게 최대한 낮추었다.

"그 사내에 대해서는 압니꺼?"

분녀는 젊은 여자 손님들과 잔재미 있게 이런저런 말들을 늘어놓고 있는 배봉 쪽을 계속 살펴가며 물었다. 다급하고 초조했다. 시아버지가 다시 이쪽으로 오기 전에 어서 빨리 이야기를 끝내지 않으면 안 된다.

"모립니더."

"몰라예?"

"예, 한 분도 본 적도 없고예."

능출의 부인에 분녀는 도끼눈을 했다.

"에나지예? 거짓말이모 시상 더 몬 봅니더?"

그때쯤 능출은 비위가 있는 대로 뒤틀렸지만 가까스로 억누르고 있었다.

"지가 허나연이라쿠는 여자를 봤을 그 당시는, 그 사내하고는 서로 헤어져삐고 또 다린 사내랑 어울릴 때라고 했은께예."

"그란데?"

분녀 다그침이 비수같이 날아왔다. 무디고 미련해 보이는 생김새와는 달랐다.

"우찌 그 여자를 잘 기억하고 있지예?"

능출은 가운뎃손가락으로 약간 우묵하게 꺼진 뒤통수를 긁적였다.

"이런 말씀 진짜 진짜 부끄럽지만도 하기는 해야것네예."

"하모, 해야지 안 하모?"

결국, 누구에게도 노출시키고 싶지 않을 그의 부끄러운 집안 이야기까지 동원되었다.

"우리 에핀네도 한창 적에 지가 집구석을 비운 틈에 바람이 났심니더."

출입문을 통해 불어 들어오는 바람이 비단 천의 끝자락을 나부끼게 했다. 그것은 사람의 눈을 약간 현혹시켰다.

"그래, 지는 멀쩡한 제 서방 곁에 놔놓고 딴 눔하고 막 놀아나는 몬된 년들은 그냥 안 보지예. 우찌 생긴 년인고 딱 째리보지예."

그러면서 분녀를 노려보듯 하는 능출의 눈초리도 결코 좋은 쪽은 아니었다. 사실 으슥한 장소에서 둘만 마주쳤다면 다분히 위기를 느낄 만한 그 정도였다.

"그 땜새 그 여자 얼골도 똑똑히 기억 안 합니꺼."

능출이 진땀을 빼가며 거기까지 해명하듯이 했을 때였다.

"옴마."

동업이 이제 비단 구경에도 싫증이 났는지 분녀 손을 잡아끌면서 그만 나가자는 시늉을 했다.

"그래, 그래, 알것다, 동업아. 쪼꼼만 더 있어라, 알것제?"

동업의 작은 등을 살찐 손바닥으로 가만가만 두드려가며 그렇게 달랜 후에 다시 재촉하듯이 자기를 바라보는 분녀에게, 능출은 하나도 숨김 없이 전부 털어놓는다는 투로 말했다.

"그 객줏집에서 일하는 지 친구 하나가 그 여자 이름도 말해줬고예."

"거게가……."

"예?"

"아, 아입니더. 됐심니더."

분녀는 그 객주가가 어느 객주가냐고 묻고 싶은 걸 꾹 참았다. 솔직히 그 여자를 만나볼 용기가 없었다. 꿈속에서라도 맞닥뜨리고 싶지 않은 대상이었다. 천금이 아니라 만금을 준대도 피해버리고 싶었다.

'다린 데가 아이고 객줏집이라 안 쿠나.'

평소 상인들 거래가 활발하게 이뤄지는 장시가 객주가인 만큼, 거긴 아주 많은 사람이 일시에 모였다가 일시에 흩어지는 곳이다. 그러니까 이름을 숨기는 소위 '익명성'이 잘 보장되는 공간인 것이다.

'허나연인가 하는 그 여자, 영 갚도 몬하는 유맹한 쌍년인갑다. 그런 데서 이름꺼정 알리졌으이.'

분녀는 처음보다는 마음이 한결 진정되었다. 이 사내고 저 사내고 가리지 아니하고 제멋대로 가까이하는 색녀라면, 그동안 자식을 몇이나 낳고 몇이나 팽개쳐버렸을지 모른다. 아니다. 모르는 게 아니라 분명히 그랬을 것이다.

'그라모 자슥에 대한 애정도 없을 끼다.'

허나연이라는 여자가 자신이 다른 사내들과 어울리려 하는데, 걸림돌이 될 자식을 내다 버렸을 것이라고 믿었다.

'그렇기는 해도 고따우 년 자슥이라모 암만캐도 기분 좋은 일은 아인 기라.'

나중에는 마음 한 귀퉁이로 이런 께름칙한 걱정까지 슬슬 끼쳐 들기 시작했다.

'우짜모 우리 동업이 핏속에도 그런 화냥기가 흐르고 있는 줄 안 모리

나.'

분녀 혼자서 이리저리 머리를 굴리고 있는 사이에, 능출은 오늘 배봉에게 춘화를 팔기는 다 글러먹었다고 판단했다. 그저 기생으로 보이는 여자들과 노닥거리느라 이쪽에는 눈길 한 번 주지 않는 것이다.

"지는 고마 가볼랍니더."

분녀는 그렇게 말하는 능출을 무섭게 째려보며 다짐받았다.

"해나 다린 데 가갖고는 그런 소리 절대로 하지 마이소. 우리 동업이가 그런 몬된 여자하고 닮았다쿠는 거……."

그러자 능출은 진절머리가 난다는 표정이었다.

"아, 안 합니더. 인자부텀 그런 이약은 누가 해라 캐도 안 합니더. 하기 되모 내 손으로 내 아가리를 뭉개삐릴 낍니더."

분녀는 마지막 쐐기 박아놓듯 했다.

"하여튼 만약 그런 소리가 내 귀에 들리오모 그냥 안 있을 낍니더. 알 것지예?"

능출이 습관처럼 허리를 굽실거렸다.

"안 그랍니더. 그라고 가마이 생각해본께 눈꼽만치도 안 닮았거마예."

그날의 원흉인 동업을 못마땅한 눈초리로 힐끗 내려다보았다.

"와 그런 착각을 했는고 모리것심니더."

"인자사 착각인 줄 알것어예?"

분녀는 억지로 낯을 폈다. 이쯤에서 멈추는 게 좋을 것이다. 괜히 더 집적거렸다간 놈이 홧김에 확 떠벌려버릴지도 모른다.

"그라모 됐심니더."

"아이고, 예, 마님."

"그라고 그기 말이 되는 소리라예?"

"예? 예."

"내 아들하고 그런 여자가 우찌 닮을 낀데예."

"착각을 했다 안 쿱니꺼."

"뼈가지 안 뿔라지고 돌아가는 거, 오늘 운이 좋은 줄 아이소."

분녀가 말하는데 능출은 어느새 출입문 가까이 가 있다. 그런데 그 인간 참 지독했다. 그렇게 당하고 가면서도 이런 소리를 잊지 않았다.

"담에 또 오것심니더. 그때는 마님도 지 물건 한 개 팔아주이소."

그때 동업이 또다시 분녀 손을 잡아끌며 응석을 부렸다.

"옴마, 배 고파예. 맛있는 거 사 주이소."

이제 말소리도 또렷또렷하다. 분녀는 눈에 넣어도 안 아플 것같이 했다.

"하이고, 우리 장군이 꿀쭘하다꼬?"

영리한 동업은 또래들에 비해 일찍부터 제법 말을 잘하는 축에 들 었다.

"예, 상구예."

"그라모 안 되제. 쌔이 가자."

그제야 거기 비단의 종류며 빛깔 등이 제대로 눈에 들어오는 분녀였 다. 십 년이 뭐냐? 백 년도 더 감수했다.

"옴마가 시상에서 젤 맛있는 거 한거석 사줄 낀께네."

분녀가 그러고 나서 돌아보니 능출은 벌써 연기처럼 사라지고 난 후 였다. 저 '허나연'이라는 이름 석 자만 재처럼 남겨두고서였다.

'후~우.'

분녀는 아무도 모르게 깊고 긴 안도의 숨을 내쉬며 꼬막 같은 동업의 손을 더욱 힘껏 거머쥐었다. 마치 금방이라도 어디선가 허나연이란 그 여자가 나타나서 와락 빼앗아가는 것을 막기 위해서인 듯했다.

얼럴럴거리고 방아로다

읍내에서 약간 밖으로 떨어져 있는 한적한 교외다.

허공을 스쳐 가는 투명한 바람이 금세 손끝에 잡힐 듯하다. 논 가에 흙으로 둘러막은 두둑에 괸 물이 하얗게 햇살을 퉁겨내고 있다.

"세상이 지금과 같은 이런 속도로 변해가면 대체 앞으로 어떤 세상이 될꼬?"

"……."

"참으로 무섭게 바뀌고 있어."

비화가 상촌나루터 나루터집에서 콩나물국밥 팔아서 번 돈으로 이번에 새로 사들인 논의 가장자리 논두렁이다. 그곳에 비화와 나란히 선 진무 스님은 흐뭇하면서도 등줄기를 전율이 훑고 갔다.

"에나 그래예, 스님. 시상이 하도 퍼뜩 퍼뜩 배뀐께 무서버예."

비화는 '발전'이란 것이 좋고 또 바람직하기는 하지만 간혹 괴물 같다는 생각이 들 때도 있었다. 언젠가는 오히려 원시적인 삶을 다시 갈망하지나 않을까 싶기도 했다.

'남자하고 여자가 내외內外하는 우리 풍습도 점점 사라지는 거 겉다.'

여염집 부녀자가 외간 남자와 얼굴을 바로 대하지 않고 피하는 모습을 볼 수 없는 그런 시대가 다가오면, 지금으로서는 예측할 수 없는 어떤 새로운 남녀 간 문제가 발생할 수도 있을 것이다. 그리고 그건 결코 바람직한 일은 아닐 것이다.

"땅도 커다란 변화를 맞게 될 것이야."

그때 바람결에 묻혀 들려오는 진무 스님 목소리에 비화는 잠시 옆으로 벗어났던 상념에서 본래대로 돌아왔다.

"넌 어떻게 보느냐?"

"예, 스님. 지 생각도 가리방상하다 아입니꺼."

그랬다. 이앙법이 보급되어 이모작이 가능해지고 밭농사에서도 견종법이 퍼진 지 오래다. 노동력이 줄어들어 농부 하나가 농사지을 수 있는 면적도 예전에 비하면 크게 불어났다. 좋든 싫든 간에 대세는 그 누구도 어쩌지 못할 것이다.

'이제는 농민들도 논농사에만 의존하던 시대에서 벗어날 때가 온 거야. 담배 농사도 짓고 면화도 키우고 채소를 가꾸어 시장에 내다 팔고, 그 영역이 엄청 커졌지.'

그 생각 끝에 진무 스님은 내심 감탄했다.

'그러고 보면 역시 비화가 보통이 아닌 게야.'

진무 스님이 지금까지 관심을 가지고 쭉 지켜보기에, 비화는 단지 소작료 수입 하나에만 기대는 다른 지주들과는 달리 아주 합리적인 경영으로 재력을 쌓아가는 부농이었다. 물론 장사꾼의 자질과 역량도 탁월했다.

'내 눈이 그릇되진 않았어.'

진무 스님이 그런 자신감에 잠겨 있는데, 비화가 바람을 받아 이마 위로 약간 흘러내린 머리칼을 손으로 쓸어올리며 말했다.

"지가 젤 크기 멤이 아푼 거는예, 많은 농사꾼들이 갱작건(경작권)을 모도 잃어삐고 소작 지을 땅도 몬 얻어갖고, 넘한테 고용돼갖고 농사일을 하거나 아모 기약 없이 떠돌이 생활을 하거로 돼삔 슬픈 핸실입니더, 스님."

진무 스님 입에서 비화를 당황케 하는 말이 나온 건 다음 순간이었다.

"그래서 이렇게 땅을 사 모으는 거냐? 그런 이들을 위해서 말이다. 이제 임배봉에 대한 복수는 하지 않기로 하였느냐?"

"……."

비화가 선뜻 대답을 못하자 봄기운이 서려 있는 것같이 온후하던 진무 스님 얼굴이 겨울나무 둥치처럼 약간 딱딱해졌다.

"그게 아닌 모양이구나."

장삼 자락이 서걱거리는 듯한 소리가 나왔다.

"난, 행여나 했었는데."

알싸한 흙냄새가 코를 찔러왔다. 그것은 비화에게 논갈이를 할 때가 언제지? 하는 생각이 들게 했다.

"배봉이 운영하고 있는 동업직물은, 근동은 말할 것도 없고 멀리 다른 고장에까지 소문이 파다하다. 너도 그 사실을 모르진 않겠지?"

진무 스님은 거기서 좀 떨어져 있는 반달 모양의 야트막한 산 아래 옹기종기 모여 있는 인가人家 쪽을 바라보았다.

"불제자 신분으로서 차마 입에 올릴 수도 없는 소리다만, 원수 갚기가 결코, 쉽지 않을 것이다."

비화 목소리가 잦아드는 바람처럼 조그맣게 흘러나왔다.

"해랑이, 아니 우리 옥지이한테서 들어 잘 알고 있심니더. 시방 그자의 재력하고 세도가 우떻다는 거를예."

잔잔하던 진무 스님 음성이 갑자기 파도치듯 높아졌다.

"사상私商 도고都庫들이 문제야."

비화 말소리도 바람에 출렁거리는 벼이삭같이 흔들렸다.

"매점매석을 통해 상업 활동을 하는 독점적 도매상인들 말씀입니꺼?"

"그렇지. 물건을 도거리로 혼자 맡아 파는 상인들이지."

진무 스님 얼굴이 붉어졌다.

"배봉이 그 전형적인 장사꾼이라 할 수 있다."

"예, 그래서……."

막 열리려는 비화 입을 진무 스님 말이 막았다.

"이제 이 나라 상업 구도에도 엄청난 변화가 일어났느니."

그 근처에는 큰 나무가 보이지 않았지만 어디선가 새소리는 끊임없이 들려오고 있었다. 비화 귀에는 그게 이 지상의 새가 내는 소리가 아닌 듯했다.

"지금까지 그런대로 국가의 보호를 받아왔던 시전상인은 경쟁력에서 뒤져, 날이 갈수록 사상 도고들에게 밀려나고 있는 실정인 게야."

진무 스님의 목소리도 불제자가 아니라 상업에 종사하는 사람의 그 것처럼 달라져 있었다. 논 위에서는 바람이 바람을 밀고 가는 것같이 보였다.

"배봉이나 점벡이 자슥들 겉은 인간들한테 딱 들어맞는 기 사상 도고가 아일까 싶어예."

비화 말을 들은 진무 스님이 곧장 묘한 질문을 던졌다.

"그래 하는 소린데, 혹시 수공업에 자본을 투자해볼 의향은 없느냐?"

"수공업에 말이지예."

영민한 비화였지만 얼른 이해가 되지 않았다.

"관영 수공업도 있는데 그거는 우짜고예?"

바람이 잠시 숨을 죽이고 있었다. 인가 쪽에서 닭 울음소리가 게으르게 들려왔다. 뒤를 이어 소가 내는 소리도 났다. 저 가축들은 사람들에게 무슨 말을 하고 싶은 것일까?

"민간 수공업자들이 질 좋은 제품들을 대량으로 시장에 내다 팔면서 관영 수공업도 좀 밀리고 있다."

언제나 잔잔한 바람 같은 진무 스님 음성이 지금은 꽤 크게 느껴지는 높낮이를 지니고 있었다.

"그렇심니꺼?"

비화가 가슴에 새기듯 했다.

"그러니까 그게……."

진무 스님은 논 두둑에 눈길을 둔 채 말을 이었다. 논을 갈아 골을 타서 만든 두두룩한 바닥이 비화 마음에 아련한 향수를 느끼게 했다.

"독자적으로 물건을 만들어 팔면 큰 이익을 남길 수 있을 것이거든."

"예."

비화는 잠시 골똘한 생각에 잠겼다가 입을 열었다.

"지한테는 땅하고 국밥장사가 더 맞을 거 겉심더."

"허허, 그런가?"

실망인지 안도인지 모를 진무 스님 음색이었다.

"예, 스님. 하지만도 걱정되는 일이 하나둘이 아입니더."

비화 말에 논 두둑을 보고 있던 진무 스님은 비화에게 고개를 돌렸다.

"뭐가?"

비화는 푸른 기운이 묻어나는 허공 어딘가로 눈길을 보냈다.

"농업보담도 상업이 더 중요한 때가 되모, 시방 지가 하는 이 생각이 잘못된 것일 수도 있고예."

진무 스님 음성이 침통해졌다.

"나도 네가 배봉이를 따라잡으려면 지주나 국밥집 쥔 정도로는 힘들겠다는 우려가 없지 않다."

비화 눈앞에서 또 땅과 비단이 씨름하는 장면이 펼쳐졌다. 그곳에는 눈을 뜨지 못하게 하는 광풍이 일고 있었다.

"더욱이 전국을 무대로 하여 활동하던 경강상인, 만상, 송상, 내상 등이, 지금은 중국과 일본 무역에도 참가하는 급진적인 세상이 되었으니 말이다."

진무 스님은 거기서 잠깐 말을 멈추었다가 계속했다.

"그만큼 상업이 더 큰 힘을 발휘할 게 아니겠느냐?"

"지도 그리 봅니더."

비화 마음이 고개 숙인 벼 이삭보다도 훨씬 무거워졌다. 외국과 직접 상거래 하는 배봉과 점박이 형제 모습이 끝없이 눈앞에 어른거렸다. 이 고장 비단은 조선팔도가 알아주는 특산품이자 명품이 아닌가 말이다.

'아, 그렇다모?'

결국, 진무 스님은 이 비화가 도저히 배봉의 적수가 될 수 없다는 사실을 빙 에둘러 말씀하시는 것인가?

'컹컹.'

이번에 인가로부터 들려오는 것은 개 짖는 소리였다. 저곳에 사람은 얼마나 살고 있는지 모르겠지만 동물을 많이 기르고 있는 마을 같았다.

"비화 넌, 언젠가는 삼남三南에서 가장 많은 땅을 가진 대지주가 되겠지만……."

진무 스님은 다시 한번 비화의 넓은 논을 휘 둘러보더니 앞장서서 걷기 시작했다. 장삼 자락 서걱거리는 소리가 유난히 비화 귀를 울렸다.

묵묵히 그의 뒤를 따르는 비화 발이 연신 허방을 짚었다. 불가해한 일이었다. 땅을 새로 사들이면서 이렇게 마음이 착잡하긴 처음이었다. 이게 무슨 흉조는 아닌지 모르겠다는 생각이 들면서 머리가 아파 왔다.

"어서 가자꾸나."

항상 여유를 강조하는 진무 스님답지 않은 말이었다.

"예, 스님."

두 사람은 서둘러 걸음을 옮겨놓았다. 어서 가란 듯 바람이 등을 밀었다. 고즈넉한 그 마을이 과거의 풍경같이 조금씩 뒤로 물러나고 있었다.

얼마 동안이나 걸었을까? 빠르게 한참을 온 듯싶다. 이윽고 낯익은 읍내가 친근한 이웃처럼 다가왔다. 그러고 보니 이번에 비화가 새로 사들인 논이 있는 그 마을은 읍내와 가까운 것도 같고 먼 것도 같았다. 결국, 모든 건 마음일 것이다.

"허, 저런! 나무관세음보살."

그때 문득 들려온 진무 스님 탄식에 비화는 번쩍 정신이 났다.

어느 대장간 앞이다. 한데 발이 묶인 말이 땅바닥에 그대로 쓰러져 있다. 모가지를 길게 빼고 너무나 아픈 표정을 짓는 그 말을 차마 똑바로 바라볼 수가 없다.

"대장장이들하고는! 저렇게 무지막지한 인종들을 봤나?"

진무 스님 목소리에 한심하다는 빛이 가득 서렸다. 비화가 놀라 자세히 보니 피부 검은 대장장이 둘이 말굽에 징을 박는 중인데, 말의 고통 따윈 아예 안중에도 없다는 듯 심드렁한 얼굴들이 너무 몰인정하고 잔인해 보였다.

"에나 쪼매 그렇심니더, 스님."

비화는 치를 떨었다. 처형당한 농민군과 천주학 신자들이 생각났다. 성 밖 대사지 못가에서 점박이 형제에게 속절없이 당한 옥진이 떠올랐다. 세상에 영원한 악몽이란 게 따로 있을까?

'내가 와 이리 모도 탈탈 몬 털어내삐고, 장 이리쌌는고 모리것다.'

그런데 그게 무슨 상서롭지 못한 조짐이었을까? 전혀 예상치도 못한 만호, 상녀 부부와 딱 마주친 것은 그때다. 두 사람은 조그만 딸아이 하나를 데리고 있었다. 그들의 무남독녀 은실이다. 아버지와 어머니를 반반씩 닮은 듯하다.

"어?"

비화와 진무 스님을 보는 순간 상녀보다 훨씬 당혹스러운 빛을 띤 사람이 만호다. 언젠가 읍내장터에서 억호, 맹쭐과 함께 전창무 부부에게 횡포를 부리다가 진무 스님에게 크게 혼쭐났던 기억이 되살아난 것이다.

'꼴도 보기 싫은 저것들이…….'

비화 안색이 서릿발 내린 대지같이 싸늘하게 변했다.

"허!"

진무 스님도 만호를 알아본 모양이었다. 좀처럼 내색하지 않는 그의 얼굴에 분노와 경멸의 기운이 일렁거렸다.

이쪽과 저쪽 모두 한마디 말도 없이 곧 지나쳐 갔다. 서로의 눈빛이 부딪힌 순간은 길지 않았다. 그렇지만 비화에게는 그 시간이 십 년보다도 더 길게 느껴졌다. 그들 얼굴에 배봉과 운산녀, 억호와 분녀 얼굴이 겹쳐 보였다.

그리고 또 어인 영문일까? 그 여자애 얼굴 위로 스치는 건 동업이라는 사내애였다. 억호와 분녀의 친자식은 아닌 게 분명한 수수께끼의 그 사내아이. 병적으로 여겨질 만치 마음에서 떨쳐버릴 수 없었다.

"배봉이 그 인간의 둘째 자식 식구들 맞지?"

그들과 약간 거리가 떨어졌을 때 진무 스님이 슬쩍 뒤쪽을 돌아다보며 물었다. 비화는 입술을 질끈 깨물며 잠자코 고개를 끄덕였다.

"전신만신 비단으로 휘감았구먼."

"……."

"저런 옷 한 벌에 드는 돈이면, 없는 사람들 열도 더 넘게 입을 수 있게 할 수 있을 것이다."

은실의 걸음이 늦어지자 만호가 나무라고 상녀가 말리는 모습이 비쳤다.

"못된 것들 같으니라고!"

진무 스님은 비화의 짐작보다도 그들에 대해서 많은 것을 알고 있는 듯했다. 비어사 신도들 중 누군가가 임배봉 집안에 관해 말해주었는지도 모른다.

"자고로 재물이란 것은 샘과 같아서……."

맑은 샘물과도 같은 진무 스님의 설법이었다.

"퍼내면 차고, 버려두면 말라버린다 했거늘."

"예."

잠시 서서 올려다보는 하늘에 떠 있는 구름은 변덕도 심했다. 금방금방 모양새를 바꿔버린다. 덧없음을 의미하는 소리에 유독 구름이란 말이 많이 들어가는 연유를 알겠다.

"자기들 사리사욕 채우기에만 바쁘고 타인을 위해 쓸 줄 모르는 인간은 금수보다도 못하다고 했느니."

비화 등줄기가 고드름을 넣은 듯 서늘했다. 진무 스님 말이 자신을 겨냥한 소리로 들렸다. 거부가 되면 가난한 사람들을 구제해야 한다는 말처럼 들렸다.

"그만 가자꾸나."

"예, 스님."

다시 진무 스님과 나란히 걸어가면서 비화 가슴 밑바닥이 빈 수레같이 덜컹거렸다. 점박이 형제에게는 아들과 딸이 있건만 아직도 나 자신에게는 한 점 혈육도 없다는 사실이 새삼 뼈저리게 다가와 발은 한층 허공을 짚기만 했다.

그러자 문득 꿈에서 본, 물속에서 불쑥 솟아 나와 남편 재영의 발목을 잡던 작고 하얀 아기 손이 현실에서처럼 눈앞에 어른거렸다.

'우짜모 손이 그리도 하얫을꼬?'

왕자 손이 그러할까? 옥으로 빚은 손이 그러할까?

'참 귀하거로 될 손 겉었다 아이가.'

비화와 헤어지기 직전에 진무 스님이 말했다.

"무슨 일이든 잘된다 싶을 때 더 잘해야 하느니라."

"예, 스님."

"물론 안 되는 경우에도 포기해서는 아니 된다는 이치와 상통하지만……."

바람 끝에 묻혀오는 흙냄새가 향기로웠다. 아까 논에서 맡았던 그 냄새와는 또 다른 맛이 있었다. 흙도 이럴진대 하물며 사람은 오죽하겠는가 싶었다.

"장사도 마찬가지다."

"멤에 잘 새기두것심니더."

진무 스님은 저만큼 땅 위에 흘려 있는 무엇인가를 열심히 주워 먹고 있는 잿빛 비둘기 한 쌍을 상념에 잠긴 얼굴로 바라보았다.

"난, 오늘 오후에 안골 염 부인께서 불공드리러 절에 오시기로 예정되어 있어 이제 빨리 가봐야겠구나."

비화가 반가운 목소리로 말했다.

"아, 염 부인께서예?"

그러나 진무 스님 얼굴 위로는 지금 하늘에 머물러 있는 것보다 몇 배나 더 어둡고 두꺼운 구름장이 끼었다. 음성도 마찬가지였다.

"생각해보면, 인간사 고해苦海 아닌 게 어디 있겠느냐만……."

비화는 몸도 마음도 심한 풍랑에 흔들리는 하나의 작은 조각배가 돼 버린 듯했다. 언제 파선破船이 돼버릴지 알 수 없는 것이 인간사였다.

"대갓집 마님께 무슨 남모를 아픔이 있는지 모르겠다."

진무 스님은 복잡하기 그지없는 비화 얼굴에서 뭔가를 찾아내기 위해 서인지 유심히 보고 나서 말했다.

"왜 그다지도 늘 괴로워하시는지, 원."

비화 뇌리에 다시 떠오르는 게 아까 대장간 앞에서 본 그 말이었다. 그리고 그 징보다도 더 크고 강한 쇠못이 가슴 한복판에 박히는 느낌에 서 헤어날 수 없었다.

조만간 짬을 내어 꼭 한번 비어사에 들르겠다는 약속을 하고 진무 스 님과 헤어진 비화는, 왠지 가슴이 분해된 거푸집 같기만 했다.

'내가 이래서는 안 된다.'

그런 감정을 떨쳐버릴 양으로 발을 재게 옮기는데, 항상 영원한 안식 처로 여기고 있는 그 나루터집이 이상하게 까마득히 멀게만 느껴졌다.

'저승이 이리도 멀까?'

그런 생각과 함께 속에서 절로 탄식이 새 나왔다.

'앞으로 내가 가야 할 길이 그만치 험난하고 아득하다쿠는 기가?'

언제나 그렇듯 이날도 밥집은 손님들로 터져 나갈 것 같았다. 과연 상촌나루터 바닥 돈은 싹쓸이한다는 소리가 나올 법도 했다. 사람은 시 운時運을 잘 타고 나야 한다는데, 정말 내게도 그런 대운大運이 온 것인 가 조심스럽게 생각해보기도 했다.

'저 손님들은?'

그런데 마당 한가운데 놓인 평상 위에 앉은 손님들 행색이 비화 눈에 어쩐지 예사롭지 않았다. 그곳으로부터 풍기는 분위기도 유달랐다. 장사하는 사람의 감각으로 그랬다.

"한양서 왔는데, 창唱을 하는 사람들이라쿤다."

그들에게 음식을 더 가져다주고 주방으로 돌아온 원아가 비화에게 낮은 소리로 일러준 말이었다.

"한양 사람들……."

비화가 혼잣말로 중얼거리고 나서 더는 아무런 말이 없자, 원아는 왠지 약간 의기소침해 보이는 비화에게 기운을 북돋워 주기 위해서인 듯 이번에는 좀 더 높아진 목소리였다.

"베라벨 손님들이 다 오는 거 본께, 앞으로 우리 나루터집이 크거로 되기는 될랑갑다."

나루터집이 유명하다는 소문이 나자 요즘 들어와서는 그처럼 멀리서 찾아오는 손님들도 적지 않았다. 그래서 신분도 제법 높고 재력도 있는 손님들에게 맞춰 비싼 재료를 쓴 특별 차림표 국밥도 만들어 팔고 있다. 그렇다고 서민들을 대상으로 하는 음식은 아무렇게나 만든다는 얘기는 아니고 똑같은 정성을 쏟고 있다.

'우찌 지내는고?'

창을 하는 사람들이란 말을 듣고 비화 뇌리에 곧장 그려지는 게 옥진 얼굴이었다. 옥진, 아니 해랑도 굉장히 노래를 잘한다는 소리를 새끼 기생 효원에게서 들었다. 옥진 말로는 검무劍舞를 참 잘 추는 효원이라고 했다. 눈 하나만 아주 클 뿐 그 참새같이 자그마한 체구로 어떻게 칼을 자유자재로 놀리는지 비화로선 선뜻 그림이 그려지지 않았다.

비화는 일하는 짬짬이 귀를 그들 쪽으로 열어두었다. 그 좌석에서는 평상시에 듣기 쉽지 않은 이야기들이 흘러나오고 있었는데 대원군에 대한 말들이 특히 그러했다.

"대원군이 그렇게 판소리 애호가인 줄 몰랐소."

"허어, 말도 마시오. 그의 집에는 온 조선 천지 명창들 발길이 단 하루도 끊어질 날이 없다오."

강에서 들려오는 물새 소리가 바뀌더니 그들 화제도 새로운 쪽으로 돌아섰다.

"이번에 새로 지은 경회루 말인데, 이 사람이 어쩌다 운이 좋아 그날 그 축하연 자리에 나갈 기회가 있었지요."

"그래요? 운도 그냥 보통 운이 아니고 왕건이를 잡았소이다 그려."

경복궁 경회루.

비화 가슴이 풀쩍 뛰었다. 나는 새도 툭 떨어뜨리는 조선 최고의 세도가 대원군이 짓게 했다니 도대체 그 규모가 얼마나 크고 화려할는지. 이왕 기녀로 나선 몸, 옥진이도 그런 자리에 초대받아 갈 수 있다면 얼마나 좋을까?

그건 그렇고, 무슨 대단한 것을 얻거나 이루었을 때 왜 하필 고려를 세운 왕건에 빗대어 '왕건이를 잡았다' 라는 말을 쓰는지, 비화로서는 그 연유를 명확히 알지 못했다.

그러나 이것만은 모르지 않았다. 지금 세상에 여자는 판소리는 할 수 없다는 것이다. 제아무리 재능이 뛰어난 무당이나 기생이라 할지라도 판소리는 애당초 꿈도 꿀 수 없는 게 작금의 현실이었다. 서글펐다. 서글픔을 넘어 부아도 났다.

비화의 상념들은 이어지는 소리에 의해 끊어졌다. 아니, 비화 생각의 끝을 물고 나오는 대화들이었다. 그런 면에서도 비화에게는 선견지명이 있는지도 모른다.

"조선팔도 내로라하는 명창들은 모두 그 모습을 보였소."

"허, 저런!"

"한데 말이오, 그 자리에 누가 있은 줄 아시오?"

"누가?"

"참으로 놀라운 일이외다. 그런 사람이 거기 왔으니까요."

낯빛이 유난히 붉어 뵈는 그 소리꾼 하는 말에, 여자같이 뽀얀 얼굴을 한 소리꾼이 퍽 답답하다는 표정으로 시비 걸듯 물었다.

"대체 누구기에 그리 변죽만 울리는 거요?"

붉어 뵈는 소리꾼 얼굴이 더욱 빨개졌다.

"내가 웬만한 소리꾼은 다 아는데, 그는 별로 알려지지 않은 소리꾼이더이다."

뽀얀 얼굴의 소리꾼이 맥 풀린다는 듯 심드렁하니 대꾸했다.

"그렇다면 뭐 크게 떠벌릴 만큼 대단한 일도 아니잖소?"

하지만 붉은 소리꾼은 손을 내저으며 아직도 흥분이 가시지 않는다는 투로 말했다.

"에이, 끝까지 들어보시오."

"끝까지 말해보시오."

강물 소리가 그들 대화 사이에 끼어들었고 잠시 간격을 두었다가 다시 이어졌다.

"그 소리꾼은 갓을 무척 단정히 눌러쓰고 있었는데, 어떤 사람인지 아시오?"

남강 위 허공에는 흰빛 물새와 잿빛 물새가 엇갈리게 날고 있었다.

"알고 보니 여자였어요, 여자."

"예에? 여자요?"

뽀얀 소리꾼 안색이 희다 못 해 파랗게 질려 보였다.

"여, 여자가!"

그러자 일행 가운데 말없이 듣고만 있던 세모꼴 얼굴 사내도 도저히 믿을 수 없다는 듯 한마디 했다.

"아니, 그렇다면 여류 소리꾼이었다, 그런 말씀이오?"

비화도 귀를 의심했다. 여자 소리꾼. 여자 소리꾼이라니. 비화 마음에 그것은 턱에 수염 난 여자가 있다는 말만큼이나 충격적이었다.

"그렇다마다요."

그러면서 이어지는 이야기는 한층 놀라웠다.

"허허. 이 사람 역시도 아직 믿기 어렵소이다."

마당 가 훌쩍 키가 큰 대추나무도 귀를 기울이고 있는 것처럼 보였다. 해마다 유달리 굵고 단맛이 나는 대추가 주렁주렁 열리는 나무였다.

"그러나 그 여자는 분명히 전라도 고창 출신의 소리꾼이라고 하더이다."

뽀얀 얼굴이 신음하듯 중얼거렸다.

"대체 누구에게서 가르침을 받은?"

붉은 얼굴이 억지로 마음을 추스르는 목소리로 들려주었다.

"이 나라 판소리의 대가 신재효가 각별히 뽑아 가르친 여류 명창이라 하더이다."

뽀얀 얼굴과 세모꼴 얼굴이 동시에 비명 지르듯 했다.

"아, 신재효!"

비화는 음식 재료를 만들다가 칼에 손가락을 베인 듯한 아찔함을 느꼈다. 신재효. 그의 명성은 모르는 사람이 없다. 굳이 창을 하지 않는 사람일지라도 안다.

'짹짹, 짹짹.'

때마침 대추나무 가지에 우르르 날아와 앉아 울어대는 참새들 소리가 꼭 무슨 창을 하는 것 같았다. 전생에 소리꾼들이었을까, 아니면 내세의 소리꾼들인가?

비화는 하루 수백 명을 치르는 장사를 하면서 이런저런 이야기들을 듣는다. 게다가 평소 세상 돌아가는 일에 남다른 관심을 가진 비화다. 일반 상식에서부터 전문적인 것까지 얻어듣는다. 특히 한양이나 다른 고을에서 온 손님들 대화는 아무리 들어도 싫증이 나지 않았다. 역시 세상은 크고 넓은 곳이고 사람 또한 각양각색이다.

"요즘 세상에 가장 인기 있는 게 뭔지 알아?"

"뭔데?"

"판소리와 탈춤이라고."

"음, 그런 것 같군."

언젠가도 손님들이 진지하게 나누는 판소리 이야기를 들었다. 광대가 한 편의 이야기를 노래에 해당하는 '창'과 이야기에 해당하는 '아니리' 그리고 몸놀림인 '발림(너름새)'으로 연출하는 게 판소리라는 것이다.

"특히 이 판소리라는 게 말이지, 감정 표현이 직접적이고 솔직해서 좋아."

"어떻게 그럴 수 있는 거지?"

"구체적인 이야기를 창과 사설로 엮어가기 때문이 아니겠어?"

"허, 자네 어찌 그리 잘 알고 있나?"

"실은, 내 사촌 중에 판소리 하는 사람이 있거든."

"우리 사돈 팔촌 중에는……."

"뭐? 거기도!"

"히힛, 없다."

"미쳤어. 없는 것도 자랑이라고."

"자랑이 아니고 사랑."

비화는 나름대로 생각했다. 판소리는 서민문화의 중심이 될 것 같다. 양반 사대부들만 즐길 게 아니라 서민들이 더 즐길 수 있는 놀이가 있어야 마땅하지 않겠느냐고 흥분하던 옥진이었다.

'맞는 소리거마.'

누가 옥진, 아니 해랑이 머릿속에 그런 범상치 않은 생각을 집어넣어 주었는지는 모르지만, 비화도 공감이 가는 소리였다. 어쨌든 바로 그 판소리 이야기 끝에 꼭 딸려 나오는 인물이 지금처럼 신재효였던 것이다.

"그가 판소리 사설을 만들고 정리한 업적은 먼 후세에까지 전해질 걸세."

"정말 부러운 일이야."

"아암, 우리 민족의 영원한 자랑거리로서 손색이 없다고."

"사설이 길구면."

그들 대화를 들으며 비화가 고개를 끄덕이고 있는데 원아가 손바닥으로 가볍게 비화의 등을 '탁' 치며 말했다.

"내 방금 막 떠올랐다."

"예?"

비화가 돌아보자 원아는 소매로 이마의 땀을 닦았다.

"후우. 장사가 하도 바쁜께네 고마 잊아뿟다 아이가. 우리 비화 조카 오모 반다시 말해주것다꼬 생각해놓고 안 있나."

"머신데예?"

"내일 여 상촌나루터서 산대놀이가 벌어진다 안 쿠나."

"아, 산대놀이예?"

원아는 콩나물국의 간을 맞추면서 말했다.

"하매 나루터 사람들이 야단 난리거마는."

"우짜모! 안 그렇것심니꺼."

비화 가슴이 더없이 뜨거워졌다. 지난해에 그 가면극을 구경했었다. 산대라는 무대에서 공연했는데 가장 기억에 남는 게 중의 부패와 위선을 풍자한 내용이었다.

'진무 스님도 오시서 기경하싯으모 좋을 낀데.'

그날 관람하는 내내 진무 스님 생각을 했었다. 정말 진무 스님 같은 승려만 있다면 세상 사람들은 불교에 빠져들 수 있으리라. 아니, 종교를 떠나서 자비와 사랑, 평화가 충만한 삶을 누릴 수 있을 것이다.

그런데 우정 댁과 원아 그리고 얼이가 제일 재미있었던 것은, 말뚝이와 취발이였다.

"양반들이 옴쭉 몬 하고 당하는 조 꼬라지 좀 봐라 캐도? 삼 년이 아이라 삼십 년 묵은 채정(체증)이 싸악 내리간다 아이가. 호호호."

우정댁 높은 웃음소리 끝에 원아가 흥미로운 기색과 함께 자못 걱정스러운 얼굴로 입을 열었다.

"무서븐 양반을 저리 마구재비 욕비이도 될랑가 모리것네?"

얼이는 이런 소리를 하여 옆에 있던 사람들 박수를 받기도 했다.

"내사 양반 안 하고 싶어예."

맞았다. 비단 우정 댁과 원아, 얼이만 그런 게 아니었다. 구경꾼들 모두가 하층민인 말뚝이와 취발이가 양반을 실컷 놀려먹는 것에 배꼽을 쥐며 더할 수 없이 통쾌해했다. 그들이 지금까지 살아오면서 겪었을 한과 분노를 다분히 느낄 수 있었다. 하늘을 나는 새와 강에서 헤엄쳐 다니는 물고기도 신이 나 할 것 같았다.

'하기사 저런 놀이라도 해갖고 풀 거는 쪼매 풀어야제. 그리 몬 하고 그냥 꼭꼭 맺히만 있다가는 내중에 우찌 폭발할랑가도 안 모리나.'

그러나 비화 마음은 그렇게 밝지만은 못했다. 진무 스님에 이어 자꾸만 떠오르는 사람이 옥진이었다.

'우리 진이가 안돼서 우짜노, 우리 진이가.'

비록 관기라는 것에 관해서는 거의 문외한에 가까운 비화였지만, 기녀는 양반이 즐기는 하나의 노리개에 지나지 않는다는 분노와 억울함을 쉽게 떨칠 수 없었고, 그러면 옥진은 차가운 빗물에 젖은 한 떨기 애처로운 꽃이 돼 있었다.

세상 비바람에 속절없이 흔들리는 꽃, 말하는 꽃.

비화의 정신이 퍼뜩 현재로 돌아온 건 손님이 한 이런 소리 때문이었다.

"그런데 궁금한 게 있어요. 신재효가 특별히 뽑아 가르쳤다는 그 여류 명창 이름이 뭐라 하던가요?"

비화는 옆에 선 원아가 어이없다는 눈으로 자신을 지켜보는 것을 알지 못하고 바짝 귀를 곤두세웠다.

"진채선이라고 하더이다."

"진채선?"

마치 그 여류 명창이 앞에 있기라도 한 것처럼 흥분하는 그들이었다.

"이름도 예쁘지 않아요?"

"그렇구먼."

한 번도 본 적이 없는 진채선이란 그 여류 명창 얼굴이 옥진 얼굴 위에 겹쳐 보였다.

'진채선이라쿠는 그 맹창이 제아모리 뛰어난 여자라 쿠더라도, 우리 옥지이보담은 몬할 끼거마는. 내 안 봐도 다 안다.'

억지 부리듯이 그런 자위를 하는데도 어쩐 셈인지 가슴 한복판이 찡해 오면서 쉴 새 없이 눈물이 솟아 나오려고 했다. 아직도 내 몸속에 눈물이 남아 있는 걸까? 세상에 이런 몹쓸 병이 또 어디 있는가 싶기도 했다.

'옥지이사 선녀제 오데 사람이가?'

그 사람들뿐만 아니라 세상 모든 사람들에게 속으로 말했다.

'인자 함 두고 봐라꼬예. 옥지이는 진짜 역사에 이름 냉길 기녀가 될 낀께네예. 그리 안 되모 내 손가락에 장을 지집니더.'

그러나 마당에서는 비화의 그 속말에 대한 반대 의견이기라도 한 듯 계속해서 그 여자 소리꾼 이야기가 사시사철 흐르는 강물처럼 이어지고 있다.

"한데 말이오, 그 진채선이라는 여자가 너무나 당당한 자세로 소리를 하여 그곳에 모여 있던 사람들이 모두 혼이 나갔던 거요."

"허, 나도 한번 만나봤으면 원도 한도 없겠는걸."

참새들 울음소리는 좀 뜸해진 가운데 이런 말이 들렸다.

"에이, 대원군 정도 되는 세도가라면 모를까, 그건 안 될 소리지."

그 말이 떨어지기 무섭게 숟가락을 상 위에 탁 내려놓는 소리와 함께 이런 말이 들렸다.

"이거 사람 기를 완전 팍팍 죽이고 있구먼."

그러자 위로인지 변명인지 모를 말이 나왔다.

"아, 현실이 그런 걸 어쩌겠소이까?"

그 뒤로도 신재효와 진채선에 대해 장황하게 늘어놓던 얼굴이 붉은 소리꾼이 어느 순간 갑자기 알 수 없는 소리를 하기 시작했다.

─ 에~~ 에헤~ 에이야 얼럴럴거리고 방아로다.

뽀얀 얼굴 소리꾼이 얼른 주위를 둘러보며 말렸다.

"남들이 듣고 있소. 여기 우리만 있는 게 아니잖소?"

하지만 붉은 소리꾼은 그만 멈추기는커녕 되레 한소리 더 한다.

─ 도편수의 거동을 봐라 먹통을 들고서 갈팡질팡한다. 우광쿵쾅 소리가 웬 소리냐 경복궁 짓는 데 회방아소리다.

마당가 대추나무를 비롯한 다른 나무들도 흥이 나서 전신을 우쭐우쭐 하는 것 같았다. 그런데 무슨 영문인지 모르겠다.

"다른 소리도 아니고……."

세모꼴 얼굴 사내가 평상다리가 내리 앉아라 한숨을 길게 내쉬고 나서 말을 이었다.

"그 경복궁 타령일랑 그만하시오. 솔직히 듣고 싶지 않소이다."

뽀얀 소리꾼 얼굴이 붉은 소리꾼 그것같이 변했다.

"하긴 그 경복궁 짓는다고, 조선팔도에 있는 유명하다는 돌은 모조리 거기 주춧돌 되고, 좋은 나무는 모두 경복궁 중건에 다 들어갔다고 하더이다."

비화가 스스로 예상치 못한 엉뚱한 생각을 한 건 바로 그때였다.

'진무 스님 말씀매이로 앞으로 여자들도 공부를 할 날이 오모, 공부할 방이 있어야 할 기라.'

여자 소리꾼 이야기만큼이나 가슴이 벅차오르는 꿈이었다.

'내가 돈 한거석 벌기 되모, 여자들만 모이서 공부할 큰 집을 하나 지으모 우떨꼬?'

성 밖 높은 솟을대문이 거만한 파수꾼처럼 떡 버티고 선 배봉의 대저택을 마음의 손으로 허물어버릴 수 있는 큰 집을 짓고 싶었다.

'그라모 내중에는 그 여자들이 가르칠 수도 안 있것나.'

자신의 그 상상에 스스로 감격했다.

'아, 학문을 가르치는 여사!'

그때 원아 목소리가 비화의 상념 속을 파고들어 왔다.

"조카, 우리 내일 다 같이 산대놀이 기경이나 가자."

평소 놀러 다니기를 그다지 좋아하지 않는 원아였다.

"그랄까예? 그라이시더."

비화는 우정 댁과 얼이 모자가 함께 사용하는 방이 있는 방향으로 약간 고개를 돌리면서 말했다. 지금 우정 댁은 자기 방에 들어가서 나오지를 않고 있다.

'우짜모 또 울고 계실랑가 모리것다.'

그랬다. 우정 댁은 한창 정신없이 일하거나 손님을 맞이하다가도 갑자기 방으로 훌쩍 들어가 버리곤 했다. 간혹 어디로 갔는지 몰라 찾는 일도 있었다. 처음에는 아무도 그 까닭을 몰랐다.

한 번은 하도 궁금하여 살짝 가보았더니 방에서 오열하는 소리가 새 나오고 있었다. 아마 죽은 남편에 대한 그리움과 슬픔은 그렇게 때도 장소도 없이 불쑥불쑥 고개를 치켜드는 모양이었다.

'우짜모 손님들 가온데서 누가 농민군 이약을 했거나, 그런 기 아이모 얼이 아부지하고 가리방상하거로 생긴 사람을 봤는가도 모리것다.'

그런 생각을 하고 있는데 손님들이 새소리 같다고 말하곤 하는 원아의 고운 음성이 비화 귀를 울렸다.

"얼이도 에나 좋아할 끼다."

그 소리에 비화 가슴이 한층 무겁고 어두워졌다.

'두 분 이모님들이 와 모두 저리 불행들 하실꼬?'

원아의 방금 그 말은 비화 마음에, 꼭 그녀는 자식이 없는 쓸쓸한 삶을 살다가 갈 여자처럼 새겨졌다.

'한화주 그분을 그리도 잊지 몬하는 기까?'

비화는 공연히 설거지 소리를 크게 내면서 애써 밝은 표정을 지어 보였다.

"큰이모도 좋아 안 하시까예."

하지만 입으로는 그렇게 말하면서도 비화 심경이 무척이나 쓸쓸했다. 아니, 솔직히 털어놓자면 야속한 쪽에 더 가까웠다.

'우찌해서?'

원아 입에서 남편 박재영의 이름은 실수로라도 단 한 번도 나오지 않는 것이다. 아니다. 단지 이번뿐만 아니고 다른 때에도 항상 그런 식이었다. 아무리 짚어 봐도 그건 의식적인 듯싶었다. 흡사 비 오는 날 물이 괸 웅덩이나 질척거리는 곳을 피해 지나가는 것 같았다.

'설마 질투하는 거는 아이것제?'

마음이 울적한 탓인지 별별 좋지 못한 생각들이 갈기 세운 사나운 짐 승같이 덤벼들었다. 원아가 알면 크게 섭섭해 할 이런 소리도 속에서 나왔다.

'노처녀 심사는 구신도 모린다 쿠더라마는.'

어쩌면 지금 원아는 한화주가 살아 있어 그와 함께 산대놀이 구경 가면 얼마나 좋을까 생각하며 마음으로 진한 눈물을 흘리고 있을지도 모른다. 화주 그 사람은 화공을 꿈꾸던 사람이었다니, 예술적 감각도 남다르고 흥도 많을 터였다.

'후우. 한 사람은 방에서 울고, 또 한 사람은 주방에서 울고.'

성문 밖 공터에서 효수형을 당하던 농민군들의 한 맺힌 소리가 금방이라도 다시 들려올 것만 같아 머리가 빠개질 듯했다.

'아자씨.'

농민군을 이끌던 유춘계 아저씨가 못 견딜 만큼 그리웠다. 지금은 마동 야산 어딘가에 조용히 잠들어 있을 그였다. 아니었다. 살아남아 있는 농민군들 가슴마다 기운차게 숨 쉬고 있을 것이다.

"이거 방에 있는 손님들한테 갖다 주고 오께예."

음식을 챙겨 주방에서 나온 비화는 우정 댁이 들어가 있을 방 쪽을 또 바라다보았다. 거기서 울고 있을 우정 댁과 상의해보아야겠다. 원아 이모 혼처를 알아보자고.

'처녀구신이 돼뻴라.'

그런 걱정에 싸이는 비화 귀에 계속 들려오는 게 경복궁 타령 후렴이었다.

– 에~~ 에헤~ 에이야 얼럴럴거리고 방아로다.

비화 눈시울이 서러운 노을처럼 붉어졌다. 가슴이 막 벌름거렸다. 사
내들 앞에서 춤추고 노래 부르고 있을 옥진이 또다시 떠올라서다.

'운제나 되모…….'

비화는 기원하듯 생각해보았다. 관기인 옥진도 좋은 남자 만나 혼례
를 올려 아들 낳고 딸 낳고 깨소금 냄새 맡아가며 살아갈 수 있을까. 옥
진이 아이들은 정말 참 예쁠 것이다. 옥진이 시가나 친정 사람들은 몹시
서운해할지 모르겠지만 아들보다 딸을 먼저 낳았으면 좋겠다.

그러나 당장 눈앞을 검은 벼랑처럼 막아서는 게 점박이 형제 얼굴이
었다. 그들 눈 밑에 나 있는 크고 검은 점이었다.

소실小室로 삼겠다

"내 함 물어봄세."

"어, 내사 안 물릴란다."

"대관절 자네는 우찌 된 사람이고?"

"와?"

"……."

"각중애 그리 묻는 자네사 진짜 우찌 된 사람인데?"

"후우."

김호한은 한숨부터 내쉰 후에 다시 말했다.

"한양만 댕기왔다쿠모 꼭 사람 심장이 고마 덜컹덜컹 내려앉는 소식 하나씩은 물고 온다 아이가?"

"아, 내는 또 무신 소리라꼬?"

그리고 나서 조언직은 크게 찌푸린 상을 여전히 바로 펴지 못한 채 구시렁거리듯이 말을 이었다.

"내도 인자 누가 용상에 앉히준다 캐도 한양에 안 올라가고 싶거마는."

"야단났다. 우리 소식통이 없어지고 말것네?"

그 침체된 분위기를 조금이라도 누그러뜨릴 양 억지로 농담 섞어 하는 호한의 그 말에, 언직은 어쩐지 오싹해하는 듯한 빛을 감추지 못했다.

"이거는 호한이 자네가 젤 싫어하는 미신 겉은 소리지만도, 한양에 가기마 가모 반다시 안 좋은 말을 들은께."

가만히 듣고 있던 호한은 거의 포기나 체념에 가까운 목소리로 말했다.

"미신은 무신?"

그러자 언직은 무언가에 홀려 있는 사람처럼 개개풀린 눈빛이 되었다.

"그기 아이모?"

호한은 그곳 사랑방을 남의 방처럼 생소한 눈빛으로 둘러보았다.

"시방 이 나라 돌아가는 정세가 그런 거를."

그 대답에 언직도 푸념 늘어놓듯 했다.

"앞으로는 한양보담 지리산 골짜기나 남해 바닷가에나 가야것다."

"그라든지."

그때 사랑채 창밖에 선 무화과나무를 줄곧 아무 말 없이 내다보고 있던 강용삼이 분을 참지 못하겠는 듯 혼자 목청을 높였다.

"허어, 도대체 그것들이 사람이가 짐승인가?"

엉덩이를 들썩이며 앞에 누가 있으면 주먹으로 칠 사람같이 했다.

"오데서 그리 몬된 버르장머리를 배와갖고?"

언직 또한 불끈 쥔 주먹을 부르르 떨었다.

"우쨌든 간에, 한 나라 국왕의 조부 아인가베."

연갈색 벽면에 높직이 걸려 있는 액자 속의 검은 붓글씨를 한 번 쳐다보았다.

"대원군 선친이라쿠는 거는 떠나갖고라도 말이제."

호한이 먹장구름 잔뜩 낀 얼굴로 탄식했다.

"앞으로가 큰일인 기라, 앞으로가."

붉은 핏물이 뚝뚝 떨어지는 무서운 비수가 답답한 공기 속에 감춰져 있는 것 같은 분위기였다. 똑같이 섬뜩함을 느낀 용삼과 언직이 얼굴을 마주 보았다. 문방사우가 놓인 탁자가 삐거덕거리는 소리를 내는 듯했다.

"대원군이 가마이 그냥 있을라쿠것나."

그런 소리와 함께 호한은 고개를 절레절레 흔들었다.

"문제다, 문제다."

서안 위에 얹혀 있는 책자가 파르르 떠는 것 같았다.

"솔직히 내라도 그대로는 몬 있는다."

언직은 욕설이라도 퍼붓고 싶은 기색이었다.

"그 피해는 모돌띠리 우리 백성들 몫으로 돌아오것제."

호한과 용삼 입에서 같은 말이 나왔다.

"백성들 몫으로 돌아온다."

언직은 그 방 주인의 성품을 그대로 반영해주듯 티끌 한 점 찾아보기 힘들 정도로 정갈한 방바닥을 내려다보았다.

"만만한 기 젤 밑바닥에 있는 백성들인께네."

사랑방에는 한동안 무덤 속을 방불케 하는 침묵이 깔렸다. 그건 시국이 시국인지라 날이 갈수록 세 사람이 만난 자리에서 빈번하게 일어나는 현상이기도 했다.

'마동 야산도 이렇것제.'

호한 머릿속에 언직과 함께 유춘계를 묻어주었던 저 마동 야산이 떠올랐다. 참으로 품은 뜻이 가상하고 훌륭했지만, 불운했던 농민군 지도자의 흔적이 남아 있는 곳.

'아이제. 거는 상구 더 조용할 끼라. 새라도 날고 있을랑가?'

이웃집 어디에선가 적적함을 이기지 못한 낮닭 우는 소리가 길게 들려왔다. 그 소리는 세상을 더한층 고요하게 이끄는 듯했다.

"채린 거는 없지만도……."

간단한 주안상을 차려온 윤 씨가 질식할 것만 같은 방 안 분위기에 크게 압도당한 듯 조심조심 상을 내려놓고 그림자처럼 조용히 물러갔다.

'사르륵.'

약간 방바닥에 끌리듯 움직이는 그녀의 연녹색 치맛자락 소리만 이상할 정도로 깊고 긴 여운을 남겼다. 그리고 그다음에 온 것은 또다시 묘지와도 같은 분위기였다.

"……."

누구도 얼른 술을 따르거나 안주를 집어들 기분이 아니었다. 어쩐지 크고 시커먼 손아귀가 목을 죄어오는 느낌이었다. 그것도 막연한 상상으로서가 아니라 더없이 묵직한 현실감을 싣고서였다.

"그 오페르트라는 자가 누요?"

이윽고 용삼이 큰 바윗덩이처럼 덮어 누르는 것 같은 공기를 깨뜨리며 물었고, 그 소리는 사랑 방안을 필요 이상으로 세게 흔드는 느낌을 주었다.

"독일 장사꾼이람서요?"

"그기 말이지요."

흡사 그렇게 조작된 꼭두각시 인형같이 계속해서 고개를 들었다 숙였다 하고 있던 언직이 독설 퍼붓듯 했다.

"그 독일사람 혼자모 또 괘안치요."

갑자기 눈을 크게 뜬 용삼이 물었다.

"그라모 또 누가?"

"미국 사람하고 불란스 선교사도 그자를 도왔다꼬 합니더."

싸잡아 죄를 묻는 듯한 언직 말에 용삼은 실로 어이없다는 얼굴이었다.

"허어, 참. 그런 거를 놓고 난장판이라 안 쿠것소."

어떻게 보면, 용삼 자신이 난장패가 되고 싶은 빛까지 엿보였다.

"흠."

호한은 가벼운 기침 소리만 내었을 뿐 여전히 말이 없고, 용삼이 갈수록 침통한 목소리로 입을 열었다.

"갤국 대원군은 우떤 나라 서양인이든지 간에, 모돌띠리 몬 잡아묵어서 이빨을 뿌득뿌득 안 갈것심니꺼?"

살벌한 공기 속에 사냥감을 노리는 맹수처럼 숨어 있던 비수가 드디어 그 위험한 실체를 드러내 보이는 성싶었다. 사랑채 지붕 위에서 간헐적으로 울고 있는 것은 까치가 아니라 까마귀였다.

"그 성질에……."

이웃집에서 키우고 있는 닭은 지겨울 정도로 계속 똑같은 울음소리만 냈다. 용삼은 선약이라도 있는 듯 선뜻 입을 열지 않는 두 사람을 한 번 흘낏 보고 나서 말했다.

"독불장군은 안 좋은데."

그제야 호한이 잠자코 주전자를 들어 석 잔 모두 채우면서 어서 마시기를 권했다. 술로 복잡하고 힘든 것들을 다 씻어버리자는 기색이었다.

"자아."

"조선 최고의 권력자 대원군의 선친 남연군 묘를 노릿다이."

언직은 실로 가증스럽기 짝이 없다는 투로 말했다.

"그 사람들 간이 배 밖으로 빠지나온 모냥인 기라."

그러고 나서 갈증을 몰아내듯 단숨에 비운 잔을 상에 탁 내려놓으며 그나마 다행이란 듯 이렇게 덧붙였다.

"그 예산군 덕산 고을 사람들이 매(세게) 항거하는 통에 도굴에 실패했지, 만약 그들이 안 그랬다모 우짤 뿐했노."

호한이 술이 입에 쓴 사람 모양으로 이맛살을 찌푸리며 물었다.

"도망친 오페르트는 우찌 됐는고?"

언직은 그것들이 뭘 몰라도 한참 모르는 작자들이라는 듯 이렇게 대답했다.

"영종도에서 또 통상을 요구하고 있다 쿠데."

다른 한편으로는 지긋지긋한 찰거머리 같은 것들을 만났다 하는 어조이기도 했다.

"그기 모도 미국이 시키서 하는 짓이람서요?"

용삼 말에 언직이 흥분을 삭이고 깊은 사념에 잠긴 얼굴로 말했다.

"그 이약 들은께 지난번 그 상선이 떠오릅니더."

용삼이 길고 짙은 눈썹을 모으며 물었다.

"아, 제너럴 셔먼호인가 머신가 하는 그 배?"

그러고 보니 어머니 동실 댁을 완전 빼 박은 옥진이 눈썹만은 아버지를 닮았다. 관기가 된 옥진을 그리도 안타까워하는 딸 비화를 호한은 잠시 떠올렸다. 어지간한 남정네는 저리 가라 할 정도로 강단이 있으면서도, 저런 심성으로 어떻게 사나운 장사 바닥을 헤쳐 갈 수 있을까 우려될 정도의 여린 심성도 지니고 있는 여식이었다.

"하모요. 그것도 미국 아입니꺼."

언직이 너무나 아니꼽고 같잖다는 듯 대답했다.

"우리하고 무신 웬수 사이라꼬."

용삼이 벌써 만취한 사람처럼 낯을 붉혔다.

"서로 장사하자꼬 그 법석을 떠는 거 아이것심니꺼."

언직이 용서할 수 없다는 투로 말했다.

"개인이나 나라나 상대가 싫다쿠모 안 하모 고만이지."

용삼이 허공 어딘가를 매섭게 노려보았다. 사실 그 역시 호한이나 언직과 마찬가지로 다른 나라뿐만 아니라 저주와 증오의 대상이 많을 것이다.

"모든 거를 원칙대로 안 하고, 오즉 심으로 밀어붙일라쿠는 기, 이 시상 강자들의 몬된 속성이 아이것심니꺼?"

언직은 무척이나 가소롭다는 낯빛으로 비아냥거렸다.

"그런 기 똑 증이(정의)매이로 해쌈시로 말이지예."

용삼 또한 코웃음 치는 말투였다.

"아모리 요새 시상은 증이가 진구렁에 꺼꾸로 처박힛다 쿠지만도……."

잠시 무엇을 생각하는 표정이다가 둘이 이구동성으로 말했다.

"에이, 우리 술이나 마십시더."

"지 말씀도 바로 그깁니더."

호한은 오페르트라는 자의 얼굴을 떠올리자 곧 임배봉 얼굴이 눈앞에 그려졌다. 배봉이 그놈처럼 생겨먹었을 게다. 그게 아니라면 억호, 만호 같이. 비화가 없다면 우리가 어떻게 살아가고 있을까 상상만 해도 무섭고 치가 떨렸다.

'첨 낳을 적에 그리 서분해쌌던 딸내미 덕을 볼 줄은 에나 안 몰랐디가. 아들 바래다가 점벡이 행재나 맹쭐이 겉은 거 생깃으모 우짤 뿐했노?'

하늘이 무너져도 솟아날 구멍이 있다고, 효심이 심청이처럼 지극하고 더없이 당찬 여식 비화가 상촌나루터에서 콩나물국밥집을 운영해 그들 부부가 먹고사는 데는 별로 큰 문제가 없었다. 비화는 정기적으로 부모가 먹고 입고도 남을 돈을 꼭꼭 챙겨주었다. 그렇지만 비화가 친정집에 올 때마다 어김없이 꺼내는 소리가 그저 두렵고 걱정되는 호한이었다.

"배봉이 집구석 팍 망하거로 할 낍니더."

그럴 때 비화 모습은 영락없이 거울에 비친 호한 자신이었다. 더구나 하는 언동마저도 고스란히 빼박았다.

"그날꺼지는 아부지, 어머이, 두 분 모도 꼭 살아 계시야 합니더."

호한은 누가 보면 체통 없다 여겨질 만치 연방 고개를 끄덕였다.

"하모, 하모, 그래야제. 애비는 염라대왕한테 부탁을 해서라도 그날 꺼지는 저승사자를 보내지 말아 달라꼬 할 끼다."

그러나 비록 딸 앞에서 입으로는 그렇게 막 큰소리를 치면서도, 그는 불길하기 이를 데 없는 예감이 아귀처럼 덤벼드는 것을 어쩌지 못했다.

'내도 당해뻔 눔 아이가.'

배봉에게 당해 모든 것을 잃고 울며불며 친정으로 돌아오는 딸 모습이 지워도 또 지워도 자꾸만 머릿속에 그려졌다. 심지어 딸이 상촌나루터 시퍼런 남강에 몸을 던지는 무서운 장면까지 나타나 보이기도 했다.

호한이 벗들과 어울려 있으면서도 그렇게 비화 걱정에 시달리고 있을 때, 안골 염 부인이 오랜만에 나루터집에 들렀다.

"마님, 쌔이 오시이소."

장사는 뒷전이고, 그저 반갑게 맞이하는 비화였다.

"그동안 잘 살았고?"

친정어머니같이 묻는 염 부인이었다. 살갑기는 평양 나막신, 그런 말처럼 붙임성이 있고 사근사근한 사람은 아니지만, 비화에게는 언제나 그렇게 대해주는 그녀였다.

"예, 마님 덕분에 잘 삽니더."

비화는 건강을 염려하듯 그녀 안색을 조심스레 살폈다.

"한참 적조했심니더. 오늘 우리 마님 얼골 뵈이……."

염 부인은 짐짓 토라진 얼굴을 했다.

"사람이 그라모 안 된다이? 인자는 얼골도 잘 안 비이주고. 암만 값이 비싼 얼골이라도 그렇제."

"그런 기 아이라예. 죄송해예. 호홋."

비화는 겉으로는 그러지 않는 척하면서도 계속 그녀 표정을 읽었다. 또 배봉에게 얼마나 시달렸을까 하는 우려에서였다. 그런데 다행스러운 일이었다.

"역시나 내 짐작대론 기라. 에나 손님도 쌔삣다."

그러면서 가게 안을 둘러보는 염 부인 얼굴이 예상보다 밝았다.

"잘하고 있는 기라, 잘하고 있는."

아무래도 남이라기보다는 딸이 영업하는 곳에 나온 어머니 같아 보였다.

"이기 모도 마님께서 도와주신 덕분입니더."

한 번 더 감사함을 표하는 비화 마음도 덩달아 좋았다.

"내가 도와준 기 머가 있다꼬."

머쓱한 표정을 짓는 염 부인에게 비화는 떼를 쓰듯 했다.

"아이라예, 아이라예."

"우쨌든 우리 비화 사장 대단타. 여장부라쿠는 말만 갖고는 모지랜다."

방으로 모신 염 부인은 아주 흡족해했다. 평상시 그녀답잖게 말수도 부쩍 늘어났다.

"온 가게 안에 훈기가 돌고 있다 아인가베. 만물을 소생케 하는 봄바람 겉다."

비화가 손으로 방바닥을 쓰는 시늉을 하며 말했다.

"그거는…….."

염 부인이 얼른 가로막았다.

"또 마님 덕분이라 쿨라는 기제?"

그 말끝에 두 사람은 얼굴을 마주 보며 웃었다.

"호호호."

하지만 그것은 잠시였고 분위기는 곧 더없이 어두워지고 말았다. 염 부인이 저주 내리듯 꺼낸 이런 이야기 탓이었다.

"배봉이하고 그 자슥들이 하는 동업직물 안 있나."

비화는 눈에 탁탁 불똥이 튀고 귀가 윙윙 울리는 듯했다. 염 부인은 이제까지와는 다르게 탁하게 갈라진 목소리였다.

"그리 잘된담서?"

비화는 침통한 얼굴로 입을 열었다.

"지난번 만내 뵌 진무 스님께서도예, 방금 마님께서 하신 그런 말씀 하심시로 상구 지를 걱정하싯심니더."

염 부인은 깊은 절망의 늪에 빠진 사람 같아 보였다.

"진무 스님께서도?"

비화는 음식 냄새 밴 손가락만 만지작거렸다.

"예."

마음을 가라앉히기 위해서인 듯 잠시 마당가 평상에서 들리는 손님들 소리에 귀를 기울이고 있던 염 부인이 말했다.

"하늘이 우째서 그런 인간들 팬들어주시는고 모리것다."

"……."

방바닥 장판을 다른 색깔로 교체하고 벽지를 새로 발라야 하지 않을까? 비화는 무연히 그런 생각을 해보았다.

'후~우.'

갈수록 염 부인은 태산준령을 허위허위 넘어온 사람만큼이나 지치고 힘들어 보였다. 잠시 후 그녀는 혼잣말처럼 말했다.

"부처님께서도 자비를 베풀어주실 만한 사람한테 베풀어주셔 야⋯⋯."

온몸이 지치고 힘든 그만큼 늙어 보이기도 하는 그녀였다. 심신은 언제나 그렇게 함께 어깨동무 하는 것인 모양이다.

"그런께 말입니더, 마님."

학지암으로 통하는 어두운 숲속 길에서 배봉에게 농락당하던 염 부인 모습이 떠올라 비화 가슴이 맷돌에 짓눌린 듯 답답했다.

'내가 그거를 안 봤으모, 심장이 이러키나 상하지는 안 할 낀데.'

그것도 신이 미리 정해 놓은 운명이라면 어쩔 수 없겠지만. 아니다. 설혹 신이 그랬다고 할지라도 순종할 순 없다. 끝까지 거부해야만 한다. 머릿속에 든 것을 떨쳐내듯 고개를 함부로 흔들었다.

'시상에서 젤 무섭고 더러븐 기 기억이라더이.'

배봉의 징그러운 웃음소리와 염 부인이 애걸하던 소리도 속이 막 울컥거릴 정도로 생생히 되살아났다. 그리고 연약한 염 부인 몸을 표적 삼던 배봉의 곰 같은 덩치. 그 위에 겹쳐 나타나 보이던 점박이 형제와 옥진.

'2대에 걸친 그 악행惡行!'

그때 자세를 고쳐 앉는 염 부인 입에서 비화가 예기치 못한 말이 나왔다.

"내가 오늘 여 온 거는, 꼭 해줄 말이 있어선 기라."

비화는 바짝 긴장했다. 염 부인 음성이 예사롭지 않았던 것이다. 그런데 그런 이야기가 나올 줄이야.

"교방 관기로 있는 옥진의 기맹(기명)이 해랑이라 캤던가?"

비화는 가슴을 졸이며 조심스럽게 말했다.

"예, 그렇십니더만……."

염 부인은 입을 열기도 힘겨워 보였다.

"비화 각시하고 친자매겉이 지낸다쿠는 그 기녀 말인데……."

"와, 와예?"

비화 말끝이 바지랑대에 올라앉은 잠자리 날개처럼 파르르 떨렸다.

"우, 우리 진이한테 무, 무신 일 있어예?"

"그기, 그기."

그 말만 되풀이할 뿐 염 부인은 얼른 답변을 해주지 않았다. 순간적인 착시였지만, 그때 비화 눈에 비친 사방 벽이 뇌옥의 벽같이 보였고, 염 부인은 그 속에 갇혀 있는 죄수처럼 보였다.

"해나?"

비화는 가마솥 누룽지 타듯 바싹바싹 애가 탔다. 염 부인 낯빛이 심상치 않았다. 게다가 그녀는 대단히 말을 아끼는 눈치였다.

"퍼뜩 말씀해 주이소오, 예에?"

비화가 애걸하다시피 했다.

"음."

염 부인은 신음 같은 소리를 한 번 내고는 입술을 질끈 깨물었다. 그러고는 격한 감정을 억누르기 위한 듯 천천히 입을 열었다. 아니, 사실은 너무 숨이 가쁜 나머지 말을 빨리하지 못하는지도 모른다.

"배봉이 큰자슥 눔 억호 안 있나."

그러잖아도 간담을 졸이던 비화는 눈앞에 번갯불이 번쩍이는 듯했다.

"어, 어, 억호예?"

염 부인이 짧게 확인시켜주었다.

"하모, 억호."

"와, 와예? 어, 억호가 와예?"

평소 그녀답지 않게 조급증과 두려움에 사로잡혀 있는 비화를 건너다보는 염 부인 음성에 진노와 근심의 빛이 동시에 실렸다.

"그눔이 공공연히 주디이 벌로 나불댐서 댕긴다 쿠는 기라."

비화는 어쩔 수 없이 더욱 성미 급한 여자가 돼가고 있다.

"머라꼬 나불댐서예?"

장판지 위에서 미끄러질 것같이 보이는 비화였다.

"허, 그기 안 있나, 새댁아."

염 부인은 참으로 어처구니가 없어 말하기도 싫다는 기색이었다. 심지어 괜히 오늘 여기 왔다고 후회하는 빛까지 보였다.

"얼릉 말씀해 주시이소, 마님."

그러나 염 부인이 그렇게 할수록 더욱 달라붙듯 하는 비화였다.

"쌔이예!"

"머라쿠는고 하모……."

그런데 이윽고 염 부인 입을 통해 나오는, 억호가 공공연히 나불거렸다는 그 말은 참으로 경악스럽고도 가증스럽기 짝이 없었다.

'해랑이를 내 여자로 맨들 끼다.'

그렇게 전해준 염 부인은 마치 무서운 것을 본 아이가 그러듯 두 눈을 꼭 감으면서 오싹 진저리를 쳤다.

"아, 억호가 오, 옥지이를?"

비화는 너무나 억장이 막혀 말이 제대로 되지를 않았다. 아무리 그 누구도 어쩌지 못할 인생 막장이라고 해도, 제가 옛날에 한 일이 있는데 어떻게 그따위 소리를?

"그 나물에 그 비빔밥이라쿠디이, 우찌 그리 똑 빼박았는고."

하지만 염 부인 입에서 배봉의 이름은 다시 나오지 못했다.

"으."

비화는 한참 동안 정신을 차리지 못했다. 이 세상에서 있어서는 안 될 일이 두 번이나 일어나려 하고 있다. 그것도 전혀 실현 가능성이 없는 것도 아닌 일이 일어나려 하고 있다.

'이랄 수가?'

비화는 누가 손으로 잡아 빼듯 머리카락이 뭉텅뭉텅 빠져나가는 느낌이었다. 억호 그놈이 또다시 옥진이를 노리기 시작하다니.

"마님은 그런 소리 오데서 들으셨심니꺼?"

방문에 일렁거리는 나무 그림자가 더없이 비현실적으로 비쳤다. 어떻게 보면 검은 옷을 입은 자객이나 염탐꾼이 몰래 엿듣고 있는 형상 같기도 했다.

하여튼 마음을 단단히 먹어야 한다고 비화는 내심 크게 다짐하고 또 다짐했다. 예전에는 그렇게 하지 못했지만, 이번에는 옥진을 보호해 주어야 한다. 만약 이번에도 그렇게 하지 못한다면. 아니, 만약이라는 그런 가정조차 결코 용납될 수 없는 일이었다.

"마님! 우리 옥지이……."

그러자 잠시 후 염 부인도 비화와 같은 심정인지 좀 더 상세히 들려주기 시작했다.

"내가 큰 객줏집을 하고 있는 퇴기 하나를 쪼꼼 아는데, 점벡이 자슥들이 거게 잘 가는 모냥이라."

"객줏집예?"

비화 뇌리에 그려졌다. 객주 영업을 하는 집. 상인의 물건을 위탁받아 팔거나 매매를 거간하며, 또 그 장사치들을 치르기도 한다던가. 주로 곡류나 해산물, 담배, 쇠가죽 등속을 취급한다는 사실은 비화도 알고 있다.

"억호가 거 장사꾼들을 앞에 앉히 놓고 해쌌는 소리가 머신고 아나?"

염 부인은 감정이 격해지는지 연방 가쁜 숨을 몰아쉬며 들려주었다.

"돈하고 권력하고 있는 대로 싹 다 써갖고, 해랑이를 감영에서 빼내서 지 소실小室로 삼을 끼다, 그라더라데, 시상에."

"그, 그기 말이 되는 소리라예?"

비화는 온몸의 피란 피는 모조리 한꺼번에 거꾸로 치솟는 듯했다.

"옥지이를 지 소실로 삼는다꼬예?"

염 부인은 혐오감을 지우지 못하는 목소리였다.

"하모."

"지가 무신 재조로예?"

비화 두 눈은 마치 시퍼런 구슬 두 개를 박아놓은 것 같았다. 저 촉석루 기둥처럼 굵은 다리로 못된 마귀를 짓밟고 있는 절간 사천왕상을 방불케 하는 눈이었다.

"지가 무신 맹목(명목)으로예? 무신 권한으로예? 예에?"

아무런 죄도 없는, 아니 오히려 옥진을 보호해 주려는 고마운 그녀에게 막 따지듯이 하는 비화였다.

"그런께 말이제. 텍도 없는 소린 기라."

염 부인은 정말 어처구니없다는 표정을 지으면서도 불안하고 초조한 빛을 떨치지 못하는 기색이 역력했다. 사뭇 흔들리는 목소리로 말했다.

"객줏집 사람들한테 지 권세가 대단한 거매이로 비일라꼬 그라것제."

"그렇다꼬 우찌 그런?"

그러면서 당장 일어나 억호에게 달려갈 것같이 하는 비화였다.

"고것들한테, 우찌 그런 말이 오데 맥히들어가나?"

염 부인 낯빛은 너무나도 창백하여 이제 막 병석에서 간신히 일어나 앉아 있는 중환자를 연상케 했다. 음성에도 병색이 묻어나오는 듯했다.

"그 소리를 곧이곧대로 들을 사람이사 없것지만도, 하도 물불 안 가리고 몬된 짓거리 막 해쌌는 것들이라 놔서……."

염 부인 그 말이 끝나기도 전에 비화가 당장 부탁했다.

"그 퇴기가 하는 객줏집 좀 갈카주이소, 마님."

염 부인이 눈을 크게 뜨며 물었다.

"그거는 알아서 머할라꼬?"

비화는 단도직입적으로 말했다.

"한분 만내볼랍니더."

"만내보것다……."

그러면서 비화 눈을 가만히 들여다보던 염 부인이 긴 한숨을 내쉬었다.

"내는 새댁이 걱정된다."

비화도 염 부인 눈을 바라보았다.

"지예? 지가 와예?"

염 부인 얼굴에 두려운 빛이 짙게 떠올랐다.

"점백이 자슥 고것들 만내갖고 무신 봉밷(봉변) 당할랑고 안 모리나."

지붕 위에서 까마귀가 불길한 소리로 울고 있었다.

"안 당합니더!"

비화는 염 부인 앞에서 그래서는 절대 안 되는 일인 줄 뻔히 알면서도 공연한 반발심부터 일어남을 어쩔 수 없었다.

"발세 드센 여 나루터 바닥서 여러 해 굴리묵은 몸입니더."

그러나 염 부인은 잠자코 고개만 연해 가로저을 뿐이었다. 그러면서 차마 입에 올리기도 끔찍하다는 빛을 보였다.

"상대가 누고."

비화는 담판을 지으려고 하는 사람같이 굴었다.

"지도 그리 호락호락 당하지만은 안 합니더."

비화 두 눈에 이글이글 불길이 타오르고 있었다. 그 어떤 것이라도 깡그리 태워버릴 것 같은 매서운 눈빛이었다. 그렇지만 염 부인 얼굴은 근심과 우려로 가득 찼다.

"사람이 생각 하나만 갖고는……."

그러는 말끝도 겨울바람에 흔들리는 문풍지처럼 사뭇 떨려 나왔다.

'아, 백 부잣집 안방마님이 우짜다가 저리?'

비화는 경악하고 분노했다. 선머슴들 후려잡던 옥진이 막상 점박이 형제 이야기만 나오면 사족을 쓰지 못하듯, 염 부인도 배봉 집안 이야기에 그저 기가 꺾이는 모양이었다.

'사정이 이렇다모?'

비화는 신의 계시를 접하는 느낌에 전율하며 스스로에게 각인시켰다.

'그것들하고 싸울 사람은 내밖에 없다.'

비화는 무슨 일이 있어도 기필코 그 퇴기를 만나봐야겠다고 결심했다. 제아무리 버거운 상대라 해도 할 수 있는 데까지는 저항해 봐야지 가만히 두 손 맺고 앉아서 당할 수만은 없는 노릇이었다. 마당 대추나무에서 재촉하듯 새소리가 들려왔다.

이상한 저주

객줏집이 보였다.

그 앞을 오가는 행인들 발걸음이 어쩐지 분주하다는 느낌을 갖게
했다.

"비화 새댁 왕고집에, 앞발 뒷발 다 안 드는 사람이 오데 있것노? 하
늘 아래 사는 사람 가온데 그런 사람은 하나도 없을 끼다."

그러면서 마침내 염 부인이 일러준 그 객줏집은 비봉산과 읍내장터
그 어름에 있었으며 믿을 수 없을 정도로 굉장한 규모였다.

'내가 시방꺼정 상구 잘몬 알고 있었는갑다.'

비화는 객줏집을 달리 보게 되었다. 객줏집이라고 하면, 그저 몇몇
장사치들 물품 등을 맡아 팔거나 매매를 거간하는 영업 정도를 하는 곳
이라고만 치부했었다.

그런데 여각旅閣이라고도 하는 객줏집은 그녀가 예상했던 것보다도
훨씬 대단한 곳이었다. 인구가 점점 불어나고 갈수록 상업의 힘이 커져
감에 따라 객줏집 또한 봄비에 쑥부쟁이 돋아나듯 무섭게 성장하는 것
인지도 몰랐다.

'아!'

특히 비화가 그곳의 커다란 문간에서 딱 맞닥뜨린 사내는 그만 가슴부터 졸아붙게 했다. 양반집 수청방에 있으면서 여러 가지 잡일을 맡아보는 청지기를 얼핏 떠올리게 하는 그 사내는 첫인상부터가 사람을 위압했다. 턱이며 이마는 툭 불거져 나오고 코 부근은 움푹 들어간 얼굴이 험상궂기 그지없었다.

'객줏집 칼도마 겉다고 하더이. 객줏집 사내라서 그런 기가? 에나 무섭거로 생깄거마는. 점벡이 자슥들 고것들도 덜덜 떨것다.'

여장부인 비화였지만 주눅부터 들었다. 물론 지금 찾아온 용무부터 몹시 긴장되는 성질의 것이긴 했다. 그런데 사내는 생김새와는 달리 매우 온순하고 친절했다.

"아, 염 부인하고 아신다꼬예?"

비화는 용기를 얻었다.

"예, 그러이 좀 만내거로 해주이소."

"알것심더."

사내는 이런 사실도 알고 있었다.

"안골 백 부잣집 염 부인은 우리 주인께서 누보담도 존갱하시는 분입니더."

"예에."

비화는 예감이 썩 나쁘지는 않았다.

"지를 따라오시소."

사내가 성큼 앞장섰다. 그의 한 걸음이 보통 사람 두세 걸음은 족히 될 성싶었다. 등판 또한 저 봉곡리 타작마당만큼이나 넓어 보였다.

"여서 잠깐만 기다리시소."

"고맙심더."

비화는 사내가 공손하게 안내해 준 어떤 방으로 들어갔다. 별다른 장식이 없는 방이었다. 거기는 상인들을 치기도 하는 곳이기에 집의 덩이, 곧 '채'가 여럿이나 되었다. 그래서 단순히 안채, 바깥채로 구분될 정도가 아니라 중간채라고 불릴 만한 것들이 많이 들어앉아 있어 아흔아홉 칸은 아닐지라도 열두 칸은 됨 직했다. 그리고 각 채마다 딸린 방은 그 수를 헤아릴 수 없을 지경이었다.

"누가 내를 만내자 쿤다꼬?"

얼마 기다리지 않아 거기 여주인이 나타났다. 그녀는 얼른 앉은 자리에서 일어나려는 비화더러 그대로 있으라고 손짓을 했다.

"염 부인은 이몸에게 큰 은인이시제."

나이가 무색하리만치 얼굴빛이 투명하고 음성이 맑았다. 비화는 염 부인이 그녀에게 내린 은혜가 옥진에게 되돌아와 주기를 가슴 깊이 소원했다. 여주인은 상대를 꿰뚫어 보는 눈빛으로 비화를 찬찬히 건너다보았다.

"그래 내한테 무신 용무가 있어 왔는지?"

볼수록 참 곱게도 나이 들어가는 얼굴이었다. 그런데 어디선가 만난적이 있는 것 같아 비화는 내심 고개를 갸웃했다. 객줏집 하는 여자를 만날 일이 없는데.

"실은……."

비화는 찾아온 용건을 털어놓았다.

"우리 고을 교방 관기로 있는 옥지이, 아니 해랑이 일 땜에 찾아뵈로 왔심니더."

그러자 객줏집 여주인 미간이 약간 찌푸려졌다. 말 그대로 누에의 그것 같은 두 눈썹 사이의 그녀 양미간이었다.

"그 아이 땜에?"

심하지는 않지만, 말끝에도 엷은 짜증과 거부하는 기운이 묻어났다. 그런 그녀에게서는 쉽게 범접할 수 없게 하는 어떤 기운이 풍겨 나오고 있었다.

비화는 자리가 불편해졌다. 당장 그대로 돌아 나오고 싶었다. 하지만 그럴 수는 없었다. 마음을 굳게 추스르며 각오가 단호하다는 것을 짧은 답변으로 표시했다.

"예."

객줏집 여주인은 눈을 가느다랗게 뜨고 무언가를 헤아려보는 빛이었다.

"그래서 낼로 찾아온 기다."

비화는 이번에도 또박또박한 목소리로 말했다.

"그렇심니더. 그래서 온 깁니더."

객줏집 여주인은 잠시 탐색하듯 비화 얼굴을 살피더니 갑자기 의아스러울 만큼 목소리를 낮추어 물었다.

"각시는 그 아이하고 우떤 관계기에?"

비화는 어떻게 답을 해야 할지 망설임 끝에 대답했다.

"진자매맹캐 시내는 사입니더."

"그런가?"

객줏집 여주인은 가만히 눈을 감았다. 속눈썹이 길어서 그런지 얼굴에 약간 그늘이 지는 인상을 주었다. 특히 뭔가 모를 복잡한 빛이 이리저리 엇갈리는 표정이었다. 그런 얼굴로 그녀는 혼자 되뇌었다.

"친자매, 친자매라."

이윽고 다시 눈을 뜬 그녀는 홀연 무척이나 감회어린 얼굴로 변해갔다. 음성에도 아련한 기운이 실렸다. 신뢰성에 문제가 있는 여자 같지는 않다는 게 그녀를 맨 처음 봤을 때 비화가 품은 감정이었다. 하지만 몸

빛이 주위의 환경이라든지 광선, 온도에 따라 자유로이 변한다는 저 카멜레온을 떠올리게 하는 여인이었다.

"내가 그 아이를 맨 첨 본 기 운제였더라?"

"……."

객줏집 여주인은 기억을 더듬는 눈치였다. 비화 눈에 그녀 얼굴이 뭉게뭉게 피어오르는 구름 속에 든 것처럼 보였다. 흐릿한 안개 저편으로부터 흘러나오는 듯한 목소리가 다시 이어졌다.

"우쨌든 그때부텀 이상하게 그 아이 얼골이 내 머리에서 떠나지를 않았제. 에나 알 수 없는 일인 기라."

비화는 점차 야릇한 기분에 휩싸이기 시작했다. 꼭 무슨 전설의 주인공이 돼가는 기이한 감정에 젖었다. 하지만 전혀 내다보지 못했다. 객줏집 여주인 입에서 그런 놀라운 말이 나올 줄은 몰랐다.

"그런께네, 하매 그기 십 년하고도 두서너 해가 넘었거마는. 아, 그보담도 더 지났는지도 모리것네?"

"……."

"그날, 우리 기녀들이 가매를 타고 저 신북문 옹성이 있었던 근방을 막 지나가고 있던 참이었는데……."

그 순간, 비화는 눈앞에 불이 확 켜지는 느낌이 왔다.

'그렇구마! 그 기생 어미였구마! 우짠지 안면이 있다 싶더이만. 시상인연이라쿠는 기 이리 묘한 긴갑다.'

실로 놀랄 일이 아닐 수 없었다. 천장과 방바닥이 팽그르르 자리바꿈을 하는 것 같았다.

'우찌 이런!'

그다음에 비화 머릿속에 퍼뜩 들어앉는 말은 새끼 기생이었다.

'그때가 운젠고?'

참으로 오래전의 일이다. 그날 옥진과 함께 길에서, 앞뒤에서 멜빵에 걸어 메게 되어 있는 저 가마를 타고 가는 기생들 무리를 보았다. 하나같이 가던 걸음을 멈춰 서서 그 화려한 행렬을 구경하고 있던 행인들 하는 얘기로는, 논개 제사를 지내려고 논개 영정과 위패를 모셔놓은 의기사義妓祠로 가는 기생들이라 했다.

그런데 어린 비화와 옥진이 넋을 빼놓고 있을 그때였다. 가마 한 대가 갑자기 멈춘 것은. 그리고 가마의 휘장이 걷히면서 드러난 기생 어미의 얼굴. 그녀는 눈같이 희고 가늘고 긴 검지를 들어 옥진을 가리키며 말했었다.

'내 일찍이 저리도 꽃다운 얼골은 본 적이 없어. 군계일학맹캐 눈에 띄었지. 아아, 아즉 장성치 않은 여자아이가 우짜모 저다지도 고울 수 있단 말이던고?'

비화 귀에는 그날의 기생 어미 목소리가 바로 엊그제인 양 연이어 들려왔다. 비화는 아직 한참 어렸던 그 당시와는 비교가 아니게 온몸이 덜덜덜 떨려오기 시작했다. 짧은 순간에 온갖 생각이 덩굴처럼 뒤엉켰다.

'이기 잘될라쿠는 일이까, 몬될라쿠는 일이까?'

객줏집 여수인 음성도 갈수록 크게 흔들렸다.

"내 기방에 수십 년 몸담아왔건만, 그토록 향기 나는 여자는 보지 몬했었지."

비화는 그 충격적인 와중에도, 기생 어미 출신 퇴기가 저렇게 얘기할 정도라면 옥진이가 정말 예쁘기는 예쁜 모양이구나, 하는 실감이 났다.

"그날 그 앨 첨 봤지만도, 장차 우떤 삶을 살아가게 될랑고 너모 궁금했었고."

비화는 그날 그 애와 같이 있던 아이가 바로 저라고, 사실대로 말해주어야 할 것 같았다. 그러나 객줏집 여주인은 스스로의 감정에 사로잡힌 나머지 상대가 입을 열 틈을 주지 않았다. 그녀는 애틋한 꿈을 꾸는 비련의 여인을 연상케 했다.

"아즉도 기억나거마는, 내가 마즈막으로 했던 말이."

"……."

비화는 십수 년 동안 깊이 감추어져 있던 어떤 사연에 관해 듣는 것 같은 기분이 들어 정신이 아뜩해지고 몸은 그저 움츠러들려고만 했다. 그리고 그 이면에 악귀의 그림자가 되어 어른거리고 있는 것, 바로 저 대사지 비밀이었다.

"내는 빌었었제. 지발 미인박명이라쿠는 옛말이 저애만은 비껴가거로 해 달라고 그리도 빌었었는데……."

그녀는 거기서 더 말을 잇지 못했다.

"그란데, 그란데……."

객줏집 여주인의 가늘고 긴, 하지만 연륜의 흔적인 듯 어쩔 수 없이 잔주름이 약간 가고 있는 목이, 광풍에 꺾인 나뭇가지같이 아래로 축 처져 내렸다. 그러자 비화 어깨도 더욱 움츠러들었다. 그날 들었던 기생들과 행인들 말소리가 또다시 기억의 날개를 매달고서 제멋대로 뒤섞여 되살아났다.

― 사람들이 우리를 보고 말하는 꽃이라지만, 저앤 걸어 다니는 꽃이로군요.

― 새끼 기생 아이가?

― 저거는 틀림없이 천년 묵은 여시가 둔갑해갖고 나타난 기라.

비화는 한층 부르르 온몸을 떨어야만 했다. 저 퇴기는 그 옛날에 이미 다 내다보고 있었던 걸까? 옥진의 앞날과 옥진이 '해랑'이 되리란 것을 말이다.

"그날 이후로……."

객줏집 여주인 목소리가 꿈속의 언덕 너머에서처럼 아련하게 다시 들려오기 시작했다.

"내 머리에서 떠날 줄 모르던 그 아이가, 끝내 관기가 되고 말았다쿠는 사실을 뒤에사 알기 되었제."

그녀는 아마도 감영에 딸린 교방을 떠올려보는 기색이더니 자못 흔들리는 목소리로 말을 이어갔다. 한양 말씨와 지역 말씨가 반반씩 섞인 그녀의 말씨는 약간 특이한 느낌을 자아내었다.

"그래, 그 앤 기녀가 될 사주팔자를 타고 이 시상에 태어났던 기라."

아무것도 보이지 않는 허공 어딘가를 한참이나 응시했다.

"그라고 내는 그거를 예감하고 있었던 기고."

그녀는 무척 어지러운 듯 이마에 가져갔던 손을 내려 방바닥을 짚고서 자세를 고쳐 앉은 후에, 마치 무녀가 귀신 들린 사람을 위해 푸닥거리를 하듯 했다.

"후우이. 무서븐 일이거마는, 무서븐 일."

비화도 그만 온몸에 오싹 소름이 돋았다. 그게 옥진의 사주팔자라니.

"아아, 하늘이 한 분 정해준 그 아이 운명은 누구도 바꿀 수가 없겠시."

객줏집 여주인이 잠시 말을 그친 사이에 비화는 비로소 실토했다.

"지도 그날 그 아아하고 거 같이 있었심니더."

"그랬던가? 그랬어?"

그녀가 약간 놀랍다는 빛을 내비쳤다.

"가마이 있자, 그랬다모?"

"그날 뵌 얼골이 기억납니더."

비화는 목이 잠긴 목소리로 말했다.

"세월이 한거석 흘러갔지만도예."

"어쩜 아주 쪼꼼밖에 흘러가지 않았는지도 모리제."

무슨 의미인지 몰라도 그런 말을 하던 그녀는 아까보다 더 비화를 요모조모 뜯어보더니 느닷없이 이렇게 말했다.

"각시는 복을 타고난 거 겉거마는."

비화는 놀라 그녀를 바라보았다.

"예?"

객줏집 여주인 눈이 무릎 위에 단정하게 얹혀 있는 비화의 두 손을 향했다.

"손이 커. 큰손……."

어리둥절한 표정을 짓고 있는 비화의 얼굴로 시선을 옮기며 확신하듯 했다.

"그 손이 복을 불러줄 것이야."

자못 부럽다는 빛이었다.

"복손이거마, 복손."

문득, 그 소리에 진무 스님 음성이 겹쳐 들리는 비화였다.

– 장차 자라면 거부가 될 상이로고!

한참 혼자서 고개를 주억거리고 있던 객줏집 여주인은 적잖게 궁금하다는 듯 조심스레 물어왔다.

"그란데 시방 각시는 오데 살고 있는지?"

비화는 이번에도 사실대로 답했다. 구태여 감출 일도 아니긴 하지만, 어쩐지 그녀에게는 무슨 거짓말을 하면 금방 탄로 날 것같이 느껴지는 것이다.

"저어기 상촌나루터서 콩나물국밥집을 하고 있심더."

그러자 그녀가 깜짝 놀라는 얼굴로 또 물었다.

"아, 그렇다면 거게 나루터집 여주인이 바로?"

"예, 그렇심니더."

"그, 그렇구마."

객줏집 여주인은 가쁜 숨을 몰아쉬더니 흡사 진무 스님이 말하듯 얘기했다.

"내 눈이 아즉꺼지는 깜깜절벽이 아이거마는."

그녀는 흥분의 빛을 감추지 못했다. 그럴 때 보면 아주 순진한 여자아이를 방불케 하는 묘한 여인이었다.

"우짠지 큰 부자가 될 거 겉은 얼굴 상이라 싶더니만."

비화는 그냥 듣고 있기가 민망했다.

"아, 무신 말씀을 자꾸 그리 하심니꺼?"

"아니, 아니지."

객줏집 여주인은 무척이나 감개무량한 모양이었다.

"내도 진즉에 나루터집 이약은 들어 알고 있제. 그 유명한 나루터집 여주인이 시방 내 앞에 앉아 있다이."

비화는 낯을 붉혔다.

"부끄럽심니더. 아즉 콧구녕만 한 밥집입니더. 무담시 소문만 크기 나갖고예."

그러자 객줏집 여주인은 길게 뻗어 올라간 꽃대 같은 고개를 살래살래 흔들었다.

"아니제. 나루터집이 대단하제. 저 동업직물을 상대할……."

그러더니 제풀에 놀란 듯 퍼뜩 말끝을 흐려버렸다.

일순, 비화는 번쩍 정신이 났다. 눈앞에서 세상을 가르는 번갯불이 내려치는 듯했다. 동업직물을 상대할 이라니? 그렇다면 이 객줏집 여주인도 배봉가家의 동업직물에 대해서 무슨 일이 있는 것인가?

비화가 무어라 입을 열려는데 그녀가 서둘러 다른 소리를 꺼냈다.

"그러니까 각시가 바로 김비화라쿠는 그 여잔가베."

"예."

그녀는 좀 더 비화 얼굴이며 몸매를 찬찬히 훑어보며 말했다.

"염 부인께서 가차이하시고 싶은 사람이 틀림없것다는 생각이 들거 마는."

어느새 소녀 같던 느낌은 사라지고 산전수전 다 겪은 퇴기 음성이 계속 방안을 울렸다.

"염 부인 그분이 역시 예사 분은 아인 기라. 사람을 알아보시는 눈이 참말로 무서블 정돈 기라."

그러던 객줏집 여주인 입에서 비화가 그만 잔뜩 가슴 졸일 말이 흘러나왔다.

"그렇기는 한데, 와 그런고 남이 모를 무신 아푼 과거를 품으신 분 같기도 해."

"……."

그곳은 갑자기 장사치들이 들끓는 객줏집이라는 그 이름이 무색하리만치 조용한 분위기가 흐르고 있었다. 한적한 두메산골을 연상케 했다.

"그게 머신지 정말 궁금타 아인가베."

비화가 계속해서 아무런 말이 없자, 그녀는 이번에는 상대방이 거부감을 품게 할 정도로 빤히 바라보았다.

"혹시 각시는 염 부인에 관해서 알고 있는 기 있는가 모리것네?"

"아, 아입니더."

비화는 그만 고개와 손을 한꺼번에 내저었다.

"지가 우찌 그런 거를?"

그러나 객줏집 여주인 얼굴에서 의문의 빛은 사라지지 않았다.

"분명히 머가 있기는 하거마는."

재차 확신하듯 그러더니 어느 순간 기습처럼 말했다.

"나루터집 여주인도 내를 속이고 있고."

비화는 그야말로 상대방 눈에 띄게 몹시 당황하고 말았다.

"지가 무신?"

"비밀……"

퇴기와 객줏집 여주인, 그렇게 남다른 인생 역정을 살아온 두 개의 얼굴이 이야기하고 있었다. 실제로 비화 눈에는 그녀 얼굴이 두 개로 보이기도 했다.

"여기는 엄청난 비밀이 숨겨져 있을 끼라. 안 그라고서야 염 부인 겉은 분이 그라실 리가 없어."

그녀는 비화 표정을 한층 더 유심히 보아가며 비화 마음에 꼭꼭 담아 두라는 듯이 이렇게 덧붙였다.

"내 눈도 쪼꼼은 그런 거를 볼 줄 안다고 할 수 있제."

그녀의 눈빛이 예리한 비수로 돌변하여 정확하게 가슴팍을 찔러오는 아찔한 느낌이었다. 누구라도 단단히 방어하지 않으면 당할 수밖에 없는 비장의 무기 같은 게 그녀에게는 있었다. 비화는 안 되겠다 싶어 서둘러 화제를 다른 곳으로 돌렸다.

"우리 옥지이가 괘안것심니꺼?"

그러자 객줏집 여주인은 이제 자기 마음에 새겨 넣듯 했다.

"옥진, 옥진……"

몇 번이나 옥진 이름을 되뇌더니 감회에 찬 목소리로 혼잣말하듯 물었다.

"그 아이 본래 이름이 옥진이었던가?"

비화는 가슴이 저려왔다. 간신히 대답했다.

"예."

그새 객줏집은 다시 본래의 모습을 되찾고 있었다. 하지만 마당이나 옆방 같은 곳에서 상인들 웃고 떠드는 소리가 어쩐지 다른 세상에서 들려오는 것처럼 생소했다. 객줏집 여주인에게는 모든 것을 그렇게 만드는 마술적인 능력이 있는 듯했다.

"기명은 해랑이라 들었거늘."

객줏집 여주인은 그 두 이름을 견주어보는 눈치였다. 비화는 별안간 견딜 수 없을 만큼 엄청난 조급증을 느꼈다. 그래서 다짜고짜 물었다.

"억호라는 사내가 옥지이를 탐내고 있다꼬예?"

"글쎄, 그기……."

비화의 돌연한 그 물음에는 노련한 객줏집 여주인도 무슨 말부터 어떻게 해야 할지 잠시 혼란스러운 낯빛이었다.

"그보다도 내가 각시한테 먼첨 물어보고 싶은 기 하나 있거마는."

그러는 음성이 무서울 만큼 너무나 심각하여 비화 목소리도 억눌려 나왔다.

"무신?"

객줏집 여주인은 마치 천기天機에 대해 묻듯 퍽 조심스럽게 입을 열었다.

"혹시 예전에 해랑이하고 억호 사이에 무신 일이 있었는지, 만약 있었다모 그게 무언지 알고 싶은 기라."

비화는 하마터면 비명을 내지를 뻔했다. 홀연 방안 가득 대사지 못물이 마구 흘러넘치는 것 같았다. 그 물속에 빠져 익사 직전에까지 간 사람이 있다.

"그것만 알모, 이 일에 대해 쪼매 알 거 겉기는 한데 말이지."

어쩌면 습관인 양 혼잣말을 하듯 하는 그녀의 그 소리를 모두 듣기도 전에 비화 가슴은 벌겋게 달구어진 인두에 대인 듯이 뜨끔했다. 누군가가 인정사정없이 얼굴에 가득 불을 담아 붓는 것 같았다.

'이 여자뿐만 아이라 누라도 그거를 알기 되모……..'

지금 호랑이 등에 올라앉아 있다고 자신을 채찍질했다.

'호래이한테 물리가도 증신이라 캤다.'

이윽고 비화는 고개를 한껏 내저으며 가까스로 심상한 어투를 지어내어 대답했다.

"일은 무신 일예? 아모 일도 없었어예."

"그런가?"

반신반의하는 그녀에게 비화는 단정적으로 말했다.

"지가 아는 한도 내에서는 그렇심니더."

"…….."

아무런 대꾸가 없는 그녀가 마주 보고 앉아 있기가 힘들 만큼 부담스러워지기 시작했다. 그 정도로는 부족하다 싶었다.

"아이지예. 지가 모리는 한도 내에서도 그거는 가리방상할 깁니더."

비화는 그때 막 마당으로 들어와 시끌벅적하게 떠들어대고 있는 남자들 소리를 듣고 있는 척하다가 말했다.

"억호라쿠는 사내가 우떤 사낸고 그거를 아신다모, 지가 머라꼬 더 말씀 안 드리도 될 거 겉심니더."

"나도 알기는 알제."

그러던 객줏집 여주인은 가만히 안도의 한숨을 내쉬었다.

"그렇다면 천만다행이지만도……."

비화 말이 진실이기를 바란다는 얼굴이었다.

"그 유명한 나루터집 여주인이 거짓말은 안 할 끼고."

비화는 목이 절로 자라처럼 움츠러들었지만 최대한 심상한 표정을 지었다.

"억호 그 사내가 뭔 소리를 해쌌던가예?"

그러자 그녀 또한 지나가는 투였다.

"아니, 머 별다른 이약은 없었지."

말은 그러면서도 한 번 더 자리를 고쳐 앉았다.

"단지 해랑이를 너모 멤에 깊이 두고 있는 거 같아서야."

"예."

그녀에게서는 더 상세한 내막을 알아내기가 어려울 것 같았다. 그렇다면 괜히 더 얘기를 꺼내서 한 사람이라도 더 알게 하는 것이 좋을 게 없었다.

"옥지이를 가차이 안 하고 싶은 사내가 오데 있것심니꺼?"

비화는 무미건조한 목소리로 지극히 일상적인 대화같이 이야기했다.

"지가 잘은 모리지만도, 남자는 남자들끼리 머가 있는 거 겉데예."

그것은 억호가 세상의 숱한 사내들 가운데 하나일 뿐이라는 인식을 그녀에게 심어주려는 의도에서였다.

"세상 사내들이란……."

그렇게 또 오랜 언어 습관인 양 혼잣말을 하는 그녀 얼굴에서 객줏집 여주인은 사라지고 퇴기가 보였다.

"하기사 같은 여자라도 그 앨 보모 기분이 야릇해질 끼라."

비화 머릿속에 이상한 그림들이 그려졌다. 비화는 한 번 더 말했다.

"우쨌든 이 시상 남자라모 누라도 그리할 깁니더."

객줏집 여주인은 아직도 젊은 시절의 그 미색을 고스란히 간직하고 있는 얼굴 가득히 안타까운 빛을 띠었다. 그녀는 솔직했다.

"그 뛰어난 미모에는 여자인 나도 반할 정도였으니께. 따지고 보모 남자나 여자나 무신 차이가 있겠어."

비화 눈에 갑자기 그곳 객줏집이 기방으로 보였다. 객줏집 여주인은 다시 퇴기, 아니 예전의 기생 어미로 되돌아가 있다.

"사실 해랑이 그 앨 몇 번 본 적이 있었제."

"예? 예."

비화로선 뜻밖이었다.

"함께 이약할 기회는 없었지만도."

하지만 객줏집 여주인은 이내 자기 말을 번복했다.

"아니지. 왜 그런고 그 아이하고 둘이 이약을 나누고 싶지 않았어."

그녀 얼굴이 또다시 변화무쌍한 구름 너머로 붕 떠올라 보이는 듯했다. 비화가 여러 번 느끼고 있는 것이지만, 그건 아무래도 그녀의 말씨가 한 가지가 아니라 두 가지, 아니 어떻게 들어보면 그 이상이라는 사실 때문이 아닐까 싶었다. 그녀는 아마 뜬구름처럼 여러 곳을 전전하며 살아온 인생 같았다. 어쩌면 기생 어미에서 객줏집 주인이 될 때까지, 다른 고장에서 다른 일을 하다 다시 이 고을로 돌아왔는지도 모를 일이다.

"그리하면 꼭 눈물이 펑펑 쏟아질 것 겉었거든."

그런 말을 하는 그녀는 실제로 두 눈에 물기가 번져나고 있었다. 그 또한 변신의 하나로 다가왔다.

"눈물이……."

비화는 머릿속이 하얘졌다. 그녀 말이 충분히 이해될 것 같기도 하고, 또 전혀 알아듣지 못할 것 같기도 했다.

"지금도 그래, 아직도."

밖에서 열심히 흥정을 붙이고 있는 거간꾼 말소리는 유창했지만, 왠지 안쓰럽다는 생각도 들었다. 누구에게나 먹고산다는 건 쉽지 않다는 걸 잘 입증해주는 듯해서일까?

"그 애 이약만 하고 있는데도, 막 눈물이 나오려고 하는 게 아인가베."

"……."

"이런 나를 누가 이해해주까? 내도 잘 모르겠는데. 하긴 누가 이해해주길 바라고 싶지도 않아. 다 부질없는 짓이지."

객줏집 여주인은 끝내 옥색 저고리 소매 끝을 들어 눈가를 닦아내고 있었다. 인간이라면 그 누구라도 피해갈 수 없는 관문처럼, 그녀에게도 당연히 남모를 크나큰 비밀과 아픔이 있다는 것을 여실히 보여주는 모습이었다.

'사람은 모도가 슬픈 존재라는 말로도 위안이 안 되제.'

비화 가슴이 바윗덩이에 깔린 것처럼 답답했다.

"어쩌면 전생에 우리는……."

물기가 번질거리는 얼굴로 그녀가 말했다. 비화는 무슨 기운인가가 심하게 가슴 복판을 후려치는 듯했다.

"전생예?"

이제 그녀가 무당같이 느껴졌다. 옛날 동네 굿은 혼자 도맡아 하던 희자 어머니가 생각났다.

"같은 기방에서 살았을랑가도 모르겠다는 멤꺼정 생기는 기라."

그 방 가까운 마당에서 매우 떠들썩하게 굴던 사내들은 바깥으로 나갔거나 다른 곳으로 자리를 옮겼는지 좀 조용했다.

"같은 기방, 같은 기방."

비화는 계속해서 그녀 말만 곱씹고 있었다.

"후우."

그녀는 담배 연기처럼 긴 한숨을 훅 내뿜었다.

"그게 아니면, 모녀 사이였던지."

비화도 터져 나오려는 눈물을 억지로 감추며 물었다.

"우리 옥지이를 지키낼 무신 방도가 없것심니꺼?"

그녀는 눈가에 댔던 손을 내리고는 다시 한번 비화를 유심히 바라보며 탄식조에 가까운 소리로 입을 열었다.

"진정 그 앨 애끼고 있거마는."

그녀 음성은 묘하게 열두 줄 가야금 소리를 닮아가고 있었다. 어쩌면 가야금을 잘 켜는 기녀였는지도 모르겠다.

"아름다운 일이제, 인간만이 할 수 있는."

고개를 내저었다.

"쪼꿈은 슬프기도 하지만 말이제."

객줏집 지붕에서 까마귀와 까치가 번갈아 가며 울어대고 있었다.

"우리 진이가 잘몬되모……."

급기야 비화 눈에서도 눈물방울이 툭 떨어져 내려 손등을 적셨다. 그녀는 그 광경을 억지로 외면하며 타이르듯 했다.

"너모 그리 큰 걱정 해쌌지 말어."

이번에는 그녀 얼굴에서 퇴기는 사라지고 객줏집 여주인이 보였다. 비화는 또 헷갈렸다. 간악하게 변신에 능한 여자는 아닐 것 같은데, 비화가 듣기에 아무래도 좀 자신 없는 소리가 흘러나왔다.

"익호라는 그자가 지 애비 세도 하나 믿고 좀 떵떵서리시만도, 나라에서 관리하는 관기를 함부로 우찌할 순 없을 기라."

비화는 우려와 조바심 섞인 목소리로 말했다.

"그래도예."

그 순간, 객줏집 여주인 얼굴과 음성이 동시에 결연한 빛을 보이며 하는 말이었다.

"중요한 거는 당사자제."

비화는 흠칫 놀랐다.

"당사자예."

"해랑이 그 아이 멤이란 거지."

다시 퇴기 모습이 되고 있었다.

"기녀 신분이라 할지라도, 그 애가 마음만 굳게 먹고 있으모 된다꼬 보거마."

까마귀가 까치를 쫓아버린 걸까? 지붕 위에서는 까마귀 울음소리만 내려오고 있었다.

"옥지이 멤."

그렇게 되뇌는 비화 심장이 상대방에게 들리지 않을까 싶을 정도로 덜컥 내려앉았다. 억호를 제 최초의 남자라고 하던 옥진의 말이 떠올라서였다. 옥진의 마음이 문제라는데, 옥진이 입에서 그런 말이 나온 일을 생각하면 답답했다.

'내가 시방 무신 생각하고 있노?'

비화는 이내 마음의 고개를 세게 뒤흔들었다.

'무담시 해본 소리 아이것나. 하도 밉고 억울하이 고만 지도 모리거로 튀어나온 엉터리 말 아이까이.'

자신을 크게 질책했다.

'증신 없는 소리 고마해라. 옥지이가 우찌 억호한테 딴 멤 묵을 끼고?'

백 번 아니라 천 번을 양보한다고 해도 그건 도대체 말이 안 되는 소리였다.

'맷돌에 싹싹 갈아마시도, 속 안 시원할 웬수가 그눔 아인가베.'

그러나 어쩐지 자신감이 없어지기만 하는 비화였다. 그냥 대수롭잖게 넘어가기에는 그날 옥진의 얼굴이 너무나도 심각하고 진지했었다. 비록 옥진이 자신도 모르게 불쑥 내뱉은 소리라고 할지라도 심상치가 않았다. 왜냐하면, 그렇게 되기까지에는 옥진의 마음 깊은 자리에 그렇게 되도록 이끄는 무언가가 반드시 도사리고 있었기 때문일 것이었다.

"내 부탁이 있거마."

그때 물기 묻은 객줏집 여주인 목소리가 들려왔다.

"해랑이 그 아이 만나거로 되면…….."

비화는 온몸으로 긴장감을 느꼈다.

"예."

객줏집 여주인 하는 품이 이번에는 안골 백 부잣집 염 부인을 닮았다.

"억호란 사내가 그런 소리 떠벌리고 댕긴께, 몸조심하라고 단디 일러주어."

"억호란 자가 몬 그라게 할 방법은 없으까예?"

비화는 하나의 지푸라기라도 붙잡기 위한 심정으로 말했다.

"그러지 몬하게 할 방법이라."

"예."

객줏집 여주인은 괴로운 듯 낯을 약간 찡그렸다. 그러자 짙은 화장기 뒤쪽에 숨어 있던 주름살이 어쩔 수 없이 드러나 보였다. 나이 든 만큼 자신감도 들어 있지 못한 목소리가 나왔다.

"억호 그자를 누가 막것노?"

비화가 입을 열기도 전이었다.

"상감마마도 안 쉬울 낀데."

그러나 비화는 절대 끝까지 포기할 수 없다는 듯 말했다.

"그래도 인간이 사는 이 시상은, 인륜이 있고 벱이 있는 곳 아입니꺼."

잠자코 비화 말을 듣고 있던 객줏집 여주인은 자못 억울하고 화가 돋친다는 투로 입을 열었다.

"각시는 아즉꺼지도 동업직물 가문의 그 어마어마한 재물과 시퍼런 세도를 잘 모르는 모양이거마는."

그녀는 제 마음에 비화가 대단히 걱정스럽다는 빛을 가감 없이 드러냈다.

"임배봉하고 점박이 형제가 올매나 힘이 있고 악독한 인물들인가를 알모, 지금 겉은 그런 맘 편한 소리 몬 하제."

비화는 자기 집안과 배봉 집안 사이에 얽혀 있는 악연을 모조리 털어내고 싶은 위험한 충동까지 함께 접했다.

"지가 모리는 거는 아이고예, 단지 지 말씀은……."

그러나 객줏집 여주인 표정은 비화에게 더 이상 입을 열지 못하게 만들었다.

"하여튼 잘몬돼도 한참 잘몬된 시상에 우리가 살고 있제."

사실이 그렇대도 그것을 인정하고 싶지 않은 비화였다.

"그래도 이거는 아이라꼬 봐예."

객줏집 여주인은 따로 더 대꾸할 것이 없다는 듯 제 할 말만 했다. 비정해 보이기까지 하는 그녀가 살아왔을 과거가 궁금했지만, 굳이 알고 싶지 않았다.

"하기사 인간 세상이 똑바로 된 때가 한 번이라도 있었을까?"

그것은 비화도 십분 공감하는 소리였다. 모든 게 그랬다. 조선의 일도 아버지 일도 옥진 일도…….

"그라고 더 큰 문제는, 세월이 갈수록 이 인간 세상은 더욱 그런 나쁜 쪽으로 쏠리게 될 거라는 사실인 기라."

남아 있던 까마귀도 훌쩍 날아가 버렸는지 새소리가 다 사라진 지붕은 바람도 지나가지 않고 있는 듯 그 존재마저 없어진 것 같았다.

"그걸 알면서도 두 손 맺고 지키보고 있어야 하는 우리가 한심하고 싫어."

또 한 떼의 장사치 무리들이 들어온 걸까? 갑자기 방문 바깥이 왁자

지껄해지고 있었다. 그리고 비화 머릿속은 그보다도 훨씬 더 혼란스럽기만 했다.

배봉이 동업직물 사업 확장 문제로 점박이 형제 부부를 한꺼번에 같은 자리에 부른 것은 이번이 처음이었다.

"각중애 아부지가 뭔 바람이 들었제?"

"가보모 알것지예. 차가븐 북풍인지 따뜻한 남풍인지."

분녀는 고을 중앙통 금싸라기 땅에 위치한 그 포목점으로 가기 전에, 동업을 맡긴 몸종 설단에게 단단히 일렀다.

"내가 이런 소리는 누가 대매로 때리쥑인다 캐도 하기 싫지만도 말이다."

설단은 새같이 작은 머리를 조아렸다.

"예, 마님."

흰자위가 크게 드러나 보일 만큼 무섭게 부릅뜬 눈으로 분녀가 겁부터 잔뜩 주었다.

"해나 우리 동업이가 오데 부딪히거나 땅에 엎어져서 다치기라도 하모, 니넌은 그 길로 끝장이다."

설단은 소스라쳐 조그만 손을 가슴팍으로 가져갔다.

"끄, 끝장!"

계속해서 떨어지는 엄명이었다.

"그라고 집 안에서만 놀아야 하고. 알아묵것나?"

"예."

"소리가 작다!"

"예? 예, 예."

분녀 눈빛이 너무나도 매서워 설단은 고개도 제대로 들지 못하면서 그저 예, 예, 소리만 거듭하였다. 하긴 분녀가 이 세상에서 최고로 듣기 좋아하는 소리가 바로 그 맹목적인 '예, 예'였다. 그러면서도 또 그 소리밖에 하지 못하느냐고 지청구를 먹이니, 그 등쌀에 견뎌낼 장사는 어디에도 없을 터였다.

'우짜노?'

어쨌거나 배봉 집안의 많은 여종들 중에서도 가장 심약한 설단은 걱정부터 앞섰다. 이제 제법 자박자박 걸음마를 시작하는 동업은 멋모르는 망아지만큼이나 위험했다. 그냥 아무 데나 가려고 하여 한순간이라도 방심하면 무슨 일을 당할지 누구도 예측하지 못할 것이다.

"동업아이, 우리 얼릉 댕기오께. 알것제?"

동업에게 몇 차례나 그러고 나서 분녀는 한 번 더 설단을 쏘아보았다.

"우리 간다."

최후의 통첩 같은 그 말에 설단은 벌써부터 눈은 동업에게 고정시켰다.

"잘 댕기오시이소."

"썩어도 곱거로 몬 썩을 년."

어쩌면 엊그저께 벌였던 그 부부싸움의 앙금이 아직도 모두 가시지 않은 탓인지, 그렇게 퍼 대고도 여전히 부족했는지 또 욕지거리를 하려는 분녀였다.

"아, 퍼뜩 안 가 끼라? 이라다가 신선 도치자로(도끼자루) 다 썩것다고마!"

억호가 버럭 고함을 내지르자 그제야 분녀는 입 속으로 뇌까렸다.

"년, 년……."

억호 부부가 출타하고 혼자서 동업을 돌보게 된 설단은 동업 옆을 그야말로 그림자같이 계속해서 따라다녀야만 했다. 측간에 갈 시간조차 없었다. 주인집 귀한 장손인지라 아직 어려도 제가 하려는 짓을 못 하게 뜯어말릴 수만도 없었다. 속이 울컥거릴 정도로 진짜 뇌꼴스럽지만 어지간한 행동은 무슨 화를 당하지 않게 조심 위에 또 조심하면서 지켜볼 수밖에 없었다.

'자슥새끼 딱 하나 있는 거, 에나 더럽거로 키운다 아이가.'

설단은 행랑채 늙은 종들에게서 귀동냥한 소리를 잡귀신 쫓는 주문 외듯이 마음속으로 중얼중얼해가며 지루하고도 힘든 시간을 메워나갔다.

'미븐 자슥 떡 한 쪼가리 더 주고, 고븐 자슥 매로 다스리라 안 캤나.'

그랬다. 그동안 금이야 옥이야 길러온 탓에, 설단 눈에 비친 동업은 천하제일로 갈 만큼 버르장머리도 없고 제멋대로 구는 이른바 문제아였다. 어찌 됐건 동업이 행여 울기라도 하여 분녀가 돌아왔을 때 얼굴에 눈물 자국이라도 남아 있으면 무슨 벌이 내려질지 모를 판이었다. 매 순간순간이 벼랑 끝에 선 것처럼 위태위태하였다.

'어? 아, 안 되는데?'

그런데 깔려 죽을 정도로 참 많이도 사다준 온갖 노리개를 가지고 한동안 방 안에서만 잘 놀던 동업이 드디어 갑갑증을 느꼈는지 방 밖으로 나가려고 했다.

"……."

애가 타오른 설단은 아무 소리도 하지 못하고 그저 방문 앞만 이리저리 막아서기 바빴다. 그런데 처음에는 저랑 장난치자는 것으로 잘못 알고 생글생글 웃어가며 설단 몸 옆이나 겨드랑이 밑으로 쏙 빠져나가려던 동업이, 시간이 좀 더 지나자 그만 입을 삐쭉삐쭉하며 울려고 했다.

'헉!'

설단 가슴이 덜컥 무너져 내렸다. 울면 큰일이었다. 완전 세상 끝장난다. 그래 엉겁결에 서둘러 길을 터주고 말았다. 그런데 동업이 이번에는 또 꼬막같이 작은 손으로 방문을 열려고 하다가 제대로 되지 않자 다시 울먹이기 시작했다.

'하이고, 내사 모리것다 고마.'

설단은 겁도 나고 부아도 치밀어 신경질적으로 방문을 확 열어주었다.

'될 대로 돼뻬라. 맞아 죽기밖에 더 하것나.'

그러자 남의 속도 모르는 동업은 좋아라고 입이 헤벌어지면서 쪼르르 방을 나갔다. 그 모습이 강아지나 병아리, 아니 쥐새끼 같았다. 당장 콱 밟아버리고 싶었다.

"되련님, 더 이상은 몬 나가심니더."

대청으로 뒤따라 나온 설단이 못 박듯 했다.

"여게가 끝입니더. 아시것어예? 아시것지예?"

근동 최고 대갓집답게 대청마루는 크고 넓었다. 동네 놀이마당처럼 보일 정도였다.

특히 천장이 비까번쩍했다. 일부는 빗천장, 또 일부는 우물천장, 그렇게 멋들어진 조화를 주었다. 삿갓 모양으로 경사가 지게 만든 빗천장도 대단히 좋았지만, 소란 반자라고도 불리는 우물천장은, 말 그대로 우물 정井 자 모양새로 반자틀을 짜고 그사이에다 넓은 널을 넣어 참 그럴싸하게 꾸몄다.

그러나 지금 설단 심정은 그녀가 한양 대궐이나 옥황상제가 산다는 자미궁紫微宮에 있다고 해도 괴로울 판국이었다. 고대광실에서 불안하게 사는 것보다 초가삼간에서 마음 편안하게 사는 게 더 행복하다는, 노망기 있다고 여겨지던 행랑어멈 이야기가 처음으로 실감 나는 순간이었다. 역시 세상사 모두 우선 겪어봐야 안다더니만.

'옴마야!'

설단은 속으로 비명을 올렸다.

'조, 조거를 우째삐릴꼬?'

온갖 악담을 내쏟기도 했다.

"꿍! 꿍!"

동업은 도대체 뭐가 나온다고, 사각기둥에 제 머리를 살짝살짝 찧어 보기도 했는데, 그럴 때마다 설단은 제 머리통이 박살 나는 것 같았다.

'진짜 지 애비도 아인데, 애비 닮아 돌대가리가, 머꼬?'

번갈아 가며 저주와 비난을 퍼붓기도 했다. 그나마 다행스럽게 동업이 아직은 마당까지 내려갈 마음이 없는 성싶었다. 대청에서 까치발을 하고 서서 높은 하늘을 올려다보기도 하고, 때마침 정원수 가지에 날아와 우는 새를 보고는 신기한 듯 한참 동안 눈도 깜빡이지 않고 구경하기도 했다.

'찌륵, 찌르르.'

어찌 들을라치면 가을날 축담 밑에서 울어대는 귀뚜라미 비슷한 소리를 내는 새였다.

'아즉 대갈빼이 쇠똥도 안 마린 기 에나 잔망시럽기도 안 하나.'

그렇지만 설단은 새소리에 마음을 줄 계제가 아니었다. 더군다나 미우니까 별의별 게 다 미워 보였다.

'지가 똑 점잖은 선비매이로 해쌌네?'

시어미 눈에는 외씨같이 작고 예쁜 며느리 발뒤꿈치까지도 미워 보인다더니만 그 소리가 딱 들어맞았다. 도대체 어디 사는 누군지는 몰라도 동업을 업둥이로 준 그 사람이 한정 없이 싫어졌다. 제 손으로 키우지도 못할 자식은 빌어먹으려고 낳았는가?

"음."

얼마나 지났을까? 이윽고 설단은 긴장감이 약간 풀리면서 눈꺼풀이 감기려고 했다. 서너 시간을 그렇게 하고 있으니 피로감이 밀려들 만도 하였다. 눈만 붙은 저건 잠도 없는가? 입 밖으로 소리 내어 욕도 해가면서 나름 잠을 쫓으려고 무진 애를 썼다. 비록 걱정은 되어도 주인이 집을 비우고 없다는 사실만으로도 그렇게 좋을 수 없었는데 이제 무료하고 짜증도 났다. 그 또한 병이라면 병이었다.

'아아, 잠 온다아.'

설단은 행랑채 하인들이 하는 소리를 속으로 또 흉내 내었다.

'자도 또 자도 오는, 오랑캐 겉은 이눔의 잠을 내가 우짤꼬?'

정남향으로 앉아 있어 언제나 폭신한 솜이불 같은 따스한 햇살이 비쳐드는 저택이었다. 비단결에 감싸인 듯한 집터는 근동 최고의 명당답게 안온하였다.

'자모 안 되는데, 자모 안 되는데.'

파수 보듯 동업을 쭉 지켜보면서 마루 끝에 걸터앉아 있던 설단은 자신도 모르게 깜빡 졸았던가 보았다. 별안간 지옥 끝에서 울리는 듯한 앙칼진 목소리에 소스라쳐 눈을 뜬 설단은 그만 숨이 턱 멎었다.

저게 누구인가? 대청과 마당 사이에 있는 축담 밑에 서서 당장이라도 이쪽을 집어삼킬 듯이 노려보고 있는 무서운 얼굴, 언네다.

'저 개코겉은 기 하매 내미를 맡았는갑다. 안방 주인이 집을 비웠다쿠는 거를.'

설단은 금세 터질 것 같은 팽팽한 긴장감에 싸여 언네를 바라보았다.

"흥! 자알 놀고 자빠졌다?"

한땐 꽃같이 예뻤던 얼굴이 적개심을 품으니 되레 더 무섭고 추해 보였다. 역시 여자는 마음이 고와야 한다는 행랑어멈 말이 사실이구나 싶었다.

"걸베이도 옷 잘 입은 걸베이가 더 잘 얻어묵는다쿠더이, 새끼도 부잣집 새끼가 좋기는 좋거마는."

그렇게 씨부렁거리는 언네의 독기 서린 두 눈은 어느새 동업에게 독화살처럼 꽂혀 있다. 대저 사람에게 사람만큼 위험한 존재는 없을지도 모른다.

'잘몬하모 큰일 나것다.'

설단은 본능적으로 동업을 보호해야 한다는 강한 위기감을 느꼈다. 그만큼 지금 언네 두 눈에서는 무쇠라도 한순간에 녹여버릴 듯한 뜨거운 불기운이 활활 뿜어져 나오는 것이다.

'저 눈깔!'

사람 몸에서 가장 힘이 세고 무서운 게 눈이 아닐까 하는 생각을 했다.

'으, 무서버라. 내가 이리 멤이 약해지모 안 되는데.'

설단은 반드시 무슨 일이 벌어지고야 말리란 것을 의심치 않았다. 동업은 억호와 분녀의 자식이 아니라는 것을 안다며 으름장 놓던 언네가 아닌가?

"되련님!"

설단은 동업을 부르며 황급히 대청 위로 올라가 동업 옆에 바투 섰다. 마치 주인을 위해 목숨까지도 바칠 충견 같았다.

"와?"

아무것도 모르는 동업은 그저 두 사람 얼굴을 번갈아 바라볼 뿐이다. 집안에서 오랫동안 부리는 종들인지라 낯설지 않고, 더 나아가 부모가 있는 자리에서는 왕자님 모시듯 하는 그들이다. 나이도 나이거니와, 그런 대우에 매우 익숙해져 있는 동업인지라 눈곱만큼도 경계심은 없을 터였다.

"……."

한동안 말없이 동업을 노려보던 언네 눈이 다시 설단을 겨냥했다.

"흥! 니년이 올매나 호의호식할 끼라꼬, 눈깔만 붙은 고거한테 그라는 기고?"

설단은 그 경황 중에도 언네가 가장 두려워할 성싶은 말을 생각해
냈다.

"마님 성깔을 몰라서 이리쌌는 깁니꺼?"

그러자 언네는, 우리끼리 이야기하면서 무슨? 하는 표정이었다.

"마아니임?"

설단은 이제 싸울 채비를 어느 정도 갖춘 사람처럼 보였다.

"하모예."

언네는 제대로 손질하지 않아 헝클어진 머리칼을 손바닥으로 빗질하
듯 하면서 가소롭기 그지없다는 투로 말했다.

"흥! 마님은 머 말라비틀어진 마님이고?"

"아, 마님을?"

설단 눈에 언네 몸뚱이 전체는 보이지 않고 운산녀가 예리한 칼로 도
려내 버렸다는 아랫도리의 주요 부위만 비치었다. 설단은 그 무서운 환
영을 떨쳐버리기 위해 사실은 마음에도 없는 소리를 했다.

"감히 주인집 도령을 보고 눈깔만 붙은 고거라고 했다쿠는 거 알모,
언네 아주머이 눈이 성해날 거 겉어예?"

그러나 그것은 세상모르는 설단의 커다란 착오였다. 언네는 곧바로
신발을 신은 채 대청 위로 뛰어올라 목이라도 조를 것 같은 자세를 취하
면서 발정 난 암고양이가 으르렁거리듯 했다.

"내가 니년 눈깔부텀 싹 빼내서 쥑이고, 조 눈깔만 붙은 거 쥑이삐모
누가 알 끼고. 내 니년부텀 쥑이야것다."

설단 입에서 숨넘어가는 소리가 나왔다.

"허억!"

언네는 눈에 보이는 것들을 모조리 요절내버리고 말 것 같은 기세

였다.

"요것들이 낼로 우찌 보고?"

급기야 어린 동업도 너무나 살벌한 그 분위기를 깨달은 모양이었다. 꼭 제비 주둥이 같은 입을 삐죽삐죽하는 품이 금세 '아앙' 하고 울음보를 터뜨릴 기색이었다.

'이참에 도로…….'

설단은 차라리 동업이 큰소리를 내어 울어주길 바랐다. 그러면 그 소리를 듣고 집 안 곳곳에 있는 하인들이 달려와 줄 것이다.

'아이다. 그라다가 잘못될 수도 있다.'

맞았다. 그것도 걱정이었다. 만에 하나, 언네가 동업에 대한 기밀을 누설해버리는 경우, 그 모든 책임은 고스란히 설단 자신에게로 돌아올 수밖에 없는 실정이었다. 분녀는 이 세상에서 동업의 출생 비밀을 알고 있는 사람은 그들 부부 외에는 그녀뿐이라고 믿고 있지 않은가.

'설단이 니년이 언네한테 이약했제? 죽어라, 요년!'

즉시 분녀의 불호령이 떨어지고 자기는 맞아 죽을 것이다. 상상만 해도 미칠 노릇이지만 골이 바숴지고 창자가 터질 것이다. 어쩌면 언네에게 한 것처럼 내 하반신도 싹 도려낼 것이다.

"좋다, 이년아!"

그때 한 번만 쐬어도 온몸이 마비될 것 같은 독기 서린 언네 말이 이어졌다.

"니년이 주인 믿고 미친년 체 까불듯기 그리 벌로 까부는 모냥인데, 이년아! 이 집구석 인간들이 우떤 인간들인고, 니 아즉도 모리것나?"

초록 잎사귀가 어른 손바닥만큼이나 넓적넓적한 정원수의 긴 가지에 올라앉아 귀뚜라미 울음소리를 내던 새가 잠잠했다. 다른 곳으로 날아가버렸는지 아니면 언네의 서슬에 팍 질려 숨을 죽이고 있는지 모르겠다.

"그, 그거는 무신 소리라예?"

설단은 쌍꺼풀진 눈을 휘둥그레 뜨고 물었다.

"요년이 사람 말귀를 몬 알아듣나, 역부로(일부러) 그라는 것가?"

그렇게 구시렁거리던 언네가 숨이 가쁠 정도로 단숨에 내쏘는 말이었다.

"단맛 쪽쪽 빨면서 부리묵을 대로 부리묵다가, 난주 쓸모가 없어지모 헌신짝매이로 내삘 인간들이 임배봉이 식솔들인 기라."

아무리 근처에 다른 사람이 없다손 치더라도, 임배봉의 집 안에서 저런 소리를 서슴없이 해대는 언네는 역시 예사 여자가 아니다 싶었다. 그리고 얼른 대꾸해야 할 말이 떠오르지 않았을 뿐만 아니라, 무슨 말을 하고 싶어도 그냥 입이 들러붙어 떨어지지를 않는 설단이었다.

"후~."

설단의 묵묵부답에 언네는 화도 나면서 맥도 풀리는 모양이었다.

"니년이 그래도 내 말을 토옹 안 믿는 눈치거마는."

설단은 그 정신없는 와중에도 한껏 붉어진 언네 얼굴이 화장한 얼굴처럼 예쁘다는 생각이 들었다. 그러자 좀 더 젊었을 적의 그녀 모습이 눈앞에 어른거렸다가 사라지기도 했다.

"내는 안다. 안다."

언네는 살도 얼마 붙어 있지 않은 목에 핏대를 세웠다.

"내사 배봉이 고 독사 겉은 인간한테 당해 봐서 다 안다."

그건 저주를 퍼붓는 악녀 소리 같기도 하고, 악귀를 쫓아내는 무당 주술 같기도 하고, 신세를 한탄하는 여염집 아낙의 푸념 같기도 했다.

"운산녀 고 야시 겉은 년한테 당해 봐서 다 안다."

설단의 눈길이 다시 한번 자신도 모르게 언네 아랫도리 그곳에 닿았다. 그러자 부르르 온몸에 경련이 일었다. 상전 임배봉과 놀아나는 것을 안 운산녀가 솟구치는 질투심을 못 이겨 언네 신체 일부를 망나니 칼로 싹 도려내 버렸다는 이야기가 내내 뇌리에서 떠날 줄 모른다. 그런가 하면, 칼을 가지고 어떻게 한 게 아니라 벌겋게 달아오른 인두 끝으로 여자의 그 부위를 폴폴 연기 날 만큼 지졌다는, 지옥에서도 일어날 수 없을 실로 몸서리쳐지는 소문도 괴담처럼 퍼져 있다.

설단이 언네의 그 말에서 공포심을 느끼는 가장 큰 이유는 또 있었다. 바로 분녀 몰래 가다 한 번씩 억호와 관계를 가진다는 사실이었다. 비록 자주는 아니지만. 모질고 독하기로 치자면 결코 운산녀에게 뒤지지 않는 분녀라는 말이 나돌고 있잖은가?

설단은 그만 자신도 모르게 두 손이 가랑이 사이로 들어갔다. 그 부위를 저 망나니 칼과 붉은 인두가 파고드는 듯한 지독한 통증과 공포가 느껴졌다. 설단은 경악했다.

'설마 내 뱃속에 애기가 들어선 거는 아이것제?'

설단은 턱이 빠져나갈 듯이 덜덜 떨리고 다리가 후들거려 도저히 서 있을 수가 없었다. 어쩌면 개코같은 언네는 자신과 억호와의 관계를 이미 알고 있을지도 모르겠다는 의혹과 두려움이 세찬 파도 더미처럼 밀려왔다.

"그, 그라모 지, 지 보고 우짜라는 긴데예?"

급기야 설단 입에서는 거의 통사정에 가까운 그런 말이 새 나왔다.

"시방 그거를 몰라서 하는 소리가, 요 번갯불에 튀겨 쥑일 년아!"

그러면서 설단과 동업을 번갈아 노려보는 언네 입가에 소름 끼치는 웃음기가 묻어 있다. 영락없는 마귀 할망구 모습이다. 한창때는 꽤 고왔던 용모라지만 늙고 찡그리니 참 보기 싫다. 설단은 속으로 도리질을 했다.

'내도 난주 늙으모 저리 되까? 저리 되것제. 아, 싫다, 늙는 거는.'

동업은 그때 다시 날아온 한 무리의 참새들이 정원수에 앉아 시끄럽게 울어대는 것을 지켜보느라 거기에만 온통 정신이 팔려있다. 어린아이들이란 뭐 별거 아닌 것에도 신기해하고 재미있어한다더니 설단은 문득 자신도 이제는 정말 나이 들어간다는 엉뚱하고 야릇한 기분에 젖어 동업의 눈길을 좇았다.

아마도 거기 오동나무며 동백이며, 금송, 측백나무, 회화나무 같은 정원수들에는 새들이 잡아먹을 벌레가 많이 붙어 있는 모양이었다. 매일 새벽같이 날아들어 큰 소리로 울어 온 집안사람들 잠을 깨워놓기 일쑤인 새들이었다.

어쨌거나 동업이 언네의 저 무서운 기세에 위압 받지 아니하고 다른 것에 신경이 쏠려 있다는 것은 설단에게는 큰 다행이었다. 무엇보다도 지금, 이 순간을 아무 탈 없이 무사히 넘기는 게 중요했다. 그리고 참새가 죽어도 '짹' 한다고, 내가 아무리 약하지만 언네가 나를 너무 괴롭히면 목숨을 걸고서라도 대항하리라 다짐도 해보았다.

'시간아이, 얼릉 얼릉 흘러가라이.'

설단은 조금이라도 더 시간을 벌기 위해 같은 말을 한 번 더 물었다.

"지가 우짜모 되는데예?"

"인자사 사람 말귀 알아묵겄는갑네?"

언네가 누런빛이 도는 이빨을 드러내고 씩 웃으며 빈정거렸다.

"빙신 겉은 년!"

"빙신예?"

새소리에 귀가 따가웠다. 하지만 그보다 몇 배 더 듣기 싫은 소리가 언네 입에서 속속 나왔다.

"하모!"

"와 내가 빙신이라예?"

제법 당차게 따지려 드는 설단이었다.

"그 소리는 듣기 싫은가베?"

그리고 난 언네는 약간 누그러진 목소리가 되었다.

"그래도 귀머거리는 아인께 다행이다, 요년아."

하지만 설단은 난데없이 병신 취급을 받자 부아가 와락 치밀었다. 내가 비록 종년이지만 팔다리는 다 붙어 있다. 몸도 모두 성하고 예쁘다는 소리도 곧잘 듣는다.

"퍼뜩 말씀해보이소."

설단은 그 어린것에게 도움을 요청이라도 하듯 동업을 한 번 보았다.

"한분 물어보이시더. 도대체 지가 언네 아주머이한테 머 잘몬한 기 있심니꺼?"

"어? 요년 함 보래?"

역공당한 표정을 짓는 언네였다.

"와 내만 보모 몬 잡아묵어 그리 난리라예?"

정말 난리가 난 것처럼 시끄러운 것은 참새 무리였다.

"난리? 난리가 머신고도 모리는 년이 오데서 주디 벌로 나불기리노?"

언네 입귀가 흉하게 일그러지고 눈에서 시퍼런 불꽃이 튀었다.

"이년아! 니하고 내하고는 똑겉이 사람 취급 몬 받고 사는 종년 신세 아이가?"

설단이 얼른 대꾸가 없자 언네는 닦달하듯 했다.

"아이가? 아이가?"

설단은 울고 싶었다. 말인즉슨 구구절절 옳았다.

"그리 사는 종년이 머가 좋다꼬 입에 올리고 글 싸예?"

결국 설단이 할 수 있는 소리는 기껏해야 그 정도였다.

"그래 내 하는 소리 아이가, 빙신 겉은 년아!"

언네 목소리가 열 받친 듯 구슬픈 듯 난삽하고 복잡했다. 그건 여종들에게서 공통적으로 품곤 하던 감정과 크게 차이가 나는 것은 아니었다.

"그라모 빙신 겉은 우리끼리 서로 도움서 살아가는 그기 옳은 일이가, 아이모……."

입이 말라오는지 침을 한 번 꿀꺽 삼켰다.

"아이모 주인한테 빌붙어갖고 노상 꼬랑대이 살살 흔드는 개매이로 사는 거, 그기 맞는 일이가?"

"그, 그거는예."

설단 마음 한 귀퉁이가 찡해왔다. 역시 말인즉 구구절절 조금도 틀린 부분이 없다. 기실 지금까지 종년으로 살아오면서 주인한테 당한 수모와 고통과 한은 커다란 수레에 실어도 열 수레는 더 넘을 것이다. 하지만 어쩌겠는가? 돈도 없고 배경도 없는, 언네 말마따나 병신 같은 주제에, 그래도 근동에서 손꼽히는 대갓집의 보호를 받아가면서 살아가는 게 얼마나 다행한 일인가 말이다.

'쥔 없는 종은 몬 살지도 안 모리나.'

오늘 당장 이 집에서 나가라 하면 꼼짝없이 길거리에 나앉아 굶어 죽을 팔자가 이 설단이 팔자 아닌가. 그리고 언네 또한 저렇게 겉으로는 큰소리 뻥뻥 쳐도 저라고 무슨 용빼는 재주가 있을꼬.

'언네맨치로 저리 풀지도 몬 할 원한을 품고 사는 거보담은, 쪼매 서럽기사 해도 쥔한테 잘 비임서 사는 기 더 낫다 고마.'

설단은 스스로 대견하다는 자부심이 들 때도 있었다. 하지만 그런 순간은 극히 잠시였다. 나를 낳아준 친부모가 누군지 형제는 있는지 고향이 어딘지 그 무엇 하나도 제대로 아는 것이 없었다. 참으로 답답하고 슬프고 억울한 노릇이었다.

'내가 누고?'

그녀가 철들어 처음으로 주위를 둘러보았을 때 그녀는 '혼자'였다. 동업직물로 근동에서 명성이 자자한 임배봉 집안에 얽매여 있는 여종이었다. 그게 전부였다. 여기 이 집 문간만 나가도 설단 자신의 존재는 이미 없다고 믿으며 지나온 나날들이다.

그런데 언네는 그렇지 않은 것 같았다. 그녀는 항상 마음속 깊숙이 복수와 원한의 칼을 벼르고 있는 것처럼 보였다. 왜 그럴까? 무엇이 언네를 그렇게? 남의 속내이니만큼 잘은 모르겠지만 운산녀에게 당한 그 일 때문만은 아닌 듯싶었다. 언네는 놀랍게도 주인이니 종이니 하는 신분제도 그 자체를 받아들이지 않으려는 언동을 보일 때가 간혹 있었다. 그것은 아직 어린 나이에도 현실을 숙명으로 받아들이며 하루하루를 살아가는 설단에게 크나큰 경이와 충격으로 다가왔다.

'내가 잘몬 살아온 기까?'

언네를 대하는 설단의 마음이 갑자기 크게 바뀌기 시작했다. 그것은 설단 스스로도 미처 예상하지 못한, 기복이 너무나도 심한 무서운 감정 변화가 아닐 수 없었다. 한 종년에게 새로운 인생이 시작되려는 조짐이었다.

"그리 안 살모 우짤 낍니꺼?"

설단은 다 죽어가는 목소리로 하늘을 원망하듯 말했다. 그 순간에는 허공으로 뻗고 있는 정원수 가지들이 하늘을 손가락질하는 것처럼 비쳤다.

"그리 안 살모 우짤 끼냐꼬? 그리 안 살모?"

설단이 한 말을 질겅질겅 씹듯 하며 언네는 한심하다는 얼굴로 혀를 끌끌 찼다.

"요년아! 빙신아! 빙신도 열두 벌도 더 넘는 빙신아!"

설단이 맞받아쳤다.

"와 열두 벌만 넘어예? 백시물 벌도 더 넘지예."

그때쯤 언네는 물론이고 설단조차도 동업의 존재는 아예 안중에 없는 것같이 돼버렸다. 언네는 사뭇 타이르는 어조였다.

"그래서 우리는 죽을 때꺼정도 요 모냥 요 꼬라지를 몬 벗어나는 기라. 아이제, 저승에 가갖고도 그랄 끼거마는."

급기야 설단은 조그만 주먹을 들어 새가슴 같은 제 가슴팍이라도 마구 쾅쾅 치고 싶다는 얼굴로 대들다시피 했다.

"누는 이리 살고 싶어서 이리 사는 줄 압니꺼?"

언네는 이번에도 졸지에 역공당한 셈이었다.

"머?"

"내도 이리는 안 살고 싶다 말입니더! 말입니더!"

설단은 따지듯 하는 말투였지만 이미 그 속에는 힘이 조금도 들어 있지 못했다. 아니다. 누가 들어도 복종과 체념의 뜻이 담겨 있었다. 어쩌면 알몸뚱이로 세상에 던져지는 그 순간부터였다. 두 팔 벌리고 서서 자기 몸에 달린 줄이 흔드는 대로 속절없이 따라 흔들리는 허수아비와도 같이, 오로지 상전이 시키는 대로 살아온 피동적이고 껍질뿐인 삶이었다.

'아, 요년이 인자사?'

세상 밑바닥을 빡빡 구르며 살아온 언네는 그런 설단의 심경 변화를 곧바로 알아차렸다. 그녀는 한편으로 놀라면서도 한편으로 반가운 빛을 띠었다.

"하모, 그래야제."

"……"

"열두 벌, 아니, 니 말매이로 백시물 벌 그래야 하는 기다."

예리한 비수가 찔려 있는 것 같던 공기 속에 따스한 기운이 감돌기 시작하는 느낌이었다. 언네는 거기 축담이 무너지라고 발로 차듯 했다.

"천한 것들은 천한 것들끼리 똘똘 뭉쳐서 살아야제."

"똘똘, 똘똘."

평소에는 죽기보다도 훨씬 더 듣기 싫어했던 '천한 것들'이라는 그 소리가, 그 순간에는 설단으로 하여금 묘한 동류의식을 갖게 했다.

"잡초도 잡초끼리 모이서 사는 거 니도 봤제?"

그 넓은 마당에는 하인들이 하루가 멀게 풀을 다 뽑아내어 잡초 하나 자라지 않고 있었다. 언네의 중언부언은 그 끝을 보이지 않았다.

"쇠똥은 쇠똥끼리, 말똥은 말똥끼리 뭉쳐 있고 말이다."

사람은 나이가 들어가면 양반이든 상것이든 모두 생각이 깊어지고, 그래서 더 살아가기 힘들고 괴로운 것이 아닐까? 그렇다면 이웃 동네에 살면서 이따금 그 동네에 놀러 오는 그 떠꺼머리총각 얼간이같이 사는 게 오히려 더 행복한 것은 아닐까? 문득, 설단 머릿속에 들어앉는 생각이었다.

"서로 울이 되고 담이 돼줘야 하는 기라."

언네 그 말을 들으면서 다 허물어져 가는 초가집 싸리나무 울타리가 새록새록 떠오르는 설단이었다.

"알것나, 이 썩을 년아!"

분녀에게 들었을 때는 반항심을 불러일으켰던 욕설이 아무렇지도 않은 설단이었다. 오히려 친밀한 감정을 안겼다.

"하기사 안 썩고 그냥 있는 거보담은 썩는 기 상구 더 낫것제."

언네 두 눈에 노랗게 감돌던 살기와 증오가 사라진 듯했다. 아니, 그럴 여유가 없는 게 아닐까 싶었다. 너무나 척박한 삶. 그래서 언네 눈은 되레 아무것도 없이 그냥 텅 비어 보였다. 가을걷이가 끝난 논의 그 휑뎅그렁한 기운과도 유사했다.

"우리끼리 안 그라모 저 콧구녕 큰 양반이라쿠는 것들하고 맨날 잘난

체하는 부자들이 그래줄 끼가? 흑."

설단 가슴이 '쿵' 소리를 내며 내려앉았다. 발로 디디어 곡식을 찧거나 빻게 된 디딜방아에서도 그렇게 큰 소리를 들은 기억이 없었다.

'해나 내가 잘못 들은 기가?'

언네는 분명히 마지막에 울음소리를 냈다. 대바늘로 몇 날 며칠을 쿡쿡 찔러도 피 한 방울 나오지 않을 것 같은 언네 입에서 울음소리가 흘러나오다니.

'이기 꿈은 아이것제? 꿈이라도 이거는 아인 기라.'

설단은 전신에 찬물을 확 끼얹힌 듯싶었다. 어쩌면 언네는 그 괴문처럼 여자로서의 생식 기능을 잃어버렸다는 게, 사람들이 그냥 거짓으로 지어낸 소리가 아닐지도 모르겠다는 섬쩍지근한 생각이 들었다. 그렇지 않고서야 어찌 그 한이 저토록 하늘 밑구멍을 찌르고 있겠는가? 참 더럽게 치사하고 불공평한 이 세상에 어디 종년이 하나둘인가 말이다. 이 집안만 하더라도 발길에 채고 채는 게 종년들인데.

'우짜모 언네는 이 가문 사람들을 모돌띠리 해코지 해삘지도 모린다.'

그래, 종이 상전을 말이다. 종이 상전을······.

그 생각 끝을 물고 설단의 머릿속은 지금까지는 상상도 할 수 없었던 갖가지 상념들이 위를 향해 고개를 치켜들기 시작했다. 상전을 배반한 종, 반노叛奴처럼.

'그것도 자기가 상대하기 심이 드는 어른들보담도, 나이 에린 동업을 먼첨 노릴 수도 안 있나.'

다시 한번 설단의 머리끝에서 발끝까지 찌르르 강한 천둥 벼락같은 기운이 관통하였다. 그렇다면 언네는 바로 지금이야말로 동업을 해치울 수 있는 절호의 기회라고 계산하고 있을지도 모른다.

'아이다. 아이다.'

설단은 지금은 그럴 때가 아니라고, 혼자 마음속으로 세차게 도리질을 했다. 세상 모든 일에는 때가 있다는데. 내가 어려도 그 정도는 알 수 있는데.

그래, 지금은 안 된다. 만약 지금 그런 일이 벌어진다면 온 세상 사람 누구든지 언네와 설단, 그렇게 두 종년이 모의하여 저지른 짓이라고 보게 될 것이다.

'언네가 제아모리 독기를 품고 기를 써대도, 요 집구석 사람들 적수가 될라모 텍도 없다. 배봉이 집안 하모, 화적떼도 피해간다 안 쿠더나.'

설단은 언네로 인해 정신적으로 성숙해가고 있는 스스로를 깨닫지 못했다. 맞는 말이다. 설단은 하나의 독립체로서의 싹을 키워가고 있었다.

'분녀 하나도 당해내지 몬할 끼다.'

아까 동업을 맡겨놓고 나가면서 분녀가 해 보이던 언동이 절대 거스를 수 없는 경고처럼 되살아났다.

'분녀가 올매나 독하고 무서븐 여자고?'

그때 언네 목소리가 생각의 늪 속으로 빠져들고 있는 그녀 귀를 때렸다.

"종년 주제에 무신 구상을 그리 짜다라 하고 있노? 에나 같잖커로."

그 소리에 설단은 퍼뜩 정신이 돌아왔다. 결정을 내렸다.

'우쨌든 동업을 지켜야 하는 기라. 언네보담도 몇 배나 더 무서븐 여자가 분녀다. 그라고 배봉이하고 억호는 더 무섭다 아이가.'

설단은 다시 한번 무슨 수를 쓰든지 간에 지금, 이 순간의 위기부터 먼저 넘겨야겠다고 마음을 다잡았다. 이날 이때까지 주인 눈치 보고 나이 많은 다른 종들 코치 보며 잔뼈가 굵어 온 설단이 아니냐?

'내는 혼자다. 이 시상에 기댈 사람이 아모도 없는 혼자 몸이지만도, 여태꺼정 안 죽고 살아왔다 아이가. 앞으로도 그리 될 끼고.'

언네가 비록 모질고 사나운 여자이긴 하지만 그래도 상대할 수 없는 것은 아니라고 그녀 스스로에게 힘과 용기를 실어주었다. 내 뒤에는 분녀가 있지 않으냐? 그렇지만 설단 입에서는 속에서 궁리하는 것과는 정반대의 소리가 나왔다.

"언네 아주머이 말씀 안 잊아삐것심니더."

참새들이 모두 날아간 정원수에 이제는 바람이 올라앉아 휘파람 비슷한 소리를 연출하고 있었다. 행랑 할배가 젊은 시절에 기똥차게 잘 불렀다는 휘파람 소리. 그가 입술을 좁게 오므리어 그 사이로 내는 그 해맑은 소리는 처녀 종들뿐만 아니라 여염집, 심지어 양반댁 규수조차 귀를 기울이게 했다던가.

'소리.'

어쩌면 조금 전까지 나무에서 소리를 내던 새들은 참새가 아닌, 솔새와 비슷하면서 크기는 참새만 한 휘파람새였는지도 모르겠다는 생각을 했다.

"비잉시인……."

언네가 엿가락처럼 말을 길게 늘어뜨리면서 자신만만한 태도로 나왔다. 게다가 조금 전까지의 모습과는 전혀 어울리지 않게 씩 웃기까지 했다.

"잊아삐모 누가 손핸데? 지리산 중눔한테 가서 물어봐라, 누가 더 손핸고."

설단은 또 기분이 상하려 했지만 억지로 참아내었다.

"인자부텀 똑 그리 살거로 노력하것심니더."

설단이 자기 말에 순종하는 듯한 태도를 지어 보이자, 언네는 눈으로는 동업을 감사납게 째려보며 입으로는 계속 설단에게 타이르듯 말했다.

"그래야 복수할 수 있는 기다."

언제부터인지 모르게 소리 없이 높은 담장 위에 와 앉아 있었던 잿빛 비둘기 한 마리가, 날개를 퍼덕이며 꽃과 열매가 약용으로 쓰인다는 회화나무로 옮겨가고 있다.

"복수라쿠는 거는, 요년아! 귓구녕 잘 열어놓고 들어라."

언네는 복수라고 하는 것에 관해서 장황하게 늘어놓기 시작했고, 설단은 원한에 찬 언네 눈빛을 몰래 훔쳐보며 말했다.

"그라이 아주머이도 이 설단이를 잘 봐주이소."

언네 눈길이 동업에게서 설단에게 돌려졌다. 그러고는 설단이 전혀 예상하지 못한 이런 말을 꺼냈다.

"복수하기 위해서는 먼첨 니 도움이 필요한 기라."

"컥컥."

동업이 문득 사레들린 아이처럼 재채기를 시작했다. 천식을 앓다가 죽어간 이웃의 다른 집 사내종이 떠올라 설단은 마음이 언짢았다. 그녀를 보면 내 여동생 삼았으면 참 좋겠다고 하면서 어디서 구했는지 품에서 슬그머니 노리개를 꺼내 얼굴을 붉히며 내밀곤 하던 그는, 얼른 돌아서서 걸어갈 때 보면 왼쪽 다리를 약간 절뚝거리고 있었다.

"지 도움이예?"

의아함과 함께 적잖은 부담을 느끼는 설단을 힐끗 쳐다보며 언네가 사뭇 타협조로 나왔다.

"하모, 그래서 내가 이리 온 거 아이가."

설단은 자신도 모르게 재채기를 멈추지 못하고 있는 동업을 한 번 보고 나서 떨리는 목소리로 물었다.

"지가 도울 일이 머신데예?"

집 안에 있는 사물들도 궁금한 듯 하나같이 이쪽으로 귀를 기울이는 것처럼 보였다. 하지만 언네는 얼른 대답이 없었다.

"쌔이 함 말씀해보이소."

설단은 자꾸 입속에 괴는 침을 삼키며 재촉했다.

"안 그라모 내는 되련님 데꼬 방에 들갈랍니더."

"알것다."

언네 말이 단순 건조했다. 가까스로 재채기에서 벗어난 동업이 조그 만 손등으로 눈물이 번져 있는 눈 부위를 쓱쓱 문지르고 있었다.

'쨱, 쨱쨱.'

그새 비둘기는 한 번도 소리를 내지 않은 채 그대로 사라지고 또다시 정원수로 날아들어 모든 가지에 골고루 올라앉은 참새 떼가 보였다. 그 중에는 얼핏 앉은뱅이 용쓰듯이 앉은 채 두 날개를 퍼드덕거리고 있는 우습고 한심스러운 놈도 있었다. 하지만 전체적으로는 별 움직임이 느 껴지지 않는 그것들이 한꺼번에 내지르는 소리가 아까보다 더 요란스럽 다. 흡사 자기들끼리 자리다툼이나 말싸움이라도 벌이고 있는 듯했다.

설단은 잔뜩 신경을 기울여 언네 말 한마디도 흘려듣지 않고 있다. 그런데 언네 답변은 너무나 뜻밖이어서 설단의 귀를 의심케 했다.

"동업이 조것이 시상에서 젤 훌륭한 사내로 자라거로 니가 신맹(신 명)을 다 바치야 한다, 그기다."

"예에?"

동업을 세상에서 제일 훌륭한 사내로 자라도록 하라니? 설단은 자신 도 모르게 큰소리로 묻고 있었다.

"바, 방금 지 보고 머라캤어예?"

축담 밑을 쏜살같이 지나가고 있는 것은 생쥐였다. 생쥐 볼가심할 것 도 없다는 말이 있지만, 그 집은 빈궁한 형편이라는 것과는 한참 거리가 멀었다.

"귓구녕을 오데 동냥 보냈나?"

언네는 야문 음식물을 씹어 먹듯 또박또박한 어조로 딱딱 끊어가며 말했다.

"시방, 니 옆에 있는 그 아를, 시상에서 최고로 멋진 사내로 맨들어라, 그 말인 기라. 인자 알아묵것나? 니 이약대로 빙신이 아이모……."

설단은 그야말로 여우 백 마리에게 홀리는 기분이었다. 세상에, 언네 입에서 저런 소리가 나오다니. 언네 처지나 입장에 비춰볼 때 이런 소리가 나와야 당연했다.

'동업이 그거 쥑이뻐라.'

마침내 박제된 것처럼 꼼짝달싹도 하지 않고 있던 참새들이 날아가기 시작했다. 이제 곧 나무에는 씻은 듯 부신 듯 참새들 자취 하나 남아 있지 못할 것이다.

동업은 아쉬웠는지 가녀린 팔을 뻗어 참새를 잡으려는 동작을 취했다. 설단 눈에 그런 동업이 너무나 천진난만해 보였다. 설혹 천금을 얻는다고 해도 설단 자기 손으로는 절대로 해코지할 수 없을 것 같았다.

그때다. 지금까지 마당에 있던 언네가 축담 위로 올라서더니 대청마루 끝에 소리 나게 턱 걸터앉으며 말했다.

"그리 장승맹캐 서 있지 말고, 여 내 옆에 앉아 봐라, 이년아."

"머할라꼬예?"

설단이 언네가 시키는 대로 하기 싫다는 마음을 그렇게 표현하자 언네는 암팡지게 두 주먹을 꽉 쥐었다.

"아, 요년이? 그냥 콱!"

"아, 알것어예."

그러면서 설단은 멈칫멈칫 언네 가까이 다가가서 앉았다. 그런 설단을 노려보던 언네가 이번에는 얼굴 가득 웃음을 띠며 동업에게 말했다.

"되련님도 고마 앉으이소."

"……."

"다리도 안 아풉니꺼?"

"……."

"되련님이 아푸시모 이년 멤도 아파진다 아입니꺼."

그 목소리가 하도 다정다감하여 설단은 더욱 멍해졌다. 언네가 동업을 저런 식으로 대할 줄은 몰랐다. 세상에 다시없이 충성스러운 종이 주인을 대하는 그런 태도였다. 그렇지만 동업은 고개를 살래살래 흔들었다.

"시러, 시러."

계속해서 싫다고 말하는 동업을 바라보며 소리 없이 웃음 짓고 있는 언네 표정이 그렇게 복잡다단하고 위선적일 수 없었다. 하지만 두 눈에서까지 자기감정을 감출 재주는 없어 보였다.

'저 눈깔!'

설단은 또다시 소름이 끼쳤다. 언네의 그 눈빛 속에는 틀림없이 무서운 증오와 살기가 번득이고 있다. 예리하게 갈아놓은 낫이나 칼에서 뿜어져 나오는 빛 같다. 절대 잘못 본 건 아니다.

'동업이가 이험타.'

그런데 기묘했다. 언네는 그런 눈빛이면서도 입술에는 함박웃음을 듬뿍 머금어 보였다. 그러고는 또 동업에게 한다는 소리가 천번 만번 들어도 생소할 소리였다.

"하이고, 잘난 우리 되련님! 우리 되련님 참말로 큰 인물 되것소. 자고로 사내라모 그런 왕고집은 있어야 하요."

그녀는 동업을 향해 주름진 손을 내밀며 자상한 할머니가 예쁜 손자 대하듯 했다.

"오데 한분 봅시더, 되련님. 이 언네 년 곁에 와서 함 앉아보소."

그러나 동업은 한층 세찬 도리질을 해댔다.

118

"시러, 니 시러."

동업이 몸을 뒤로 뺐었다.

'아, 저라모?'

그것을 지켜보는 설단 가슴이 조마조마했다. 아무리 아직 철이 없는 동업의 언동이지만 듣는 사람으로서는 굉장히 기분 나쁜 노릇이 아닐 수 없었다. 그래 당장이라도 언네가 벌떡 일어나 갈고리를 방불케 하는 손으로 동업의 목을 조를 것만 같았다.

그런데 그것 또한 아니었다. 언네는 갑자기 실성한 여자처럼 '호호호호' 웃음을 터뜨렸다. 그 소리에 집 안의 모든 것들이 흠칫, 놀라는 것 같았다. 어쨌거나 언네는 그러고 나서 받은 만큼 되돌려주듯 이랬다.

"에나 말 잘했소, 우리 잘나고 잘난 되련님."

"……."

뒤로 고개를 젖혀 빗천장과 우물천장이 절묘하게 조화를 이루고 있는 머리 위를 잠깐 올려다보고 나서 말했다.

"장원급제 하것소. 큰말 타고 풍악 울림서 서울 장안을 막 돌아댕기 것소."

아무 말도 하지 않은 채 멍한 표정을 짓고 있는 동업을 겨냥한 소리가 이어졌다. 그런데 이번에는 철저히 반대였다. 하지만 그보다 진솔한 말도 없었다.

"내도 싫소."

높직하고 기다란 담장을 넘어오는 바람 끝에는 두엄 냄새 엇비슷한 기운이 묻어 있었다. 어쩌면 언네 입 냄새인지도 알 수 없다.

"내도 때리쥑인다 캐도 되련님이 싫소."

그러자 듣고 있던 동업이 설단 옆으로 다가가며 응석부리듯 했다.

"내는 여게가 좋다."

"되련님예."

설단은 자신도 모르게 동업을 향해 두 손을 내밀었다. 바로 그 순간이다. 언네가 낮은 소리로, 그러나 살기가 뚝뚝 떨어지는 소리로 무섭게 으르댔다.

"그 손목아지 탁 끊기고 싶나!"

치마끈으로 동여맨 언네의 허리 아래가 함부로 들썩거리고 있는 게 유난히 설단의 눈을 찔렀다.

"후딱 몬 거두나?"

설단은 황급히 손을 거둬들이고 말았지만 정말 잘린 것처럼 손목이 시큰거렸다. 동업이 설단의 등 뒤에 숨듯이 앉아 언네 쪽을 힐끔거렸다. 언네가 혼잣말같이 중얼거렸다.

"이것들아, 그날을 기다리라이."

천릿길을 허위허위 달려온 사람처럼 가쁘게 숨을 몰아쉬었다.

"니들 눈깔에 시뻘건 피눈물 왈칵 솟고, 니들 가슴이 아궁지맹캐 시커멓거로 탈 그날을 기다리라이."

언네는 다시 동업에게 말했다. 눈길은 동업과 멀리 떨어져 있는 하늘 그 어딘가로 보낸 채였다. 어쩌면 구름을 향해 말을 날려 보내고 있는 것 같았다.

"그라고 동업이 니 퍼뜩 커라이. 니가 빨랑 커야 내 복수는 시작되는 기라."

도대체 저게 무슨? 동업이 커야 언네 복수가 시작되다니?

설단으로서는 참으로 풀 길 없는 수수께끼와도 같은 소리가 아닐 수 없었다. 사람 머리 위로 여우 재주넘는 소리였다.

그 넓은 집 안에서 정원수만 남기고 참새 소리가 사라진 지는 오래였다. 주위가 적막강산보다도 쓸쓸하고 적요했다.

내 손에 딱총이라도

비화는 나루터집 앞에 혼자 나와 서서 지금 재영과 얼이가 가 있을 남강 쪽을 묵묵히 바라보았다.

머잖아 서녁 하늘이 석양빛에 곱게 물들 시각이다. 그러면 하얀 물새들도 붉은 물새처럼 보이고 강물은 붉은 물감을 섞은 것같이 비친다는 사실을, 강가에 더부살이처럼 살고 있는 사람들은 모두 알고 있다.

뱃사공들 무색옷도 그때만큼은 색깔을 띠고, 나이 든 뱃사공은 가짜 같은 붉은 수염을 매달고는, 온종일 노를 젓느라 결리는 허리께를 주먹으로 툭툭 두드릴 것이다. 꼽추 달보 영감도 머리에 붉은 머리털을 이고서 주름투성이 언청이 할멈 얼굴을 떠올리고 있을 것이다. 때로는 장맛비로 흘러넘치기도 하고 또 때로는 가뭄으로 밑바닥까지 드러나는 강처럼 평생 어렵고 힘든 삶을 살아가고 있지만, 그 모두가 계절을 잊지 않고 찾아드는 철새들같이 다정다감한 사람들이다.

'밤골집도 여전하네?'

마침내 노을이 친근한 이웃처럼 다가온다. 그 시각이면 언제나 보게 되는 낮익은 풍경인 듯, 나루터집 옆에 나란히 붙어 있는 밤골집으로 연이어 술꾼들이 들어가는 게 보였다. 그러고 보니 거기 강가에 즐비한 다른 가게들도 너나없이 붉은 색칠을 한 것같이 보인다. 신이 환쟁이처럼 붓질을 한 것인가? 푸른 강마을이 그 순간에는 붉은 강마을로 변신되어 있다.

'우찌 사는고?'

지척에서 서로 어깨를 겯고 살고 있어도 한돌재와 밤골댁 얼굴 보기가 좀체 쉽지 않았다. 그만큼 두 집 모두 장사가 잘된다는 증거이리라. 그들 두 사람의 첫출발은 비록 고장 난 수레바퀴처럼 다소 삐걱거리기도 했지만, 지금은 그 집에서 일을 도와주고 있는 순산집 말마따나 깨소금 냄새가 온 동리에 진동하고 있는 듯하다.

그리고 얼마 전에야 알게 된 사실이지만, 나루터집이나 밤골집이 그들보다도 앞서 그곳 상촌나루터에서 영업하고 있는 다른 가게들의 큰 훼방이라든지 협박을 받지 않은 것은, 순전히 꼽추 달보 영감이 뒤에서 슬쩍 돌봐 준 덕분이었다. 그것도 달보 영감 스스로의 공치사가 아니라 그 가게들 주인 입에서 직접 흘러나온 이야기였다. 이래저래 힘이 되고 고마운 달보 영감이 아닐 수 없었다. 장애를 가진 사람이라고 누가 눈 아래로 볼까?

'이 양반하고 얼이는 오데꺼지 갔노. 하매 저녁때가 다 됐다 아이가.'

비화는 남편과 얼이가 친 매형과 처남처럼 지내는 모습이 참 보기 좋았다. 누구 눈에도 반대 성격 같지만 서로 죽이 잘 맞았다. 그렇지만 비화는 마음 한구석이 겨울 논처럼 텅 빈 느낌은 어쩔 수 없었다.

"조카, 우리가 애기 울음소리는 운제 들을 수 있는 기고?"

"성님, 우찌 대놓고 그런 소리 막 합니꺼?"

"와? 하모 우때서?"

"그래도예."

"그라모 대大놓고 하지 말고, 중中하고 소小놓고 이약하까?"

"조카 부끄럽거로."

"시상에 부끄러블 끼 씨가 몰랐더냐(말랐더냐), 이기 부끄럽거로."

"성님 겉으모 더 부끄러버할 끼거마예."

"아, 쌀뜨물에 아 선다꼬, 말이나따나 자꾸 이리싸야제."

"그거는 맞심니더."

"아, 언청이 아이모 째보라 쿠까이?"

"우리 성님이 장사하시더이, 말재조 하나는 휘황찬란합니다."

"시방 내가 아쉬븐 거는 말재조가 아이고, 우리 조카 아 생길 재조다."

우정 댁과 원아는 특히 재영이 있는 데서 농담 섞어가며 은근슬쩍 압력을 넣기도 했다. 늙은이든 핏덩이든 가릴 것 없이 우리 옆에 사람이 좀 더 많았으면 하는 게 그들의 바람이었다. 그러고 보면 모두가 섬처럼 외로운 사람들이었다.

그런데 이해하지 못할 일이 하나 있었다. 우정 댁과 원아가 그렇게 굴라치면 비화 얼굴은 금방 가지에서 굴러 내리려는 사과같이 새빨개지곤 했다. 당연한 반응이었지만, 재영은 그게 아니었다. 황달 병자처럼 노랗게 바뀌었다. 모두 고개를 갸우뚱했다.

'표정이 와 저렇노? 에나 이상타.'

재영이 억호와 분녀에게 업둥이로 줘버린 아들을 떠올리고 있다는 사실을 거기 어느 뉘 알겠는가? 더욱이 만약 알게 되는 그날, 그들에게 무슨 일이 일어나게 될지는 남강 속 용왕님이라고 내다볼 수 있을는지. 여하튼 굳이 우정 댁과 원아의 그런 말이 아니더라도 비화는 날이 갈수록 더한층 초조하고 불안했다. 웬일인지 태기가 없었다. 그럴 조짐마저 비치지를 않았다.

'내한테 문제가 있는 기까? 아이모 저이가?'

재영이 얼이에게 관심과 애정을 보이면 보일수록 그에 비례하여 비화는 온갖 방정맞은 망상들이 다 덤벼들었다. 예로부터 아이를 좋아하는 사람은 제 자식이 귀하다지 않던가. 친손자는 볼 수 없는 부모님께 외손자라도 보여드려야 자식 된 도리일 것이다.

그런 한편으로는, 재영이 눈을 뜨나 감으나 업둥이로 보낸 아들 생각에 얼이를 제 친 살붙이같이 여기고 있다는 사실도 모른 채 비화는 기꺼워하기도 했다.

'그래도 저이 오시고 나서, 얼이가 딴 아매이로 밝아져서 에나 다행아이가. 인자는 짐승 목아지나 꽃 목아지도 안 비틀고.'

예전에 그들 가족이 살던 죽골에서 본 그 얼이가 아니었다.

'저이를 똑 죽은 지 아부지겉이 따르고 안 있나.'

얼이는 커갈수록 유춘계 아저씨 밑에서 농민군 하다가 효수형 당한 그의 아버지 천필구를 빼닮고 있다. 피는 못 속인다는 말은 곧 얼이 부자를 두고 하는 소리였다. 그런 얼이를 보는 우정댁 심사는 어떨지 모르겠다. 아니다. 아주 잘 알 것 같다.

이런저런 상념에 잠겨 비화는 그때 저만큼에서 걸어오고 있는 세 개의 그림자를 미처 발견하지 못했다. 아니, 보았다고 하더라도 금방 알아차리지 못했을지도 모른다. 악귀의 입김에 실려 왔을까? 그들이 나루터 집 근처에 나타나다니? 용왕님뿐만 아니라 하느님도 부처님도 짐작하지 못했을 것이다.

비화는 악몽 속에서처럼 들었다.

"아, 저거 비화 아이가? 비화 맞제?"

"헉! 비화가 맞심니더."

"비화를 올매 만에 만내는 긴고 모리것네. 흐흐."

"살다 보이 이런 일도!"

비화는 눈을 의심했다. 정신을 의심했다. 가슴이 벌름거리고 이게 꿈이 아닌가 싶었다. 아니, 꿈이래도 이건 아니었다.

배봉과 점박이 형제, 그들 부자와 한꺼번에 맞닥뜨려지다니. 그것도 다른 곳도 아닌 여기 나루터집 앞에서였다.

'장 돈 벌일 끼라꼬 허덕대는 조것들이 시간이 남아갖고 저라는 거는 아일 낀데?'

머릿속이 하얗게 비어버리는 그 와중에도 비화는 그런 의문부터 들었다. 그들이 도대체 무슨 목적으로 불쑥 그곳에 모습을 드러냈는지 비화로선 도시 알 재간이 없었다. 아니다. 중요한 건 그게 아니었다. 죽어 땅속에 묻혀도 결코 잊지 못할 철천지원수들이 한꺼번에 몰려오고 있다는 사실 그 자체가 너무나 큰 충격이었다. 하늘이 온통 시커먼 구름장으로 뒤덮이면서 엄청난 폭풍우를 몰아오는 흙바람이 불어 닥치는 듯했다.

그건 저쪽도 마찬가지인 성싶었다. 그런데 점박이 형제보다도 배봉의 표정이 몇 배나 더 난삽했다. 하지만 역시 배봉은 배봉이었다. 그는 이내 마음을 다잡은 것 같았다. 또한, 그 특유의 소름끼치는 목소리도 그대로였다.

"흐흐흐. 대갈빼이 쇠똥도 안 벗기지고 주디이 젖비린내 폴폴 나쌌던 고 가시나가, 에나 몰라보거로 달라졌거마는. 세월만치 무서븐 거도 없다더이."

배봉은 '나루터집'이라고 쓰여 있는 커다란 간판을 힐끗 올려다보았다. 그러고 나서 그는 감탄인지 빈정거림인지 모를 애매모호한 말투로 계속 지껄였다.

"호래이새끼는 다린 짐승 새끼들하고는 오데가 달라도 다리다더이."

저놈은 전생에 아마도 제 어미를 잡아먹는다는 살무사가 아니었을까 여겨지기도 하는 비화였다. 배봉은 머리가 납작하게 세모지고 목이 가는 그 독충이 독을 내뿜듯 했다.

"역시나 호한이, 김호한이 여식이다. 꽤 쓸 만한 밥집 걸거마는."

"······."

비화는 무슨 대꾸든 하기는 해야겠는데 별안간 입이 딱 얼어 붙어버린 느낌이었다. 또한, 그 순간에는 영특한 머릿속도 텅 빈 쌀독처럼 비어갔다.

그에 비해 배봉은 달랐다. 신경질 날 정도로 여유가 있고 자신감 넘쳐 보였다. 그는 꼭 쥐를 앞에 잡아놓고 앞발로 요리조리 놀리는 고양이처럼 행동했다.

"비화야! 어른을 보모 퍼뜩 인사부텀 올리야제."

그곳을 향해 불어오던 강바람이 거기 살벌한 공기에 겁을 먹고 도망치듯 얼른 그 방향을 바꾸는 것 같았다. 물새들도 둥지 속으로 숨어들었는지 소리가 없었다.

"비봉산걸이 콧대 높은 양반 집구석 딸내미라쿠는 기 그라모 안 되제. 똑 배운 데 없는 천한 상눔 자슥들매이로."

배봉은 지난날 비화네 집 앞에 와서 그랬던 것처럼, 똥배를 쑥 내밀고 뒷짐을 지고 서서 계속 키득거렸다.

"우쨌거나 내가 꿈에도 너거 식구들 안 잊아삐고 살았는데, 고맙제? 안 고맙나? 그란데 오늘 니 얼골 직접 본께네 에나 모리겄다. 키키."

달아났던 바람이 되돌아와 정신 차리라는 듯이 비화의 머리칼을 흔들었고, 이윽고 강단 있게 생긴 비화 입술이 열렸다.

"내도 모리겄소. 똑똑하요. 세월이 무섭다, 그 말이 따악 맞소. 그동안 상구 한거석 배낀 거 겉소."

"지 혼자 똑똑한 년을 그냥 콱!"

억호가 그런 으름장을 놓고 나서려는 걸 손으로 막으며 배봉이 맞받았다.

"그렇것제. 옛날 니 할배 김생강이한테 소작 부치 묵던 그 임배봉이라 생각하모 큰 코가 몬 성해날 끼라."

"또 몬 배운 포티 내는가베?"

비화는 고향 땅 주봉主峯인 비봉산 서편 자락에 있는, 한겨울 날 꽁꽁 얼어붙은 가마못 얼음장보다도 더 싸늘한 목소리로 응했다.

"지한테 소작 주던 고마븐 지주 이름을 그리 벌로 부르다이? 역시나 무식재이는 우짤 수가 없는갑다."

비화의 그 소리는 바람을 타고 그녀의 조부 생강이 묻혀 있는 선학산 공동묘지까지 울려 퍼질 것 같았다.

"조, 조게야?"

이번에는 만호가 앞에 나서려고 했다. 배봉은 만호 또한 제지시키고 나서 제 할 소리만 늘어놓았다. 기선을 잡는 데는 상대방 말을 듣는 게 방해가 된다는 사실을 익히 깨치고 있는 그였다.

"왕후장상도 씨가 따로 없다 글 캤는 기라. 돈이 붙은께 니 보는 거매이로 내가 이리 안 달라지나."

그의 목소리는 '꺽꺽' 하는 왜가리 울음소리보다도 더 듣기 싫었다. 자신은 신뢰성 없는 사람이라는 것을 스스로 밝혀 보이듯 방금 자기가 했던 말을 번복했다.

"세월이 무서븐 기 아이고 돈이 무서븐 기다. 좀 알아라."

강가에 선 미루나무가 홀연 미친 듯이 몸을 흔들어대기 시작했다. 강변이나 촌락 부근에 풍치목으로 많이 심는 그 버들과의 나무를, 외지에서 왔다는 어떤 사람은 '은백양'이라고 부르기도 했다.

"좀이 아이라 마이 알아야것거마."

그러는 비화 입언저리가 묘하게 일그러졌다.

"인사는 잘도 받을라쿰시로 어른이 사람 말귀를 에나 몬 알아듣소. 내 말은 그만치 팍 늙어뺏다 그 이약인데……."

이번에는 그 능글능글하고 임기응변에 뛰어난 배봉이 즉시 입을 열지 못했다. 비화가 더 빈정거렸다.

"탕수국 내미 폴폴 나는 그 몸띠이 갖고, 우찌 안 쓰러지고 여꺼지 찾아올 수 있었는고 그기 참말로 신통방통하요."

억호가 참지 못해 주먹을 휘두르고, 만호도 당장 발길질할 태세를 취했다.

"이, 이년이!"

"배때지를 탁 차서 요절을 내삘 끼다."

그런 점박이 형제를 물끄러미 바라다보는 비화 얼굴에 정말 한심하고 가증스럽다는 빛이 떠올랐다. 새파란 젊은 여자에게 사내 셋이서 하는 꼬락서니였다.

'그란데?'

비화는 그들이 자기에게 용무가 있어 여기 온 건 아니라는 자각이 일었다. 그러면 무엇 때문에? 지금까지의 경계심 위에 강한 의혹이 솟구쳤다. 상서로운 일은 아니다.

그때다. 사태가 한층 더 악화될 조짐이 보였다. 하필이면 그 시간에 또 꼽추 영감 달보가 나타난 것이다. 그는 밤골집에 들어가 목이나 축일 작정으로 온 것인데, 나루터집 앞에 서 있는 비화와 사내들을 보고 발걸음을 옮겨 이쪽으로 다가오고 있었다.

"음."

신음 비슷하면서도 마음을 다지는 듯한 소리가 그의 입에서 흘러나왔다. 하루 수천 명이 오가는 거기 나루터 바닥에서 잔뼈가 굵어 온 그는 벌써 앞뒤 공기를 다 알아챈 듯했다. 특히 지난번에 큰 호통을 쳐서 쫓아 보낸 그 점박이들이 있다. 그는 온후하다가도 심각한 상황이면 다른 사람처럼 싹 바뀌곤 하는 그 특유의 매서운 눈길로 사내들을 곁눈질하면서 비화에게 큰소리로 물었다.

"장사는 안 하고 와 밖에 나와 선 기고? 무신 일 있는 것가?"

그런데 비화가 입을 열기 전에 억호 입이 먼저 열렸다.

"아, 접때 그 꼽추 영감태이 아이가?"

물덤벙술덤벙 하는 만호 역시 횡재라도 한 품새였다.

"잘 만냈다!"

시나브로 석양빛이 깔리기 시작하는 상촌나루터에 더할 나위 없이 위험하고 살벌한 공기가 우 밀려들었다. 그 속에는 역겨운 피 냄새가 물컥물컥 풍기는 것 같았다.

"아부지!"

억호는 그 큰 덩치에 어울리지 않게 배봉에게 마치 고자질하는 아이같이 굴었다. 나이를 거꾸로 먹는 인간이 거기 또 하나 있다.

"지난번에 저 꼽추 영감태이가 우리를 우습거로 보고……."

끝까지 듣지도 않고 배봉 상판이 더없이 험악해졌다. 그의 입에서 미루나무도 몸을 사릴 고성이 튀어나왔다.

"머시? 천하의 이 임배봉이 자슥들을?"

그 찰나, 꼽추 영감 안색이 그만 파리해지고 있는 것을 비화는 놓치지 않았다. 임배봉, 그 악명을 꼽추 영감이라고 어찌 듣지 못했겠는가? 하지만 직접 배봉을 보긴 아마도 이날이 처음일 것이다.

"요 영감탕구!"

"오늘 잘 걸릿다!"

꼽추 영감이 약간 주춤하는 눈치를 보이자 점박이 형제는 똑같이 대번에 기가 확 살아나는 모양이었다. 이참에 지난번 당한 수모를 반드시 갚아야겠다고 단단히 벼르고 있는 빛이 역력했다.

'까~악, 까~악.'

징그러울 정도로 크고 시커먼 까마귀 서너 마리가 매우 불길한 울음소리를 떨어뜨리며 사람들 바로 머리 위를 지나갔다. 주인 없는 시체가 되어 버려진다고 얘기할 때 '까마귀밥이 된다'고 하는데, 그 말이 실감나는 분위기였다.

"각오 단디 해라."

억호는 도끼눈으로 비화와 꼽추 영감을 번갈아 노려보면서 이빨을 드러낸 맹수처럼 크게 으르렁거렸다.

"인자 둘 다 저 남강 물에 수장을 시키삘 끼다."

그 소리를 들었는지 강물이 좀 더 세차게 흐르는 것 같았다. 밤이 다가올수록 바람이 더 거세어지고 있다는 증거이리라.

"아부지!"

만호도 배봉에게 꼭 복수를 해 달라는 듯 고해바쳤다.

"저 영감태이가 말입니더, 비화 조년을 똑 지 손녀매이로 잘해줍니더. 그라이 저 꼽추도 딱 우찌해야 됩니더."

그 말을 들은 배봉이 그러잖아도 임신부를 방불케 할 정도로 톡 튀어나온 배를 한층 쑥 내밀며 지껄였다.

"그렇다꼬? 내는 누든지 김호한이 집구석 역성들모 절대 고마 안 둔다. 늙어빠진 꼽추라 캐도 똑겉다. 사정 안 봐 준다 고마."

둥지를 찾아갈 생각을 잊은 걸까, 근처 어디선가 물새들의 소리가 어쩐지 저승사자 목소리를 연상시켰다. 세상이 점점 그 깊이를 알 수 없는 늪처럼 어두워지고 있다.

'우짜모 좋노?'

비화는 바싹바싹 애타는 심정으로 저무는 강 쪽을 바라다보았다. 지난번처럼 얼이를 시켜 상촌나루터 뱃사공들을 모두 불러오라고 할 심산이었다. 이제는 그녀 자신도 뱃사공들과 그만한 유대는 맺고 있다.

'이런 때 도대체 오데로 가갖고 안 오는 기고?'

그렇지만 아무리 눈을 굴러 봐도 재영과 얼이 모습은 어디에도 비치지를 않았다. 어쩌면 그들이 온다고 하더라도 아무 소용없을지 모른다. 이 시각이면 뱃사공들이 배를 강가에 매어놓고 집이나 주막으로 찾아들 때여서 그들을 모으기가 쉽지 않을 것이다.

비화를 더욱 안절부절못하게 하는 것은 꼽추 영감 태도였다. 그렇게 성질이 불칼인 그도 선뜻 그들 부자를 향해 입을 열지 못했다. 비화는 속으로 탄식했다.

'아아, 배봉이가 무섭기는 무서븐 늠인갑다. 여게 터줏대감 달보 영감님이 저리하시는 거 본께네.'

그런 가운데 아이들이 가지고 노는 딱총이 내는 소리처럼 다시 크게 터져 나온 건 억호 고함소리였다.

"이 영감탕구! 먼젓번 그 기갈은 오데로 갔노?"

만호도 어지간한 여자 종아리만큼이나 굵어 보이는 팔뚝을 뽐내는 시늉을 했다.

"와 암 말도 몬 하는 기고?"

비화는, 화약을 종이로 싸서 세게 부딪거나 누르면 터지는 아이들의 장난감 총, 그 지총이라고 불리는 딱총이라도 내 손에 있었으면 하는 바람이었다.

"다 늙어빠지도 죽기는 싫은 모냥이제?"

"유언이 머신고 째이 이약해보랑께?"

점박이 형제의 농락은 그 끝을 몰랐다. 그러자 드디어 꼽추 영감이 입을 열었다.

"아즉 새파랗거로 젊은 눔들 주디이가 수챗구녕 아이가. 이것 봐라. 내한테 너것들만 한 자슥들도 쌔삣다. 어른도 모리는 호로자슥들이거마는."

비화는 한편으로 안도하고 한편으로 후련했다. 역시 달보 영감님이다.

'아, 사람들이!'

게다가 비화가 그 와중에도 다소 마음이 놓이는 것은 그 소동 낌새를 알아채고 하나둘씩 모여드는 사람들이 있어서였다. 그날 하루 일을 접으려던 행인들이며 장사치며 마부며 가마꾼이며 할 것 없이 걸음을 멈추고 서서 그 광경을 바라보았다.

'증말 다행이거마는.'

아무리 막가파 독종인 배봉과 점박이들이라도 이렇게 많은 사람들 눈이 지켜보고 있는 앞에서는 제멋대로 굴지 못할 것이다. 더욱이 지금 이곳은 비화 자신의 가게 앞이고 꼽추 영감이 수십 년 살아온 나루터다. 근거지라는 게 이렇게 중요한 곳이라는 걸 깨닫게 해주는 순간이었다.

'딴 데 겉으모 우짤 뿐했노?'

거기 군중들 가운데에는 배봉이나 점박이 형제 얼굴을 아는 사람보다 달보 영감이나 비화 자신의 얼굴을 아는 이들이 좀 더 많을 것이다. 그뿐만 아니라 저 악명 높은 배봉과 그 식솔이란 걸 알면 누구도 그들 편을 들어주지 않을 것이다. 강으로부터 불어오는 바람 끝에는 격려의 소리가 섞여 있는 듯했다.

그러나 섣불리 마음 놓을 계제는 아니었다. 상대가 누군가. 미친개마저 슬슬 피해간다는 천하 제일가는 망나니들이다. 돈과 권세와 완력을 전부 가진 것들이다. 비화의 불안한 그 예상은 틀리지 않았다. 낯판이 벌겋게 달아오른 배봉이 거기 있는 모두가 깜짝 놀라 몸을 움찔할 정도로 큰소리를 내지른 것이다.

"머시? 호로자슥들?"

그는 당장이라도 그 큰 덩치를 날려 상대방을 덮어 누를 것같이 했다.

"꼽추 이누움! 오늘이 니눔 제삿날 되거로 해줄 끼다."

비화 심장이 다시 얼어붙었다. 놈의 위세는 예전보다도 한층 더 드세진 듯하다. 하지만 다행히 꼽추 영감은 주위에 구름같이 모여들고 있는 군중을 보고 한결 용기가 솟아나는 모습이었다. 그녀가 조금 전에도 생각한 바대로 이곳은 그의 구역 아닌가 말이다. 그는 이제 조금도 굽히지 않는 태도로 나왔다.

"그 애비에 그 자슥새끼들인 기라. 애비나 새끼들이나 역시 듣던 그대로다. 만천하가 싹 다 알아주는 개망나니들이 맞거마는."

"머? 애비나 새끼들이나?"

억호와 만호가 당장 한꺼번에 우 달려들어 꼽추 영감을 때려눕힐 자세를 취했다. 또다시 일촉즉발의 위기감이 쏴아 몰려들었다. 군중들 속에서도 몸을 움츠리는 기색들이 그대로 전해졌다.

'아, 와 이리 안 오는 기고?'

비화 시선이 다시 길 저쪽을 향했다. 어서 빨리 와야 하는데. 그래야 뱃사공들을 모으든 관아로 달려가든 할 터인데. 더 지체되면 큰일이 나는데.

그러나 그때 모습을 보인 건 비화가 바라던 재영과 얼이가 아니라 우정 댁과 원아였다. 그들도 집 밖에서 벌어지는 소란을 듣고 급히 달려나온 것이다.

"누가 넘의 장삿집 앞에 와갖고 이리쌌노?"

"증신 나간 사람들 아이가?"

하지만 연약해 빠진 여자들이 대체 뭘 어떻게 하겠는가? 특히 남편과

연인을 비명에 보낸 그들인지라 겉으로는 대범한 척해도 실상은 아주 작은 일에도 놀라기 일쑤였다. 더욱이 지난번에 점박이 형제에게서 그렇게 혼검을 당했던 기억이 그들을 걷잡을 수 없는 공포로 몰아가고 있다. 두 여인은 그저 덜덜 떨며 외마디 소리만 지를 뿐이었다.

낮보다 사건 사고가 더 빈번하게 발생하는 밤이 점차 가까워지고 있다는 것을 한 번 더 증명해 보이기 위해서일까? 사방팔방에서 막 불어닥치는 강바람이 갈수록 갈기를 세우고 있다. 어디선가 목덜미에 긴 털이 난 사자가 포효하는 소리가 들려오는 것 같았다.

나루터집 앞에서 일대 활극이 벌어지고 있는 그 시각, 나루터집 바로 옆에 붙은 밤골집 안에서도 한돌재와 밤골 댁의 숨죽인 실랑이질이 한창이었다.

"아, 시방 저 밖에서 비화 색시하고 달보 영감님이 큰 화를 당할 판국인데, 와 내 보고 나가보지도 말라쿠는 기요?"

밤골 댁은 잔뜩 화가 돋쳤고, 돌재는 짙은 두려움에 싸였다.

"허, 몇 분을 말해야 알아듣것소? 상대가 눈고 아요?"

그곳에 있다가 싸움 현장에 나간 다른 손님들과는 달리 그 자리에 그대로 눌러앉아 있는 몇몇 손님들은 주인 부부 말다툼이 당혹스럽기도 하고 신기하기도 한 모양이었다. 하긴 술집에서 술꾼들이 싸우지 주인이 싸우는 경우는 흔치 않을 것이다.

"아요, 알아. 안께네 내가 이리쌌는 기라요, 이리쌌는 거!"

"항간에 상감마마도 맘대로 몬 한다쿠는 소문이 쫙 난 배봉이하고 점벡이 자슥들인 거 와 기억 몬 하요?"

"나라님이 몬 하모 우리라도 해야 하는 기요."

"누 죽는 꼴 볼라꼬?"

"와 똑 그리만 생각하요?"

"그리밖에 생각 안 되이 그라제."

순산 집은 술손님들 치르느라 허둥지둥 정신없는 중에도 어떻게 해야 할는지 몰라 그저 전전긍긍했다. 그 순간에도 술청에 앉았던 술꾼들 가운데에는 바깥에서 한창 벌어지고 있는 그 소란을 듣고 잇따라 나가는 이들이 적지 않았다.

"자, 자, 그러이 저 안으로……."

돌재는 밤골댁 팔을 힘껏 휘어잡고 억지로 주방 안으로 끌어들이려 했다. 밤골 댁은 사내 완력을 당해내지 못해 질질 끌려가면서도 눈은 계속해서 대문 바깥쪽을 향한 채 마구 발버둥질 쳤다.

"놓으소, 놓아! 이거 놔라 안 쿠요?"

"내 이약 잘 들어보소, 지발하고."

마침내 어렵게 주방으로 밤골 댁을 끌어들인 후 주방 문을 굳게 닫아 건 돌재가 가쁜 숨을 몰아쉬며 애원하기 시작했다.

"내가 운젠가도 이약 안 하디요. 만약시 저것들이 낼로 알아보모 임자나 내는 고마 죽은 목심이라꼬."

급기야 저 임술년 농민항쟁 이야기도 들추어졌다.

"초군, 농민군이 한창 기세 높던 그때 당시에 배봉이 집을 모돌띠리 불태워삣는데, 이 돌재도 그 일에 가담했다 안 쿠디요, 야?"

"……."

해가 져서 어둠침침한 주방 안인지라 돌재 얼굴은 자세히 드러나 보이지 않았지만 심한 공포에 질린 빛만은 또렷이 전해졌다. 밤골 댁은 그런 돌재를 잠시 동안 멀거니 바라보고 있다가 두 손으로 그를 밀어내면서 말했다.

"그래도 이거는 인간 도리가 아인 기라요. 비화 각시가 장마당 우리한테 올매나 잘해주요. 그란데 이라고 있자꼬요?"

"후우. 내도 다 아요."

돌재는 대나무 살강이 내려앉고 주방 흙바닥이 꺼져라 한숨을 폭폭 내쉬었다. 그러고는 머리를 내저었다.

"내도 사람인데 그거를 우찌 모리것소. 하지만도 시방은 아이요. 그 런께 지발 딱 요분 한 분만 내 시키는 대로 하소."

"알모 그대로 실천해야제, 실천 안 하모 그거는 모린다쿠는 거하고 겉소."

붉은 천 조각이 배추나 뭉게구름같이 틀어 올린 밤골댁 머리 위에서 불안하게 흔들거리고 있었다. 하지만 그녀의 마음은 쇠로 만든 절굿공 이만큼이나 확고해 보였다.

"그리하모 안 된께 내가 이리쌌는 기라요, 내가."

"아, 그래도?"

강바람에 그을린 돌재 얼굴은 농사를 짓고 있을 때보다 더 희어지지 는 않았다. 그렇지만 변한 건 있을 것이다.

"좋소 고마."

마침내 돌재는 밤골 댁이 빠져나갈 수 있도록 한쪽으로 비켜섰다. 실 뚱머룩하지만 더는 막을 수 없다고 포기한 것이다. 노쇠한 말이 죽어가 면서 내는 것 같은 소리로 말했다.

"이 돌재가 저 무작한 독종들한테 맞아 콱 죽는 꼴 보고 싶으모 임자 멤대로 하소."

그러자 이번에는 그렇게 안달 나 하던 밤골 댁이 오히려 주춤했다.

"와 안 나가요? 그리 소원이라모 나가 봐라 안 쿠요?"

돌재가 원망 섞인 말투로 내질렀다.

"서방이사 맞아 뒤지든 물에 빠져 뒤지든 임자 멤대로 하라쿤께네?"

높직한 살강 위에 얹혀 있는 그릇들이 금방이라도 요란한 소리를 내면서 와르르 밑으로 굴러 내릴 것처럼 위태로워 보였다.

"하이고오."

밤골 댁은 통곡 같은 소리를 내며 끝내 부뚜막에 털썩 주저앉았다. 솥을 걸어놓는 아궁이 위의 편편한 언저리는 따스한 기운을 품고 있었지만 지금 밤골댁 마음은 차갑기만 했다. 밤골 댁은 판소리 사설 늘어놓듯 했다.

"내도 모리것소. 내도 모리것소."

그러는 그녀의 얼굴도 절망 같은 어둠에 싸여 흐릿했다. 호롱불 밝힐 엄두는 전혀 내지 못했다. 돌재는 아예 주방 맨바닥에 엉덩이를 내려놓았다. 그러면서 밤빛보다 훨씬 더 어두운 목소리로 이랬다.

"우짜모 비화 각시도, 또 우리도, 이 바닥서 장사 더 몬 할랑가도 모리요. 배봉이 저 세도에 멤만 묵으모 말인 기라."

"머요? 배봉이 땜에 장사 몬 해요?"

밤골 댁이 엉덩이가 불에 덴 사람처럼 부뚜막에서 발딱 일어서며 악을 썼다.

"사내라쿠는 이름 아깝소."

어둠만큼이나 막막한 목소리였다.

"진짜 이름 아깝소."

저절로 수그러드는 돌재 고개가 반쯤 꺾인 나뭇가지 같았다.

"남자가 우찌 그리 약해요?"

"……."

살강 밑에서 숟가락 얻었다고, 아주 쉬운 일을 하고서 자랑하는 사람들과는 이건 완전히 다르다는 투였다.

"비화 각시는 여자라도 저리 당차거로 안 싸우요?"

그러나 한번 숙여진 돌재 얼굴을 덮은 공포심은 좀처럼 사라질 줄 몰랐다. 그의 귀에는 연방 무어라 쏘아붙이는 밤골댁 말이 제대로 들어오지 않았다.

'시방도 비이는 기라.'

돌재의 눈에는 농민군에 의해 활활 타오르던 배봉의 대저택이 너무나도 또렷하게 남아 있었다. 그리고 그 불길을 받아 몸도 마음도 달아오를 대로 후끈 달아오른 채, 무수한 농민군들 속에 섞여 덩실덩실 춤을 추던 그 자신의 모습까지도 보였다.

가게 밖 광경은 밤골댁 말 그대로였다. 그때쯤 비화가 꼽추 영감을 밀치고 배봉 일당 앞에 나섰다.

"하고 싶은 대로 해보소. 내한테 하소."

쉴 새 없이 불어오던 바람기가 잠시 뚝 멎는 듯했다. 어쩌면 강물도 그 흐름을 정지하고 이쪽에 귀를 기울이고 있는지도 모른다.

"달보 영감님하고는 싸울 이유가 하나도 없소."

지금 그 상황이 무색할 만큼 무덤덤할 정도로 차분한 어조였다. 마치 적진에 나선 장수 같은 비화였다. 주위 사람들로부터 '김 장군'이라고 불리는, 문무를 겸비한 출중한 무관 출신인 아버지 호한의 기질이 고스란히 드러나 보이는 모습이었다.

"싸울라모 내하고 싸우는 기 맞소."

호롱이나 등잔이 아니라 그녀의 눈에 불이 켜져 있었다.

"싸울라꼬 온 기 아인가?"

주위에 빙 둘러선 구경꾼들 얼굴마다 놀람과 감탄의 빛이 피어올랐다. 굉장히 우락부락 막돼먹은 사내 셋을 여자 혼자서 상대하면서도 전혀 두려워한다거나 굽히는 기색 없는 그 당당한 모습은 가히 여장부다웠다.

"좋다, 요년아! 저 강에 팍 처넣어 삐릴 끼다!"

"니년 집구석이 확 불타는 거 기경해 봐라!"

점박이 형제는 서로 아버지에게서 높은 점수를 따내기 위한 듯 길길이 날뛰었다. 배봉은 말리지 않았다. 재영과 얼이는 아직도 돌아오지 않고 있다. 비화와 나루터집 운명은 경각에 달렸다. 모든 것이 한순간에 모래 탑처럼 와르르 무너져 내리고 말 것이다.

그런데 바로 그때였다. 운집한 군중 속을 남강 물살처럼 가르며 앞으로 나서는 몇 사람이 있었다. 그들은 꼽추 영감을 향해 큰 소리로 말했다.

"달보 영감님! 우립니더."

"누하고 싸우고 계신다쿠는 말 듣고 똑바로 달리왔심니더!"

"인자 안심하시이소. 우리가 안 있심니꺼?"

"우떤 눔들이 감히 우리 터줏대감님을 몰라보고 까부는 기가?"

모든 사람 시선이 일제히 건장한 사내들에게로 쏠렸다. 뱃사공들이었다. 꼽추 영감 얼굴에 반가운 빛이 한지에 스며드는 물감같이 번졌다.

"어, 자네들 왔거마는. 잘 왔네, 잘 왔어."

그러고 나서 꼽추 영감은 수십 년 노를 젓느라 단단한 못이 박힌 손가락으로 배봉 일당을 가리켰다.

"저것들이 온 시상이 알아주는 악덕 부자 배봉이하고 그 자슥새끼들인 기라. 저것들이 올매나 인간 겉잖은고는 모도 들었제?"

"하모예."

뱃사공치고는 아직 젊고 체구가 아담해 보이는 이가 대답했다.

"길거로 말할 필요도 없이, 당장 저 남강에 콱 처넣어 삐이시더."

어깨가 떡 벌어진 사십 대 뱃사공이 일행들을 돌아보며 우렁우렁한 목소리로 말했다.

"우리 그라이시더!"

그러자 그게 도화선이 되어 뱃사공들이 저마다 뒤질세라 한마디씩 해댔다. 금방이라도 배봉 일당에게 와락 한꺼번에 덤벼들 험악한 기세였다. 남강 용왕이 나서서 말린다고 할지라도 듣지 않을 분위기였다.

"아!"

점박이 형제가 질린 낯빛으로 배봉을 보았다. 어서 이 자리를 피하자는 신호였다.

"흐."

배봉의 둥글넓적한 얼굴이 붉으락푸르락했다. 화를 삭이지 못해 씩씩대는 그는 한 마리 야수를 방불케 했다. 나루터에서 사공질이나 하는 미천한 것들한테 이리 당하고 있다니. 무엇보다 비화 조년을 어떻게 해버리지 못해 환장할 것 같았다.

그러나 어쩌겠는가? 배봉도 모르지 않았다. 근동에서 그에 대한 평판이 어느 정도인가를. 적어도 그 순간만은 불가항력이라는 것을 알았다.

"아부지."

그때 억호가 배봉의 오른팔을 잡으며 말했다.

"술이나 한잔 하이시더. 저게 밤골집이라쿠는 간판 비이지예? 그 집 매운탕 맛이 에나 쥑이줍니더."

만호도 배봉의 왼팔에 매달리듯 하며 말했다.

"성님 말대로 하이시더. 우리가 여게 온 목적이 비화 조년하고 싸울라꼬 온 거는 아이지 않심니꺼?"

그 말에 배봉은 비로소 깨달았다는 듯 무리 지어 모여 있는 구경꾼들을 힐끔 보고 나서 말했다.

"그거는 맞다. 우리는 더 중요한 일 땜에 여 온 기라."

갑자기 해야 할 급한 용무라도 생긴 사람 같았다.

"시간도 없다 아인가베."

점박이 형제가 한입으로 말했다.

"그렇지예?"

"저게 들가갖고 술이나 마심서 그 이약이나 하자."

그러고 나서 배봉은 비화와 꼽추 영감 그리고 뱃사공들을 휘휘 둘러보면서 집어삼킬 듯이 사나운 목소리로 말했다.

"우리가 오늘은 더 중요한 일이 있어갖고 고마 간다. 하지만도 기다리라. 올매 안 있어 다시 너거들 보로 올 끼다. 각오들 해라. 그때는 너거들 심통을 모도 탁 끊어놓을 끼다. 그라고……."

억호와 만호는 더 무슨 말을 하려는 배봉을 양쪽에서 잡아끌었다.

"아부지! 인자 고만하시고 얼릉예."

"알것다."

배봉과 점박이 형제는 도주하듯이 밤골집 안으로 들어갔다. 잠시 후에는 비화를 비롯한 나루터집 식구들, 꼽추 영감, 뱃사공들도 나루터집으로 들어가고, 구경꾼들은 하나둘 제각기 갈 곳으로 흩어져 갔다. 천만다행으로 발등이 데기 직전에 당장 급한 불은 끈 셈이었다.

"모도 쪼꼼만 앉아들 계시이소."

비화는 꼽추 영감뿐만 아니라 다른 뱃사공들에게도 한 상 크게 차려줄 마음을 먹었다. 정말이지 그들이 없었다면 어떻게 되었을지 상상조차 하기 싫었다.

그런데 그때 밤골집은 불난리나 물난리를 당한 집보다도 더 난리가났다.

"어? 어?"

"아이고! 조, 조것들이 시, 시방 오, 오데로 오고 있노?"

조마조마 애간장을 태우고 있던 돌재와 밤골 댁은 뜻밖에도 배봉 식솔들이 그네들 주막 안으로 들어오는 것을 보자 그만 제정신이 아니었다. 약간 열린 주방 문 틈새로 그것을 지켜본 밤골 댁이 돌재보다 먼저 주방 문을 굳게 닫아버렸다.

"저, 저리로……."

순산 집이 몸을 부들부들 떨면서 그들을 주방 옆에 붙은 방으로 안내하는 기척이 들렸다. 손님이 넘칠 때 임시로 와서 도와주는 노 씨, 승 씨 아주머니는 벌써 어디로 내뺀 듯하다. 그 와중에도 밤골 댁은 작정했다.

어서 일하는 여자들 몇 명을 더 고용해야겠다고. 그리고 이왕이면 일솜씨보다도 '깡다구' 센 여자와 활동성 좋은 짧은 깡동치마를 즐겨 입는 '왈패' 같은 여자를 수소문 해봐야겠다고 생각했다.

"요기 상촌나루터 바닥이 그냥 보통 바닥이 아닙니더, 아부지. 발세 상그랍기가 말도 몬 해예. 담에 올 때는 아랫것들 우 몰고 오이시더."

아직도 분을 못 이긴 억호의 높은 음성이 주방까지 들려왔다. 억호 못지않게 흥분한 만호 목소리가 그 뒤를 이었다.

"그거는 그렇고예, 운산녀가 여게 상촌나루터에서 민치목이하고 둘이 뭔 사업을 벌이고 있다쿠는 소문이 맞을까예?"

일순, 배봉이 꾸짖는 소리가 났다. 그 사실이 새 나가면 세상이 끝장날 것처럼 했다.

"쉬이! 목소리 몬 죽이것나? 누 들으모 우짤라꼬 벌로 떠드노?"

밤골댁 가슴이 철렁 내려앉았다. 운산녀와 민치목이라면? 그렇지만 그들이 음성을 한껏 낮추는 바람에 더 이상 아무 소리도 들을 수 없었다. 순산집 혼자서 급히 술상을 차리는 소리만 주방 안을 울렸다.

어쨌거나 그날 하루 매상은 배봉과 점박이 형제가 톡톡히 올려주었다.

욕망이 돛대를 달면

그로부터 여러 날이 지난 후였다.

임배봉 대저택의 높직한 담장 모퉁이를 막 돌아가는 순간, 재영은 홀연 숨이 턱 막혔다. 좌우의 행랑채보다 기둥을 더 높게 세운 거기 솟을대문 앞에 보이는 두 그림자, 처녀와 사내아이다.

'아! 저, 저 머스마가 내, 내…….'

재영은 눈앞의 일을 믿을 수 없었다. 아니다. 믿고 싶지가 않았다. 봄비에 쑥부쟁이 쑥쑥 자라듯 몰라보게 커버린 아이. 세월은 유독 그 아이만을 보듬고 대양과 태산을 훌쩍 건너뛴 것 같았다.

"으으."

재영은 온몸이 돌덩이처럼 굳어버린 채 망연히 서서 연방 가쁜 숨만 몰아쉬었다. 처녀가 사내아이에게 하는 소리가 꿈결같이 들렸다.

"아이, 되련님. 쎄이 도로 들가이시더. 바깥에서 이리하고 계신 거를 마님이 아시모, 이 설단이를 그냥 안 두시예. 잡아무울라쿠실 끼라예."

그러면서 제 몸을 잡아끄는 처녀 손을 확 뿌리치며 사내아이가 보채기 시작했다.

"시러, 시러. 방은 갑갑해서 시러. 쪼꼼만 더 있다가 들가, 웅?"

설단은 한길 쪽을 바라보며 초조하게 발을 동동 굴렀다. 우마차와 사람들이 많이 다니는 그 큰길 위로 언제 그 모습을 드러낼지 모를 억호와 분녀였다.

"되련님 아버님하고 어머님이 곧 돌아오실 시간이 됐어예."

설단은 자꾸 아래로 흘러내리려는 치마폭을 감싸 쥐었다.

"무신 일이 있어도 절대로 집 밖에 나오모 안 된다꼬 하싯어예. 그거는 되련님도 들었다 아입니꺼?"

하지만 동업은 요지부동의 담장만큼이나 막무가내였다.

"쪼꼼만. 쪼꼼만."

"어이구, 지발 설단이 좀 살리주이소, 되련님."

설단은 동업을 구슬리느라 이만큼 떨어져 서 있는 재영을 미처 발견하지 못했다. 아마도 억호 부부가 출타하면서 동업을 집 밖으로 데리고 나가지 말라고 엄명을 내린 게 확실해 보였다.

'아모리 귀한 자슥이라도 너모하는 거 아이가? 아를 우찌 닭장 속 달구새끼맹캐 딱 집 안에만 갇아놓고 키울라는고?'

재영은 동업이 너무나 불쌍했다. 눈물이 찔끔 솟았다. 그는 당연히 알지 못했다. 분녀가 춘화 파는 사내 반능출에게서 동업의 생모일지도 모를 허나연의 이야기를 들은 그 순간부터, 거의 광기에 가까울 정도로 동업 단속을 단단히 하고 있었다.

그랬다. 혹시라도 동업의 생모가 동업을 보게 될 때 벌어질 사태는 단지 상상만 해봐도 끔찍한 억호와 분녀였다. 모든 게 한순간에 끝장나버릴 것이다. 그래서 할 수 있는 모든 방법을 총동원해서라도 그들 모자 상봉을 막는 길밖에 없었다.

그런데 동업은 생김새도 그렇거니와 성격 또한 허나연 쪽을 더 많이 닮은 모양이었다. 이리저리 쏘다니길 좋아했다. 그런 성질이기에 분녀 명을 받아 집 안에만 꼭꼭 묶어두려는 설단이 계산대로 되지를 않았다.

어린 동업도 부모가 자신을 그렇게 하도록 설단에게 시키고 있다는 그 사실을 모르지는 않았다. 부모가 집에 있을 때는 아무 소리도 하지 못하고 있다가도, 막상 부모가 지금처럼 출타중이면 꼭 설단을 졸라 집 밖으로 나오기 일쑤였다. 좀 영악스러운 구석이 있는 아이였다.

"되련님!"

"와?"

재영이 숨어서 지켜보고 있는 동안에도 동업과 설단의 아무 성과도 없는 실랑이는 끊일 줄 몰랐다.

"되련님이 고뿔이라도 걸리시모 설단이는 죽어예."

"안 죽어. 고뿔 걸린다꼬 안 죽는다."

"되련님이 아이고 지가예."

"니가 고뿔 걸린 기라?"

"하이고오!"

"와 그라노?"

동문서답, 쇠귀에 경 읽기다.

"어머님 성질을 몰라서 자꾸 이리 고집 피우시는 기라예, 예에?"

"내 고뿔 안 든다. 그런께 쪼꼼만 더 있다 들가, 응?"

"고뿔이 오데 사람 가리는 줄 알아예?"

"안 가리모 고만이제."

"아, 그기 아이란께예?"

그 창망한 중에도 재영은 한숨이 절로 흘러나왔다. 우선 생긴 모습도 그렇거니와 왕고집 쇠고집도 영락없는 허나연 축소판이다. 그가 혼례를 치르기로 했다는 소리를 전해 듣고 그녀가 아귀처럼 들러붙던 기억이 되살아나 몸과 마음이 함께 떨렸다.

그런데 재영이 자신도 모르게 '후우' 하고 크고 길게 내쉰 한숨 소리를 설단이 그만 들은 모양이었다.

"옴마야! 누, 눕니꺼?"

설단의 놀란 목소리가 담장을 울렸다. 잔뜩 겁을 집어먹은 주먹만 한 설단 얼굴에 아주 경계하는 빛이 떠올랐다. 낯선 사내가 아까부터 자기들을 지켜보고 있었다는 사실부터가 너무너무 꺼림칙한 것이다. 크나큰 공포와 의문에 사로잡힌 처녀 얼굴은 차마 바라보기 딱할 지경이었다.

'운제부텀 저리?'

더군다나 설단이 느끼기에, 사내 눈은 줄곧 동업을 향하고 있었던 듯하다. 심장이 덜컥 내려앉은 설단은 완전히 습관이 된 것 같은 동작으로 동업의 앞을 막아섰다. 제 목숨을 걸고서라도 주인집 도령을 지키려는 충직한 자세다.

그런데 동업은 어쩐 셈인지 생판 모르는 사내에게 호기심이 동하는 모양이었다. 설단의 몸 옆으로 해서 목을 길게 빼고 재영을 빤히 올려다보았다. 바로 그 순간이었다. 재영과 동업의 눈이 허공에서 딱 마주쳤다.

재영은 가슴이 장맛비에 서까래 붕괴하듯이 와르르 무너져 내리는 소리를 들었다. 그는 마음속으로 절규하듯 외쳤다.

'아, 저 눈빛!'

그것은 속일 데 없는 허나연의 눈빛이었다. 둥글고 해맑은 눈동자. 누구의 눈에도 그렇게 보일 허나연의 눈동자였다. 예쁜 입도 오똑한 코도 갸름한 얼굴 윤곽도 나연에게서 고스란히 옮겨놓은 성싶었다. 아무리 유전자니 뭐니 있다고 할지라도 경이를 넘어 신통할 정도였다. 한마디로 못 믿을, 아니 믿지 않고는 안 될 숙명적인 그 무엇이었다.

"흐읍."

재영은 목젖으로 울컥 치미는 뜨거운 기운을 가까스로 삼켰다. 이럴 순 없었다. 무려 몇 해 만의 부자 상봉이 이런 식으로 이뤄지다니.

"……."

동업은 눈 하나 깜짝하지 않고 계속 재영을 올려다보았다. 마치 그 동작만 하는 꼭두각시 인형과도 같았다. 재영 가슴이 그을음이나 연기가 맺혀 된 검댕처럼 온통 꺼멓게 타들어 갔다. 눈이 따갑고 귀에서 윙윙 소리가 났다.

오, 천륜이란 게 이런 것인가? 제 기억상으로는 난생처음 만난 나를 저렇게 오랫동안 바라보다니! 아아, 내 아들. 내 아들아.

동업을 내려다보는 재영의 복잡다기한 눈빛에서 어떤 강한 위기감을 느낀 걸까? 설단의 안색이 무 싹처럼 파랗게 질려갔다. 설단은 재영이 보기에 아플 정도로 동업 팔을 세게 잡아끌면서 재촉했다.

"되련님. 되련님. 쌔이 들가이시더. 지발 설단이 소원 좀 들어주이소."

그러나 동업은 그 말을 따르기는커녕 오만상을 있는 대로 찡그리며 그때까지와는 비교가 아니게 큰소리를 질렀다.

"놔! 놔! 아푸다. 폴 아푸다."

설단은 동업 팔을 잡은 채로 아주 살살 구슬렸다.

"폴 안 아푸시거로 할 낑께, 얼릉 집에 들가이시더."

그런데 잔망스럽기 한량없는 동업이었다. 사람 오른뺨 왼뺨 번갈아 가며 치듯 했다.

"요게도 우리 집 앞인께 우리 집이다."

재영은 당장이라도 동업을 와락 껴안고 내가 너의 아비라고 말하고 싶었다. 네 어미는 허나연이라고 말하고 싶었다. 이 집은 네 집이 아니라고 얘기하고 싶었다. 나하고 같이 가자고 얘기하고 싶었다.

그러나 그러지 못했다. 아무 말도 어떤 얘기도 하지 못했다. 내가 무슨 낯짝으로? 내가 무슨 권리로? 제 스스로 그 핏덩이 자식을 내팽개칠 땐 언제고, 이제 와 아비 행세를 하려 들다니, 참으로 염치가 없는 짓이었다.

재영은 돌아서려고 했다. 돌아서야만 했다. 하지만 그 어떤 행동도 할 수가 없었다. 그냥 이렇게라도 내 아들을 좀 더 오래오래 바라보고 싶었다. 이대로 돌이 되고 내 아들도 돌이 되어, 부자 석상이 영원히 마주 볼 수 있었으면 하는 바람뿐이었다.

그렇지만 재영의 꿈은 결코 이루어질 수 없는 꿈이었다. 아니, 꿈같은 그 순간이 얼마 있지 않아 폭삭 깨어지고 말았다. 홀연 등 뒤에서 크게 들려오는 소리가 있었다. 재영은 간이 떨어질 만큼 소스라치게 놀랐다. 자칫 땅바닥에 그대로 퍽 주저앉을 뻔했다.

"설단아! 니년이 시방 우리 동업이를 오데로 데불고 나온 기고?"

"헉!"

그 소리는 설단 입에서 나온 건지 재영의 입에서 나온 건지 알 수 없었다.

"아, 요년 좀 봐라?"

몸집이 매우 비대하고 낯판 둥글넓적한 그 여인 목소리는 소름 끼칠 정도로 매섭기 짝이 없었다. 그때 재영 심정으로는 그가 지금까지 살아오면서 만난 숱한 여자들 가운데 가장 앙칼스럽고 두려운 여자였다.

"아를 데꼬 집 밖에 나왔다가 무신 일 생기모 우짤라꼬?"

오른쪽 눈 아래 크고 검은 점이 박혀 있는 우람한 덩치의 사내 목소리는 여자만큼 높고 날카롭지는 않았지만, 훨씬 더 으스스했다. 그 사내 또한 재영 자신이 겪어온 사내들 중 최고로 버겁고 무서운 사내였다.

"마, 마님. 지가 아, 아까부텀 되련님께 아, 아모리 마, 말씀 드리도······."

설단 얼굴은 이미 산 사람 그것이 아니었다. 재영은 그 경황 속에서도 깨달았다. 역시 그가 느낀 대로 그들 부부가 얼마나 모질고 악독한 인간들인가를. 아무리 종이라지만 재영이 판단하기에는 그렇게 큰 죄를 지은 것도 아닌데 처녀가 저렇게 금방 죽어 넘어질 것처럼 하다니.

그러나 그런 재영 생각은 이내 탁 끊어져야 했다. 점박이 사내가 곧바로 집어삼킬 듯한 기세로 두 눈을 부릅뜨고 그에게 불쑥 물어온 것이다.

"거는 누고? 와 넘 집 앞에 서서 얼쩡거리고 있는 것가?"

"······."

재영은 식은땀이 솟고 다리가 휘청거렸다. 하늘을 찌를 듯이 높은 솟을대문이 쿵 무너져 내리면서 몸을 덮칠 것 같았다. 그는 간신히 입을 열어 말했다.

"아, 아입니더. 그, 그냥 지내가는 사람입니더."

그런데 이번에는 마님이라 불린 여인이 잔뜩 의심스러운 눈초리로 재영의 몸 위아래를 쫙 훑어보기 시작했다. 그러더니 제 집안에서 부리는 하인 다루듯 했다.

"그라모 그냥 지내가지, 와 넘 아를 그리 보고 있는 긴고?"

이번에도 재영은 가까스로 말했다.

"아, 아아가 하, 하도 이뻐서⋯⋯ 그, 그래서⋯⋯."

부부 중 누군가의 입에선가 반문하는 소리가 나왔다.

"이뻐서?"

너무나 당황한 재영의 귀에는 그게 여자 목소린지 남자 목소린지 그조차도 파악이 되지 않았다. 그때 설단이 그러잖아도 온몸이 저리면서 옥죄어드는 재영의 심장이 뚝 멎게 할 소리를 했다.

"저 사람 수상해예. 억수로 이상해예. 아까부텀 안 가고 되련님을 자꾸 보고 있는 기라예."

그러자 억호와 분녀가 동시에 외쳤다. 마치 산불이 난 것을 보고 불났다고 소리치는 것 같았다.

"머라?"

"아까부텀 우리 동업이를 말이가?"

일순, 대저택 솟을대문 앞은 숨이 막힐 듯한 엄청난 긴장감이 밀려들었다. 위기감이란 말이 더 옳았다. 그 순간 따라 한길을 오가는 행인들도 드물었다. 저만큼 멀찍이 그 동네 파수꾼처럼 길가에 선 플라타너스 가로수만 무심히 이쪽을 바라보고 있었다.

"대체 누고?"

억호와 분녀 눈이 재영 몸뚱이에 불화살같이 날아와 박혔다. 여차하면 즉시 달려들어 집 안으로 끌고 들어갈 기세였다. 그 집은 관찰사나 목사가 있는 관아보다 더 삼엄하고 깊은 곳이어서, 한번 잡혀 들어가면 도저히 빠져나올 수 없을 것 같았다.

'흐.'

재영은 도무지 시선을 어디에다 두어야 할지 알 수 없었다. 자신이 업둥이 아버지라는 사실을 알게 되면 저들이 어떻게 나올 것인가? 아이를 다시 데려가기 위해 온 것이라고 그네들 멋대로 판단한 나머지 무슨 짓을 해올지 모른다.

그러나 그보다 한층 더 두려운 게 있었다. 아무리 아직 어린아이이긴 하지만 제 부모가 친부모가 아니라는 사실을 알게 되면 얼마나 커다란 충격을 받을 것인가 하는 점이었다. 혹시라도 친아버지라고 나를 따라오려고 하면 대체 어떻게 할 것이란 말인가?

그뿐만이 아니다. 근동에서 포악하기로 소문난 저들은 반드시 나를 죽여 입을 막으려 할 것이다. 자기들 목적을 위해서라면 무슨 짓이라도 하는 인간들이라고 들었다. 지금 잠깐 만나 봐도 그 말이 부풀려진 말은 아니라는 확신이 바로 왔다.

이제 막 설단이 불쑥 내뱉은 그 말은 억호와 분녀에게도 재영 못지않은 충격으로 받아들여진 건 확실했다. 그들은 앞다퉈가며 설단에게 물었다.

"서, 설단아! 니 그기 뭔 소리고? 저 자가 우리 동업이를 우쨌다꼬?"

"운제부텀 저 사람이 여 있은 기고?"

그러자 설단은 그녀를 곤경에 빠뜨린 모든 책임을 재영에게 떠넘길 수 있는 아주 좋은 기회를 잡았다는 얼굴이 되었다. 영악스러운 쪽은 아니지만, 약자의 발버둥을 고스란히 보여주는 서글프고 씁쓸한 장면이었다.

"오래됐어예. 그라고 저 사람 쳐다본다꼬 되련님이 얼릉 집에 안 들어가싯어예."

재영을 손가락질까지 해보였다.

"저 사람만 없었으모 이리 바깥에 안 서 있었고예."

"……."

재영은 얼른 무슨 변명이든 둘러대긴 해야겠는데 도시 입이 떨어지지 않았다. 꼼짝없이 어린애 유괴범 누명을 덮어쓸 판이었다. 억호와 분녀는 즉시 덤벼들어 때려눕힐 것 같은 태세로 재영을 노려보았다.

"오데 사는 누고? 이름을 말해 봐라꼬, 퍼뜩!"

나이가 조금 위이긴 하지만 억호는 처음 보는 재영에게 완전히 반말투였다. 하긴 주먹이나 발이 먼저 나가지 않은 것만도 억호로서는 많이 참은 셈이었다.

"와 우리 동업이를 자꾸 그리 봤는고 그것도 함 이약해 보라꼬 하이소, 동업이 아부지. 이거는 아모래도 그냥 벌로 넘어갈 일이 아인 거 겉어예."

분녀는 재영을 숫제 죄인 취급하듯 했다.

"관아에 연락을 해서 잡아가거로 해야것다."

그러나 아직 어린 동업은 지금 눈앞에서 벌어지고 있는 일들에 대해서는 아무것도 알지 못한 채 여전히 그 큰 눈망울만 이리저리 굴렸다.

'아, 우쨌든 간에 내가……'

재영은 나보다 동업을 위해서라도 어서 그 자리를 벗어나야 한다고 급히 마음을 다졌다. 자신이 조금이라도 잘못 처신할 경우 동업에게 어떤 불똥이 튈지 모를 노릇이었다. 그래 자신은 동업과는 절대로 아무 관계도 없는 사람이란 것을 그들에게 인식시켜줄 필요를 강하게 느꼈다. 그리하여 최대한 공손한 태도로 사죄하듯 했다.

"무담시 멤 쓰이시거로 해서 증말 죄송합니더."

"죄소옹?"

그러나 그런 상대방의 사과를 순순히 받아들일 정도로 아량이 넓은 억호 부부가 결코 아니었다. 방금 분녀 말처럼 당장 관아에 신고하여 잡아가도록 할 것처럼 나왔다.

"머시라? 시방 그기 말이라꼬 하는 기가? 이거 암만캐도 안 되것다. 곤장 맛을 좀 봐야 사실대로 불랑갑네?"

"그라모 사람을 쥑이놓고도 그냥 죄송하다쿠모 모두 끝나는 긴가? 우리가 그짝을 그리해보까?"

재영은 아무래도 무슨 일을 내려는 것 같은 그들을 보고 가슴이 덜컹거리면서도 짜낼 수 있는 머리는 다 짜내려고 애썼다.

"요 앞을 지내가다가 아드님이 너모 이뻐서, 지도 모리거로 그리한 깁니더."

억호는 눈알을 부라렸다.

"에나?"

재영은 궁지를 벗어나기 위해 가슴 아픈 소리도 동원했다.

"에납니더. 지한테는 자슥이 없거든예. 아들도 없고 딸도 없지예."

"진짜로?"

따지고 드는 데는 사람 환장하게 몰아가는 억호였다. 재영은 가능한 한 동업 쪽을 보지 않으려고 했다.

"예. 그래 아아들만 보모, 내도 모리거로 그냥 좋아갖고 이랍니더."

억호는 상대에게 겁을 먹이려는 듯 한층 험악한 인상을 지으며 물었다.

"시방 핸 그 이약, 가짜로 지이낸 소리 아이제?"

"하모예."

재영이 얼른 고개를 끄덕이는데도 불구하고 억호는 계속 죄를 뒤집어씌우려고 했다.

"우리 동업이를 유괴할라꼬 핸 거는 아이것제?"

재영은 '동업'이란 그 이름이 온몸의 숨구멍을 모조리 틀어막아 버리는 것만 같은 느낌에 사로잡혔다.

"무, 무신 마, 말씀입니꺼?"

펄쩍 뛰는 시늉도 했다.

"아, 아입니더. 유, 유괴라이?"

그런 가운데 설단의 얼굴에 나타난 표정은 단순하지 않고 미묘해 보였다. 비록 자신이 지금 상황을 모면하기 위해 재영에게 모든 것을 덮어씌우긴 했지만, 천성이 착해빠진 그녀인지라 자책감에서 빠져나오지 못하고 있다는 증거였다.

"아인데?"

그렇지만 다른 사람들을 눈곱만큼도 배려할 줄 모르는 억호는 재영의 얼굴을 뚫어지게 바라보았다.

"그리 놀래는 거 본께 아모래도 수상타."

재영은 거의 필사적으로 말했다.

"하, 하늘 두 쪼가리가 나, 나도 절대 아, 아입니더!"

분녀가 두 팔로 동업을 껴안았다.

"누라도 우리 동업이 몸에 나 있는 쪼꼬만 털끝 한 개라도 건디리는 자가 있으모 쥑이뺄 끼다. 시상에, 우리 동업이가 우떤 자슥인데?"

그 말을 듣는 재영 가슴이 그대로 녹아내리는 것 같았다. 내가 저런 소리를 들어야 한다니. 내 아들을 눈앞에서 빤히 바라보면서도 이렇게 할 수밖에 없다니. 나의 유일한 핏줄인데 말이다.

그런데 재영이 그야말로 기절초풍할 소리가 나온 것은 그다음 순간이었다. 분녀가 홀연 이렇게 묻는 것이다.

"해나 허나연이라쿠는 여자하고 우떤 관계가 있는 거는 아이것제?"

"허억!"

재영은 그야말로 제정신이 아니었다. 혼이 천리만리도 더 나가버렸다. 도, 도대체 이게 웬일인가? 마른하늘에 날벼락도 이런 날벼락이? 동업을 거두어 키우고 있는 여자 입에서 이런 소리가 나오다니? 아, 저 여자가 허나연을 어떻게 알아서?

"아모 말도 몬 하는 거 보이……."

분녀는 갈수록 재영이 혼겁할 말만 해댔다.

"그 여자를 아는 거 겉은데?"

재영은 천길 땅 밑으로 처박히는 듯 눈앞이 놀놀해지는 속에서도 가까스로 입을 열었다.

"허, 허나연이 누, 눈데예?"

그러자 분녀는 '아차, 내가 큰 실수를 했구나!' 하는 빛이 얼굴에 역력해졌다. 억호도 옆에서 큰일 날 소리를 했다는 듯 몹시 꾸짖는 음성이 되었다.

"아, 임자! 시방 무신 이약하고 있소?"

분녀는 청색 비단 치마폭에 감싸고 있던 동업을 자신도 모르게 놓으며, 고사포처럼 말을 쏟아내던 지금까지와는 달리 크게 더듬거렸다.

"내, 내가 자, 잘몬 말했어예! 차, 착각한 기라예!"

억호가 탐색하는 눈빛으로 재영을 흘낏 한 번 보고 나서 말했다.

"안주 노망들 나이도 아임시로."

분녀는 쏟아버린 물을 다시 주워 담으려는 사람 같아 보였다.

"아모 상관도 어, 없는 사람 이름을 꺼, 꺼냈어예!"

설단은 생전 처음 대하는 사람처럼 분녀를 물끄러미 바라보았다. 온 세상을 제 치맛자락 안에 넣고 마음대로 휩쓸 것같이 하는 안방마님이 저렇게 허둥거리고 있다니?

재영은 설단보다 훨씬 더한 당혹감과 함께 멍청해지고 말았다. 갈수록 더 알 수 없는 그들이었다.

'시방 내가 여시 두레박 쓰고 삼밭에 든 것도 아이고?'

분명히 제 입으로 허나연과 어떤 관계냐고 물어놓고는, 입술에 침이 마르기도 전에 아무 상관도 없는 사람이라니. 도대체 이게 무슨 조화속이냐.

그때다. 억호가 다짜고짜 재영을 향해 말했다.

"고마 가라꼬."

"예?"

귀를 의심하고 있는 재영더러 억호는 한 번 더 쥐어박듯 했다.

"가라쿤께네!"

"그라모 그냥 가도 됩니꺼?"

너무나 쉽게 풀어주는 바람에 재영은 되레 반문하는 모습을 보였다. 멍청한 담이라더니, 그 대저택을 에워싸고 있는 담도 바보스럽게 비쳤다.

"당신 오늘 참말로 운이 좋은 줄 알라꼬."

억호 그 말에 재영은 정말 천운을 만난 심정이 되었다.

"고, 고맙……."

억호는 동냥아치에게 적선하듯 했다.

"다른 때 겉었으모 내 손에 박살났제. 뼈가지도 몬 추릿을 끼라."

그러나 그 말 이면에는 재영을 어서 돌려보내려는 그런 의미가 분명히 감추어져 있었다. 그 의도를 알 수는 없었지만 확실했다. 그 집 바깥주인뿐만 아니라 안주인도 그렇게 하고 싶은 기색이 드러나 보였다.

'와 각중애 저라지?'

어쨌거나 재영은 몹시 궁금한 중에도 살았구나 싶었다. 그들 마음이 변하기 전에 서둘러 피신해야 한다. 재영은 얼른 고개를 숙여 보이며 말했다.

"그, 그라모 가, 가볼랍니더."

"……."

억호와 분녀는 아무런 대꾸도 하지 않았다. 그 대신 서로의 얼굴을 마주 보면서 크게 안도하는 표정이었다.

'저 사람들이?'

그런 모습 또한 재영 눈에는 참으로 수수께끼였다. 그렇지만 지금 그 답이나 생각하고 있을 형편과 계제가 아니었다.

'여하튼 째이 달아나자.'

재영은 급하게 그 자리를 벗어나기 시작했다. 혹시라도 다시 불러 세워 꼬치꼬치 캐묻기 전에 도망쳐야 한다. 하지만 고작 서너 걸음 바삐 떼놓던 재영은 마치 어떤 손이 붙든 듯 흠칫, 그 자리에 멈춰서고 말았다.

"아부지!"

동업 목소리였다!

그랬다. 동업이 아버지를 부르고 있다. 아아, 내 아들아.

'니가 내를, 내를……'

재영은 순간적인 착각인 줄 알면서도 그게 자기를 부르는 것으로 생각했다. 내 아들이 헤어지려고 하는 자기 아버지를 부르는 것으로 생각했다.

그러나 곧이어 들리는 억호 목소리가 재영의 정신을 되돌려놓았다.

"와? 동업아, 와?"

다시 동업의 목소리가 들렸다.

"다리 아파예, 아부지."

"우리 동업이가 눈데, 다리가 아푸모 절대로 안 되제."

재영의 마음은 자꾸만 거꾸로 뒷걸음질 치고 있었다. 저 솟을대문 꼭대기에 높이 올라앉은 비둘기 두 마리가 고개를 숙여 내려다보고 있었다.

"우리 동업이, 이리 오이라. 이 애비가 보듬어줄 낀께."

"아부지."

재영의 바로 등 뒤에서 동업이 까치걸음으로 억호에게 다가가고, 이어 억호가 동업을 보듬는 기척이 났다.

재영은 냅다 뛰기 시작했다. 그 자리에 그대로 서 있다가는 무슨 짓을 저지를지 몰랐다. 당장 아이를 빼앗으려다 엄청난 낭패를 당하거나 눈물을 펑펑 쏟을 것 같았다. 허나연 이름이 나왔고 어떤 관계냐는 소름 돋는 추궁까지도 들었지만, 재영 머릿속에서 그 일은 죄다 사라지고 오직 아들 하나로만 꽉 찼다.

"헉헉."

재영은 무작정 달렸다. 어디가 어딘지도 모르고 그냥 질주했다. 미치광이 같았다. 맞은편에서 걸어오는 어떤 사람과 부딪히는 줄도, 화가 난 마부가 자기 얼굴을 향해 채찍을 휘두르는 줄도, 돌부리에 걸려 엎어지는 줄도 몰랐다. 달리고 또 달렸다.

어디를 어떻게 내달려 거기까지 당도했을까? 이윽고 재영이 문득 정신을 차려보니 상촌나루터 강가였다. 재영은 안도하듯 탄식했다.

"아아, 이 시상에서 내 갈 곳은 아내 비화가 있는 여게밖에 없거마는."

그런가 하면, 그와는 반대로 이런 무섭고 몹쓸 소리를 중얼거리기도 했다.

"이기 옳은 짓이까? 허나연과 내 아들을 도로 찾는 기 안 맞으까?"

몇 시간을 정신없이 헤맸는지 온몸에 땀이 흥건했다. 강가 모래밭에 털썩 주저앉아 있는데 강바람이 불어왔다. 그렇지만 시원한 건지 추운 건지 아무런 감각도 느낄 수 없었다. 그가 어렴풋이 깨달을 수 있는 건, 그곳은 그동안 자신이 의식적으로 오기를 꺼렸던 장소라는 것뿐이었다.

'아, 내가 와 이리로 왔노?'

그날따라 강 위에는 나룻배는 물론이고 평소 그 흔하디흔한 물새 한 마리조차 날고 있지 않았다.

'구신한테 씌잇나?'

조금씩 본정신이 돌아오자 재영은 주변을 둘러보며 부르르 몸서리를 쳐야 했다. 거기는 꿈속에서라도 멀리하고 싶은 곳이었다.

강물과 모래밭과 나무숲이 어우러져 있는 곳. 그래선지 상촌나루터에서 가장 운치 있고 경관이 뛰어난 곳이었다.

그러나 소긍복이 민치목에게 살해당하고, 운산녀와 치목이 차마 두 눈 뜨고 못 볼 짓을 행하고, 아내 비화가 치목에게 천추에 씻지 못할 일을 겪기 바로 직전에 자신과 얼이가 나타나 구해주던, 그 가공할 여러 가지 사연들이 참 많이도 서려 있는 곳이기도 했다.

햇빛을 받아 쉴 새 없이 반짝거리는 강물과 흰 모래알이 많은 이야기를 하고 싶어 하는 사람의 눈빛과도 같았다. 나뭇잎들은 그 이야기를 듣고 싶어 하는 무수한 귀처럼 보였다. 그리고 하늘은 먼 듯 가까운 듯 종잡기 어려웠다.

'아아, 이 시상에 내매이로 슬픈 사연 안고 살아가는 사람도 올매 안 될 끼라. 아이다. 내보담도 몬난 사람 말이다.'

그 자괴감의 끝을 물고 다시 아들 모습이 눈을 찔러왔다. 왜 업둥이로 줄 생각을 했던가? 차라리 아들을 데리고 아내 비화 앞에 나타날 것을. 그것이 아니 될 일이라면 아들과 단둘이서 살아갈 것을. 아니, 구차하게 목숨을 연명하느니 부자가 아무도 모르는 곳으로 가서 죽어버릴 것을. 참으로 경솔하고 어리석었다.

그러던 재영이 얼핏 이런 의문이 든 건 다음 순간이다.

'그란데 와 아내한테 태기가 없는 기고? 시방쯤 애기가 들어서도 하매 두세 분은 됐을 낀데.'

재영은 홀연 오소소 소름이 돋았다.

'해, 해나? 내 아내가 애기를 몬 배는 몸은 아이까?'

자신은 허나연을 임신시켰으니 몸에 이상이 없다는 것이 밝혀졌다. 그렇다면 아내 쪽이 문제란 말이냐? 재영은 곧 돌아버릴 것만 같았다. 만약 우리 부부 사이에 자식이 없다면? 업둥이로 준 아들이 더욱 아깝고 가슴 아렸다.

"퍽! 퍽!"

재영은 모래밭에 두 손을 파묻고 숨이 가빠올 정도로 함부로 파헤치기 시작했다. 손톱이 빠져나가는 듯 손끝이 쓰리고 아팠지만 계속해서 모래밭을 팠다. 무슨 짓이라도 하지 않으면 그대로 강에 몸을 던지고 말 것만 같은 엄청난 두려움이, 섬뜩하면서도 감미로운 유혹이 그를 지배하였다.

"으아아아······."

얼마나 되었을까? 한동안 그렇게 미치광이처럼 행동하던 재영이 어느 순간엔가 갑자기 동작을 딱 멈추었다. 눈이 번득였다. 분녀라는 여자의 말이 생생히 되살아난 것이다.

'해나 허나연이라쿠는 여자하고 우떤 관계가 있는 거는 아이것제?'

'그래, 이기 아이다. 이라고만 있으모 안 되는 기라.'

재영은 이렇게 방황하고 괴로워하고만 있을 상황이 결코 아니라는 자각이 일었다. 지금 그에게 그따위 사치스러운 여유는 전혀 없었다.

'내가 시방 꿈을 꾸고 있는 기까? 아이다. 아모리 꿈이라 캐도 이거는 있을 수가 없는 일인 기라.'

숙취처럼 정신이 흐릿하고 머리통이 빠개지는 듯이 아파왔다. 도대체 그들이 허나연을 어떻게 알아서 내게 그런 소리를 했을까? 재영 자신도 지금은 허나연이 어디에 있는지조차 모르고 있었다.

'하매 지옥에 가 있는지도 모리제.'

지옥 같은 일을 겪었던 그곳을 둘러보면서 속으로 악담을 퍼부었다.

'지옥도 그냥 곱게 보내모 안 될 고년.'

다른 사내와 눈이 맞아, 자식까지 낳은 남자와 그 자식마저 나는 몰라라 팽개쳐버리고 달아난 년이었다. 있는 곳만 알면 당장 달려가 숨통을 끊어 놓을 것이다. 머리끄덩이를 잡아끌고 와 저 강물 속에 처넣어버릴 것이다.

'그거는 그렇고, 앞으로 우찌 될랑고?'

재영은 갈수록 뭔가 일이 자꾸만 실타래 엉키듯 복잡하게 꼬여가고 있다는 어떤 불길한 예감으로부터 빠져나올 길이 없었다. 그것은 인간이 도저히 거역할 수 없도록 미리 정해 놓은 하늘의 뜻이거나, 피해갈 수 없는 악마의 장난과도 같다는 기분이 들었다.

그런데? 바로 그다음 순간이다. 재영은 얼핏 바람결에 들었다.

'사람 살려어! 매행! 매 해 앵…….'

재영이 소스라쳐 얼른 바라본 곳에는 아, 얼이가 있었다. 매형을 불러대면서 살려달라고 울부짖는. 그리고 그 뒤를 쫓고 있는 커다란 그림자.

"아."

재영은 대번에 알아차렸다. 민치목이다! 재영은 자신도 모르게 벌떡 일어섰다. 그러고는 죽을힘을 다해 소리쳤다.

"얼이야아!"

'처남아'가 아니라 '얼이야'였다. 왜 그렇게 불렀는지 몰랐다. 재영은 목이 터지게 고함을 지르고 가쁜 숨을 몰아쉬면서 아주 아뜩한 꿈결에서처럼 바라보았다. 그 소리를 듣자 얼이를 뒤쫓던 치목이 번개같이 도주하고 있었다.

"얼아아!"

악의 씨앗들

그해 신미년의 상촌나루터는 오직 꼽추 영감 달보와 언청이 할멈 부부 이야기로 지나갈 것 같았다.

비화의 나루터집과 한돌재의 밤골집, 그리고 그곳에 있는 모든 가겟집 사람들은 저마다 그들 늙은 부부를 입에 올렸다. 심지어 남강에 서식하는 물새들의 날갯짓 소리와 울음소리마저 하나같이 그 노부부를 부르는 소리처럼 들릴 형국이었다. 뱃사공들이 담배 연기 내뿜는 소리와 노 젓는 소리도 마찬가지였다.

그것은 누구도 전혀 예상하지 못한 너무나도 불행한 일이었다. 나룻배가 사정없이 거꾸로 뒤집히는 것 같은 사건이었다. 그중에서도 가장 큰 충격에 휩싸인 곳은 당연히 나루터집일 수밖에 없었다. 일이 제대로 손에 잡히지 않았다.

"달보 영감님하고 언청이 할매가 다 늙어갖고 돌아가실 나이에, 우짜다가 그리 험한 꼴을 다 보시노?"

우정 댁의 한숨 섞인 소리를 무연한 표정으로 듣고 있던 원아가 몹시 안타까운 목소리로 물었다.

"그 소문이 맞기는 맞는 기라예?"

우정 댁은 목이 타는지 혀로 입술을 축였다.

"아, 요새 달보 영감님이 도통 강에 안 나오시는 거 보모 모리것나?"

원아는 발을 동동 구를 것같이 했다.

"성님, 우짭니꺼?"

"그런께 말이다, 동상아."

"해나 요분 일로 달보 영감님한테 무신 일이 생기모 우째예?"

"내 말이 그 말인 기라. 그 영감님이 웬간해갖고 그라실 분이 아이다 아이가."

최근 며칠 새 우정 댁은 몰라보리만큼 얼굴이 수척해 보였다. 임술년 비명에 간 남편 천필구의 악몽에 부대끼고 있다는 증거가 아닐까 싶었다. 그리하여 몸뿐만 아니라 음성에도 기운이 하나도 들어 있지 못했다. 서로 대화라도 나누어야 할 것 같았다.

"비가 오나 눈이 오나, 하로도 배 안 저으시는 날이 오데 있더나?"

"맞아예. 여 사람들 말이, 남강 물이 안 흐르모 안 흘렀지, 달보 영감님 배가 안 뜰 날은 없다 안 쿠던가예?"

"그 영감님 안 계시모 상촌나루터도 없다, 글 쿠는 사람도 있다."

그 소리 끝에 이런 색다른 이야기가 이어졌다. 그건 일찍이 그들 같은 사람들 사이에 나올 수 있는 성질이 아니었다.

"그 코재이들, 에나 나쁜 사람들인갑다."

"하모예. 와 죄도 없는 생사람을 잡아갑니꺼? 우리나라 사람을 우찌 보고?"

코재이. 코쟁이라면 바로 서양인, 그중에서도 미국 사람이 아닌가. 저 끝도 보이지 않는 태평양 건너편에 살고 있다는 사람들이 왜 뜬금없이 이들 입에 자꾸 오르내리고 있는 것일까? 더욱이 그자들이 죄도 없는 조선인을 잡아가다니.

"내사 꿈에서도 코재이를 본 적이 없지만도……."

"지는 꿈에서라도 코재이를 볼까 싶어갖고 잠자기도 무서버서……."

코쟁이들 큰 코가 간지러울 지경이었다. 어찌 됐건 모두 장사는 아예 뒷전이고 저마다 침통한 얼굴들로 정신없이 이야기를 나누고 있을 때였다.

"저……."

재영이 혼자 속으로 궁리하고 있었던 듯 조심스레 입을 열었다.

"그렇다모 함 가봐야 안 하까예?"

그러자 옆에 앉아 어른들 말에 귀를 기울이고 있던 얼이가, 이제 제법 사내아이 음색이 묻어나는 목소리로 물었다.

"매행, 오데 말인데예?"

비화가 무릎을 칠 듯이 했다.

"에나 그렇네예? 시방이라도 퍼뜩 가봐야것어예. 그동안 우리한테 올매나 잘해주신 달보 영감님입니꺼."

우정 댁도 진작 떠올리지 못했다는 듯 재영을 추켜세웠다.

"우리 조카사우가 최고다."

"지가 무신?"

재영이 낯을 붉히며 쑥스러워했다.

"역시 남자 속은 우리 겉은 여자 속하고는 다린 기라."

우리 얼이도 남자다, 우정 댁은 그런 뿌듯한 생각을 하는지 자랑스러운 눈빛으로 얼이를 한 번 보고 나서 말했다.

"쪼꼬만 물웅덩이하고 넓은 바다 차이라쿤께?"

그러면서, 고욤 일흔이 감 하나만 못하다느니 하는 우정 댁을 향해, 원아도 잘 알았다는 얼굴을 지어 보이고 나서 나루터집 식구들을 둘러

보며 물었다.

"그라모 우리 모도 같이 가보까예?"

비화가 잠시 계산한 끝에 대답했다.

"영감 할멈, 그리 둘이만 사는 집에 여러 사람이 각중애 한꺼분에 우몰리가는 것도 안 될 거 겉어예."

우정 댁이 옳은 말이라고 고개를 끄덕였다.

"그거는 그렇제. 연세 드신 분들한테 도리가 아일 수도 있는께네."

비화가 제의했다.

"그라이 큰이모하고 지하고 둘이만 가입시더."

원아도 고개를 끄덕였다.

"조카 말이 맞다. 누든지 남아서 장사도 해야 하고."

그러고는 등을 떠밀기라도 하듯 했다.

"가게는 내가 볼 낀께 조카하고 쌔이 댕기오이소, 성님."

주방에 모여서 음식 재료를 장만하거나 조리할 때도 손발이 척척 맞더니, 이번에도 어김이 없는 그들이었다.

"지도 옆에서 거들 수 있는 대로 거들것심더."

재영 말에 얼이도 그렇게 하겠노라 했다. 평소에도 재영이 한다는 일은 저도 하겠다고 나서는 얼이였다. 그래야 어서 어른이 된다고 믿는 모양 같았다.

"조카, 퍼뜩 챙기자."

"예."

비화와 우정 댁은 곧장 일복을 간단한 나들이옷으로 갈아입고 서둘러 집을 나섰다. 언제 또다시 해하려 들지 알 수 없는 민치목에 대한 경계를 늦추지 않고 있는 비화도 그렇지만, 우정 댁도 읍내 장에 다니러 가는 것 외에는 거의 하지 않는 외출이었다.

"그리 멀지는 안 한께, 마이는 안 걸릴 끼거마는."

"예, 맞심니더. 강 하나만 건너모 바로 아입니꺼."

꼽추 영감이 오래전부터 살아온 곳은 남강 건넛마을이다. 그중에도 동리 다른 집들과 좀 떨어진 외딴 산등성이에 있다.

"어? 이기 눕니꺼?"

밖에서 만나는 사람들이 두 사람을 붙들고 물었다.

"두 분이 이리 이쁘거로 꾸미시갖고 오데 갑니꺼?"

"온 나루터가 훤언합니더. 허허. 내도 같이 가모 안 되것지예?"

나루턱에 도착하니 이번에는 뱃사공들이 야단 난리다.

"용궁에서 나온 궁녀들입니꺼?"

"아따, 이 사람아! 궁녀가 머꼬? 왕비들이시거마는."

"하모. 수재비(수제비) 잘하는 사람이 국시(국수)도 잘하는 벱이라꼬, 음식 솜씨가 그리 좋은 분들인께 얼골도 저리 안 좋으까이?"

"아, 멤씨는 우떻고?"

"내 말이!"

그런 가운데 나이 조금 더 든 뱃사공 정 씨가 물었다.

"오데로 가실라꼬예?"

비화가 강 저편을 건너다보며 대답했다.

"달보 영감님 댁에예."

"예?"

"후딱 배 좀 태이주이소."

"……."

그 소리를 들은 모두의 안색이 구름장 덮이는 강물처럼 금방 어두워졌다. 하나같이 아주 순하고 정이 넘치는 사람들이었다.

"아, 그 안 좋은 소문 땜에 가는갑네예?"

"예."

"가시모 반다시 안부 전해주이소. 시방 나루터 뱃사공들이 모도 걱정을 태산겉이 하고 있더라꼬예."

"그리 전하것심더. 그 소리 들으모 달보 영감님도 큰 심이 되실 깁니더."

뱃전과 나루턱에 섰다.

"잘 댕기오이소."

"수고들 하시소."

얼굴 생김이 납작한 나무로 만들어진 노처럼 생겨서 '납작이'라는 별명을 가진 뱃사공 전 씨가 태워주기로 했다. 물살도 어서 가잔 듯 서두르는 소리를 내는 것 같았다.

'철썩, 처얼썩.'

꼽추 영감 집은 그들이 막연히 예상했던 것보다 훨씬 더 작고 초라했다. 울타리도 없고 명색 마당이란 게 코딱지만 해서 집을 들어서면 바로 장지문이다. 그나마 고양이 궁둥이 한 짝 붙일 만한 툇마루가 있어 겨우 집이란 이름을 달 만했다. 집이란 그냥 숙식만 할 수 있으면 되지 무슨 거창한 장식물같이 받아들일 필요는 없다는 게 그들 부부의 평상시 사고방식인지도 몰랐다. 둘만 사는 집이 너무 크면 부담스럽다는 말도 했었다.

"영감님! 달보 영감니임!"

비화가 큰 소리로 부르자 한참 만에 방문이 소리 없이 열렸다. 비록 한순간이지만 방문객들 눈에는 유령의 집처럼 느껴졌다.

"……."

두 사람은 말없이 그쪽을 바라보았다. 동굴을 방불케 하는 어둠침침한 방안에 한눈에도 좀 눅눅해 보이는 이부자리가 깔려있는 걸로 보아

아마 누워 있었던 듯했다. 아직 한낮인지라 잠을 자고 있었을 것도 아닐 텐데 그런 모습을 보니, 두 늙은이 모두 탈진 상태에 빠져서 쓰러져 있었던 게 틀림없었다.

"아, 비화 각시하고 얼이 어머이가 우짠 일로?"

꼽추 영감은 무척 반가우면서도 심히 부끄러운 모양이었다.

"이 행편없이 누추한 데꺼지 오다이."

언청이 할멈도 가난한 살림살이가 들통 나서 어쩔 줄 모르겠는 눈치였다. 문득 비화 뇌리에 아버지가 하던 이런 말씀이 떠올랐다.

'근원 벨 칼이 없고, 근심 없앨 약이 없제.'

부부간의 금실은 끊을 수 없으며, 인간사 근심은 언제나 있다는 뜻이라고 했다.

"그란데 말입니더."

비좁아 터진 방에 그림자처럼 앉아 한동안 눈을 내리깔고 있던 우정댁이 얼굴을 들며 아주 조심스럽게 물었다.

"시방 바깥에 나도는 소문이 진짭니꺼?"

그러자 꼽추 영감이 잠자코 고개를 끄덕이는데 금방이라도 눈물을 펑펑 내쏟을 것 같은 모습이었다. 그건 평상시 그의 모습과는 너무나 달라 다른 사람으로 보였다.

"우찌 된 기라예, 영감님?"

비화 목소리에도 엷은 울음기가 배어났다.

"흐흑."

언청이 할멈이 기어이 울음을 터뜨렸다. 그 울음 끝에는 그 방 바람벽을 이루는 황토 같은 냄새가 섞여 있었다. 무리에서 떨어져 나온 철새의 구슬픈 울음 같은 소리로 말했다.

"인자 우리 집안은 망한 기라."

비화와 우정댁 눈이 마주쳤다. 언청이 할멈은 엄청난 충격에 빠진 사람 같았다.

"망했다 아이가."

급기야 그들 부부에게서 세상이 끝장날 소리가 뒤를 이었다.

"장남이 그눔들한테 잽히갔으이."

평소 같았으면 방정맞은 할망구라고 당장 불호령을 내렸을 꼽추 영감도 짧은 목을 빼고 꺼이꺼이 울기 시작했다. 비화는 지금까지 살아오면서 그렇게 생소한 모습을 본 기억이 거의 없었다.

"이, 이라시모 안 됩니더."

우정 댁이 울먹이며 위로하기 위해 안간힘을 다했다.

"두 분 고만 우시이소, 예? 고만예."

비화는 엊그제 손님들이 주고받던 이야기가 되살아나 진저리를 쳤다. 말씨로 보아 위쪽 지방에서 내려온 사람들 같았는데 아마도 말직 관원들이 아닐까 싶었다.

"그게 벌써 4, 5년 전인가요, 불란스 놈들이 병인박해를 구실 삼아 군함 일곱 척을 보내 우리 조선을 공격한 게."

"아, 그 병인박해야……."

병인박해라는 말을 듣는 순간 비화 두 눈에서 왈칵 눈물이 솟구쳤었다. 전창무와 우 씨가 떠올라서였다. 나라를 어지럽히는 천주학쟁이로 낙인찍혀 남강 백사장에서 효수형을 당한 전창무. 성문 밖 장대에 내걸렸던 그의 목. 친척들이 모래밭에 나뒹굴고 있는 목 없는 시신을 거두어 무두묘를 만들었다.

그리고 그 후 몰래 나루터집을 찾아왔다 돌아간 우 씨. 훗날 세상 사람들에게 자기 남편 존재를 알게 해 달라는 부탁과 함께 눈물을 보였던 그녀였다. 얼굴을 가렸던 그 천이 비화 눈앞에 계속 어른거렸다. 손으로 하늘을 가릴 수 없다는데, 그녀는 어찌 천으로 얼굴을 가리기로 했던가?

어쨌든 병인박해 당시 불란스 신부 몇몇도 죽음을 맞을 수밖에 없었다고 들었다. 관원들 이야기는 끝이 없었다.

"그때 불란스 군대가 우리 강화읍을 감히 점령하고는, 그것도 성에 차지 않았던지 당장 한양으로 쳐들어오겠다고 협박했고요."

"정말 난리가 났지요. 우리 조정에서 군대를 재편성했는데, 특히 지금까지도 기억나는 것은, 저 문수산성과 정족산성에서 못된 불란스군을 다 물리친 한성근과 양헌수 부대가 아닙니까."

운두가 높은 둥근 그릇에 담긴 콩나물국밥에서는 아직도 따뜻한 김이 피어오르고 있었다.

"결국, 그놈들은 강화도에서 철수했지요."

"하하. 참으로 통쾌한 일이었습니다."

남강 상류 쪽 높은 하늘에서 하류 쪽으로 무리 지어 날아가는 새들이 수십 마리도 더 넘어 보였다.

"한데 말이지요."

"예?"

"그냥 곱게 가지 않고 굉장한 양의 금과 은, 그리고 외규장각에 보관하고 있던 서적들을 약탈해 갔다고 합디다."

"아, 외규장각 서적들을 말입니까?"

"금은이야 언제든지 다시 모으면 되지만⋯⋯."

급기야 깔끔한 행색에 어울리지 않게 썩 점잖지 못한 소리들이 튀어나오기 시작했다.

"허어, 천하의 날강도들 같으니라고!"

"당장 뇌옥으로 잡아들여 주리를 틀 놈들이 아닙니까?"

"삼족을 멸할 것들이니 그 정도로는 성이 차질 않아요."

"그럼 어떻게요?"

"불란스 나라 전체가 불지옥 같은 난리를 치도록 해야 마땅합니다."

이런 비유의 말도 들렸다.

"나라 이름도 불란스. 불이 들어가니, 불난리가 나게 되겠지요. 흐음."

"아하, 그렇군요. 어쨌든 빼앗긴 것들을 하루빨리 다시 받아와야 할 터인데……."

"글쎄요. 그게 쉽지 않을 거예요."

"……."

잠시 숨을 고르기 위한 듯한 침묵이 흐른 후에 다시 대화가 시작되었다.

"어쩌면 두고두고 우리 조선과 불란스 사이에 불화의 씨가 될지도 모릅니다."

"아, 금년今年 새 다리가 명년明年 쇠다리보다 낫다고, 나중에 가서야 어찌 될 값에, 우선은 그것들 손에 넘어간 물건이 너무나 아까워서요."

"그래요. 우리 외규장각에 있는 그런 뛰어난 서적들을 어디 가서 볼 수 있겠어요?"

이윽고 그들 이야기는 이번 미국의 침략으로 이어졌다. 그야말로 천 년을 흘러가는 남강 물처럼 끊임이 없는 대화였다.

"군함 다섯 척과 천 명이 넘는 병력이라지요?"

"결코, 예사로 보아 넘길 사태가 아닙니다. 초지진을 무너뜨린 저놈들이 다시 광성보를 공격하고 있다니 정말, 큰일이에요."

"어재연이 조선 수비대를 이끌고 있지만 광성보마저 언제 빼앗길지 모른답니다."

"아, 그렇게 돼버린다면?"

한동안 회상에 잠겨있던 비화 정신이 꼽추 영감 집으로 다시 돌아오게 한 건 울먹이는 우정댁 목소리였다.

"조카, 증신 채리라."

그녀는 손으로 비화 등을 두드렸다. 그러고는 너덜거리는 문종이에서 눈을 돌렸다.

"우리가 위로해 드릴라꼬 와갖고 도로 이런 식으로 하모 안 되제."

"예."

비화는 언청이 할멈의 수세미 같은 까칠한 손을 꼭 잡고 눈물방울을 떨구고 있는 자신을 발견했다. 상세히 알 수는 없지만 아마 이들 장남은 초지진 아니면 광성보에서 싸우다가 미군에게 사로잡혔을 것이다.

"포로가 됐다꼬 모돌띠리 잘몬되까예?"

"풀리났다쿠는 소식이 올 끼라예."

위문하러 간 사람들은 안심시킬 수 있는 소리는 전부 내비쳤다. 황토 벽에서 스미어 나오는 알싸한 냄새가 코를 자극했다. 비록 오래되어 낡은 이부자리지만 깨끗이 세탁해 사용하는지 그것에서는 아무 잡냄새도 풍기지 않았다.

미군과 싸우다가 포로가 된 그 장남이 보았다면, 미처 개키지 못하고 저만큼 밀쳐놓은 그 이부자리가 좀 허술한 참호塹壕처럼 비쳤을지도 모른다. 구덩이를 파서 그 흙으로 앞을 막아 가려 야전野戰에서 적의 공격에 대비하는 방어 시설 같은······.

"하모예, 반다시 살아서 돌아올 깁니더."

"사람이 오데 그리 쉽거로 죽는가예?"

키 큰 사람은 머리가 닿을 듯 낮은 천장을 올려다보았다.

"사람 목심은 하늘에 달리 있는 뱁인데······."

우정댁 그 말을 비화가 받았다.

"지깟 늠들이 절대로 우찌 몬 합니더."

비화와 우정 댁은 번갈아 가며 두 늙은이 마음을 가라앉혀 주려고 무진 노력했다. 하지만 그들의 주름지고 푹 들어간 눈에서는 눈물이 걷잡을 수 없이 흘러내리기만 했다. 사람이 나이가 들면 들수록 이겨내는 힘과 의지가 줄어든다더니 그 말이 틀린 게 아니었다.

'내 꺼 아이모 넘의 밭머리 개똥도 안 주울 분들이 우짜다가?'

비화는 콧속에 매운 고춧가루가 들어간 것처럼 눈물 콧물이 나오려는 걸 가까스로 참고 있었다. 남편을 비명에 보내고 지금까지 살아온 우정 댁이 비화 자신보다 그 순간에는 좀 더 굳건하고 참을성이 많아 보였다.

그런데 바로 그런 침울한 분위기 속에서였다. 별안간 방문 밖에 웬 인기척이 느껴지더니 누군가가 큰소리를 질렀다.

"달보 영감니임! 크, 큰일 났심니더!"

그러자 쉬 이해되지 않을 상황이 벌어졌다. 조금 전까지만 해도 금방 죽어갈 사람 같아 보이던 꼽추 영감이, 늙은이라고는 믿어지지 않을 만큼 굉장히 날렵한 몸놀림으로 방문을 벌컥 열어젖혔다.

모두 반사적으로 바깥을 내다봤다. 거기에는 오십 대 초반으로 보이는 어떤 사내가 숨넘어갈 것처럼 헐떡이고 있었다. 비화와 우정 댁은 잘 알지 못하는 사람이었는데 남강 물귀신이라도 본 사람 같았다.

"누가 강에 빠진 기제?"

그렇게 급하게 물으면서 꼽추 영감은 어느 틈엔가 방 문턱 밖으로 한쪽 발을 내밀고 있다. 마루 넘는 수레 내려가기라더니, 실로 걷잡을 수 없이 빠른 행동이었다. 그러자 사내가 가쁜 숨을 몰아쉬며 하는 말이 기겁할 소리였다.

"우, 우떤 늠이 사, 사람을 가, 강에 처넣고 다, 달아났심니더!"

그 순간, 꼽추 영감보다 먼저 고함을 지른 쪽이 비화다.

"머, 머라꼬예? 사, 사람을 가, 강에예?"

우정 댁이 자지러지듯 비명을 올렸다.

"우짤꼬오!"

비화는 이미 맨발로 마당에 내려서 있다. 그렇게 되기까지 그녀 동작을 똑똑히 본 사람은 거기 아무도 없을 것이다.

"우떤 사람이 빠짓어예?"

그녀 목소리는 꼽추 영감 집 안을, 아니 온 세상을 뿌리까지 뒤흔들 듯했다.

"나, 남자어른이지예?"

비화는 그 와중에도 확신했다. 민치목이 남편 박재영을 그렇게 한 것이라고. 저 나무숲 있는 모래밭에서 그녀를 해하려다가 실패하고 달아나면서 그자는 소름 끼쳐 드는 소리로 협박했었다. 너거 연눔들 모도 쥑일 끼라꼬. 마름쇠도 삼킬 놈이었다.

그런데 그 사내 입에서 나온 말이 달랐다.

"남자는 맞는데, 어른이 아이고 아압니더, 아아."

"아, 아아? 그, 그라모!"

그 소리에 이번에는 우정 댁이 영락없는 광녀로 돌변해버렸다. 방에서 마당으로 달려 나온 그녀는 울부짖었다.

"우, 우리 얼이다! 어, 얼이가 물에 빠짓다아!"

꼽추 영감이 불같이 사내를 독촉했다.

"퍼, 퍼뜩 앞장 서라이. 오, 오데고? 쌔이 가자쿤게?"

"예? 예."

꼽추 영감과 사내는 저 아래로 길게 펼쳐져 보이는 강가를 향해서 말 그대로 쏜살같이 내닫기 시작했다.

"이, 이모! 즈, 증신 채리이소, 증신!"

비화는 우정 댁을 그대로 두고 꼽추 영감 뒤를 따를 수도 없고, 그렇다고 그냥 섰을 수도 없어 어쩔 줄 몰라 했다. 도대체 이게 무슨 재앙이냐? 여기 상촌나루터에서 어떻게 이런 일이 잇따라 일어나고 있는가?

"어, 얼이는 아일 깁니더."

비화 말이 떨어지기도 전이었다. 우정 댁이 꼭 무엇에 목덜미를 낚아챈 듯 거짓말같이 벌떡 몸을 일으켜 세웠다. 그러고는 목이 터져라 '얼아! 얼아!'를 부르며 정신없이 강가 쪽으로 달려가기 시작했다. 갑자기 세차진 강바람이 미친 듯 함부로 내닫고 있는 그녀의 치마폭을 말리는 듯 휘어잡고 있었다.

"이모오!"

비화도 엎어질 듯 꼬꾸라질 듯 그녀 뒤를 따랐다.

"누가 또 강에 빠짓노? 저눔의 강을 팍 없애삐라. 저 물 싹 다 퍼마실 구신 하나 오데 없나? 어이구."

그때까지도 열어 젖혀진 장지문을 통해 멀거니 바깥을 내다보고 있던 언청이 할멈이 홀연 애꿎은 강에 대고 온갖 저주와 비난을 퍼붓기 시작했다.

"강아! 강아! 남강아! 니가 우찌 요 있어갖고……."

그러다가 음식을 차려놓고 부정이나 살을 푸는 무녀 푸닥거리하듯 했다.

"남강 니는, 이름매이로 우리 강이 아이고 넘(남) 강이가, 머꼬? 우리 강 겉으모 그리 몬 한다. 그리 안 한다."

그들에게는 생명의 터전인 남강이었다. 혹 그 강이 없다면 하루라도 어찌 살아갈까? 검버섯이 끼고 기미가 흉하게 퍼진 것이, 노파 얼굴은 말 그대로 벌레 먹은 배춧잎을 방불케 했다.

그러나 강을 대상으로 욕설을 퍼부어 대는 일이 끝나자, 그녀의 형편없이 쭈그러진 호박 같은 합죽한 입에서는 아들을 부르는 소리가 새 나왔다.

"아이고, 원채야이. 니가, 니가 우짜다가, 우짜다가?"

자꾸 그 말만 되풀이하는 언청이 할멈은 혼이 빠져나가고 육신만 빈 껍데기처럼 남아 있는 사람 같았다. 나중에는 그 육신마저 형체도 남기지 않고 녹아버릴 듯했다.

정신없이 강줄기를 따라 내닫던 비화와 우정 댁이 꼽추 영감과 사내를 발견한 곳은, 지난번에 비화가 민치목에게 당할 뻔했던 그 장소보다는 조금 더 나루터집과 가까운 위치였다. 하지만 강 저편 거기와 똑같이 인적이 드물긴 마찬가지였다.

"아!"

"저, 저?"

이윽고 그들은 소스라쳐 보았다. 꼽추 영감이 모래밭 위에서 바쁘게 온몸을 움직여가면서 누군가를 인공호흡 시키고 있는 광경이 보였다.

"얼이 맞다! 우리 얼이 맞다! 아, 하느님! 부처님!"

우정 댁의 단말마와 같은 그 울부짖음이 아니더라도 비화는 알았다. 얼이, 누구의 눈에도 틀림없는 천얼이다.

"얼아, 니가 우짠 일고?"

비화도 눈물을 죽죽 내쏟으며 끝없이 외쳤다.

"살아야 한다이, 죽으모 안 되는 기라."

우정 댁은 두 손으로 푹푹 파일 정도로 모래밭을 마구 두드려대며 지난날 비화가 본 무당 희자 어머니처럼 무슨 주문 외듯 했다.

"죽었다. 죽었다. 우리 얼이가 죽어삣다. 지 아부지맹캐 죽어삣다아!"

"큰이모예."

비화와 우정 댁은 동시에 썩은 나무토막처럼 모래밭에 쓰러지고 말

앉다. 무정한 강물은 모래톱 가장자리를 적시며 머무는 듯 흘러가고 있었다.

'아, 내가 이리하모 안 되는데.'

비화는 정신을 차리려 갖은 애를 썼다. 그러고는 그 황망한 중에도 깨달았다. 우정 댁이 끝내 혼절해버렸다. 이 모든 책임은 비화 자신에게 있었다.

'이, 일나야제.'

비화는 죽기 살기로 몸을 일으켜 세우려고 안간힘을 다했다. 하지만 가까스로 아주 조금 일어서는가 싶더니만 다시 픽 쓰러졌다. 물귀신이 모래 속에 몰래 숨어서 끌어당기는 것 같았다.

'아아아.'

어지럽다. 어지럽다. 너무너무 어지럽다. 하늘과 강과 모래밭이 돈다. 연자방아같이 빙빙 돌고 있다. 비화 자신의 몸도 따라 돈다.

'우짜노? 우짜노?'

그 경황에 무슨 종류인지는 알 수 없지만 두 날개를 쫙 펼치고 물 위를 날아다니는 물새들도 저마다 피 울음소리를 터뜨리고 있는 듯싶었다. 나루터집이 있는 강 저편 푸른 대밭에서는 마치 대나무들이 이쪽을 바라보면서 안타깝다는 듯 발광하듯 이리저리 몸을 흔들어대고 있었다.

'이, 이 일을 우짜모 좋노?'

갈기를 세우고 덤벼드는 엄청난 절망감이 비화를 온통 지배하였다. 강에 한 번 빠졌다가 겨우 다시 건져내진 얼이가 살아나기는, 볶은 콩에 꽃이 피는 것보다도 더 어려운 일일 것이다. 그곳에다 국밥집을 개업하고 난 이후로 숱하게 보아온 익사체였다. 푸르퉁퉁한 얼굴, 흐무러진 육신, 그리고, 아, 그리고…….

"얼아, 얼아."

비화 입에서는 끊임없이 이런 소리가 신음 섞인 통곡이 되어 흘러나왔다.

"아, 내 땜에, 내 땜에 니가 죽었다."

비화는 네발 달린 짐승같이 엉금엉금 기어 우정 댁에게로 다가갔다. 그렇지만 이미 숨이 멎어버린 걸까, 우정 댁은 꿈쩍도 하지 않는다. 비화는 무당이 대를 잡고 흔들듯 우정댁 몸을 두 손으로 마구 흔들어대면서 그녀를 부르기 시작했다.

"이모! 큰이모!"

그때 얼이 사고 소식을 알려준 사내가 비화에게 말했다.

"그 아주머이는 죽지는 안 했을 낍니더."

비화는 턱을 덜덜 떨었다.

"괘, 괘안을까예?"

사내는 얼핏 모래밭에 내리는 빗발을 연상시키는 목소리로 대답했다.

"예."

강 가장자리에 자라는 수초는 자기 몸 사이를 부지런히 오가는 물고기 지느러미에 몹시 간지러움을 타는지 잠시도 가만히 있지를 못했다. 아니, 어쩌면 수초도 안절부절못하고 있다는 표시였다.

"이, 이리 꼼짝도 아, 안 하시는데예?"

비화가 울음기 섞인 소리로 묻자 사내는 쓰러져 누워 있는 얼이를 고갯짓으로 가리키며 초조하게 말했다.

"그 아주머이보담도 이 아아가 더 급합니더."

날씨가 나빠지려고 하는 걸까, 허공 위로 모래바람이 일고 있었다.

"아, 얼아! 우리 얼아!"

비화 눈도 다시 얼이를 향했다. 꼽추 영감은 오로지 얼이를 소생시키기 위한 그 일에만 전력을 다하고 있다. 얼이 입에 '훅' 하고 숨을 불어넣기도 하고, 얼이 가슴 부위를 꾹꾹 누르기도 하고.

"괘, 괘안것어예?"

소리 없다가 때론 소리를 내면서, 밀려왔다 밀려가는 남강 물살이 그렇게 몰인정하고 무심해 보일 수 없었다. 강기슭에 서 있는 나무들도 언제나 친근한 이웃처럼 다가오던 것과는 달리 아주 낯선 타인들이 되어 나는 몰라라 하는 듯했다.

"사, 살 수 있어예?"

비화는 손으로는 여전히 움직이지 않는 우정댁 전신을 이리저리 주무르며 입으로는 계속 꼽추 영감에게 물었다.

"……."

그렇지만 입을 꾹 굳게 다문 꼽추 영감은 애끓는 비화 심정 따윈 아랑곳하지 않고 내내 인공호흡에만 매달렸다. 비화는 눈을 감았다.

"아, 얼아, 죽지 마……."

그 모습이 참으로 절절하고 안 돼 보였던 모양이었다.

"달보 영감님 솜씨 정도모 살릴 수도 있을 낍니더. 천만다행히도 물에 빠진 시간이 아즉 올매 안 됐은께네예."

사내가 비화를 안심시켰다. 하지만 그 목소리에는 자신감보다 제발 그렇게 되도록 해 달라고 기원하는 기운이 더 담겨 있었다.

"아, 지발, 지발."

그러고도 얼마나 지옥과도 같은 시간이 더 흘렀을까? 너무나 초조하고 안달 난 비화가 계속 눈을 감고 있지 못하고 다시 떴을 때였다. 그녀 입에서 기쁜 소리가 나왔다.

"아!"

사내 말이 맞았다. 어느 순간 꼽추 영감이 얼이 몸에서 떨어져 나왔다. 그러고는 기력이 소진해버린 듯 모래밭에 머리를 처박고 크게 헉헉

거렸다. 정말 최선을 다한 한 인간의 모습이 그곳에 있었다. 비화 눈에
도 백짓장 같던 얼이 얼굴에 아주 조금씩 화색이 돌기 시작하고 있었다.

"으, 으, 으."

우정 댁이 신음소리를 내며 부스스 깨어난 것도 거의 동시였다. 비화
는 그만 우정댁 몸을 와락 껴안으며 그럴 수 없이 반가운 소리로 말했다.

"이모! 괘, 괘안아예?"

우정 댁은 아까 비화가 그녀에게 그랬던 것처럼 얼이에게로 기어갔다.

"어, 얼아. 우리 얼이, 우리 얼이……."

얼이도 눈을 떴다. 그런 다음 누운 채, 내가 왜 여기 이런 모습으로
있는 거지? 하고 궁금해 하는 듯 주위를 두리번거렸다. 어떻게 보면 낯
선 장소에서 오랜 잠을 깬 것 같은 표정이기도 했다.

"사, 살았거마! 살았거마! 얼이야아!"

"옴마."

모자는 이내 한 몸이 되었다. 여러 사람 입에서 안도의 한숨과 울음
이 터져 나왔다.

'얼이야이.'

'옴마.'

영원히 그치지 않을 것 같던 울음소리가 멎고 한동안 강가에는 바람
소리만 들렸다. 쉴 새 없이 날아다니던 물새들도 어디 앉아 숨을 고르고
있는지 사위는 더없이 고즈넉했다. 멀리 나루턱 쪽에서 배를 타고내리는
사람들 소리만 흡사 다른 세상에서 나오는 것처럼 아스라이 들려왔다.

"누가 닐로 그라데?"

그러고도 얼마나 더 시간이 지났을까? 이윽고 우정 댁이 분노에 찬
목소리로 물었다.

"눈고 기억나나?"

"……."

하지만 얼이는 아직도 정신을 못 차린 얼굴로 힘겹게 머리통만 흔들었다. 사흘에 피죽도 한 그릇 먹지 못한 아이 같았다.

"그 남자제? 소긍복이 죄인 사람?"

비화는 그야말로 필사적으로 매달리는 모습을 보였다. 평상시의 차분한 그녀와는 달라도 너무 달랐다. 그런데 얼이가 고개를 가로저었다.

"그라모 민치묵이 그자가 그랜 기 아이가?"

비화가 당장 달려들 사람같이 하면서 다시 물었다. 우정 댁도 의외란 듯 얼이를 한참이나 바라봤다. 비화가 다시 입을 열려고 할 때였다.

"비화 각시 안 겉거마는."

꼽추 영감이 말했다.

"쪼꼼 더 있다가 물어 봐라꼬. 아즉 몸이 정상이 아인 기라."

"아, 예. 지가……."

비화는 퍼뜩 정신이 났다. 앞에 할 말 뒤에 하고, 뒤에 할 말 앞에 하는 사람이 돼버린 자신이었다. 역시 연로해도 달보 영감님이 참 대단하다 싶었다. 거친 나루터 바닥에서 터줏대감으로 군림하려면 그 정도는 되어야 할 것이다.

'정상대로 돌아올라모 아즉 멀었을 기다.'

방금까지도 숨이 멈추었던 얼이다. 살아 있는 얼이가 아니었다. 아무리 내게는 중요하고 다급한 일이지만 너무 지각없이 군다는 자각이 크게 일면서 더없이 부끄러웠다. 하지만 궁금했다.

'민치묵이 아이모 또 누란 말고?'

주변은 강물 소리와 바람 소리 그리고 또다시 들려오기 시작하는 물새 소리뿐이었다. 아무도 입을 열지 않았다. 그렇지만 천만 가지 말을 떠들어대는 것보다도 더 복잡하고 심각한 얼굴들이었다. 보이지 않는

적 앞에서 한층 두려움을 느끼는 빛이었다.

'그렇다모 도대체 우떤 누가 얼이를?'

그로부터 또 한참 흐른 후였다. 이윽고 기운을 어느 정도 회복한 꼽추 영감이, 눈동자가 제대로 돌아온 얼이를 똑바로 일으켜 앉혔다. 그러고는 턱으로 옆에 있는 사내를 가리키며 말했다.

"저 손 서방이 얼이 니 생맹의 은인이다."

물살이 멀리 가지 않고 그들 주변에서 팽그르르 돌고 있었다. 얼이가 가지고 놀던 팽이 같았다.

"아이다. 달보 영감님이 닐로 살리주싯다."

얼이 생명의 은인인 손 서방이란 사내가 겸연쩍은 표정을 지으며 말했다.

"쪼꼼만 늦기 물에서 건짓으모 니는, 아, 이런 소리는 입에 올리기도 싫다."

우정 댁이 얼이를 치마폭으로 감싸 안으며 꼽추 영감과 손 서방에게 말했다.

"두 분이 다 우리 아 생맹의 은인입니더. 이 언해는 죽을 때꺼지 절대로 몬 잊을 끼라예. 앞으로 살아감시로 천천히 다 갚것심니더."

"얼이가 새로 태어난 깁니더."

비화도 고개를 숙이며 깊은 감사의 뜻을 표했다.

"우쨌든 하늘이 도우신 기라."

꼽추 영감이 나직한 목소리로 하는 말이 비화 귀에는 전창무나 우 씨의 기도 소리처럼 들렸다. 비화는 아직도 물기가 묻어 있는 얼이 몸을 가만가만 쓰다듬어주었다. 그 몸이 정말 그렇게 귀하고 소중하게 느껴질 수 없었다. 하마터면 이 세상에서 영원히 사라지고 말았을 그런 몸이다.

"얼아, 고맙다."

고마웠다. 죽지 않고 다시 살아나 주어 진정으로 고마웠다. '어릴 때 굽은 길맛가지'라고, 어렸을 때부터 굳어 버린 나쁜 버릇은 다시 고칠 수가 없다고 하였지만, 그 속담이 얼이만은 용케 피해간 듯, 짐승이나 꽃 모가지를 비틀어대던 못된 버릇을 깨끗이 고친 얼이였다. 싹수가 보이는 아이였다.

그러고도 또다시 꽤 많은 시간이 흘러가서 얼이가 완전히 회복한 듯하자, 꼽추 영감이 굽은 등뼈와 큰 혹이 잘 느껴지지 않을 만큼 상체를 바로 세우더니 비로소 얼이를 향해 입을 열었다.

"인자 알아야것다."

그의 눈빛이 매서웠다. 친한 사이가 아니면 오싹해질 정도로 큰 두려움을 주는 아직도 정기가 생생히 살아 있는 눈이었다.

"얼이 닐로 강에 밀어 넣은 자가 우찌 생깃데?"

꼽추 영감의 그 물음에 모든 것들이 하나같이 숨을 죽이는 것 같았다. 언제 누가 먼저 팔을 뻗었는지 모르지만, 비화와 우정 댁은 손을 꼭 마주 잡고 있었다. 손 서방 또한 몹시 긴장감이 감도는 얼굴로 침을 꿀꺽 삼켰다.

"퍼뜩 말해 봐라."

꼽추 영감이 한 번 더 재촉했고, 그래도 얼이가 얼른 대답이 없자, 꼽추 영감은 이건 아주 중요하다는 목소리로 말했다.

"우리가 꼭 알아야 하는 기다. 그래야만……."

그런데 얼이 입에서는 여전히 고개만 내젓던 처음 행동과 비슷한 대답만 나왔다.

"보기는 봤는데 하나도 기억이 안 나예, 할아부지."

하늘에서는 해가 잠깐 구름에 가리어지고 있었다.

"허, 그래?"

꼽추 영감 얼굴에 낙담과 근심의 빛이 떠올랐다. 다른 사람들도 똑같았다. 그것을 모르고 있다가는 또 언제 어디서 당할지 모른다.

"그라모 안 있나."

비화는 또 전혀 사리분별을 할 줄 모르는 사람처럼 불쑥 끼어들고 있는 자신을 보았다. 하지만 어떻게든 범인을 알아내야만 한다.

"얼아, 내가 함 말해볼 낀께 답해 봐라."

얼이가 고개를 끄덕였다.

"해나, 해나 안 있나."

비화 목소리가 세찬 물살을 타고 있는 작은 나룻배같이 사뭇 흔들려 나왔다. 얼이는 큰 긴장감에 싸인 비화를 보며 사려 깊은 늙은이처럼 짧게 말했다.

"예."

비화는 자꾸만 가빠오는 숨을 골랐다.

"오른쪽 눈 밑에 시커먼 큰 점이 없더나?"

그렇게 묻고 나서 이번에는 오른쪽 얼굴에 갖다 댔던 손을 왼쪽 얼굴로 옮겼다.

"아이모 왼쪽 눈 밑에든지."

그러자 얼이는 이것만은 자신 있다는 듯 또렷또렷한 목소리로 대답했다.

"점은 없었던 거 겉어예. 없었어예."

비화는 실망한 낯빛이 되었다.

"없어? 없었다꼬?"

모래바람은 다시 불어 닥치지 않았지만 강바람은 여전히 그 기세를 그만 꺾을 마음이 없어 보였다.

"그거는 지가 본 기 맞을 끼라예."

얼이는 한결 생기가 돋아난 눈을 반짝였다.

"그라고 얼골에 점이 있는 그 점벡이들은 지도 알고예."

모두 멍한 표정을 지었다. 민치목도 아니고 점박이 형제도 아니다. 그렇다면 범인은 대체 누구인가? 아무리 곰곰 짚어 봐도 얼이를 해치려고 할 만한 자는 그들밖에 없다. 하지만 얼이는 아니란다.

'그라모 이기 우찌 된 일고?'

비화는 소리라도 지르고 싶을 만큼 답답해 환장할 것 같았다. 치목도 점박이 형제도 아닌 또 다른 살인마가 얼이 목숨을 노리고 있다니, 그자는 비화 자신은 물론이고 남편 박재영도 죽일 수 있다. 나루터집 식구들 모두를 표적 삼고 있는지도 모른다.

"얼이라 캤제?"

그때 앞뒤 사정을 모르는 손 서방이 얼이더러 말했다.

"니도 헤엄치는 솜씨 더 배와 놔라. 내사 시방도 후회 안 하나."

얼이는 정말 그래야겠다는 얼굴이었다.

"예, 잘 알것심니더."

손 서방은 얼이를 삼켰던 일이 없다는 듯 시치미를 똑 떼고 무심한 척 흘러가는 강물 쪽으로 눈길을 돌렸다.

"내는 에릴 적부텀 물가에 살면서도 헤엄을 몬 치거등."

그렇게 된 사정도 밝혔다.

"니보담도 쪼꼬만 할 때 고마 저 강에 빠지갖고 죽을 뻔했던 일이 있고 나서, 내는 물이 너모 무섭다 아이가."

"지도 그래예."

얼이가 몸을 떨면서 말했다.

"지도 인자는 물이 무섭심니더. 전에는 하나도 안 무서벗는데 물에 한 분 빠지고 난게 에나 무섭심니더."

"그랄 끼거마는. 내가 당해 봐서 누보담도 더 잘 알제."

손 서방은 고개를 끄덕이고 나서 말을 이었다.

"내는 달보 영감님이 젤 부러븐 기라. 영감님은 물개 아인가베, 물개."

수영의 명수라는 수달이 곧잘 출몰하는 남강을 바라보았다.

"영감님이 시방꺼지 저 강에서 건지내서 살린 사람은 하늘에 별만치 안 되까이."

꼽추 영감이 듣기 민망하다는 빛을 보였다.

"내가 배 태이줄 낀께 건너가자꼬."

우정 댁을 보고 말했다.

"얼이 어머이, 얼이 집에 데꼬 가모 따뜻한 거부텀 먼첨 좀 챙기서 멕이고, 잠도 따습기 해갖고 푹 자거로 하소."

그러고는 염려 담긴 목소리로 덧붙였다.

"아즉꺼정 몸이 정상이 아일 끼거마는."

"예, 영감님."

비화와 우정 댁이 동시에 말했다.

"증말……."

그들은 손 서방에게 다시 한번 감사하다는 인사말을 건넸다. 얼이도 고개를 꾸벅 숙여 보였다.

"잘 살아라. 어머이 뫼시고 아모 탈 없이 오래오래 살아야제."

손 서방의 손이 조금 전에 비화가 그랬던 것처럼 물기 젖은 얼이 머리카락을 쓰다듬고 있었다.

"자, 가자꼬."

"예."

"얼아, 가자."

"우리 갑니더."

손 서방만 빼고 모두 꼽추 영감 나룻배에 올랐다. 강가에 서서 쉬지 않고 손을 흔드는 손 서방 모습이 점점 멀어진다. 뱃전에 부서지는 파도 소리가 가뭇없이 높고 푸른 허공으로 흩날린다.

'철썩, 처얼썩.'

꼽추 영감은 묵묵히 노만 젓는다. 그의 표정에서 비화는 다시금 깨달았다. 그는 미군에게 포로가 된 큰아들을 생각하고 있었다. 가슴이 더없이 먹먹해졌다.

달보 영감님 큰아드님이 행여 잘못되기라도 하면 어떡하나? 아까 그의 집에서 우정 댁과 함께 말은 그렇게 했지만, 어쩌면 죽을 수도 있고 영영 돌아오지 못할지도 모른다. 그 정황으로 미뤄볼 때 무사히 귀환할 가능성은 너무 희박하다.

'그리 되모 영감님과 할무이는 우찌 되것노.'

자꾸 좋지 못한 것들만 연상된다. 비화는 검은 연기같이 피어오르는 망상을 떨치기 위해 세차게 도리질을 해댔다. 하지만 머릿속은 다시 얼이를 죽이려 한 그자가 누구인가 하는 의문으로만 가득 찼다.

'물구신은 아일 끼고.'

그가 누군지 알고 대비해야 한다. 그렇지 않으면 또 속절없이 당하게 된다. 얼이도 남편 재영도 비화 자신도 표적물이다. 나루터집 온 식구가 과녁이 될 수도 있다. 어쩌면 밤골 댁과 한돌재도 마찬가지다. 아, 대체 어떤 놈일까? 그 범인은 눈도 코도 입도 없는, 달걀 같은 밋밋한 얼굴을 가진 괴물인가?

이윽고 배가 물살을 가르며 강 건너편에 가 닿았다. 비화 마음에, 그 강이 이승과 저승 사이에 가로놓여 있다는 저 '망각의 강'처럼 받아들여졌다. 그러니 저승을 다녀온 셈이다. 하지만 망각이라니? 오늘 겪은 그

일은 영원히 잊어버리지 못할 것이다. 잊을 수 없을 것이다. 잊어서도
안 된다.

"자, 그라모 내는……."

"잘 가시이소. 또 뵙것심니더."

모두를 내려준 후 왔던 물길로 다시 노를 저어가고 있는 꼽추 영감 등
짝에 난 커다란 혹이 그렇게 불안하고 불쌍해 보일 수가 없었다. 사람이
저렇게 보이면 안 좋다는데. 비화는 피가 배여 날만큼 입술을 꾹 깨물었
다.

'영감님 큰아드님이 반다시 살아서 돌아와야 할 낀데.'

세상 모든 것을 혼자 떠맡은 듯 상념이 꼬리에 꼬리를 물었다.

'얼이를 쥑일라캔 그눔이 눈고 퍼뜩 알아야 할 낀데.'

강물과 모래톱에는 햇빛만 반짝였다. 오랫동안 정들었던 사람들을 버
리고 훌쩍 떠나가는 이의 무심한 눈빛처럼 보였다.

'꾹, 꾸룩.'

물새들 울음소리가 높아졌다가 낮아졌다가를 반복하고 있었다.

나의 웃음 남의 울음

정석현 목사는 떠났다.

김해 부사로 간다고 했다. 무릇 떠나야 할 사람은 떠나야 하는 모양이었다. 그래야만 또 다른 사람이 올 수 있는지 모른다. 가고 오고, 오고 가고…….

정 목사는 재임 동안 적잖은 업적을 남겼다. 고을 백성 모두가 그의 이임을 정녕 아쉬워했다. 홍우병 목사처럼 섬으로 귀양살이를 가지 않고 다른 고장 목민관으로 가는 그의 앞날을 축복해주었다. 흔치 않은 일이었다.

새 목사가 부임했다. 그런데 처음부터 그에 대한 평판이 영 좋지를 못했다. 일반 서민은 물론이고 관아에 딸린 말단 행정 실무에 종사하는 이속吏屬들도 마찬가지였다. 교방에 모인 관기들 입방아가 방앗간에 날아드는 참새들 소리처럼 요란했다.

"요분에 오는 하 목사 안 있나, 전임지에서 폭정을 일삼았담서?"

"그뿌이모 쾌안커로?"

"그라모 머가 또?"

"여자하고 술을 그리 밝힌다 안 쿠나."

"아이고, 하나만 해도 머할 낀데 두 개를 다?"

"헛소문일 수도 안 있것나. 그래도 한 고을을 다스리는 수령인데 설마?"

"안 땐 굴뚝에 연기 안 난다 캤다."

"불 안 때도 연기 나는 그런 굴뚝이 하나라도 있었으모 좋것다."

"와? 땔감 애낄라꼬 그라나."

"아, 굴뚝 겉은 요 내 멤을 누가 알 것가?"

그 고을에 새로 오게 될 하판도 목사 귀가 너무 간지러울 판이었다. 여자가 셋이면 나무 접시가 드논다고 하던가?

그러한 분위기 속에서 이런저런 소리도 하지 않고 있는 기녀는 단 한 사람 해랑뿐이었다. 누가 오면 어떠랴 하는 자포자기에 빠진 그녀였다. 이제 의미나 가치가 있는 것은 하나도 없었다. 평소에 해랑을 무척 아껴주는 노기老妓 말마따나 눈이 여산廬山 칠십 리나 들어가 있었다.

그 당시까지도 해랑은 몰랐다. 하 목사 부임이 자신의 운명에 그런 엄청난 변화를 주게 되리란 것은. 사람이란 때로는 어떤 대상에게 무관심해지고 싶어도 어쩔 도리 없이 모종의 끈으로 맺어질 수밖에 없는 그런 타의적他意的인 존재인가 보았다. 가까이 다가가고 싶어도 자꾸만 멀어지는 일도 있었다.

하 목사는 소문보다도 훨씬 더 포악한 관리였다. 성질이 거칠고 급한 데다가 주색잡기로 둘째가라면 살인까지 마다하지 않을 위인이었다. 염치를 돌보지 않고 남의 것을 탐내는 이른바 '낮에 난 도둑'이었다. 그의 달갑잖은 부임은 얼마 가지 않아 남방 고을을 마구 들쑤셔놓기 시작했다.

썩은 쥐에는 응당 구더기가 들끓기 마련이다. 하 목사는 썩은 쥐였다. 그러나 구더기가 될 인간이 바로 임배봉일 줄이야. 그것은 마치 선한 힘에 억눌려 잠시 숨을 죽이고 있던 악마가 기지개를 켜고 활동을 개시하려는 조짐과도 같았다.

어쩌면 그건 새삼스러운 일도 아니었다. 다른 사람들은 몰랐지만 사실 배봉은 그전부터 줄기차게 권력의 고리를 찾아다니고 있었다. 그렇지만 홍 목사나 정 목사는 썩은 쥐가 아니었다. 배봉은 그들에게서 호통을 받고 내침을 당했다.

"어허, 천하에 이런 못된 위인을 봤나? 썩 내 눈앞에서 사라지시오. 당장 물고를 내기 전에…….”

"돈에 눈이 어두워 고을 백성을 나는 몰라라 하라는 소린가? 어서 그 돈 도로 챙겨 넣고 돌아가라! 본관이 이번 한 번만은 눈감아 주겠노라. 하지만 또다시 이런 짓을 자행해 온다면 그땐 절대 용서치 않을 것이다.”

배봉은 두 눈에서 눈물이 찔끔 날만큼 혼쭐이 나서 돌아서야 했다. 그나마 섣달 그믐날 흰떡 맞듯 그렇게 맞지 않은 것만도 다행이었다.

그러나 배봉은 결코, 포기하지 않았다. 진드기 같았다. 언젠가는 자기와 서로 죽이 맞는 목사가 오리라, 목마른 자가 비를 기다리듯 기회를 노렸다. 신은 공정하다 했던가? 불온한 그의 기대 또한 어긋나지 않았다.

"아, 그대가 저 유명한 동업직물 주인이란 말인가?”

하 목사가 처음 자기를 찾아온 배봉에게 던진 첫소리가 그러했다.

"어이구우!”

그전에 있던 두 목사에게 호되게 경을 친 경험이 있던 배봉은, 너무나도 황감한 나머지 그 자리가 어떤 자리라는 사실도 잊고 그만 소리부터 질렀다.

"유, 유맹하기는예. 우찌 그, 그런 황송한 말씀을 하, 하시옵니꺼?"

그런데 만면에 웃음을 띤 채 자못 감탄조로 연발하면서 내려지는 하 목사 말은 그야말로 점입가경이었다.

"허, 사람이 겸손함도 몸에 배였도다. 향촌에서는 보기 드물게 훌륭한 인물이로다."

배봉은 완전 졸도 직전까지 갔다. 눈에서 딱정벌레가 왔다 갔다 하듯 심한 현기증까지 났다.

"헉! 후, 훌륭?"

하 목사는 말이며 하는 짓이 메떨어지고 시골티가 나는 배봉을 힐끗 보았다.

"아암, 그렇잖고?"

하더니만 매스꺼울 만큼 흰빛이 도는 손으로 그다지 위엄도 없어 보이는 턱수염을 연신 쓰다듬었다. 그러면서 하는 소리야말로 정곡을 찌르는 것이었다.

"내 들으니, 지전이 문 밖에까지 수북이 쌓여 있는 거상이라 했거늘."

"하이고!"

"그 누구라도 본관에게 감히 거짓을 고하진 못할 터…….'

그의 번개와도 같은 정보망에 경악하면서도 배봉은 터질 것만 같은 기쁨을 좀체 가누지 못했다. 하 목사 눈에 헛거미가 잡혔든 말든, 그것은 그만큼 이쪽에 관심이 높다는 증거가 아니겠는가 말이다. 절대로 놓쳐서는 안 된다, 하늘에서 내려오는 이 밧줄을 단단히 잡아야 한다.

"에나 대, 대단하시옵니더. 하매 이 미천한 것의 집안꺼정…….'

더 말을 잇지 못하는 배봉이었다.

"잘 오셨소. 참으로 반갑소이다. 하하핫!"

하 목사는 손수 주전자를 들어 술까지 따라주며 일종의 습관인 듯 호탕한 웃음을 터뜨렸다. 그 가식적인 소리는 그의 몸 뒤쪽에 세워져 있는 사치스럽고 커다란 병풍에 부딪혀 그곳 방안에 메아리처럼 울려 퍼졌다.

"자, 잘. 바, 반갑……."

배봉은 더욱더 황감해 몸 둘 곳을 모르겠다는 시늉을 과장되게 하며 제 머리로 짜낼 수 있는 아부란 아부는 다했다.

"인자 우리 고을 백성들 얼골에 웃음꽃이 활짝 필 것이옵니더."

"웃음꽃?"

화려한 비단 꽃방석에 앉은 하 목사는 큰 충격을 받은 사람처럼 가장했다.

"장사꾼이 어떻게 선비들이나 가능한 그런 멋진 표현도 할 수 있을꼬?"

배봉의 아픈 곳을 치유하는 능력을 지닌 목민관이 눈앞에 있다.

"서, 선비들이나 가능한!"

배봉은 넋이야 신이야 하듯 한층 헤벌어진 입술에 온갖 소리를 다 묻혔다.

"시방꺼지 이전 목사들한테 올매나 고핼을 빨릿던지예."

"머라? 고혈을?"

하 목사는 배봉이 수전증 환자같이 떨리는 두 손으로 공손하게 올린 술잔을 단숨에 쭉 들이켜고 나서 한껏 호기와 위엄을 부리기 시작했다.

"허어, 명색이 나라의 녹을 먹는 목민관이 그럴 수 있나?"

초록은 동색이 아니라, 초록이 초록을 나무라고 있다.

"그, 그런께 말씀이옵니더."

거창하게 차려진 술상 밑으로 빠져들어 갈 정도로 몸을 바짝 낮춘 채 배봉이 후렴 치듯 했다. 하 목사는 거기에 그들이 있기라도 하듯 배봉의 어깨너머를 잔뜩 노려보았다.

"전임 홍 목사와 정 목사가 그렇게도 형편없는 관리들인 줄은 내 이곳에 와서야 비로소 알았소이다. 흐음."

그는 자기 신분이 같은 목사가 아니라 목사를 벌주는 감사나 암행어사 정도라고 여기는 성싶었다. 그런데 배봉은 거기서 한 걸음 더 나아가, 자신이 하 목사를 감사나 암행어사 따위와는 비교도 할 수 없는 지존, 다시 말해 상감쯤으로 여기고 있다는 느낌을 갖도록 온갖 수단을 동원했다.

"와 만백성을 살리실 영감 겉으신 분이 진즉 안 오시고 인자사 오싯는지?"

드디어 배봉의 두 눈에서는 눈물이 줄줄 흘러내렸다.

"흑, 흑흑."

전임 목사들에게 당한 그 설움을 어느 뉘 알리요.

"아아, 너무 그리 탄하지는 마시오."

하 목사는 등이라도 토닥토닥 두드려 줄 것같이 했다.

"어쨌든 늦게라도 본관이 오지 않았나 말이오."

행여 밖으로 말이 새 나갈까 봐 굳게 닫아놓은 방문이 저 혼자 무슨 소리를 내었다가 다시 잠잠해졌다. 어찌 들으면 웃거나 나무라는 소리 같기도 했다.

"예, 흐."

배봉은 소매로 눈물을 훔쳤다.

"이건 공치사 같긴 하오만……."

하 목사는 하얗게 살찐 손바닥으로 술상 가장자리를 가볍게 두드렸다.

"내가 와서 자기네 고을을 다스려주기를 바라는 백성들이 좀 많아야지. 허허허."

"이 광영, 이 광영을!"

배봉은 하 목사와 더불어 갖가지 잡소리를 늘어놓으면서, 홍 목사와 정 목사에게서 받은 수모와 원한을 술에 타서 마셨다. 아니, 온 세상을 모두 잔에 담아 벌컥벌컥 들이마시는 기분이었다.

"그 잔 어서 비우시오."

"예, 예. 나리도."

마치 눈먼 중 갈밭에 든 것 같은 배봉이었다. 상대방이 누군지도 모르고 시간이 얼마나 되었는지도 모르고 그곳이 어딘지도 모를 그 정도로 대취했다. 그리하여 방안이 아이들이 굴리며 노는 굴렁쇠처럼 빙글빙글 돌기 시작할 무렵이었다.

"자아, 그럼 이제 본격적으로 시작해볼거나."

하 목사가 문득 기묘하고 음탕한 웃음을 얼굴 가득 띠는가 싶더니만 방문 바깥쪽을 향해 호기롭게 소리쳤다.

"해랑이는 왜 빨리 오지 않느냐? 내 벌써부터 오라 일렀거늘."

일순, 배봉은 그때까지 마신 술이 일시에 확 깨는 느낌이었다. 그는 깜짝 놀란 얼굴로 확인하듯 물었다.

"시방 해, 해랑이라 하셨사옵니꺼, 목사 영감?"

하 목사가 게슴츠레한 눈을 치뜨며 되물었다.

"왜 그러시오?"

"그, 그, 그……."

배봉이 말더듬이처럼 하자 하 목사 언성이 별안간 다른 사람같이 높아졌다. 대단한 변덕스러움이 고스란히 전해졌다.

"허, 왜 그러냐니까?"

하 목사는 조금이라도 자기 비위에 거슬리면 술상을 그대로 콱 엎어버릴 듯한 인상까지 지었다.

"여기 이 고을 백성치고 해랑이란 관기를 모르는 사람은 없을 터인데?"

배봉은 내심 좀 더 침착하지 못한 것을 크게 후회했다.

'다 된 죽에 코 빠뜨릴라.'

눈썹 새에 내 천(川) 자를 누빈다던가. 하 목사 눈살이 보기에도 겁날 정도로 마구 찌푸려졌다. 그럴 때 보니 그는 천성적으로 좋은 인상은 결코 아니었다.

"그, 그런 뜻이 아, 아이옵니더."

배봉이 손까지 휘휘 내저으며 부인했다. 하 목사는 동물을 우리 속으로 몰아넣듯 사람을 다그치는 못된 습성이 있었다.

"그러면 뭐란 말이오?"

재촉당하니까 더 말이 되지 않는 배봉이었다.

"저, 저, 머신고 하모예."

"허어, 이거 참으로 답답, 답답하구먼."

하 목사는 숨통이 막힌다는 모습이었다. 그러나 사실을 놓고 볼 때 더 답답한 사람은 배봉이었다.

"그기, 그기……."

하 목사는 술잔을 집어 들어 배봉의 면상을 겨냥해 냅다 던질 사람처럼 했다.

"왜 그러는지 어서 말해보라니까!"

배봉은 자신도 모르게 손등으로 이마에 솟아나는 땀을 닦았다. 역시 소문 듣던 그대로 똥같이 더러운 성깔이다. 별것도 아닌 일로 저렇게 고함질이라니. 배봉은 급한 대로 이렇게 얼버무렸다.

"하, 하도 이름나 있는 기녀라서 그, 그랬사옵니더."

그러고 나서 다음에는 또 무슨 말로 주워섬기나 하고 잔머리를 굴리는 배봉이었다.

"뭐라? 하도 이름나 있는 기녀라서?"

그렇게 배봉 말을 되뇌던 하 목사는 갑자기 무엇이 그리도 재미있는지, 쌀뜨물같이 허연 얼굴이 온통 빨개지도록 한참 동안을 웃었다. 그러고는 곁눈질을 해가면서 한다는 소리가 정곡을 찔렀다.

"그리고 보니, 임자도 계집깨나 밝히는 모양이군 그래. 내 눈은 아무도 못 속이지."

속이 뜨끔해진 배봉은 손과 머리를 한꺼번에 내저었다.

"아, 그, 그런 기 아이오라……."

그러나 하 목사는 변명해봐야 다 안다는 듯 이렇게 중얼거렸다.

"하기야 젊으나 늙으나 그런 재미가 없으면 무슨 낙으로 사누."

하 목사 몸 뒤쪽에 둘러쳐진 병풍에 그려진 괴석과 화초 속을 노니는 암수 꾀꼬리들이 희희낙락하는 것처럼 비쳤다.

"그리고 계집 살 냄새 맡는 것보다 더 좋은 보약은 없거든?"

그러면서 약간 매부리코인 그의 코까지 벌름거리는 하 목사였다.

"계집 살 냄새, 보약예."

바야흐로 둘째가라면 서러워할 배봉의 장기가 빛을 발할 시기가 온 성싶었다. 눈을 떠야 별을 본다고, 이제부터 하 목사에게 이 배봉의 진가를 잘 보여야 원하는 것을 얻어낼 수 있다고 마당 터다지듯 마음을 다졌다.

"헤헤헤. 맞사옵니다. 자고로 영웅호색이라쿠는 말도 있고예. 헤, 헤헤."

하 목사는 간신배 웃음을 터뜨리는 배봉을 째려보듯 하며 물었다.

"본관이 영웅이다, 그런 뜻이렷다!"

배봉 특유의 간사한 목소리가 또 나왔다.

"여부가 있것사옵니꺼, 영감. 너모 너모 당연한 말씀이옵니더."

"허허허."

하 목사 얼굴 가득 흡족한 미소가 흘러넘쳤다. 그야말로 변덕이 죽 끓듯 하는 자였다.

'후~우.'

배봉은 간담을 쓸어내렸다. 자칫 겨우 다져놓은 정분이 와르르 무너져버릴 위험도 있다. 무슨 일이 있어도 전임 두 목사처럼 되어서는 안 된다.

'살 낄까 죽을 낄까 하는 자리다, 시방 요기가.'

사활을 건다는 기분으로 배봉은 연방 하 목사 눈치를 요리조리 보았다. 눈이 산 밖에 비어진다고, 지나치게 흥분하여 이성을 잃어서는 도루묵이다.

'한 분 실수는 몰라도. 아이다, 앞으로는 한 분 실수도 안 된다.'

배봉 자신이 해랑의 이름을 듣는 순간 그렇게 놀란 반응을 보인 데는, 남모를 큰 연유가 있다는 걸 하 목사가 알 턱이 없었다. 끝까지 모르게 해야 한다. 나중에 하 목사 세도를 빌려 비화나 해랑 집안에 무슨 짓을 하더라도 개인적인 감정을 품고 그렇게 한다는 것을 알게 해서는 안 되는 것이다.

'흐흐. 요것들, 인자 함 두고 봐라.'

해랑, 아니 옥진이 누구인가? 바로 강용삼의 여식이 아닌가. 때려죽여도 결코 시원찮을 철천지원수 김호한과 형제같이 지내는 강용삼. 눈에 천불이 났다. 모든 건 자신에게서 나오는 법인데도 딴죽을 걸었다.

'내는 죽어라꼬 인복人福이 없는 기라. 그리 지낼 사람이 하나도 없고 말이제.'

어디 그뿐인가? 옥진이 고것도 비화와 그림자처럼 딱 붙어 다니는 사이가 아니냐? 또 그들 여편네 윤 씨와 동실 댁은 어떻고. 어른이고 새끼고 안팎으로 친한 것에 쌤통이 나서 못 살겠다. 달밤에 삿갓 쓰고 나오는 것들이었다.

그런데? 그런 옥진이 이제 해랑이 되어 배봉 자신이 하 목사와 동석해 있는 그 술자리에 불려 나오다니? 해랑이 자기를 보는 순간 과연 어떤 표정을 지을지 상상만 해도 심장이 터질 듯한 배봉이었다. 용의 몸 위에 올라타고 높은 구름 위를 훨훨 날아다니는 기분이 이러할까?

아아, 살다 보니 이런 기막힌 일도 다 있구나. 이건 기적이야. 하늘의 축복인 것이야. 정말 살고 싶은 마음이 생기게 하는 신나는 시간도 맞이하는구나.

배봉 가슴이 막 벌름거리는 까닭은 또 있다. 큰아들 억호 때문이다. 그놈이 객줏집 같은 사람들이 많이 모이는 장소에서 공공연히 해랑을 입에 올리고 있다는 소문을 익히 듣고 있는 배봉이었다. 여러 해 동안 해랑을 보지 못했지만 어릴 적 모습은 기억의 바탕 위에 생생히 찍혀 있다.

'하기사 사내라쿠모 누라도 눈독 들이거로 안 생깃나. 그러이 억호 그놈만 멀쿨 수도 없는 기라. 흐흐.'

그런데 호한과 용삼만 생각하면 또다시 부아가 와락 치밀고 살점이 부르르 떨렸다. 설혹 상감이 와서 말려도 그 감정을 거둘 수 없었다.

'아이다. 옥지이 고년이 아모리 선녀 뺨 치거로 생깃다 캐도 내사 절대로 용납 몬 한다. 안 한다 고마. 우찌 웬수 겉은 고 집구석 딸년을 말이고.'

배봉은 여전히 모르고 있다. 오래전 저 대사지 못가에서 벌어졌던 그 철면피한 사건을. 그날의 핏빛 비밀을 알고 있는 사람은 아직도 다섯 명뿐이다. 가해자인 점박이 형제와 피해자인 옥진 그리고 비화와 옥진의 친척 되는 애심. 그렇지만 정확히 말하자면 애심은 어린 옥진이 어떤 사내들로부터 난행을 당했다는 것은 알지만 억호와 만호가 범인이라는 사실은 까마득히 모른다. 그뿐만 아니라 엄청난 책임과 원망을 살 일인지라 내내 쉬쉬하고 있다. 그녀 스스로 발설할 일은 결코 없을 것이다. 그러고 보면 대사지 사건은 비화와 옥진과 점박이 형제, 이렇게 네 사람만의 역사인 것이다.

어쨌거나 지금 환희로 터질 것 같은 배봉의 심정은 누가 무슨 말로도 표현할 수 없었다. 우연히 일이 아주 잘된다고 할지라도, 이야말로 대문턱 높은 집에 정강이 높은 며느리 들어오는 격이었다.

그때였다. 배봉은 다시금 지금까지 퍼마신 술이 한꺼번에 확 깨면서 손발까지 오그라드는 느낌이었다. 방문 바로 밖에서 이런 소리가 들렸다.

"목사 영감, 불러 계시옵니꺼? 해랑이옵니더."

그러자 아편이라도 맞은 사람처럼 게슴츠레하게 풀려 있던 하 목사 눈빛이 어둠을 뚫고 먹잇감을 사냥하려는 야수의 그것처럼 번득였다.

'허, 저 눈 좀 봐라. 사람 간 있는 대로 다 널찌것다.'

배봉은 다시 한번 오싹함을 느꼈다. 참 더럽게도 생겨 먹은 눈길이었다. 하 목사는 얼굴 가득 웃음을 지었지만 그래도 여전히 섬뜩하긴 마찬가지였다. 그는 누가 그 좌석에 있지 않으면 당장 일어나 맞아들일 것처럼 했다.

"어, 그래, 해랑이냐?"

배봉의 존재 따윈 안중에도 없어 보였다.

"내 애간장이 모두 녹아내렸느니라."

개가 물고 갔는지 체통이라고는 눈 씻고 봐도 찾을 수 없었다.

"아, 어서 들오잖고? 빨리!"

뛰는 망둥이를 보고 꼴뚜기가 뛰니 빗자루도 같이 뛴다더니, 참으로 우습지 않게도 배봉 역시 공연히 마음이 조급해졌다. 하지만 방문 밖의 목소리는 느렸다.

"예."

마지못해하는 기색이 역력한 그런 소리와 함께 방문이 행여 부서지기나 할세라 무척이나 조심스럽게 열렸다. 꽃향기 같은 여인의 체취가 이제 막 열린 방문을 통해 확 풍겨왔다. 그 신비스러울 정도의 기운에 아찔함을 느낄 지경이었다.

배봉은 반사적으로 그곳을 향해 고개를 돌렸다. 그러고는 다음 찰나, 그는 그만 두 눈을 의심하고 말았다.

'아, 저기 오, 옥지이란 말가?'

아무리 이제는 성숙한 여인으로 들어설 나이라곤 하지만, 지난날 간혹 길거리에서 본 적이 있는 그 코흘리개 딸아이가 저런 모습으로 바뀌어 있다니. 세월이란 이렇게 무서운 것인가?

'으, 역시 소문에 듣던 그대로거마는. 사람들이 모도 선녀보담 이쁘다꼬 해싸도, 머 말이 그렇것제 했더이.'

지금 그 자리가 어떤 자리며, 또 누구와 함께 있는지도 몽땅 잊어버린 배봉이었다. 아니 할 말로 돈만 있으면 처녀 불알도 산다지만, 이건 또 다른 얘기였다.

'내가 반능출이한테서 그리키 돈 마이 주고 산 춘화에서도 저런 미인은 몬 봤다. 상감이 보모 당장 후궁 삼을라쿠것다.'

이런 생각을 하며 고개를 주억거렸다.

'억호 그눔아가 저리 미치는 기 천분 만분 당연타.'

그러나 해랑은 하 목사 옆자리에 가서 앉을 때까지도 거기 동석한 사람이 누군지 몰랐다. 그저 두 눈을 내리깐 채 작은 바람 한 점 일으키지 않고 다소곳이 앉았을 뿐이다.

"해랑아! 너 어디 있다가 이제야 오는 것이냐, 응?"

하 목사 음성 끝에는 누가 듣기에도 느끼한 기운이 잔뜩 묻어났다.

"내 벌써부터 불렀으니. 괜히 한번 그래 본 것은 아니겠지?"

'꺼억.'

배봉은 지금까지 마신 술이 도로 목으로 넘어올 만큼 속이 메스꺼웠다. 자신도 어지간히 색色을 밝히지만, 색을 밝히는 사내가 그렇게 추잡하고 혐오스럽게 느껴진 적은 아직 없었다.

'인간이 올매만치 짐승하고 가리방상할 수 있는고 비이주는 거 겉다 아이가.'

하지만 배봉이 그런 것에 대해 더 따지고 쑤시고 할 여유가 없었다. 곧이어 배봉 귀를 낭랑한 여인의 목소리가 간질이기 시작한 것이다.

"영감 부르심 받자마자 황급히 온다꼬 왔는데, 고마 한거석 늦어삔 거 겉사옵니더. 너모 죄송하옵니더."

그러자 하 목사는 바다 같은 아량과 산 같은 포용력을 지닌 것처럼 굴었다.

"허허. 괜찮다, 괜찮아."

"……"

"아암, 딴 사람도 아니고 해랑이 너니까 말이니라."

병풍 속 꾀꼬리들도 배꼽을 쥐고 웃을 광경이었다.

"다른 사람 같으면 어림 반 푼어치도 없지. 아암, 그렇고말고."

아무런 대꾸도 없던 해랑은 건성인 듯 말했다.

"감사하옵니더."

"에잉, 감사라니? 그건 너하고 나 사이에 오갈 소리가 아니야."

같은 사내들에게는 그렇게 엄격하고 무섭게 굴어대는 사내가 여자에게는 한없이 관대한 경우가 있는데, 배봉이 지켜보니 지금 하 목사가 딱 그런 부류에 속하는 자였다.

"우선 저분에게 술 한잔 따르거라."

그런 다음 또 무슨 계산속이 숨어 있는 야릇한 웃음을 지어 보였다.

"우리 고을 최고 갑부시니라. 앞으로 얼굴을 자주 보게 될 것이야."

배봉은 아직도 환각에 빠진 상태였다.

"그렇사옵니꺼? 지가 한잔 따라올리것사옵니더."

해랑이 배꽃같이 새하얀 손으로 은은한 푸른빛이 감도는 사기 주전자를 집어 들었다. 그러고는 상머리 저쪽으로 앉은 사내의 술잔에 술을 따르기 위해 약간 고개를 들고 몸을 일으켰다.

바로 그 순간이었다. 해랑은 그만 소스라치며 크게 비명을 내지를 뻔했다. 하마터면 손에 든 주전자를 그대로 놓칠 뻔했다. 아, 이게, 이게 누구인가?

임배봉이다!

해랑은 이것이 꿈인가 생시인가 제대로 구분이 되지 않았다. 헛것이 보이는가? 저자가 내 눈앞에 앉아 있다니. 그것도 그녀 자신이 술 시중을 드는 자리에 말이다.

아, 배봉의 유령이 나타난 것인가? 그래, 유령이다, 유령.

해랑 몸이 돌처럼 굳어버렸다. 별의별 일들이 다 벌어지는 곳이 세상이라지만, 이런 일이 있을 수 있는가? 내 인생을 완전히 망가뜨려놓은 사내들의 아비. 나를 관기의 길로 들어서게 한 장본인들의 아비. 그런 자가 여기에 있다.

'강옥진과 임배봉이 지옥에 같이 와 있는갑다.'

솔직히 그 순간에는 배봉이 비화의 철천지원수라는 사실 따위는 떠오르지 않았다. 오직 억호, 만호 그것들의 아비라는 생각 하나만 더없이 혼란스러운 머릿속을 채웠다. 날벌레 같은 것들이 잇따라 '왱' 하고 날아다니는 듯했다.

'악몽이다! 번쩍 눈을 뜨자. 대사지 연못에서 헤어나라, 옥진아.'

하지만 해랑은 억지로 치켜뜬 눈으로 현실을 보았다. 그랬다. 인간이란 그에게 주어진 현실 앞에서는 너무나 속수무책, 약해빠진 존재였다. 해랑은 그런 사실을 처절하리만치 뼈에 사무치도록 깨달았다.

가령, 꿈이라든가 상상이라든가 계획이라든가 하는 비현실적인 것은, 때에 따라서는 그냥 무시해버리거나 애당초 없었던 것으로 해버릴 수도 있다. 그러나 현실만은 다르다. 그렇게 할 재간이 도시 없다. 흡사 코뚜레 꿰인 소같이 고삐에 매달려 질질 끌려갈 도리밖에 없다. 그만큼 현실의 손은 힘이 세고 몰인정하고 무섭다.

'내가 진즉에 탁 안 죽어삐고 뻔뻔시럽거로 살아 있은 죄 값을 받거마.'

그녀가 술을 따라주기를 기다리면서 말없이 술잔을 들고 있는 배봉과 술잔을 거머쥐고 있는 그의 뭉툭한 손가락을 보았다.

'내가 더러븐 잠에 더러븐 꿈을 꾸고 있는 기라.'

아니다. 그 정도에서 그칠 성질이 결코 아니었다. '돝 잠에 개꿈'이라도 이렇게 지저분한 꿈은 아닐 것이다. 온 세상 밑바닥을 샅샅이 훑어도 이토록 참담하고 암울한 경우가 또 있을까? 갈수록 하얗게 비어버리는 머릿속에 오직 하나 크게 자리 잡는 것은 이런 생각뿐이었다. 내가 왜 살아 있었을까?

얼마나 그런 백치와도 같은 순간이 흘렀는지 모르겠다. 하 목사의 약간 높아진 음성이 여전히 충격에서 반 발짝도 벗어나지 못하고 있는 해랑 귀에 꿈결인 양 가물가물 들렸다.

"해랑아! 어서 술 따라드리지 않고 뭘 하는 게야, 응?"

해랑은 숨이 멎어버리는 듯했다. 하 목사 성깔을 알고 있는 것이다. 임금보다도 더 백성들 위에 군림하려 드는 위인이었다. 해랑은 미치기 직전이었다.

'그래도 안 된다. 내가 저 인간한테 술을 따르다이.'

그때 배봉의 능글능글한 목소리가 중국 시황제가 지은 아방궁처럼 한껏 사치스럽게 꾸며놓은 그 방을 울렸다.

"괘안사옵니더, 나리. 그보담도 참으로 절세가인이옵니더."

거북 등짝에 실려 있는 것같이 느릿느릿한 말투였다.

"저런 아이를 떠억 곁에다 두고 계시는 목사 영감이 증말로 부럽사옵니더."

잘 드는 칼로 제 두 귀를 탁 잘라버리고 싶은 해랑이었다.

"에나 여복이 넘치시옵니더. 대궐에도 저런 미녀는 안 없것사옵니꺼? 헤헤헤."

징그러운 벌레가 온몸을 스멀스멀 기어 다니는 느낌을 주는 웃음이었다.

"그 말은 조금도 틀린 게 없소. 아암, 그릇되지 않아요."

하 목사가 매스꺼울 정도로 희고, 통통하게 살찐 손을 들어 끌이나 대패로 깎아놓은 듯한 주걱턱을 쓰다듬으며 말을 이었다.

"그렇지만 본관도 여기 온 지 얼마 되지 않은지라 아직 저 아이와 깊은 정분을 나눌 기회를 갖지 못했소이다. 허허허."

"어이쿠! 저런! 아모리 공무가 바뿌시다 캐도 저런 꽃을 가차이 두시고 우찌?"

배봉은 불을 싸지르는 소리를 한정 없이 늘어놓았다. 결국, 하 목사 입에서 최후의 통첩 같은 소리가 나왔다.

"내가 그래서 오늘밤 저 아이와 운우지락雲雨之樂을 나눌 셈이오. 하하."

'헉!'

해랑은 또다시 자칫 주전자를 그냥 바닥에 떨어뜨릴 뻔했다. 저게 무슨 소리냐? 남녀가 어울리는 즐거움을 나누겠다는 거다. 해랑은 그 자리에서 왈칵 붉은 피를 토하며 그대로 죽어 넘어질 것만 같았다. 배봉이 듣는 데서 그런 말을 하다니.

'여서 정상인 사람은 아모도 없다.'

하 목사의 그 말끝에서는 저 대사지의 피비린내가 물씬물씬 풍겨 나오고 있었다. 주전자에 담긴 액체는 이미 향기로운 술이 아니라 역겨운 핏물이었다.

"어, 어, 됐는 기라. 수, 술이 넘치거마는."

약간 황당해하는 것 같은 배봉 말에 해랑은 퍼뜩 정신이 났다.

'아, 내가?'

술잔이 철철 넘치도록 술을 붓고 있었던 것이다. 술은 상 위에도 흥건했다. 온 세상을 다 취해버리게 만들어 버렸다.

"임자, 왜 그러시오? 자고로 술잔이 넘치면 정도 넘치는 법이라 하였거늘."

그렇게 너스레를 떨고 난 하 목사는 해랑을 턱으로 가리켰다.

"저 아이가 임자를 달리 본다는 증거가 아니겠소. 으하하핫!"

그의 호탕하다기보다도 방자하기 견줄 데 없는 웃음소리가 천장을 찌르고 해랑의 가슴팍 한복판을 찔렀다. 나의 웃음이 남의 울음이 될 수도 있다는 사실을 알 리 없는 그였다. 포수는 그가 쏜 탄알을 맞은 새가 고통스럽게 죽어가면서 무슨 생각을 하는지 모르듯이. 그러자 배봉이 짐짓 민망하다는 표정을 만들었다.

"에이, 목사 영감도. 시방 소인의 나이가 올만데 그런 말씀을 하시옵니꺼?"

그렇지만 거의 매일같이 기방 출입을 하여, 고작 해랑 나이 정도밖에 먹지 않은 기녀들과도, 되지 못한 희떠운 짓과 말로 노닥거리는 배봉이었다.

"흐으응. 저는요오……."

어떤 기녀는 아버지나 할아버지뻘 되는 배봉이 풋내 폴폴 나는 사내보다 더 마음 편하게 대할 수 있어 좋다는 말도 했다. 그럴 때면 배봉은 마음속으로 냉소를 터뜨렸다.

'흐응, 요 백야시 꺼죽떼기 백 개나 덮어쓴 년아! 니년이 내 돈 보고 그리쌌지, 오데 이 쭈그렁바가치 영감태이 보고 그라는 기가?'

하지만 입은 천 리 밖으로 놀았다.

"하모, 맞다. 달랑 달린 그거 하나 갖고 기집들 멤 후리잡을라쿠는 젊은것들은 날강돈 기라, 날강도. 적어도 요런 기방 출입 할라쿠모 이 배봉이만 한 금전과 권세는 있어야제. 너거들 그리 생각 안 하나? 하제? 으흠."

그러면서 기녀들 앞가슴이나 치마 밑에 돈다발을 쿡 찔러 넣어주기도 했다. 돈이 가지고 있는 위력은 화약이 터지면서 여러 가지 꽃무늬를 하늘에 드러내는 딱총보다도 강했다.

그때 해랑에게 무어라고 귓속말을 해가며 혼자 킥킥거리던 하 목사가, 생각에 잠긴 채 멍하니 앉아 있는 배봉을 향해 건배 제의를 했다.

"앞으로 우리 두 사람 잘 지내봅시다."

배봉은 꼭 선잠에서 깬 사람으로 보였다.

"예? 예."

하 목사는 배봉보다도 해랑이 더 들으라는 투였다.

"말이야 바른 말이지, 사업 한번 똑바로 해보려면 든든한 배경이 있어야 한다는 건 기본 아닌가?"

배봉이 앉은 자리에서 통나무같이 굵은 허리가 꺾이지 않을까 우려될 만큼 굼실거렸다.

"소인은 그저 목사 영감만 믿고 있사옵니더."

하 목사는 못된 고위직의 표본인 양 아주 거만하게 뒤로 상체를 젖힌 채 듣고만 있다. 그 바람에 약간 들려진 콧구멍 속에 나 있는 코털이 고스란히 드러나 보였다.

"지를 믿고 팍팍 밀어주시모, 절대로 서분하시거로는 안 할 낀께네……."

배봉 말이 끝나기도 전에, 남의 말을 중도에 툭툭 잘 끊는 못된 습성을 가진 하 목사가 은근슬쩍 못을 박고 겁을 먹이는 소리를 했다.

"에, 자고로 동성同姓 아주머니 술도 싸야 사 먹고, 또 그 무어야, 할아비 떡도 커야 사 먹는다고 했소."

배봉은 정말 탄복해 마지않는다는 빛이었다.

"어이쿠! 우찌 저리도 갱우(경우)에 딱딱 맞아떨어지는 말씀을!"

지금 그들 앞에 놓여 있는 커다란 상 위에는 동성 아주머니 술과 할아비 떡이 질리도록 잔뜩 차려져 있었다. 아니었다. 그런 술과 떡이 아니다. 어떤 고전古典에 나오는 것과 같은 만백성의 피와 살인 것이다. 그와중에 나온 해랑의 생각이었다.

"따라서 우리 두 사람이 아무리 지금 이렇게 한 자리서 술을 마시면서 친분을 쌓는다고 해도……."

"아, 지당하고 또 지당하신 그 말씀!"

배봉은 이런 일에는 이골이 난지라 금방 하 목사의 그 말뜻을 알아차렸다.

"소인, 절대로 목사 영감께 이익이 없는 일은 안 할 것이옵니더."

"아아, 됐소, 됐소."

하 목사는 그만해도 되었다는 듯 승전한 장군처럼 기세 좋게 웃으며 한 번 더 건배를 제의했다.

"되는 집에는 가지 나무에 수박이 열린다고, 우리 두 사람 앞으로 반드시 좋은 일들만 있을 것이오. 으하하핫!"

"아이고! 우리 두 사람!"

배봉이 그 순간에는 해랑의 존재를 잊은 사람같이 했다.

"목사 영감하고 지를 놓고, 우리 두 사람이라꼬?"

돼지는 흐린 물을 좋아한다고 했다. 더러운 것은 더러운 것과 사귀기를 즐겨하는 습성이 있다더니, 지금 그 자리의 배봉과 하 목사를 두고 이르는 말 같았다.

"오늘따라 술맛이 왜 이리 좋은가? 입에 착착 들러붙는구먼."

하 목사는 해랑이 연이어 따라주는 술을 단숨에 쭉 들이켜고 나서 금전의 위대함을 한껏 떠벌리기 시작했다. 어떻게 보면 배봉보다도 더 장사꾼으로 비칠 판이었다.

"아, 솔직히 털어놓아 경제가 살아야 정치고 사회고 같이 살 수 있는 게 아니겠소? 돈이 없어보시오, 무슨 일을 한 가지라도 할 수 있는지."

"아, 돈!"

배봉은 평소 자기가 최고로 신봉하는 말을 그대로 하는 하 목사가 한층 우러러 보인다는 듯 입에 꿀 발린 말을 늘어놓았다.

"천분 만분 지당, 지당, 또 지당하신 말씀이옵니다. 역시 영감께서는 참으로 훌륭하시고 훌륭하시옵니다."

언제 누구를 시켜 여기 이 방을 이렇게 호사스럽게 만들어 놓았을까? 지난날 홍 목사나 정 목사가 쓰던 때의 그 수수했던 방을 떠올리니 해랑은 도무지 믿기지를 않았다.

"에이, 그냥 그렇다는 거지 뭐."

그러면서도 자아도취에 빠지듯 술잔에 비친 제 얼굴을 들여다보는 것

같이 하는 하 목사에게 배봉이 말했다.

"이 배봉이가 다린 거는 몰라도 사람 보는 눈 하나는 밝은 거 겉사옵니더. 소인은 그냥 목사 영감만……."

이번에도 상대방 말을 끝까지 듣지 않고 손을 휘휘 내저으며 하 목사는 유치하기 짝이 없는 말장난하듯 했다.

"아, 그냥이고 저냥이고 간에!"

사내들이란 여자 앞에서 자기가 다른 사내보다 힘이 있다는 사실을 보이는 것만큼 가슴 뿌듯한 일도 없는 법이다. 하 목사는 아까 배봉과 둘만 있던 때보다도 자신의 세도가 막강하다는 것을 훨씬 더 과시해 보이기 시작했다.

"아무 염려 마시오, 임자. 이제부터 동업직물은 우리 조선 땅 최고 상권을 손에 틀어쥔 상점으로 거듭나게 될 것이오."

조금만 더하면 입속에 든 음식물이 그만 밖으로 내 쏟아질 것같이 입을 있는 대로 크게 벌렸다.

"푸하하, 푸하하하."

"우짜모 웃음소리꺼지도?"

배봉도 모르지 않았다. 여자가 있는 자리에서의 아부 아첨은 그 효력이 몇 곱절이나 크게 나타난다는 것을. 그는 사내로서의 모든 자존심 따윈 아예 강물에 던져버린 듯 비굴함의 극치를 달리기 시작했다.

"어이구! 그저 소인을 쥑이주시이소, 쥑이주시이소!"

죽지 못해 안달 나 하는 인간이 거기 있었다.

"우찌 이런 눔한테 우리 조선 땅 최고 상권을 논하시옵니꺼?"

"……."

해랑은 가시방석 정도가 아니라 불지옥에 앉아 있었다. 숨을 쉬고 있다는 자체가 크나큰 굴욕이요, 치욕이 아닐 수 없었다. 당장 소리소리 지르며 마구 달려들어 배봉 가슴팍에 시퍼런 비수를 '꽉' 꽂아 버리고 싶었다. 그리하여 콸콸 솟구쳐 나오는 그 시뻘건 핏물을 온몸에 칠하고 마녀처럼 깔깔거리며 웃고 싶었다. 아니었다. 그보다도 먼저 젓가락으로 제 심장을 찔러, 죽고 싶었다. 점박이 형제 아비의 술 시중을 들고 있다니.

더군다나 그들이 몹시 불쾌해진 음성으로 주거니 받거니 하는 소리는 들을수록 해랑을 미치게 만들었다. 곧장 머리가 터져 날 것처럼 아팠다. 되어가는 모양이 뒤웅박 신은 것같이 위태위태하기 그지없었다.

배봉은 지금 호랑이 몸뚱어리에 독수리 날개를 매달려고 하고 있다. 한 고을을 다스리는 지존의 자리에 앉아 있는 하 목사가 하찮은 신분의 배봉을 대하는 태도로 미뤄볼 때, 배봉은 벌써 엄청난 뇌물을 상납했음에 의심의 여지가 없었다.

"목사 영감, 이눔 술 한잔……."

"임자도 내 술 한잔 더……."

시간이 흐르면서 술자리가 무르익을수록 둘은 더욱 의기투합해 보였다. 술잔이 끊임없이 오갔다. 방은 커다란 술통이었다. 천하가 오갔다. 술의 산이요, 술의 강이었다.

"하하하."

"헤헤헤."

연이어 터져 나오는 웃음소리. 술만큼 짧은 시간에 사람을 가깝게 이어주는 묘약이 다시 있을까? 더욱이 그게 모종의 암거래를 밑바닥에 깔고 있다면 더 말해 뭣하랴.

"나리!"

"아, 왜 또 그러시오?"

"소인은……."

"허허, 참."

"무신 마, 말을……."

"이제 그마안!"

배봉은 술자리 내내 지겨울 정도로 하 목사 비위를 살살 맞추었다. 하지만 그러면서도 그는 가끔 해랑을 힐끔힐끔 곁눈질하는 짓을 멈추지 않았다. 벌건 독기가 잔뜩 서린 눈빛이었다. 해랑은 그 눈길이 뱀이나 송충이보다 훨씬 징그러웠다.

'저 인간은 전생에 독충이었을 끼라.'

하 목사가 간신히 붙어 있는 해랑의 숨통을 사정없이 끊어 놓을 것 같은 말을 꺼낸 것은, 그들 둘이 죽과 장이 맞아 주흥이 극에 달했을 때였다.

"임자에게 장성한 아들 둘이 있다고 들었는데, 언제 한번 내게 데리고 와 보시오. 본관이 만나보고 싶소이다."

해랑은 또 한 번 비명을 지를 뻔했다. 아니다. 하 목사와 배봉이 술에 취한 채 자기들 이야기에 깊이 빠져든 탓에 미처 알아듣지 못했을 따름이지, 어쩌면 그녀는 비명소리를 냈었는지도 모른다.

지금 배봉이 앉아 있는 저 자리에 점박이 형제가 와 앉아 있다면, 해랑은 눈앞이 캄캄했다.

해랑의 심사야 거꾸로 처박히든 모로 뒤집히든 상관없이 배봉은 한층 더 머리를 조아리며 황감해 어쩔 줄 모르겠다는 듯이 고했다.

"하도 몬난 자슥들이라서 그라지 몬할 거 겉사옵니더."

"허어, 또오?"

하 목사가 짐짓 성내는 인상을 지었다. 북 치면 장구 치듯, 배봉 또한 대단히 큰 잘못을 저지른 것처럼 가장했다.

"쥐, 쥑이주시이소! 이눔은 백분 천분 죽어도 마땅하옵니더."

하 목사는 천박해 보일 정도로 하얗게 눈을 흘겼다.

"임자 눈에는 내가 사람 죽이는 귀신같이 보이기라도 하는 거요?"

배봉은 아차, 하는 얼굴이 되고 말았다.

"그, 그거는 아이고 아, 알것사옵니더. 영감께서 그리 말씀하신게, 낼이라도 당장 데불고 와서, 아니 시방이라도 당장 대령시키서 인사 올리거로 하것사옵니더."

하 목사가 부럽다는 표정을 했다.

"임 사장은 좋겠소이다."

"예에?"

멀뚱한 기색의 배봉이었다. 이번에는 시샘하는 듯한 하 목사였다.

"두 아들이 모두 그렇게 사내답다고요?"

그 말에 배봉은 오랏줄이 날아오는 것을 보는 사람처럼 했다.

"어이쿠우! 이리 황송, 황송?"

그 고을에 부임하고 나서 암행이라도 다닌 걸까? 모르는 게 하나 없는 하 목사였다. 하지만 그는 이내 시무룩한 얼굴로 말했다.

"나는 아들이 없어요. 여식만 내리 셋이지."

그제야 이해가 된다는 듯 배봉은 안됐다는 표정을 지었다. 어떤 뛰어난 광대패도 저런 연기까지는 도달하지 못할 것이다.

"허, 저런! 따님들만 말씀이옵니꺼."

하 목사가 갑자기 해랑을 향해 언성을 높였다.

"해랑아! 너 왜 아까부터 계속 꿀 먹은 벙어리냐, 엉?"

해랑은 차라리 벙어리로 태어났더라면 싶었다. '말하는 꽃'보다는 그게 천만 배 더 나을 것이다.

"넌 무엇 때문에 여기 와 앉아 있는 거야?"

계속 터져 나오는 하 목사의 호통은 그의 몸 뒤쪽에 둘러쳐져 있는 병풍으로 인해 미처 밖으로 빠져나가지 못하고 방안에서만 응웅 울려 퍼졌다.

"주흥을 돋울 무슨 말이나 행동이라도 해야지, 이거야 원."

말 한 마리 다 먹고 말 냄새 난다는 격이었다.

"에잉. 술맛이 나야지, 술맛이?"

아무래도 아들 없는 화풀이를 애꿎은 해랑에게 해댈 심산인 듯했다. 무는 호랑이는 뿔이 없다더니,

'아.'

해랑은 자신도 모르게 두 손이 팔딱거리는 가슴께로 갔다. 포악한 성미인 줄은 알고 있지만 하 목사에게서는 늘 살얼음판을 딛는 것 같은 아슬아슬함이 느껴졌다. 그러자 더욱 그리운 사람이 홍우병 목사인 것이다.

그런데 해랑이 더 참고 견디기 힘든 건 배봉의 태도였다. 이쪽을 전혀 모르는 척하는 그 위선과 능글맞음에는 온몸에 바늘을 꽂은 듯 소름기가 돋았다. 해랑은 충분히 깨달았다. 배봉이 속으로 얼마나 통쾌해하고 고소해하며 쾌재를 부르고 있는가?

아버지 용삼이 비화 언니 아버지 호한과 가까이 사귀는 것을 눈엣가시처럼 여기고 있는 그였다. 게다가 그 아내들인 동실 댁과 윤 씨, 자식들인 옥진과 비화가 모두 친 핏줄과도 같이 지내니, 놀부 심통이 나서 어쩔 줄을 몰라 했다.

그렇지만 아무것도 모르는 하 목사는 더욱 해랑을 곤경에 빠뜨렸다. 만취한 탓에 자기가 방금 했던 소리를 잊어버리고 몇 번이나 되풀이했다. 그리고 그때마다 해랑은 죽고 또 죽고 하는 기분이었다.

"앞으로 저분을 잘 뫼셔야 한다."

"……."

"조선팔도 제일가는 거부가 될 분이니라."

그러면 배봉은 한층 더 넉살이 늘었다. 숫기 좋게 언죽번죽 구는 짓이 말 그대로 '넉살 좋은 강화江華년'이다.

"목사 영감이야말로 장차 조선 최고의 관직에 오르실 귀하신 분이옵니다."

해랑은 그곳 열두 폭 병풍이 가파른 벼랑처럼 느껴지면서, 내가 언제 저 높고 험한 곳을 넘나 하는, 정신분열 비슷한 기운에서 헤어나지 못했다.

"만백성의 빛으로서 영원토록 추앙받으실 지존이시옵니다."

그들은 이미 위험 수위를 넘나들고 있었다.

"정말 내가 오늘은 상감 행세나 한번 해볼거나? 으하하하."

해랑은 잠자코 배봉 잔에 그저 술만 채워나갔다. 그야말로 가까스로 술 시중을 들었다. 아무리 독한 마음을 품고 자제하려고 애를 써도 부들부들 떨리는 손을 감추기는 쉽지가 않았다.

배봉은 그런 해랑의 손을 안 보는 척 계속 지켜보았다. 그의 둥글넓적한 낯짝 가득 번지는 음흉한 미소를 무슨 말로 나타낼 수 있을까?

"해랑아, 이리 좀 더 가까이 오너라."

마침내 술기운이 오를 대로 오른 하 목사가 낯간지러운 추태를 부리기 시작했다. 해랑은 혀를 콱 깨물어 죽고 싶었다. 이기죽거리는 듯한 배봉의 입언저리에는 기묘한 웃음기가 지워질 줄 몰랐다.

"저런 관기의 수청을 받으실 영감은 큰 복을 타고나신 위대한 인물이시옵니다."

배봉의 말에 하 목사가 팔을 내저으며 말했다.

"아니, 아니, 그건 아니지. 본관은 그보다도 우리 임 사장 같은 사람을 만난 일을 천복이라고 생각한다오. 하하."

"예에?"

숫제 아부하는 자와 아부 받는 자가 바뀌었다.

"왜 우리 두 사람 좀 더 일찍 만나지 못했는지 참으로 아쉽구려. 그래서 나는 저 하늘이 원망스러워요."

"하, 하늘이?"

당장이라도 하늘이 무너져 내릴 것같이 구는 배봉이었다.

그러자 하 목사가 배봉 등이라도 토닥거려줄 것같이 하며 말했다.

"앞으로 본관이 임자 신세 질 일이 훨씬 더 많을 것이오. 그러니 잘 부탁하오. 허허."

"아이구구! 모, 목사 영감."

급기야 배봉은 살점이 덕지덕지 붙은 어깨를 빠질 것처럼 들썩거리며 울음까지 터뜨렸다. 엄청난 역겨움에 해랑은 금세 울컥 토할 것만 같았다. 얼른 밖에 나가 게워내려고 몸을 일으키는데 하 목사가 손을 뻗어 그녀를 잡아 주저앉혔다.

"아, 물건 겉으모 뿌사지것심니더."

배봉이 술잔을 머리 위까지 들어 올려 빙빙 돌리며 희희낙락 놀았다.

"암만 이쁜 꽃도 이파리가 떨어지모 볼짱 다 본 기고예."

문門 바른 집은 써도

하판도 목사와의 질펀한 술자리를 파하고 가마에 얹혀서 집으로 돌아온 배봉은, 너무나 흥분한 나머지 자신을 주체하지 못했다.

'해나 이기 꿈은 아이것제? 핸실이 맞것제? 맞것제?'

이번에야말로 임자를 제대로 만났다. 천하가 이 손아귀에 들었다. 온 세상 만 사람이 이 발밑에 있다. 이런 날이 오기만을 그 얼마나 기다리고 또 기다렸던가. 드디어 깃을 쳐서 날아가는 새가 되고, 옴쳐서 뛰는 개구리가 되었다.

'인자 확실하거로 딱 잡아놨다 아이가. 히히히.'

하 목사는 이미 그물망에 걸려든 물고기였다. 게걸스러운 돼지같이 던져주는 대로 체할 줄은 모르고 넙죽넙죽 받아먹을 위인이었다. 도마에 올려놓고 마음대로 요리할 수 있다. 그야말로 '도투마리 잘라 넉가래 만들기'가 아니겠는가 말이다.

그러나 배봉 마음이 그야말로 하늘 밑구멍을 찌를 듯한 진짜 이유는 딴 데 있었다. 바로 콧대 높은 강용삼의 여식 옥진, 아니 해랑 때문이었다.

'우짜든지 빨리 안 죽고 더 마이 마이 살아야제.'

이렇게 통쾌하고 살맛 날 일이 있을 줄 어찌 알았으리. 항상 형편없는 버러지 보는 듯한 눈으로 대하던 용삼, 그놈의 여식이 이 배봉이 앞에 두 무릎 딱 꿇고 공손하게 술을 따르다니. 용삼이 여편네 동실 댁을 빼닮은 옥진이가 말이다.

"아버님, 무신 좋은 일이 있으심니꺼?"

거나하게 취해서 사랑채로 직행하지 않고 억호 부부 처소에 들른 배봉에게 분녀가 고개를 갸우뚱하며 물었다.

"하모, 그렇는갑다."

억호도 생전 처음 보는 아버지의 그런 모습이 하도 낯설어 멍한 표정을 지었다. 뭣보다 좀처럼 속내를 드러내 보이지 않는 음흉한 구석이 있는 그였다.

"조호은 이일?"

말꼬리를 방바닥에 닿을 듯 길게 늘어뜨리는 배봉의 반문에 분녀는 다 안다는 투였다.

"예, 아버님. 맞지예? 맞다 아입니꺼?"

그래도 배봉은 변죽만 울렸다.

"좋은 일, 좋은 일이라."

분녀는 생김새나 몸집에 어울리지 않게 아양을 떨어댔다.

"그런 일이 있으시모 같이 좀 아이시더, 아버님."

"맞다, 며눌악아."

그제야 배봉은 마음 저 밑바닥부터 내비치기 시작했다.

"이 시애비가 안 있나, 시상에 태어나갖고 오늘매이로 기분 좋은 일은 아즉 없었던 기라. 아암, 없다말다! 커~억."

배봉의 혓바닥은 마치 서투른 목공이 잘못 박은 못처럼 꼬부라질 대로 꼬부라졌다. 그는 손으로 허공을 휘어잡는 동작을 하며 물었다.

"동업이, 우리 동업이 오데 있노?"

분녀가 배봉 얼굴에 눈을 박고 있는 억호를 한 번 보고 나서 얼른 대답했다.

"설단이하고 마당에 있는데, 오심서 몬 보싯심니꺼?"

배봉은 술도가에서 한 석 달 열흘 머물다가 온 사람처럼 전신으로 독한 술 냄새를 폴폴 풍겼다.

"그, 그런가?"

"예."

"그라고 본께 만낸 거 겉기도 하다."

"……."

분녀 얼굴에 보일락 말락 감히 시아버지를 얕잡아보는 빛이 떠올랐다. 그야말로 기역자 왼 다리도 못 그리는 천하의 무식쟁이가 바로 눈앞에 앉아 있다. 어른도 좀 어른다워야 제대로 대접을 받지.

"에이, 아버님도."

분녀가 혀라도 끌끌 찰 것같이 했다. 갑자기 배봉 모습이 사흘 동안 피죽 한 그릇 먹지 못한 사람보다도 맥이 없고 비슬거려 보였다.

"요새 들어와갖고 내 증신하고 눈이 상구 크기 가는갑다."

손가락으로 머리를 두드리고 눈을 찌르는 시늉을 했다.

"요것들이 가기는 오데로 가는 기꼬?"

그러고 나서 배봉은 자기 처소 못지않게 휘황찬란하게 꾸며놓은 그곳이 당최 마음에 들지 않는다는 눈빛으로 말했다.

"요것들이 오데로 가는 거만 알모, 내 맨발 벗고 따라가서 도로 잡아올 낀데."

자기 정신과 눈을 도로 잡아 온다니. 분녀는 어이가 없어도 한참 없다는 표정으로 멀거니 배봉을 바라보기만 했다.

"세월 앞에 장사가 없다더이. 후~우."

조금 전의 꽃구름을 타고 온 듯했던 감격과 기개는 깡그리 사라지고 자꾸만 장탄식하는 배봉이었다.

"아아, 이 배봉이 시대가 고마 가고 있는 기가? 그라모 안 되는데, 안 되는데."

억호가 딱하고 민망스럽다는 투로 물었다.

"암만캐도 오늘 아부지 약주가 너모 과하신 거 겉심더. 대체 오데서 누하고 그리 몸도 몬 가누시거로 드신 깁니꺼?"

그러자 배봉은 문득 정신이 나는 모양이었다. 그와 동시에 입귀가 늑대처럼 찢어졌다.

"누하고?"

억호는 또 급변하는 아버지 얼굴을 흘낏 훔쳐보며 지청구를 주듯 했다.

"예, 아부지."

아들이 그러거나 말거나 배봉은 한껏 거드름을 피웠다.

"누는 누라? 우리 고을서 젤 높은 사람하고 마싯지. 크윽."

"예에?"

억호와 분녀가 얼굴을 마주 보았다. 저게 무슨 소리냐? 배봉이 솥뚜껑 같은 손을 함부로 내저었다.

"아, 아, 됐다. 그 이약 고마하자."

말은 그래놓고 더 호기심 일으키는 소리를 연발했다.

"비밀인 기라. 하모, 비밀로 해야제. 사람들이 알모 좋을 끼 하나도 없다 아이가."

분녀 눈이 세모꼴로 샐쭉해졌다.

"그래도 저희들한테꺼지 그라시모……."

"아, 아, 고만!"

배봉이 분녀 말끝을 싹둑 잘랐다. 사람이 못된 것은 금방 배운다더니만, 꼭 아까 하판도 목사가 하던 짓거리 그대로였다.

"인자 다린 소리는 고만 접고 동업이 좀 데꼬 오이라. 함 보고 싶다 아인가베."

"예, 아버님. 금방 데꼬 오것심니더."

분녀는 그 육중한 몸이 믿어지지 않을 정도로 단걸음에 방 밖으로 달려나갔다. 그러자 홀연 배봉이 전혀 술을 입에 대지 않은 사람처럼 바뀌었다. 목소리에도 술기운이 조금도 녹아 있지 않았다.

"억호야, 니 내 가차이 와 봐라, 퍼뜩!"

억호는 자꾸 돌변하는 배봉이 낯섦을 넘어서서 무섭기까지 한 모양인지 묻는 소리까지 떨려 나왔다.

"와예, 아부지?"

배봉이 방문 밖을 내다보면서 말했다.

"니 각시 오기 전에 얼릉 해줄 말이 있는 기라."

그 모습이 자못 심각해 보이기까지 한다.

"저 사람 오기 전에예?"

이건 또 무슨 허깨비 소린가 싶은 억호에게 배봉은 시간이 없다고 했다.

"아, 그렇다쿤께네?"

"아부지."

억호는 뭔가 심상찮은 기색을 느끼고 배봉 앞에 바싹 붙어 앉았다. 그러자 배봉은 정말 그렇게 자랑스러울 수 없는 얼굴로 늘어놓기 시작했다.

"내가 오늘 눌로 만냈는고 하모, 있제?"

"……."

얼마 전에 아들 내외가 새로 구입한 먹감나무 가구를 째려보듯 했다.

"요분에 우리 고을에 새로 부임한 하 목산 기라."

"예? 하, 하 목사예?"

배봉의 예상대로 억호는 오른쪽 눈 밑의 점이 흔들릴 만큼 경악한 얼굴이 되었다.

"하판도 모, 목사 말입니꺼?"

배봉은 딴전 부리는 목소리로 말했다.

"하모, 하판도 목사 말고 우리 고을에 또 딴 목사가 있나?"

"그, 그리 높은 사람이 아부지를 마, 만내주던가예?"

억호는 도저히 믿기지 않는다는 표정이다. 백성들이 쭉 찢긴 구멍이라고 입으로야 그냥 목사, 목사, 하고 통시에 앉아 남의 집 개 이름 부르듯 하지만, 목사라는 그 자리가 어디 마작해서 딸 수 있는 그런 자린가? 누구든지 다 할 수 있는 장난인가 그 말이다. 그런데 아버지 말을 들어보니 영 허풍만은 아닌 것 같았다.

"니 이 애비를 우찌 보노?"

억호는 변덕쟁이 아버지에게서 행여 무슨 트집이라도 잡히기 전에 얼른 입을 열었다.

"우찌 보기는예? 우찌는 안 봅니더!"

배봉은 부은 게 아닌가 싶을 정도로 살이 붙은 얼굴 근육을 씰룩거렸다.

"내가 머라꼬 이약해야 믿것노?"

최고급 장식대 위쪽에 놓여 있는 고가의 백자와 청자 등속의 값을 헤아려보는 것같이 하더니 말했다.

"그래, 이 말 하모 되것다."

목소리를 있는 대로 밑으로 착 깔았다.

"하 목사가 안 있나, 앞으로 내하고 지하고 안 있나, 한 행재맹캐 그리 지내자 안 쿠나."

"해, 행재!"

"하모, 니하고 만호 겉은 사이 말인 기라."

사실인 모양이었다. 억호 입에서는 자신도 모르게 이런 소리가 나왔다.

"어이구, 아부지! 각중애 아부지 풍채가 와 이리 좋아 비입니꺼?"

"음."

배봉이 정색을 했다. 우스울 만큼 진지하게 비쳤다.

"니 하 목사 만내모 방금 막 이 애비한테 한 거매이로 그리 아부해야 하는 기다. 알것제?"

그러나 억호는 어림 반 푼어치도 없는 소리라는 듯 심드렁하니 대꾸했다.

"내 겉은 눔이 우찌 목사를 만내예?"

"내 겉은 눔이? 니가 우째서?"

배봉이 참으로 한심하다는 표정을 지었다.

"이눔아! 사내대장부가 그리 포부가 약해갖고 우짤 끼고?"

억호는 몹시 기분 상한 목소리로 말했다.

"사람이 포부만 갖고 다 됩니꺼, 오데?"

"씰데없는 토 달지 말고 잘 들으라 카이."

배봉이 마지막 선물꾸러미를 풀어 보이듯 천천히 또렷또렷하게 일러 주었다.

"하 목사가 담에 올 때는 니하고 만호하고 다 데꼬 오라 캤다 고마."

억호 얼굴의 점이 파르르 떨리는 듯했다.

"예? 우, 우리를예?"

"하모."

"아부지! 그기 진짭니꺼? 에나라예?"

"진짜다. 에나 아이다."

배봉은 크게 화난 얼굴을 지었다.

"그러이 믿지 마라. 누가 머 싸놓고 빌 줄 아는가베?"

그럼 너하고는 별로 볼일 없다는 투로 나왔다.

"그라모 만호만 데꼬 가지 머."

그러면서 곧바로 그 방에서 나가려는 사람처럼 몸을 일으키려고 했다.

"아, 아입니더!"

억호가 펄쩍 뛰는 시늉까지 해가면서 아버지를 말렸다. 길 닦아 놓으니까 미친년이 먼저 지나간다고, 자칫하면 만호만 좋은 일 시키게 생겼다.

"아부지! 미, 믿심니더."

굽히고 들어오는 아들에게 심드렁한 얼굴을 해보였다.

"안 믿어도 상관없다. 내사 손해 볼 끼 한 개도 없는께네."

"믿는다 캐도예?"

"믿고 지랄이고."

"그라이 지도 꼭 데꼬 가주이소."

"진작부텀 안 그라고."

잠시 못마땅하다는 눈빛으로 억호를 쏘아보던 배봉이 시간을 많이 잡아먹었다는 듯이 좀 더 빠른 속도로 말했다.

"그거는 마 그렇고, 니 처 모리거로 꼭 해줄 말이 있다 아이가."

억호 눈에 아버지 표정이 그야말로 복잡다단했다.

"저 사람이 모리거로 해주실 말씀이예?"

하인들이 마당을 가로질러 지나가는 소리가 들렸다. 하지만 워낙 조심하는 탓에 먼 곳에서 나는 것 같았다.

"저 사람이 알모 안 되고예?"

배봉은 속으로, 저놈이 언제부터 제 여편네를 저리 챙기기 시작했지? 하고 좀 아니꼽게 받아들였다.

"안 된께네 그라제."

억호는 도대체 저 속에서 무슨 소리가 나올까 하고 무척이나 궁금해하는 얼굴로 아버지 입만 뚫어지게 바라다보았다. 그 조급한 성깔에 침 먹은 지네처럼 하고 있으려니 그것도 하지 못할 짓이었다.

그때 방안은 펄펄 끓는 물에 냉수 들이부은 듯이 조용하기만 했다. 그 정도로 이날 배봉이 받은 충격이 엄청났다는 증거였다.

하지만 아무리 그렇다고 한들 억호만큼이야 되겠는가? 억호는 자다가 불침 맞은 사람을 방불케 했다. 마침내 입을 연 아버지에게서 그 이름을 듣게 될 줄이야. 그것은 내 손끝에 뜸을 뜨라고 할 소리가 아닐 수 없었다.

"용삼이 여식 옥지이, 아, 아이제. 인자 옥지이 아이제. 해랑이제. 해랑이 안 있나."

"허~억!"

비명과도 같은 소리가 억호 입에서 터져 나왔다. 옥진, 해랑. 그 이름 자만 들어도 금방 숨이 넘어갈 사람으로 비쳤다.

"예에? 오, 옥지이, 해, 해랑이예?"

그 소리에 그 넓은 방이 쿵쿵 울릴 형국이었다.

"쉬잇! 떠들지 마라 캐도?"

배봉이 고급 한지가 발린 방문 쪽을 급히 바라보면서 손을 내밀어 억호 입을 틀어막을 것처럼 했다.

"니 각시 들오다가 들을라."

그 소리는 황금빛 장판지가 눈부신 방바닥에 깔렸다.

"아, 아부지."

억호는 금방이라도 졸도할 사람 같았다. 어찌 안 그러겠는가? 해랑이. 비록 동업이 집에 들어온 후로는 조금 마음에서 멀어진 듯해도, 그래도 여전히 불같이 타오르는 제 가슴속 깊이깊이 자리 잡고 있는 여인, 해랑이 아닌가.

"이눔아, 지발하고 증신 좀 채리라, 증신. 쯧쯧. 사내가 그깟 기집 이름 하나 듣고 이리 얼이 빠지다이?"

배봉이 심히 우려된다는 듯이 혀까지 심하게 차면서 나무랐다. 자식놈 하는 그 모양이, 쿵그렁하면 굿만 여기고 선산 무당이 춤을 추는 꼴이었다.

그러나 억호는 상대가 아버지이고 아니고는 조금도 상관없이 얼른 말해주지 않으면 당장 어떻게 할 것 같은 기세로 나왔다.

"쌔이 마, 말씀을 해보이소. 옥지이, 아니 해랑이가 와예?"

배봉은 단도직입적으로 말했다.

"니 처 곧 올 낀께, 길거로 말할 수는 없고, 내 짤막하거로 이약해주꺼마."

억호는 당나귀가 귀를 곤두세우는 자세였다.

"예, 예."

배봉은 목을 한 바퀴 빙 돌리고 나서 내뱉었다.

"내가 아까 전에 하 목사 만내는 자리에 안 있나. 해랑이도 거 불려나와서 같이 있었던 기라."

"예에?"

배봉이 보기에 억호 숨이 완전히 넘어가지 않은 게 기적이다 싶었다.

"해, 해랑이도예? 아아."

덩치가 산 같은 사내가 해 보이는 작태였다.

"츠츠츠."

배봉은 정말 한심하다는 듯 혀 차는 것을 멈추지 못했다. 객줏집 같은 사람이 많이 모인 데서 공공연히 해랑이를 제 소실로 삼을 거라며 함부로 떠들고 다닌다는 소리를 들어, 그 계집아이를 제법 제 마음에 두고 있는 모양이구나, 하고 지레짐작은 했었지만, 저 정도일 줄은 몰랐다.

'이거 일이 쪼매 요상하거로 돌아간다 아이가?'

그런 자각과 더불어 배봉은 은근히 걱정되기 시작했다. 평소 물고 불고 가리지를 않는 저놈 성질에 무슨 엄청난 짓을 저지를지 알 수 없다.

'내가 술김에 무담시 안 할 소리 고마 했는갑다. 요 방정맞은 주디이!'

배봉은 내심 크게 후회했지만 벌써 때늦은 일이었다. 딱딱하기는 삼 년 묵은 물박달나무 같다는 소리는 바로 억호 고집을 두고 생긴 말이었다.

"아부지!"

등이 달아오를 대로 오른 억호는 잡아먹을 듯이 배봉을 독촉했다.

"그, 그래서예? 아부지이, 그래서예에?"

"허, 이눔아! 내 숨이나 좀 쉬자."

배봉은 분녀가 동업을 데리고 빨리 나타나 주길 바랐지만 어쩐 셈인지 아직 오지 않고 있다. 어쩌면 집 밖에까지 나갔는지도 모르겠다.

"애비 뜻을 요약하모 이렇다."

배봉은 별수 없이 무슨 말이든 해주어야 했다.

"니가 해랑이 그 아를 쌔이 포기해라, 이건 기라. 떡도 떡겉이 몬 해

묵고 찹쌀 한 섬만 다 없어진다."

억호가 장식대의 도자기들이 와르르 방바닥으로 굴러 내릴 정도로 소리쳤다.

"아부지!"

"아, 이눔이?"

지금 억호 그 눈빛에는 배봉도 질릴 판이었다. 곧장 칼을 빼들고 덤벼들 태세였다. 이거 안 되겠다 싶어진 배봉은 더 강하게 나갔다.

"내 이약 더 들어라쿤께?"

억호는 부자지간 의절義絶할 사람 같았다.

"그런께 해보시라 안 쿱니꺼?"

배봉은 뭉툭한 손가락으로 제 눈을 찌를 것처럼 하며 말했다.

"하 목사가 잔뜩 눈독을 들이고 있는 거, 내 이 두 눈으로 똑똑히 보고 안 왔나."

"그래서예? 그래서 우뚷다꼬예?"

그렇게 따지는 말투와 함께 두 어깨에 잔뜩 힘을 넣은 채 여차하면 달려들 것같이 하는 억호 모습을 보면서, 배봉은 부모보다도 소중한 게 여자인가 싶어 입맛이 썼다.

"해나 니가 해랑이를 소실 삼을 끼라꼬 상구 소문내고 댕긴다쿠는 거, 하 목사가 아는 날이모······."

그러나 억호는 배봉이 말을 끝내기도 전에 뿌드득 이빨 가는 소리로 선언했다.

"지 앞에서 그런 이약일랑 하지 마이소! 목사 아이라 임금이라 쿠더라도 내는 포기 몬 합니더. 아니, 안 합니더!"

"이, 임금이라 캐도?"

배봉은 가슴이 서늘해짐을 느끼며 일부러 필요 이상으로 고함을 내질렀다.

"이눔아! 니는 가정이 있는 몸이라쿠는 거 모리나?"

"……."

억호는 약간 주춤했고, 배봉은 보다 확실하게 인식시켜줄 필요를 느꼈다.

"가정, 한 가족이 살림하고 있는 집의 울안, 알제? 그 가정 말이다, 가정!"

어디서 제법 주워들은 소리로 다그쳤다. 하지만 전혀 효력이 없었다. 조금 물러서려는가 안도했는데 그게 아니었다. 억호는 막가기로 작심한 사람 모습을 보였다. 배봉은 똥 때문에 살인 나게 됐다 싶었다. 그깟 계집 하나 때문에 부자가 이런 몰골들이라니.

"가정 아이라 우 가정이라도 마찬가집니더!"

거의 절규에 가까운 소리였다. 배봉은 한 번 더 각성시켜주었다.

"아, 마누래하고 자슥꺼지 있는 눔이 그라모 우짤 낀데?"

그러나 도통 말이 통하지 않을 자리였다. 비록 부자지간이긴 해도 결과가 좋지 않으면 서로에게 책임을 지울 인간들이 그들이었다.

"잘 들으시소, 아부지."

아비를 상대로 숫제 협박조로 나오는 자식이었다.

"내는예, 아부지. 우짜든지 안 있심니꺼?"

그 순간이다. 배봉이 낮은 소리로 황급히 말했다.

"쉿! 니 처 왔다."

억호도 더 이상 어쩔 도리 없었는지 서둘러 입을 꾹 다물었다. 맥도 모르고 침통 흔드는 인간이지만 그 순간에는 앞뒤를 헤아려야 했다.

"아버님, 동업이 데꼬 왔어예."

분녀와 동업이 방으로 들어섰다.

"할아부지!"

동업은 생글생글 웃는 얼굴을 하고 배봉 품으로 쪼르르 안겨들며 큰 소리로 불렀다.

"온냐, 온냐. 우리 손주 오데 함 보자."

두 팔로 동업 몸을 끌어당겨 그 얼굴을 들여다보았다.

"그래, 그래. 어이구, 몰라보거로 컸거마는."

배봉 눈에 한동안 보지 않던 동업이 다 장성한 아이 같아 보였다. 그 집 사람들은 죽었다가 깨어나도 모를 노릇이지만, 아마도 동업은 친어머니 허나연처럼 허리가 길쭉한 걸로 보아 친아버지 박재영과는 달리 키가 클 모양이었다.

"하이고! 얼골도 상구 더 이뻐졌고, 또 머가 달라졌제?"

배봉이 동업 뺨에 볼을 비비고 있는데, 분녀가 여자의 민감한 촉수라도 발동했는지 약간 이상하다는 눈초리로 억호에게 낮게 물었다.

"방금 지가 없을 때 아버님하고 무신 이약했지예?"

"이, 이약?"

억호 가슴이 덜커덩 소리를 냈다. 지금까지 계모 운산녀가 아버지에게 강짜 부리는 것을 옆에서 지켜보며 성장해온 억호는, 여자들 시샘이 얼마나 독하고 무섭다는 걸 누구보다 잘 알고 있다. 운산녀가 여종 언네의 아랫도리를 칼로 싹 도려내 버렸다는 괴담이 어쩌면 사실일지도 모른다.

"후우."

억호 입에서 저절로 깊은 한숨이 새 나왔다. 분녀 투기도 운산녀보다 더하면 더했지 못하지 않았다. 분녀도 해랑의 몸을 어떻게 해버리지 못하란 법도 없다.

'며누리 새움에 발꿈치 희어진다데.'

참을성 없고 투기 센 분녀를 두고 언젠가 배봉이 억호에게 넌지시 내비치었던 소리였다. 좀 더 세상 많이 살아온 아비가 경험 모자라는 아들에게 주는 예방책이기도 했다.

"아이라, 아이라. 이약은 무신 이약. 이약 안 했다."

그렇게 시침 딱 잡아떼고 얼버무리면서도 억호는 심란하기가 그지없었다. 아버지가 괜한 소식 물어 와서 겨우 억누르고 있던 감정에 확 불을 붙인 꼴이었다. 하필이면 그런 것을. 미물인 제비도 박 씨앗을 물고 왔다고 했다.

그러던 억호는 이내 고개를 내저었다. 그래도 안 들은 것보다는 백 배 낫다. 아니다. 못 들으면 죽어야 할 만큼 중요하고 좋은 이야기다. 목숨을 걸고서라도 반드시 들어야만 할 소리다.

"와 말 몬 합니꺼?"

갈수록 어투가 삐딱해지는 분녀더러 억호는 별 싱거운 소리 다 한다는 듯 말했다.

"아, 몬 하는 기 아이고, 할 말이 있어야 하제."

여자의 직감으로 볼 때 아무래도 딴전을 피우는 남편이었다.

"지가 알모 안 될 일이라예?"

분녀는 끈덕지게 달라붙었다. 내심 뭔가 짚이는 게 있었다. 시아버지와 아들들이 시어머니 운산녀를 제쳐놓고 자기들끼리만 쏙닥쏙닥 무슨 비밀 이야기를 나누는 걸 여러 번 몰래 훔쳐보기도 했었다.

운산녀는 본처도 친모도 아니니까 그럴 수 있겠거니 마음 편하게 그냥 넘어가려 했지만, 그래도 어딘가 켕기는 건 어쩔 도리가 없었다. 어쩌면 분녀 자신과 손아래 동서 상녀 두 사람만 모르게, 또 부자들끼리 쑥덕공론을 하지 않을까 은근히 눈치를 살펴오고 있던 참이기도 했다.

'하기사 내한테는…….'

그렇지만 동업이가 있는 한 아무 걱정과 염려는 없다고 자위해오고 있었다. 어쨌든 분녀에게 해랑에 관해 이야기해준 사람이 없었기에, 분녀는 해랑에 대해서는 아무것도 아는 바가 없었다. 억호가 심드렁한 얼굴로 입을 열었다.

"아모 이약도 안 했소, 동업이 이약 말고는."

그때쯤 아들 부부 사이에 오가는 소리를 얼핏 듣고서 상황을 알아챈 배봉은, 억호 말이 사실이란 걸 증명해 보이듯 목소리를 크게 하여 동업에게 말했다.

"아까 니 할배하고 애비가 이약했듯기 동업이 니가 우리 집 복디이다, 복디이."

"할아부지!"

산에 사는 멧부엉이처럼 아무것도 모르는 동업은 까칠한 배봉의 뺨에 제 작고 부드러운 얼굴을 비비며 귀염성 있게 놀았다.

"지는 할아부지가 좋아예."

"그래, 내도 니가 최고다. 우리 집 복디이야."

그러면서 배봉은 이런 소리도 잊지 않았다.

"우리 점포를 니 이름 따갖고 동업직물이라 붙이고 난 뒤부텀, 사업이 고마 불겉이 번창 안 하나."

억호도 공치사하듯 떠벌렸다.

"지가 동업이라쿠는 이름 에나 잘 지잇지예?"

일순, 분녀가 배봉이 모르게 억호를 째려봤다. 작고 앙칼진 그 눈은 이런 경고장을 날려 보내고 있었다.

'입 조심하소. 동업이가 업둥이라쿠는 거 눈치챌 그 우떤 소리도 절대로 하모 안 되는 기라요.'

그러나 업둥이를 거꾸로 해서 동업이로 이름을 붙여주었다는 사실은

232

꿈에도 알 리 없는 배봉이다. 그는 고개를 끄덕이며 앞에 했던 소리를 또 했다.

"하모, 잘 지잇다. 동업이라쿠는 이름이 복디이다, 복디이."

동업이 집안 복덩이란 그 말이 분녀도 무척 듣기 좋은지 약간 의심을 푼 얼굴로 부자간 이야기에 끼어들었다.

"아버님이 우리 동업이를 그리 좋아해주신께, 다 잘되는 거 아이것심니꺼."

"하모, 하모."

배봉도 점점 흡족해하는 빛이 더해갔다.

"지가 볼 적에는 말입니더, 아모리 이름이 좋다 쿠더라도 집안 최고 어른이 사랑을 안 주시모 불가능한 일이지예."

세상에서 제일 예쁘고 착한 며느리처럼 나오는 분녀를 본 배봉은 만면에 미소를 띠었다.

"그런 것가? 집안 최고 어른이 말이제?"

원래 분녀는 이런저런 시비를 가려서 까다롭게 따지는 성품이었다. 그랬던 그녀는 배봉 집안에 들어오고 나서 한 가지 나름대로 터득한 게 있었다. '문門 바른 집은 써도 입 바른 집은 못 쓴다'는 게 그것이었다.

'무담시 입바린 소리해갖고, 원망과 노염을 살 필요가 오데 있것노. 좋은 기 고마 좋은 기라.'

분녀는 말 그대로 손톱으로 찍어 바른 듯한 눈을 들어 배봉과 동업을 번갈아 보았다.

"우리 동업이가 커갈수록 아버님을 닮아가는 거 겉애예."

배봉은 속으로는, 요 매구 겉은 며누리가? 하면서도 겉으로는 다른 모습을 보였다.

"에나? 이 시아배는 나 묵어간께 눈이 침침해갖고 잘 모리것는데?"

분녀는 동업을 모든 방패막이로 삼을 요량이었다.

"동업이한테 함 물어보시이소, 안 그렇는가예."

"그라까?"

"아아는 거짓말 안 한다쿤께네예."

"우리 동업이는 거짓말을 해도 괘안타 고마."

배봉과 분녀가 계속 동업에 대해 이야기를 나누는 동안에도 억호는 오직 해랑 생각에만 빠져들었다. 다시없을 위험한 불꽃이 그를 활활 태워갔다.

오늘날까지 세상천지가 아는 바람둥이로 살아오며 숱한 여자들을 가까이해왔지만, 언제나 머릿속에서 떠나지 않는 게 해랑의 고운 자태였다. 저 대사지가 없어지는 날까지, 아니 대사지가 없어진 후에도 그의 마음에서 영원히 없어지지 않을 여자가 해랑이었다.

자식 없는 그들 부부에게 동업이 생기고 나서, 아이 보는 재미에 푹 빠져들어 잠시나마 잊어버릴 때도 없지는 않았지만, 대사지에의 기억은 늘 억호 가슴속에서 못물같이 출렁이고 있었다. 그 못가에 우두커니 혼자 서서 연꽃을 바라보고 있을라치면, 그 연꽃 수효만큼의 해랑 얼굴이 피어나곤 했다.

'여자가 꽃이라쿠는 소리는 해랑이 땜에 생긴 말인 기라.'

문득, 억호에게 너무나 놀라운 심경의 변화가 일어나기 시작한 것은 그때부터였다. 그게 무엇인가? 천지신명이라고 내다볼 수 있었을까?

갑자기 동업이 보기 싫어진 것이다. 그건 실로 천만뜻밖의 가공할 현상이 아닐 수 없었다.

그랬다. 다른 모든 것들은 깡그리 사라지고 오로지 한 가지뿐이었다. 해랑이 낳아준 내 씨를 보고 싶다는 욕망, 그것만이 걷잡을 수 없이 피어올랐다. 그건 결코 피해갈 수 없는 어떤 숙명적인 예고와 다름 아니었다. 아니, 꼭 그렇게 만들고 싶었다.

'그동안 동업이한테 증신 안 팔리고 있었다모, 내가 무신 수를 써갖고라도 해랑이를 내 여자로 맨들었을 끼라.'

평소 천방지축 제멋대로인 억호는 갈수록 어처구니없는 위험한 망상에 서서히 빠져들기 시작했다. 그것은 아버지 배봉조차도 우려하던 일이었다.

'그랬다모 하매 해랑이가 내 씨를 배거로 안 했으까이? 해랑이가 논 아아는 에나 이쁠 끼다.'

그러자 점점 더 도깨비장난 같은 괴상망측한 사태가 연이어 벌어졌다. 그럴 수가? 지금까지는 그렇게 예뻐 보이던 동업이 별안간 못생긴 아이로 비쳤다. 아니다. 꼴도 보기 싫어졌다. 그와 때를 같이하여 반란군이 내지르는 것 같은 이런 소리가 억호 마음속을 울렸다.

'솔직하거로 이약하모, 누 배에서 나온 누 씨인 줄도 모리는 아 아이가. 내 피는 단 한 방울도 안 섞이고 말이제. 그런 업둥이한테 시방꺼지 그리 애정과 정성을 모돌띠리 쏟고 살았다이. 내가 증신을 이웃에 보냈던 기라.'

그것은 정녕 무섭고 두려운 변화였다. 상상도 못 할 일이 벌어지기 시작한 것이다. 억호도 자신의 심경 변화에 놀라면서 몸서리를 쳤다. 무엇보다도 아버지가 죽으면 이 억호가 유산을 물려받을 수 있게 해줄 동업이 아닌가 말이다.

만호가 낳은 은실이 비록 딸이기는 해도, 아들이 없으면 그 딸에게라도 유산을 주게 될 것이고, 더군다나 상녀가 덜컥 아들이라도 낳게 되면 이 많은 재산들은 모조리 만호와 상녀, 더 나아가 그들의 소생 몫이 되고 말 것이다.

'우쨌든 밉든지 곱든지 간에 동업이 저 아가 있어갖고, 여태꺼지 그런

걱정은 안 하고 살아온 기라. 그란데 각중애 내가 와 이라노?'

억호는 자신을 크게 꾸짖었다. 그 누가 뭐래도, 제아무리 동업이 내친 핏줄은 아니라고 할지라도, 동업은 이미 우리 부부에게 절대로 없어서는 아니 될 귀한 존재로 자리를 잡아버렸다. 한데, 그런 사실을 빤히 잘 알면서도 왜 느닷없이 이런 마음이 드는 걸까? 망조가 들어도 보통 망조가 들려는 게 아닌 거다.

'홰까닥 돌아삐것다 고마.'

억호는 아무도 모르게 목이 빠져라 힘껏 내저었다. 그러나 그렇게 하면 할수록 한층 더 눈앞에 또렷이 살아나는 게 바로 해랑 모습이다. 또한, 얼굴도 알 수 없는 어린 핏덩이. 해랑이 낳은 억호 자신의 씨앗.

해랑이 어린 아기를 안고 서서 웃고 있다. 사람 애간장을 녹아내리게 하는 미소다. 해랑의 품에 안긴 아기도 제 아비를 향해서 방실방실 웃는다. 해랑을 쏙 빼닮아 이루 말할 수 없도록 예쁜 아기.

그때 홀연 쇠스랑 날같이 날카로운 분녀 음성이 억호 귀를 갈랐다.

"여보!"

"……"

배봉도 놀란 듯 바라보고 있는 가운데 분녀가 말했다.

"시방 오데다가 넋을 빼놓고 있는 기라예?"

"어?"

바람피운 서방 나무라는 건 저리 가라 하는 본새였다.

"우리 동업이가 울라쿠고 있어예, 울라쿠고!"

억호는 모자라도 한참 모자라는 사람으로 보였다.

"와? 와 우리 동업이가 울라쿠는데?"

그러자 조금 전에 분녀 몰래 억호와 둘이서 해랑에 관한 이야기를 나누었던 배봉은 여간 걱정이 되지 않는다는 표정이 되었다. 그는 억호만 알아들을 수 있는 소리를 지나가는 투로 툭 내던졌다.

"증신 똑바로 채리라. 해나 딴 멤 묵지 말고 말이다."

그제야 억호는 상황 판단을 제대로 해냈다. 동업이 제 아버지 품에 안기고 싶어 여러 번 아버지를 불렀는데도, 해랑과 아직 세상에 태어나지도 않은 아이 생각에 빠진 나머지 그 소리를 듣지 못했다.

"당신 암만캐도 알 수 없어예."

분녀는 의아함과 함께 무섬증까지 느끼는 빛이었다.

"사람이 상구 이상해졌어예."

"……."

억호가 선뜻 대꾸할 만한 말이 떠오르지 않아 꿀 먹은 벙어리처럼 가만히 있자 분녀는 거의 확신에 가까운 어조로 물었다.

"분맹히 지가 모리는 무신 일이 있는 기지예?"

여자만의 예리한 감각이 또 작동한 모양이었다. 그리하여 억호에게 뭔가 예사롭지 않은 사태가 벌어지고 있다는 것을 직감하고 굉장히 불안해하는 눈치였다. 하지만 억호는 한층 시치미를 뚝 떼고 일상적인 소리를 끌어와 붙였다.

"일은 무신 일? 당신도 모리는 일이 내한테 오데 있것노."

분녀는 잔뜩 탐색하는 눈빛을 지었다.

"그람서 와 시방 그래예?"

억호는 아버지 앞에서 천하 후레자식처럼 '흠' 하고 점잖은 기침을 하고 나서 말했다.

"자고로 부부 사이는 무촌無寸이라 안 쿠더나?"

당장 날아드는 말대꾸가 시궁창에 던져버리고 싶은 소리였다.

"돌아서모 또 금방 넘이 되는 기 그거라요."

궁지에 몰리면 공공연히 아내에게 화를 내고 큰소리를 지르는 게 세상 남편들의 공통된 습성인지도 모른다. 억호는 눈알을 부라렸다.

"허, 씰데없는 소리 계속 씨부릴 끼가?"

"씰데가 없을랑가 있을랑가 우찌 알아 글 쌌소."

분녀는 코맹맹이 소리를 냈다. 평소 코가 막히는 증세가 자주 있긴 하지만 지금은 그게 아님에도 불구하고 그랬다.

"내 잠깐 바람이나 쐬고 오것소."

그러면서 몸을 일으켜 세우는 남편에게 따지는 목소리로 물었다.

"또 오데로 갈라꼬?"

혼자 속으로 '각중애 바람은 무신 바람?' 하고 빈정거리는 아내 물음은 아예 들은 척도 하지 않고 아버지에게만 말했다.

"아부지, 더 쉬시다가 가이소."

그러자 나는 상관하지 말고 너나 어서 나가라는 눈짓을 지어 보이는 배봉이었다.

"해나 드시고 싶은 기 있으모, 동업이 에미한테 일러서 갖고 오이라 하시소."

억호는 그 말을 하는데 속이 메슥거렸다.

포로가 부르는 노래

억호는 계속 집요하게 물어오는 분녀를 피해 집을 나와 버렸다.

참는 것도 한도가 있다. 더 같이 있다간 분녀 등쌀에 무슨 소리와 어떤 짓을 할지 모른다. 아내보다도 아버지에게 더 신뢰와 인심을 잃을까 염려되는 그였다.

'여자들은 남자에 대해서 와 저리 머를 모릴꼬?'

아내 있는 집 쪽을 돌아보기도 했다.

억호는 조금 황당하고 한심했다.

'본래 남자 속성은 아내하고 같이 자고 함께 밥 묵고 함서도, 지 멤속으로는 장 아내가 혼래 치르기 전에 보잇던 숫처녀 적 모습을, 그 자태를 운제꺼지나 그대로 꼭꼭 간직해주기를 바랜다쿠는 거를 말이제.'

그런데 귀신 씻나락 까먹는 그따위 소리를 혼자 마음속으로 중얼거리면서 무작정 발길을 옮겨놓던 억호는, 어느 순간 지금 자신이 와 있는 곳을 깨닫고는 경악하고 말았다.

'헉!'

그곳은 관기들이 있는 감영의 교방 근처가 아닌가?

'우짜다가 내가 여게를?'

억호 발걸음은 거리 귀신에게 홀리기라도 한 것처럼, 해랑이 있는 교방청을 향했던 것이다. 억호는 평소의 그답지 않게 떨리는 가슴을 연방 쓸어내렸다. 비록 해랑 생각에 미칠 것 같았지만 설마 이곳까지 올 줄이야. 내게 남의 혼과 다리가 붙었는가?

'그자가 머를 우쨌다꼬?'

주변을 둘러보던 억호는 얼마 전 그 고을에 새로 부임해온 하판도 목사가 해랑을 마음에 두고 있다는 아버지 말이 떠올라 간담이 서늘했다. 목젖에 시퍼런 칼이 와 닿은 듯한 느낌이었다. 자칫 경솔하게 굴다간 어느 귀신이 잡아갈지 모른다. 남강 물속에 숨어 있다가 사람을 확 끌어들인다는 물귀신 이야기도 떠올랐다.

돈보다도 훨씬 더 힘이 센 놈이 역시 권력인가 보았다. 미련한 놈 잡아들이라 하면 가난한 놈 잡아들인다는 말만을 오로지 신봉하며 이날 이때껏 살아온 그였다. 세상은 돈만 있으면 못난이도 잘난 척할 수 있는 곳이었다. 그런데 그 돈을 가지고도 해랑을 어떻게 할 수 없다면.

'그라모 포기? 해랑이만 여자가 아인께네?'

그러나 그 어떤 것도 지금의 억호를 막을 순 없었다. 설혹 저승사자가 와서 지켜보고 있다고 해도, 해랑을 향해 활활 타오르는 애정의 불꽃을 끌 수는 없었다. 졸아들었던 간담이 점점 부풀어 오르기 시작했다. 여기 잘 왔다 싶었다. 물이 와야 배가 오지.

'와 할 수 없단 말고?'

거기서 바로 바라보이는 비봉산 쪽을 올려다보았다. 하늘을 머리에 이고 고을을 굽어살피듯 하는 그 산은 언제 봐도 이 고장 주봉답게 늠름한 산이다. 그렇지만 전해오는 이야기에 의하면 봉황이 날아가 버렸다는 비봉산이었다.

지금 억호 마음에는 해랑이 봉황이다. 아니 봉황이 해랑이다. 훌쩍 날아가 버린 해랑을 다시 이 억호에게로 돌아오도록 해야만 한다. 억호는 자신이 그곳에서 저만큼 남서쪽의 봉곡리에 있는 '봉 알자리'가 되어야 한다고 맹세했다.

봉 알자리. 거기는 봉황이 다른 곳으로 날아가 버리지 말고 여기에 알을 낳고 그대로 머물러 있으라는 기원의 뜻에서 이 고을 사람들이 지극정성 만든 자리다. 그처럼 해랑도 영원히 이 억호 곁에 있게 하리라.

'어?'

그런데 바로 그때였다. 억호 몸이 예리한 무언가에 쿡 찔린 듯 크게 움찔했다.

'저, 저 여자들은!'

교방에서 나와 그가 서 있는 이쪽으로 걸어오고 있는 한 무리의 관기들이 있다. 화려한 의상과 아름다운 자태. 한순간 메마른 잿빛 같던 온 세상이 향기 가득 넘치는 꽃밭으로 보였다.

억호는 순간적으로 달아나야 한다는 강박감에 빠졌다. 그 이유를 알 수는 없지만 어쩐지 그래야만 할 것 같았다. 그렇지만 그러한 심경과는 달리 눈은 해랑이 그들 속에 섞여 있는가를 알아내기 위해 부지런히 굴렸다. 그리고 그의 입에서 흘러나오는 실망과 탄식의 소리였다.

"아아."

해랑은 없는 듯하다. 없다. 왜 해랑만 없는가, 왜? 다른 기녀들은 있는데. 억호 심장이 푸석푸석 무너져 내렸다. 해랑이 보고 싶어 돌아버릴 것만 같다.

그런데 저만큼 걸어오고 있던 관기들 가운데 누군가가 깜짝 놀라며 재빨리 오던 길로 되돌아 교방청 안으로 막 달려 들어가는 것을 억호는 미처 발견하지 못했다. 청설모같이 날렵한 그 기녀는 다름 아닌 새끼 기생 효원이었다. 효원이 헐레벌떡 달려간 곳은 교방청 뜰이었다. 효원이 소리쳤다.

"어, 언니! 언니!"

운치 있게 허리가 굽은 소나무 밑에 혼자 서서 하염없이 시름에 잠겨있던 해랑이, 꼭 고무 탈을 둘러쓴 듯 핏기없는 얼굴로 효원을 돌아보았다.

"와 또 그리 호도깝시럽노(호들갑스러우냐)?"

손을 헐떡거리는 가슴에 대고 있는 효원에게 말했다.

"인자 니도 좀 어른스러버질 때가 안 됐나? 시방 니 나이가 몇이고?"

그러나 효원은 희고 작은 손가락으로 자꾸 자기가 막 달려온 저쪽을 가리키면서 제대로 말을 꺼내지 못했다.

"시, 시방 저 밖에……."

살랑 부는 솔바람이 솔방울을 어루만지듯 하며 지나갔다.

"밖에?"

비로소 해랑도 뭔가 심상치 않은 기분이 들었는지 힘없어 보이던 눈을 크게 뜨고 효원을 바라보았다.

"바, 밖에 와 있어예!"

효원은 여전히 크게 더듬거렸다.

"그, 그 사람이, 밖에예."

해랑은 답답하다는 듯 바깥쪽을 보며 물었다.

"누 말이고? 그 사람이 눈데?"

겨우 효원 입에서 말이 떨어졌다.

"어, 억호 그 사람, 있어예!"

"머? 그, 그 사람이?"

해랑은 세상이 빙글 뒤집히는 것을 보았다. 효원의 몸이 두 개 세 개로 보였다. 내 귀가 잘못돼도 보통 잘못된 게 아니라고 여겨졌다. 억호가 교방 근처에 나타나다니!

"어, 언니 볼라꼬 오, 온 거는 아이까예?"

이제는 효원도 그만한 눈치는 알아챌 만한 나이가 지났다. 해랑 또한 직감적으로 알았다. 표적은 그녀 자신이라는 것을. 하지만 억호가 이곳에 모습을 드러내다니. 아무리 이성을 잃었다고 해도 여기가 어디라고……

아직도 가위가 눌리는 악몽 속에서 점박이 형제에게 시달리기는 해도 현실에서는 어느 정도 자유로워졌다고 믿고 싶은 해랑이다. 세월이 많이 또 많이 흘러가면 이 상처는 반드시 아물 거라고 자위하며 살아온 나날들. 그런데 그자가 또다시 내 근처를 서성거리다니. 한 여자의 모든 것을 망가뜨려 놓고도 무엇이 더 모자라서?

해랑은 비봉산을 올려다보았다. 거기서 날아갔다는 봉황새처럼 멀리 아무도 모르는 곳으로 날아가고 싶다는 충동에 흔들리기 시작했다. 한 번 날아갔으면 그만이지 봉알 자리에 다시 깃들이는 그런 봉황은 되고 싶지 않았다. 차라리 '온갖 잡새'가 되어 생을 마감할 것이다.

"우, 우째예, 언니?"

효원은 그 자신이 포수에게 쫓기는 노루 새끼 같았다. 두려움에 떠는 그 모습을 지켜보던 해랑이 느닷없이 버럭 소리 질렀다.

"우짜기는 머를 우째?"

"예?"

효원은 맥이 탁 풀리는 듯했다. 당사자는 되레 아무렇지도 않은 것 같다. 이것이 웬 영문인가? 해랑은 갑자기 그렇게 정겨울 수 없는 목소리가 되었다.

"낼로 보로 왔으모, 퍼뜩 오라쿠모 되제."

효원 눈에, 교방 담장이 와르르 무너져 내리는 것 같았다.

"어, 언니."

흡사 귀신 보듯 하는 효원이었다.

"와 몬 오는데? 내가 마중 나가까?"

그 말끝에 해랑은 홀연 광녀처럼 웃기 시작했다.

"호호, 호호호, 오호호호."

그곳 뜰의 노송 가지에서 갈색 솔잎이 거짓말같이 우수수 지고 있었다. 잔디밭은 푸른 보료를 깔아놓은 듯 청청하기만 하였다.

억호가 해랑 주변을 넘보고 있는 그즈음이었다.

하루는 서당에 다니고 있는 얼이가 난리라도 난 듯 함부로 큰소리를 내지르며 나루터집 안으로 뛰어들었다. 그 고함을 맨 먼저 들은 사람은 언제나 가게 입구 계산대에 앉아 있던 재영이다.

"와 그라노? 무신 일이고?"

놀란 재영이 의자에서 벌떡 일어서며 물었다. 얼이는 가쁜 숨을 몰아쉬느라 한참 말을 못 하더니 이윽고 사뭇 떨리는 목소리로 말했다.

"달보 영감님 큰아드님이 살아 돌아오싯어예!"

"머시라꼬? 달보 영감님 큰아드님이?"

재영이 미처 말을 맺기도 전에 주방에서 비화와 원아가 동시에 달려나왔다.

"어, 얼아! 니 시방 머라캤노?"

"누, 누가 돌아왔다꼬?"

가게 넓은 마당 여러 평상에 앉아 있던 손님들도 대체 무슨 일인가 하고 일제히 얼이를 바라봤다.

"미국 군인들한테 잽히간 사람이 돌아왔다고예."

사람들 시선을 한 몸에 받은 얼이는, 제 딴은 승전보를 알리는 병사처럼 약간 뽐내는 빛이었다.

"얼이 니가 그거를 우찌 알았노?"

목소리가 떨려 나오는 원아 물음에 얼이는 손가락으로 가게 문간 쪽을 가리켰다.

"시방 저어기서 달보 영감님하고 큰아드님이⋯⋯."

"머라꼬?"

모두는 하나같이 믿어지지 않는 기색이었다.

"오고 계시예."

얼이의 그 말이 떨어지기 무섭게 전부 나루터집 밖으로 우르르 내달렸다.

손님들이 얼굴을 마주 보면서 고개를 갸우뚱했다. 그중에는 다시 숟가락질을 시작하려는 사람도 있고, 그릇을 다 비웠는지 자리에서 일어나는 사람도 보였다. 그렇지만 지금 그 안에 가게 주인들은 한 사람도 없었다.

"아, 저짝에!"

저만큼 나루터를 등지고 꼽추 영감과 언청이 할멈이 큰아들과 함께 이쪽으로 걸어오고 있는 모습이 보였다. 그들 머리 위에서 새파란 하늘을 배경 삼아 훨훨 날고 있는 흰 물새도 세 마리였다.

'아, 저 사람이 바로 그 사람?'

모두의 시선이 너나없이 큰아들에게로 쏠렸다. 그는 미국 군대에 포로로 잡혀 있는 동안 큰 고생을 한 탓인지 무척이나 초췌해 보였다. 턱수염은 기르지 않고 상투만 쪼았는데, 꼽추 영감처럼 넓은 이마에는 하얀 수건을 질끈 동여매었다. 그리고 흰옷과 대비된 탓에 구릿빛 피부가 좀 새카맣게 비쳤다. 하지만 꽤 잘생긴 용모였으며 키도 시원하게 훤칠

했다. 평상시 꼽추 영감이 자랑삼을 만했다.

"어? 우찌 알고 모도 이리 마중들 나왔노?"

꼽추 영감이 좋으면서도 약간 의외란 듯 말했고 언청이 할멈도 더없이 상기된 낯빛이었다.

"장사도 바쁠 낀데 머하로."

강물과 백사장이 햇볕을 받아 한빛으로 반짝이고 있었다. 강변 곳곳에 자라는 나무들도 그 순간에는 일렬종대나 횡대로 선 군인들처럼 보였다.

"여게는……."

이윽고 꼽추 영감의 간단한 소개가 끝나자 그의 큰아들이 허리 굽혀 절하며 말했다.

"지가 미군들한테 잽히 있을 때 저희 집꺼지 찾아오시갖고 부모님을 위로해 주싯다쿠는 소리도 들었심더. 증말 고맙심더. 지는 원채라 꼬 합니더."

원채는 남을 대하는 태도도 점잖고 말씨도 정중해서 누가 봐도 호감이 가는 사람이었다. 그뿐만 아니라 오랜 운동으로 다져진 듯한 몸매에는 군살이 전혀 없고 쇳덩이같이 탄탄해 보였다. 얼이가 재영에게 작은 소리로 말했다.

"관아 포졸들보담도 상구 더 멋있네예."

재영도 고개를 끄덕였다.

"그렇거마는."

나루터집에서 제일 큰 방에 꼽추 영감 가족들을 모셔놓은 다음 모두 주방으로 들어갔다. 우정 댁과 원아는 계속 들이닥치는 손님들을 맞아들이고, 비화는 심신이 피폐해질 대로 피폐해진 원채에게 줄 별식別食을 서둘러 장만하기 시작했다. 원기 회복에 가장 좋은 게 무엇일까 열심히

246

궁리해보았다.

"매행!"

"와?"

"달보 영감님 큰아드님이 우찌 살아서 돌아오실 수 있었으까예?"

"우리는 몰라도, 조선하고 미국 조정끼리는 무신 이약이 있었겄제."

"내가 볼 적에는 탈출한 거 겉어예."

"탈출?"

"예, 신나거로."

"글씨, 그거는 좀……."

"난주 함 들어보고 싶어예."

계산대 쪽에서 재영과 얼이가 주고받는 말소리가 주방에 있는 비화 귀에까지 간헐적으로 들려오고 있었다. 비화는 어릴 적에 명절이라든지 큰 행사가 있을 때 집으로 우 몰려온 일가친척들이 정겹게 나누는 이야기를 듣던 날로 되돌아간 듯 마음이 푸근했다. 집이 따스하고 폭신한 솜털로 덮이고 있는 느낌이었다.

"에나 남자답거로 생깃어예. 안 그래예?"

얼이는 꼽추 영감 큰아들에게 마음을 쏙 빼앗긴 모양이었다. 그러자 재영 역시 확신에 찬 이런 말을 하였다.

"하모, 내도 그 가리방상한 생각을 했거마는. 앞으로 무신 큰일을 할 사람 겉은 예감이 든다 아이가."

"그렇지예?"

"기대가 안 되는가베."

"우쨌든 와서 좋아예."

"내도."

이윽고 비화가 정성을 쏟아 급하게 장만한 음식상을 방안에 들였을 때, 원채는 무척이나 피곤한지 바람벽에 등을 기댄 채 눈을 감고 있었다. 꼽추 영감과 언청이 할멈은 서로 무슨 이야기를 나누고 있다가 비화가 가져온 상을 서둘러 받았다.

"밥 무라, 원채야."

"예."

언청이 할멈이 부르는 소리에 원채가 번쩍 눈을 떴다. 처음 왔을 때보다는 좀 더 생기가 돋아나 보였는데 강처럼 맑고 깊은 눈빛이었다. 그렇지만 파란의 인생 역정을 헤쳐온 사람이란 것을 암시하듯 단순해 보이는 눈빛은 아니었다.

"마이 시장하실 낀데 퍼뜩 드시이소."

"폐를 끼치드려서 죄송합니더."

비화 권유에 원채 얼굴이 붉어졌다.

"어이구, 상감마마 수라상도 이보담은 몬할 끼다."

꼽추 영감이 그런 소리로 감사의 뜻을 표했다.

"숟가락 갖고 한거석 푹푹 퍼 무라. 밥 한 알이 구신 열을 쫓는다 글캤다. 얼릉 건강을 찾아야제."

"알것심니더."

언청이 할멈은 아들이 허겁지겁 음식물을 목으로 넘기는 것을 지켜보며 늙은 두 눈 가득 눈물이 글썽거렸다. 그러고는 원채가 밥과 국, 반찬 등을 입에 넣을 때마다 이랬다.

"어이구, 내 새끼. 내 새끼……."

비화도 자꾸만 콧잔등이 시큰거렸다. 하루에 수백 명의 손님이 음식을 먹는 그 모습을 지켜보면서 생활하는 비화였지만, 음식을 먹고 있는 사람 모습이 그렇게 슬퍼 보일 수도 있다는 것은 처음 알았다. 모진 목숨 그래도 붙어 있을 거라고 저렇게 입에 먹을 것을 넣는가 싶어서일까?

"코재이들이다. 그리 쿠디이 직접 본께네 에나 코가 장난이 아이데 예. 키도 크고 몸집도 커지만도예. 생긴 기 똑 누룩돼지 겉었심더."

얼마 후 수저를 놓고 구수한 숭늉까지 마신 원채가 꺼낸 말이었다.

"대원군이 척화빈가 머신가를 세우고 있다쿠는데, 서양 늠들이 그냥 가마이 있으까 그런 걱정이 큽니더. 지가 서양 늠들을 쪼꼼은 알고 있다 아입니꺼."

그러자 막 상을 물리려고 하던 비화가 호기심 어린 목소리로 물었다.

"척화비예? 척화비라모……."

원채는 그것에 관해 제법 소상하게 알고 있었다.

"한양 종로거리하고 전국 여러 곳에 세운답니더."

비화는 기억을 해두려고 했다.

"전국에다가 말이지예."

원채가 신뢰감을 느끼게 하는 굵직한 목소리로 덧붙였다.

"서양 것들하고는 사귈 수 없다, 그런 뜻을 밝히는 비석인 모냥이고 예."

서양 오랑캐가 침범해도 싸우지 않으면 화친하는 것이고, 화친을 내세우는 것은 나라를 팔아먹는 것이다. 그러한 내용을 새겨 넣은 돌들을 조선 땅 곳곳에다 많이 세운다는 것이다.

"내 다린 거는 몰라도, 대원군이 그거 하나는 잘하는 거 겉거마는."

꼽추 영감 말에 언청이 할멈이 걱정스러운 얼굴로 중얼거렸다.

"무작정 그리하는 것도 꼭 좋은 거는 아일 낀데."

비화로서는 누구 생각이 더 옳은지 잘 판단할 수 없었지만 어쨌든 서양 오랑캐는 경계하지 않으면 안 될 것들이라고 보았다. 다른 것을 다 떠나서라도 남의 나라를 엿보는 것들이 아니냐?

"이거는……."

원채가 착잡하고 어두운 목소리로 말을 이어갔다.

"지가 미국 군대에 포로로 잽히 있을 때 딴 포로들한테서 들은 소립니더마는……."

비화는 어느새 밥상에서 손을 떼놓은 채 눈을 반짝이며 열심히 듣고 있었다.

"시방 일본에서도 우리 조선에 쳐들어가자쿠는 이약이 나돈다 안 쿱니꺼."

"예에? 일본이예?"

"허, 그 쪽바리 눔들이 또?"

비화와 꼽추 영감 입에서 동시에 놀란 소리가 튀어나왔다.

"인자 일본도 서양 눔들하고 똑겉이 오랑캐로 보거로 됐지예."

원채 말에 꼽추 영감이 한평생 노를 젓느라 손바닥에 못이 박힌 두 주먹을 불끈 쥐었다. 비록 나이는 들어도 기개는 여전한 것 같았다.

"저 임진년에 그리카나 우리를 몬 살거로 굴던 거도 모자라서 또 그런 망발을 한다꼬?"

비화 머릿속에 아버지 호한으로부터 들었던 임진왜란 이야기가 되살아났다. 원채도 같은 울분을 품는 얼굴이었다.

"예, 아부지."

꼽추 영감은 남강 모래펄을 물살이 휩쓸고 지나가는 듯한 소리로 말했다.

"허, 냉수에 이빨 뽈라진다쿠디이, 기도 안 찬다 고마."

원채는 의협심에 찬 어조였다.

"개 버릇 넘 몬 준다더이, 그것들이 딱 그런 거 겉네요."

"고런 몬된 버르장머리는 우리가 곤치조야제."

꼽추 영감이 하는 말에 언청이 할멈이 주름진 입가에 쓴웃음을 지었다.

"영감은 자기가 장 청춘인 줄 아요?"

꼽추 영감은 짓궂은 선머슴 같아 보였다.

"하모, 내 멤에 임자는 장 처년 기라."

낯빛이 벌겋게 된 언청이 할멈이 비화를 훔쳐보았다.

"하이고, 남새시러버라."

"와? 내가 오데 틀린 말을 한 것가. 내 멤 그대로를 이약한 기다."

"영감이 노망든 거도 아이고 머꼬."

그들 가족 간 대화를 듣고 있는 비화 머릿속에 남강 의암과 논개가 떠올랐다. 옥진이 항상 입에 달고 있는 논개. 상상조차 하기 싫은 노릇이지만 지금 또다시 임진년 그때와 같은 일이 벌어지게 된다면, 옥진도 왜놈 장수를 끌어안고 남강에 투신할지 모른다.

"영감! 우리 원채가 상구 딴 사람 겉소."

언청이 할멈이 새삼스러운 눈빛으로 큰아들을 바라보며 말했다. 부모가 사랑하는 자식을 바라보는 그 눈빛도 왠지 모르게 비화 가슴을 아리게 했다. 정이란 무엇보다도 소중하고 좋은 것이지만 또 그렇게 슬픈 것일까? 어쩌면 위험한 것일 수도 있는…….

"그만치 죽을 고생했다쿠는 거 아인가베. 그래도 부모보담 더 일쪽 죽지는 안 하고 이리 돌아왔으이 됐다만도."

목 잠긴 꼽추 영감 그 말끝에 분노 섞인 물기가 묻어났다.

"내가 시방보담 몇 해만 더 젊었어도 당장 달리가서 그눔들을 때리잡을 낀데."

원채가 자위하듯 아니면 부모를 위로하듯 말했다.

"그래도 포로 생활을 함서 배운 거도 술찮이 됩니더, 아부지. 그러이 앞으로 살아가는데 큰 도움이 안 되것심니꺼."

"그렇것지예."

그렇게 공감하는 비화도 원채가 예사로 보이지 않았다. 조선 수비대 군인으로서 서양 오랑캐와 싸운 사람이라고 생각하니 무척이나 존경스럽고 신기하기도 했다. 꼽추 영감과 언청이 할멈도 지금까지와는 다른 모습으로 비쳤다.

'그렇거마는. 사람은 그가 하는 일에 따라서 완전히 사람이 달라지는 기라. 내가 진무 스님 기대에 안 어긋나야 할 낀데. 비어사에 한분 가보고 시푸다. 털 뽀얀 그 진돗개는 잘 있을랑가.'

그런 생각 끝에 비화는 결심했다. 나도 원채처럼 다른 사람으로 거듭나리라. 그러자 늘 슬픔에 잠겨있는 옥진 얼굴도 되살아났다.

'우리 옥지이라꼬 다린 사람이 되지 말라쿠는 그런 벱 없다. 와 내는 진즉 그 생각을 몬 했을꼬? 옥지이도 내도 새사람이 돼서 살아가모 되는 기라. 운제 옥지이 만내모 원채 저 사람 이약 꼭 해조야 되것다.'

그때 꼽추 영감이 자리에서 몸을 일으키며 그의 가족들에게 말했다.

"인자 집에 가자."

그의 펄럭이는 옷자락에서는 강 냄새 물새 소리가 풍기는 듯했다.

"그라이시더."

"우리가 염치없거로 넘의 장삿집에 너모 한거석 앉아 있었네예."

언청이 할멈과 원채도 따라 일어섰다.

"잘 묵고 잘 놀다가 갑니더."

"더 계시다가 안 가시고예."

재영, 우정댁, 원아, 얼이 등 모든 나루터집 식구들과 나란히 문밖에까지 나가서 그들을 배웅하고 돌아서던 비화는, 할 말을 다 하지 못한 사람처럼 다시 고개를 돌려 멀어져 가는 그들 뒷모습을 한참이나 바라보다가 문득 생각했다.

'내나 옥지이한테는 운제쯤이나 자슥이 생기나서 저리 나란히 같이 걸어볼 수 있을랑가? 점벡이 행재 그것들 자슥들은 시방 이 순간도 쑥쑥 커가고 있는데…….'

비화가 자신과 해랑의 자식을 머릿속에 그려보고 있을 때, 해랑에게 실로 엄청난 일이 벌어지려 하고 있었다. 해랑으로선 어릴 적 대사지에서 겪었던 악몽만큼이나 엄청난 사건이 아닐 수 없었다. 아니, 바로 그 일이 다시 일어난 것과 다름없었다.

'헉!'

하판도 목사 부름을 받고 해랑이 늦었다고 야단맞을세라 서둘러 달려 갔을 때 그 방에는 누가 있었던가. 이번에도 임배봉이었다. 그리고 그와는 비교도 되지 않을 다른 인물도 거기에 함께 있었다.

"해랑아! 큰절로 인사 올리거라. 지난번 술자리에서 모셨던 분이시니라."

그러나 하 목사 그 말이 해랑 귀에는 조금도 들리지 않았다. 끝도 가도 없었다. 해랑은 이미 죽은 사람이었다. 혼도 몸도 없었다.

배봉과 나란히 앉아 있는 사내.

그도 해랑 못지않게 현실을 못 미더워하고 경악하는 빛이었다. 어쩌면 잔뜩 긴장하고 있다는 말이 더 옳았다. 해랑은 당장 그곳에서 돌아나오고 싶었다. 그래야 마땅했다. 혹 밖에 죽음이 기다리고 있다 해도 어찌 거기에 있겠는가? 하지만 그러지 못했다. 온몸이 마비돼버렸다.

"아니, 해랑아!"

그 와중에 하 목사의 독촉하는 소리만 마치 저승문 안에서 흘러나오는 것처럼 아뜩하게 들렸다. 아니, 그 방이 저승문 안이었다.

"어서 인사드리지 않고 지금 뭐하는 게야? 그리고 옆에 앉아 있는 분

께도 큰절 올리도록 하라."

"……."

해랑은 시간이 멈춰버린 것 같았다. 온 세상이 굴렁쇠처럼 빙글빙글 도는가 싶더니 끝도 없이 추락했다. 그저 캄캄했다. 지옥 끝에서 들리는 듯한 배봉 목소리가 나왔다.

"소인들은 절 안 받아도 괜안사옵니더, 영감. 그냥 자리에 앉거로 하시지예."

그러나 하 목사는 아기자기한 붉은 꽃무늬가 화려한 방석이 들썩거릴 정도로 몸을 마구 흔들며 진노하며 소리쳤다. 입에서는 침방울이 튀어 나왔다.

"이런 발칙한 것이 있나? 썩 시키는 대로 하지 못할까!"

너무나 놀란 해랑은 자신도 모르게 털썩 방바닥에 주저앉고 말았다.

"하, 하것사옵니더!"

하 목사는 자존심이 상할 대로 상한 얼굴로 씨부렁댔다.

"에잉! 생긴 것은 선녀가 한참 울고 가게 생겼는데, 왜 좀 고분고분한 성품은 타고나지 못했을꼬?"

내가 손님들 앞이라 참는다는 목소리였다.

"어서 절하고 술이나 따르라."

"예."

해랑은 사시나무 떨듯 덜덜덜 떨리는 몸으로 가까스로 배봉에게 큰절을 올리기 시작했다. 배봉이 지금 어떤 표정을 짓고 있는지 전혀 알 수 없었다. 건방지게 앉아 앞가슴을 쑤욱 내밀고 절을 받는 것 같기도 하고, 저도 조금은 켕기고 민망스러운 구석이 있는지 두 어깨를 움츠리고 있는 것 같기도 했다.

그러나 해랑에게 더 중요한 건 그런 게 아니었다. 지금 자신이 배봉에게 큰절을 올리고 있다는 그 사실만이 온통 그녀를 지배했다. 그리고 그다음에는 더더욱 싫고 견디기 힘든 절차가 남아 있었다. 어떻게 이런 일이?

배봉 옆자리에 앉아 있는 저놈에게도 큰절해야 한다. 그것은 백번 죽는 일보다 못할 일이다. 차라리 이 옥진이 목을 잘라 중앙통 거리에 내걸어놓고 지나가는 사람마다 가래침을 뱉게 하라. 몸뚱이는 남강 백사장에 아무렇게나 던져서 개들이 그 위에 오줌을 누게 하고 새들이 배설물을 갈기게 하라.

그러나 어쩌겠는가?

해랑은 겨우 배봉에게 큰절을 하고 크게 비틀거려가며 간신히 일어나는 그녀를 겨냥해 또 사정없이 옥죄어드는 하 목사 목소리를 들었다.

"옆에 있는 사람에게도 절을 올리도록 하라."

"……."

해랑은 입술을 깨물었다. 너무도 아프게 깨물어 피가 났다. 아니, 두 눈에서도 피가 솟는 듯했다. 피눈물이다. 해랑은 울부짖는 자신의 목소리를 들었다. 그것은 저 대사지 못물에 빠져 허우적거리며 지르는 붉은 비명이었다.

'안 된다! 안 된다! 이거는 아이다! 저놈한테는 안 된다!'

해랑은 명령불복죄로 태장을 맞아 피가 터지고 살점이 떨어져 나가 그대로 절명하는 한이 있어도 저놈한테는 절을 할 수 없다고 다짐했다. 차라리 개 발바닥을 핥겠다.

'낼로 쥑일라모 쥑이라. 내는 죽것다.'

해랑은 계속해서 그대로 서 있었다. 마치 병풍 같았다. 얼마 동안 그러고 있었을까? 하 목사도 그제야 뭔가 이상하다는 것을 느낀 모양이었다.

"해랑아! 너 갑자기 왜 그러느냐?"

고개를 치켜들고 해랑의 얼굴을 유심히 살폈다.

"왜 그러는지 그 이유를 고해 보라, 어섯!"

그러나 해랑은 아무것도 고하지 않았다. 대체 그녀가 누구에게 무엇을, 고할 수 있다는 말인가?

'도로 내 목심을 거두시오, 목사.'

한 번 죽기로 작정하니 아무것도 겁날 것이 없었다. 이런 수모를 당하며 어찌 살리. 아니다. 벌써 죽었어야 할 몸이다. 그래야 했는데 이렇게 구차한 목숨이 붙어 있으니 하늘 아래 있을 수 없는 이런 일까지 겪는 것이다.

"해랑아!"

이제 하 목사는 분노의 감정을 떠나 궁금증을 못 이기는 것같이 보였다. 그는 그 자리의 다른 사람은 안중에도 없는 것처럼 행세했다.

"허어, 참으로 답답, 또 답답하구나! 해랑아, 너 어디 아픈 것이냐? 갑자기 어지럼증이라도 나는 게야?"

해랑의 옆에 놓여 있는 가야금도 영원히 소리를 내지 않을 악기로 보였다.

"도대체 뭐가 어찌 된 것이냐고?"

그렇지만 해랑은 하 목사 추궁이 무섭지 않았다. 도리어 모든 게 그럴 수 없이 편안했다. 사람이 일단 죽기로 작정하면 이렇게 마음이 솜털같이 가벼워지는구나. 모든 두려움도 근심도 슬픔도 물에 씻은 듯이 말끔히 사라지는 것이다.

그때부터는 하 목사도 눈에 들어오지 않았다. 그가 무슨 말을 하는지 어떤 행동을 하고 있는지 전혀 들리지도 보이지도 않았다. 그것은 나머지 사내들에 대해서도 마찬가지였다. 오직 그녀밖에 없었다. 아니, 그녀도 없었다.

얼마나 그런 순간이 지났을까, 문득 들려온 이런 소리가 거의 무의식 상태로까지 가버린 해랑의 정신을 돌려놓았다.

"목사 영감! 저 기녀가 이눔 아부지한테 절을 했은께 됐사옵니더. 소인은 절 안 받아도 좋사옵니더."

아아아, 저 목소리. 저 목소리…….

지금 그곳은 성곽 북동쪽 밖에 있는 대사지였다. 어둠침침한 나무숲. 여귀의 울음소리 같은 바람 소리. 하늘에서 수없이 떨어져 내리던 별.

"그렇사옵니더. 지 자슥 눔 말씀대로 해주시이소. 애비가 절 받았으모 됐지 아들꺼지 더 받을 필요가 있것사옵니꺼."

배봉 목소리에 이어 다시 들리는 목소리였다.

"오늘, 이 억호 눔, 목사 영감께옵서 이리 베풀어주시는 그 은덕, 죽어 땅속에 파묻히도 안 잊것사옵니더."

해랑은 그 정신없는 경황 속에서도 절망처럼 아프게 깨달아야 했다. 이제 억호는 예전의 억호가 아니라는 것을. 해랑 자신이 옛날 옥진이 아니듯.

그랬다. 놈은 엄청나게 변해 있다. 제 아비 못지않게 아첨도 잘하고 무엇보다 천근같은 무게가 느껴진다. 엄청난 바윗덩이 같아서 그 밑에 깔리면 이 옥진이 힘으로는 도저히 밀어내버릴 수 없을 듯하다. 사람은 돈이 붙으면 풍채도 달라진다더니, 지금은 오른쪽 눈 아래 박혀 있는 검고 큰 점도 그다지 눈에 거슬리지 않는다.

"하하핫!"

마침내 하 목사의 호탕한 웃음소리가 터져 나왔다. 이어지는 목소리가 방을 울렸다.

"임자! 아들 한번 잘 뒀소이다. 배포가 대단해. 내게도 저렇게 듬직한 아들 하나 있으면 좀 좋을까?"

배봉이 황감해 어쩔 줄 모르겠는 듯 더듬거리며 말했다.

"과, 과찬의 말씀이옵니더. 모, 모지라는 기 한참 많은 눔이옵니더. 그, 그저 나무라지만 말아 주시오모, 소, 소인은 더 바랠 끼 없것사옵니더."

하 목사가 손을 내저었다.

"아니, 아니요. 아직 총각이었다면 본관의 사위로 삼고 싶소이다. 안타깝게도 내가 한발 늦었어. 허허."

"어이쿠우! 지발 그 말씀 도로 거두시소. 소인, 천벌을 받사옵니더!"

그러고 나서 배봉은 자기 옆자리에 대고 감격에 찬 목소리로 다그쳤다.

"이눔아, 니도 퍼뜩 일나서 절 올리라. 닐로 사윗감꺼지 보신다 안 쿠나, 사윗감!"

억호는 얼른 배봉이 시키는 대로 절을 하면서 황감해 어쩔 줄 모르겠다는 목소리로 말했다.

"목사 영감! 하늘 겉은, 하늘 겉은……."

하 목사는 그저 덕석 같은 머리통을 연방 조아리는 그들 부자는 본체만체하고 해랑을 향해 입을 열었다.

"절 받을 사람이 괜찮다고 했으니 됐느니라. 언제까지 장승이 돼 있을 테냐?"

대단한 선심이라도 쓰듯 했다.

"어허? 빨리 이리 와서 앉아 술이나 따르거라. 설마 술 시중까지 들지 못하겠다고는 하지 않겠지?"

해랑은 무너지듯 하 목사 옆에 앉았다. 비바람에 속절없이 쓰러지는 허수아비 같았다. 그러고는 억지로 억호 쪽을 외면하고 있는데, 배봉이 천성을 속일 수는 없었는지 시비 걸듯 불쑥 내뱉는다는 소리가 또 해랑

심장을 얼어붙게 했다.

"기녀 해랑이 지 아들 눔 얼골에 나 있는 점 땜에 저리쌌는 거 겉사옵니더, 영감."

"점?"

하 목사가 고개를 갸우뚱하자 배봉은 중죄인을 추궁하듯 했다.

"저 점이 하도 보기 숭해서 저리 똑바로 몬 쳐다보는 기 아이것사옵니꺼?"

해랑은 가시 돋친 그 말에 숨이 끊어지는 듯했다. 지금까지 모든 것은 가면을 둘러쓴 채 행해진 것이었고, 드디어 놈은 본색을 드러내며 서서히 목을 옥죄어오고 있다.

"부모를 잘몬 만낸 탓이것지만도, 우짜다가 저런 점이 있어갖고 말이옵니더."

"무어라?"

그런데 해랑을 더한층 곤경에 빠뜨린 건 하 목사의 불같은 호통이었다. 관기들 사이에서, '냇물은 보이지도 않는데 신발부터 벗는 사람'이라는 그런 비웃음까지 나돌 만큼, 성급한 사람이 그였다. 화로처럼 벌겋게 달아오른 얼굴로 말했다.

"감히 내가 초대한 손님을 홀대해?"

또다시 방이 빙글빙글 돌아가기 시작하는 해랑이었다.

"해랑이 너, 정녕 그런 것이냐?"

해랑은 무슨 말을 어떻게 해야 할지 난감할 따름이었다. 억호를 처음 보는 그 순간부터 이성은 바닥이 나버렸다. 머릿속이 텅텅 비었다. 세상이 사라졌다.

"이런! 이런!"

해랑이 계속해서 아무 대답이 없자 하 목사는 그야말로 화를 억누르지 못했다.

"저렇게 고얀 것이 있나? 지금 누가 하문下問하고 있는데 고하지 않는단 말이더냐?"

해랑은 절벽으로 변해버린 병풍을 무연히 쳐다보며, 저 높고 험한 곳을 어떻게 넘어가야 한단 말이냐, 하는 걱정 하나로 머릿속이 가득 찼다.

"감히 본관이 하는 말을 동네 개 짖는 소리만 못하게 여긴다, 그 말이렷다! 그동안 내가 좀 귀여워해 주었더니만……."

"……."

"방자한 것 같으니라고! 요망한 년! 내 당장 요절을 낼 것이다!"

그러면서 하 목사가 발로 걷어차기라도 하려는지 벌떡 일어나려 했고, 억호가 급히 입을 연 것은 바로 그 찰나였다.

"영감! 지발 고정하시이소. 지는 아모 상관없사옵니더. 솔직히 지 얼굴에 난 점은 소인이 봐도 좀……."

그런데 억호가 그 말을 끝내기도 전에 배봉이 격앙된 목소리로 자식을 나무랐다.

"억호야! 니 시방 무신 소리 해쌌고 있는 기고, 으잉? 아, 니 얼골에 있는 그 점이 머가 우째서?"

"사실이 안 그렇십니꺼, 아부지."

억호는 자식을 그런 몸으로 태어나게 만든 아버지를 원망하는 투였다. 배봉은 목사 앞만 아니라면 당장 상을 뒤엎을 기세였다.

"허어, 그래도 이눔이야? 죽을라쿤께 눈깔이 뒤집히진 기라, 눈깔이."

정말 눈이 어떻게 된 모양이었다.

"아부지! 사람이 죽기 살기는 시왕전에 매였다 캤심니더."

급기야 배봉은 주먹으로 자식 뺨이라도 후려치려고 했다.

"아이쿠우! 몬된 벌거지 장판방에서 모로 긴다더이, 이눔이? 이눔이?"

보다보다 못 한 하 목사가 부자 사이 언쟁을 가로막고 나섰다.

"됐소, 됐소. 그만들 하시오, 그만들 해!"

화난 들소처럼 씩씩거리는 사내들 숨소리가 온 방에 가득 차올랐다.

"돌부리를 차면 발부리만 아프다고 했소이다."

그러고 나서 하 목사는 집어삼킬 듯이 해랑을 노려보았다.

"내 발칙한 저것을 이대로 두지 않을 테니 분들을 푸시오."

해랑은 자신도 모르게 눈을 감았다. 이제 어떤 험한 형벌이 내려질는지 모른다. 하지만 두려움보다 오히려 잘됐다는 생각이 들었다. 사지가 갈가리 찢기든 목이 달아나든 눈깔이 뽑히든 무슨 상관이랴.

그렇다. 더 살고 싶지 않다. 한식에 죽으나 청명에 죽으나 대수랴. 도리어 하 목사더러 어서 목숨을 거두어 달라고 청탁이라도 넣고 싶었다.

"저, 그보담도 말이옵니다."

그런데 사태를 완전히 다른 방향으로 몰아간 사람은 억호였다. 그의 오른쪽 눈 밑에 있는 점이 왼쪽 눈 밑으로 옮아간다고 해도 그토록 경악스럽지는 않을 듯싶었다.

"소인, 목사 영감께 긴히 부탁드릴 일이 있사옵니다."

하 목사는 시선은 그대로 해랑에게 둔 채 말했다.

"계속해 보시오."

억호는 고개를 숙였다가 다시 들었다.

"지 청을 들어주시모 무신 일이든 다 하것사옵니다."

그렇게 나가는 그 모습이 감히 목사와 무슨 흥정을 하자는 것 같아 배봉은 말 그대로 정신이 하나도 없었다. 억호가 막가는 성깔인 줄은 알지만 어떻게 저런 소리까지 한다는 말인가?

"어, 억호야! 그, 그거는 또 무신 소리고?"

천장에서 칼이 내려오는 것을 보는 사람 같았다.

"그라고 시방 니 하는 행사가 개차반이다, 개차반. 삼족을 우짠다쿠는 이약도 몬 들었나? 오데서 감히 목사 영감께 고따우 소리를?"

"아, 아. 임잔 그대로 있으시오."

하 목사가 배봉을 제지했다.

"죽어서 넋두리도 하는데, 사람이 할 소리는 해야지. 안 그렇소이까?"

그러고는 억호에게 말을 계속할 것을 명했다. 그 순간, 해랑은 똑똑히 느꼈다. 억호 두 눈이 그야말로 전광석화처럼 자기 얼굴을 훑고 지나는 것을. 마치 예리한 불칼이 얼굴을 긋고 지나간 느낌이었다.

"그리 허락을 해주신께네, 이눔, 말씀 올리것사옵니더."

억호 입에서는 갈수록 알 수 없는 말이 흘러나왔다.

"오늘 소인이 보니 저 기녀는 모든 기녀들 귀감이 될 만치 참으로 훌륭한 기녀 겉사온지라 그랬사옵니다."

하 목사나 배봉보다 몇 배 더 경악한 게 해랑이 아닐 수 없었다. 억호 입에서 저런 소리가 나오다니.

"허, 그건 또 무슨 소린고?"

하 목사는 한참 멍해 보였다. 배봉은 입만 쩍 벌렸다. 억호 눈길이 다시 한번 해랑을 스쳐 갔다.

"아모 사내한테나 퍼뜩 절하고 퍼뜩 술 따르는 여자는 지조 없는 여자가 아이것사옵니꺼? 그런 면에서 저 관기는……."

하 목사 낯빛이 야릇해졌다.

"저 관기는?"

억호 목청이 꽤나 굵었다.

"보통 아랫녘장수하고는 안 같사옵고…….."

"아랫녘장수? 화류계 여자 말인가?"

점점 흥미를 느껴가는 것 같은 하 목사였다.

"예, 영감."

억호는 그새 몇 번인지 모르게 또 한 차례 고개를 숙였다가 다시 들면서 말했다.

"그래 우리 고을 관기는 다리다쿠는 생각이 들기도 하옵니더."

"무어라? 아, 그러니까 자네 말은?"

하 목사는 홀연 손뼉까지 쳐가며 천장이 무너질 듯 큰소리로 웃어 젖혔다. 그러고는 하도 웃어 눈물까지 번져 나온 얼굴로 배봉에게 이렇게 말했다.

"임자는 역시 대단한 자식을 뒀소이다. 자고로 사내대장부란, 아암, 명색 사내라면 응당 저만한 배포는 있어야지."

"그, 그저 주, 죽이지만 마, 말아…….."

배봉은 곰 같은 체구가 무색하리만치 온몸을 부들부들 떨었다. 그런데 하 목사는 더한층 놀랄 말을 했다.

"해랑이가 내게 저지른 방자한 짓을 모두 잊게 하지 않소이까? 내 억호 저 사람을 봐서 해랑을 벌하지 않겠소."

"목사 영감!"

배봉은 영락없이 제 방귀에 놀란 부엉이 꼴이었다.

"자, 술이나 듭시다. 오늘 술맛은 금 맛 같겠구려. 하하하."

"나리!"

하 목사는 술잔을 치켜들고 그 속을 들여다보며 말했다.

"이건 그냥 물이 아니라 금이 섞인 물이라니까?"

그러자 배봉은 두려움에서 벗어나 바보 같은 표정을 지우지 못했다.

그에 비하면 억호는 전혀 흔들리지 않는 모습이었다. 아주 담담해 보이기까지 했다.

가장 혼란스러운 사람은 해랑이었다. 벙어리 웃는 뜻은 양반 욕하자는 뜻이라는데, 이건 그보다도 더 그 뜻을 미루어 짐작하기 힘든 노릇이었다.

'억호가 하 목사의 행벌로부텀 내를 구해주다이?'

하지만 해랑은 싫었다. 차라리 억호가 나를 만신창이가 되도록 능멸과 조롱을 보내면 더 나으리라. 억호의 도움이라니. 정말이지 이런 수모는 싫다. 차라리 짐승으로 살 것이다. 해랑은 뿌드득 이를 갈았다.

억호 저놈은 또다시 이 옥진을 세상에서 가장 비참한 포로로 삼으려는가.

꽃자리에 누운 여심女心

해랑은 술 담긴 주전자에 코를 처박고 죽고 싶었다.

아니었다. 지난번 배봉에게 술을 올렸던 그 이후로 자신은 죽은 목숨이라고 여겨왔다. 부모님도 이런 사실을 알면 복장이 터지고 피를 토하며 죽을 것이다.

비화 언가는 또 어떨지. 옥진이 니가 배봉이에게 술을? 절을? 더럽다고 얼굴에 침을 뱉을지도 모른다. 썩 저리 가라고, 다시는 나를 찾지 말라고, 얼음덩어리로 된 인간같이 냉정하게 절교를 선언할 것이다.

그런데? 이제 억호한테까지 무릎 꿇고 술 시중을 들어야 하다니.

"자아, 맛나게 술 한 잔 따라 보거라, 해랑아."

하 목사는 만취한 사람 같았다. 별수 없었다. 도저히 빠져나갈 수 없는 그물에 갇혀버린 몸이었다. 그렇다면 그 그물로 목을 졸라서 자진할밖에.

우선 하 목사와 배봉의 잔을 채워주었다. 하지만 다음으로 억호 잔에 술을 부어야 하는 순서가 오자 해랑의 몸은 또 돌멩이처럼 딱딱하게 굳어버렸다. 주전자를 든 손이 내 손 같지 않았다. 손이 술을 마셨는가?

작두나 도끼로 이 손목때기를 자르고 끊어버려야지. 그리고 콸콸 쏟아져 나오는 핏물을 전신에 묻히고 춤을 출 것이다, 광란의 춤을.

'으아아아……'

해랑은 마음을 다잡기 위해 속으로 악을 썼다. 절규했다. 이 해랑이 따라주는 술을 받기 위해 빈 잔을 내 눈앞에 내밀고 있는 억호는 지금 어떤 표정을 짓고 있을까?

'그거를 알아서 머할 낀데?'

해랑의 마음 한쪽이 물었다. 보고 싶지도 않고 볼 수도 없는 해랑이었다. 도대체 이게 현실이 맞는가?

그때, 이제 계속해서 혼자만 입을 열고 있는 하 목사 음성이 해랑 귀를 흔들었다.

"해랑아! 너 왜 그리 떨고 있느냐? 젊고 건장한 사내에게 술을 따르려고 하니 가슴이 막 떨리는 게냐? 하하하."

그 웃음소리의 여운이 가시기도 전에 배봉의 능글맞은 소리가 곧장 뒤를 이었다.

"역시나 젊음이 좋기는 좋은 거 겉사옵니다. 목사 영감이나 소인한테는 잘도 부어주던 술을, 젊은 지 자슥 늠한테는 부어주지 몬하는 거 본께 말이옵니다."

하 목사의 인상이 찡그러지면서 섭섭하다는 투로 나왔다.

"허, 늙어가는 것도 서러운 일이거늘."

눈을 모로 뜨고서 배봉을 째려보듯 했다.

"그리고 임자도 그렇지. 같이 늙어가는 주제에 그런 말을 입 밖에 내다니. 이거 기분이 영 그렇구먼. 이 술이 내 목을 넘어갈 것 같지가 않아."

배봉은 아차, 싶었는지 얼른 이렇게 고했다.

"노, 농이옵니더. 소인이 늙었지 영감께서는 아즉 한창때 아이시옵니꺼?"

"한창때?"

"예, 예."

"내가 한창나이?"

하 목사는 해랑 쪽으로 사팔뜨기처럼 눈동자를 한 번 굴렸다.

"으하하핫! 입에 발린 소린 줄 알면서도 가히 듣기 싫은 소리는 아니구면."

그러는 그는 전혀 술을 입에 대지 않은 사람 같았다.

"내가 임 사장을 만난 덕분에 입에 발린 소리가 약도 될 수 있다는 사실을 알았소이다. 고맙구면. 한 가지 배우게 해줘서 말이지."

배봉이 뭉툭한 손가락을 들어 보였다.

"소인이 입에 발린 말씀을 고해 올렸다모 이 열 손가락 다 장을 지지 것사옵니더, 목사 영감."

"허허. 장이 아니라 약이라니까, 약!"

하 목사는 그야말로 송아지 웅덩이 들여다보듯 손에 들린 술잔 속을 들여다보았다.

"그리고 지금은 술이 약이 될 것 같구면."

배봉은 들어 올렸던 손가락으로 뒤통수를 긁적거렸다.

"헤헤. 그라모 술약이옵니더, 술약."

하 목사도 실없는 장난으로 응대했다.

"예끼! 임자도!"

"예?"

"내가 일찍이 약술이라는 말은 들었어도 술약이라는 소리는 한 번도 들은 적이 없소이다. 감히 목민관을 기만하려는 그 죄, 알렷다?"

"헉!"

"하하. 하긴 술 많이 마시고 생긴 병을 고치는 약이라면 술약이 맞겠소 그려."

어깨를 있는 대로 움츠린 채 잔뜩 눈치를 보고 있는 배봉이었다.

"그러고 보니 임자 재치도 보통은 넘구먼."

배봉은 과장되게 정신이 번쩍 드는 것 같은 표정을 지어 보였다.

"과분하옵신 말씀을 들은께, 술이 모돌띠리 깨는 거 겉사옵니더."

하 목사는 불귀신같이 벌건 배봉 낯짝을 흘낏 보았다.

"그게 무슨 걱정이란 말이오? 임자가 다시 취할 만큼의 술은 내 언제든지 충분히 대접할 수 있으니까."

배봉은 큰일 날 소리를 한다는 듯 얼른 말했다.

"아, 아이옵니더. 지가, 소인이 영감을 대접해 드리야지예."

하 목사는 역겨울 정도로 허옇게 살이 찐 손을 술잔으로 가져갔다.

"대접이고 소접이고 우리 술이나 마십시다. 하하."

"예, 예, 나리."

"내가 나리면, 임잔 너린가?"

"어이쿠! 우짜모 말솜씨가 그리키나!"

유치하게 노닥거리는 그들 말을 들으며, 해랑은 그 경황 중에도 억호의 반응에 대해 약간 묘하다는 느낌을 받았다.

그랬다. 억호는 아직 단 한 번도 해랑 자신과 관련된 말을 꺼내지 않고 있다. 마치 해랑이 전혀 눈앞에 보이지 않는 사람 같았다. 그저 잔만 내민 채 무엇에 홀린 것처럼 그 어떤 말도 행동도 없다.

'흐.'

해랑은 치를 떨었다. 저놈은 지금, 이 순간의 희열을 오랫동안 즐기고 싶은 것인가? 나의 숨통을 천천히 아주 천천히 끊어, 고통스럽게 죽어가는 모습을 조금이라도 더 많이 보고자 하는 심사인가? 곱씹고 또 곱씹고, 그렇게……

그러나 여전히 아무것도 모르는 하 목사는 해랑의 그런 행동이 갈수록 더 재미있고 호기심이 동하는 모양이었다.

"이름이 억호라고 하였던가?"

그가 묻자 억호는 재빨리 등을 꼿꼿이 세우며 잘 훈련된 병사처럼 고했다.

"예, 목사 영감."

하 목사는 이건 취중에 하는 소리가 아니라 진심이란 듯 말했다.

"자네가 부러우이. 내 참으로 부럽기 그지없어."

억호는 손등으로 눈 밑의 점을 문지르며 얼른 이해가 되지 않는다는 표정이었다.

"그기 무신 말씀이시온지?"

하 목사가 그렇게 말하는 이유를 곧 밝혔다.

"이 고을 최고 명기名妓가 저렇게 어찌할 바를 모르고 갈팡질팡, 쩔쩔 매는 것을 보니 말일세. 하하핫!"

그러자 추이를 살피듯 귀를 쫑긋 세운 채 가만히 듣고 있던 배봉도, 너무너무 통쾌해 못 참겠다는 듯 잔뜩 혀 꼬부라진 소리로 이렇게 멋대로 주절거렸다.

"그런께네 시방 나리 말씀인즉슨, 저 기녀가 소인의 아들 눔한테 멤이 있다, 그런 뜻이 아이시옵니꺼? 히히히."

하 목사는 제 술잔과 배봉 술잔이 탁 깨져 버리지 않을까 싶을 정도로 세게 마주쳤다.

"척, 하면 삼척이지."

배봉이 그 말이 방바닥에 떨어질세라 바로 맞받았다.

"쿵, 하면 뒷담에 호박 떨어지는 소리고예?"

하 목사도 즉시 응했다.

"호박은 늙으면 맛이 좋다던데?"

배봉은 좀 더 진하게 나갔다.

"사람은 늙으모 공동묘지가 아이라, 맛이……."

"하하하."

"헤헤헤."

배봉 눈앞에 또다시 헌헌장부 용삼과 선녀 같은 동실 댁이 붕 떠올랐다. 그들 사이에서 태어난 딸에게 내 아들 술잔을 채우게 할 기막힌 경사가 생길 줄이야. 온 고을 사람들을 불러 모아 지금 그 광경을 보여주고 싶었다.

남의 집 소작 부쳐 먹으며 온갖 수모를 당하던 임배봉이가 이렇게 자수성가하다니. 오늘의 내가 있게 해준 염 부인과 소긍복에게 큰절이라도 하고 싶은 심정이었다. 하지만 그러다가 또 금방 마음이 바뀌었다.

'아인 기라. 진짜 내 절을 받을 자는 김호한이 그눔 아인가베. 킬킬킬.'

그때 억호가 갑자기 빈 잔을 '탁' 소리 내며 깨어지도록 상 위에 내려놓은 것이다. 해랑이 술을 부어주길 기다리다 끝내 화가 치민 걸까?

"억호야."

"어?"

배봉은 물론 하 목사도 약간 놀란 눈빛으로 억호를 바라보았다.

"……."

해랑의 머릿속이 더욱 하얗게 비어갔다. 백치가 되어가는 과정이 그러할까? 방안 가득히 긴장감이 감돌기 시작했다. 벼룩 꿇어앉을 땅도 없다더니, 지금 그 방에서 해랑 자신이 몸 둘 곳은 어디에도 없었다.

270

"네 이녀언!"

하 목사가 노기 서린 얼굴로 그렇게 소리친 것은 다음 순간이었다. 그의 두 눈에 핏발이 서고 주걱턱이 덜덜 떨렸다.

"감히 본관이 초대한 손님을 이런 식으로 대하다니? 요절을 내겠다!"

그런데 그 말이 떨어지기 바쁘게 억호가 황급히 입을 열었다.

"아이옵니더, 아이옵니더, 영감. 소인은 다 쾌안사옵니더. 아무치도 않사옵니더, 아무치도. 그라이 노염을 푸시기 바라옵니더."

배봉도 더 이상 분위기가 나빠지는 것을 원치 않는다는 듯 끼어들었다.

"저 기녀가 무신 연유가 안 있것사옵니꺼? 집안에 안 좋은 일이 생깃거나, 아이모 몸이 좀 아푸다든가, 하여튼 이유가 있을 거로 보옵니더."

그 소리가 해랑 귀에는, 봇짐 내어 주면서 하룻밤 더 묵으라는 말같이 들렸다. 하 목사는 억지로 화를 삭이는 목소리로 물었다.

"해랑아, 너 사실대로 고하라. 정말 어디 몸이 안 좋은 게냐?"

해랑은 정말 병색이 짙은 환자 같아 보였다. 억호 목소리가 언덕 너머에서처럼 가물가물 들렸다.

"증말 그런 거 겉사옵니더."

그러자 하 목사는 또 금방 사람이 바뀌어 노기 대신 걱정스러운 빛을 띠었다.

"그러면 진작 몸이 좀 좋지 못하다고 그럴 일이지, 왜 아무 말도 하지 않고……."

그런데 하 목사가 그 말을 끝맺기도 전이었다. 홀연 방문 밖에서 누군가 큰소리로 급히 고하는 소리가 났다.

"영감! 화급한 일이 생겼사옵니다!"

한순간에 모든 것이 싹 달라지는 분위기였다.

"화급? 화급한 일이라니?"

하 목사가 흠칫하며 명했다.

"어서 들어와 고하라."

방문이 드르륵 거칠게 열리더니 관복 차림을 한 관리 하나가 허겁지겁 안으로 들어섰다. 그는 서둘러 하 목사에게로 다가가더니, 다른 사람들은 듣지 못하도록 그의 귀에 입을 대고 무어라 낮은 소리로 고했다.

"뭐라고?"

하 목사는 도저히 믿기지 않는지 눈을 크게 떴다.

"아니, 그게 사실이냐?"

키가 크고 버쩍 마른 관리는 몸을 떨었다.

"예."

하 목사가 벌떡 몸을 일으켰다. 일시에 술이 확 깨는 모습이었다. 그는 다급한 목소리로 배봉에게 말했다.

"내 잠시 나갔다 오겠소. 그동안 부자가 정답게 한잔 나누시오."

배봉과 억호가 얼른 엉덩이를 들었다. 해랑도 자리에서 일어섰다.

"무신 안 좋은 일이라도 생깃사옵니꺼?"

배봉이 입에서 술내를 폴폴 풍기며 물었다.

"나라가 좀 시끄러워질 것 같소이다."

그 말만 남기고 하 목사는 바삐 사라졌다. '좀'이 아니라 '많이' 시끄러운 사태가 벌어질 모양이었다. 하 목사의 허둥거리는 품이 여간 심상치 않았다.

하 목사가 자리를 뜨자 그곳은 그때까지와는 완전히 다른 공기가 흐르기 시작했다. 아주 유들유들한 배봉도 그 순간만은 약간 주저주저하는 눈치였다. 하지만 그는 다시 자리에 앉으며 억호에게도 앉을 것을 명했다.

"예, 아부지."

억호는 말은 배봉에게 하면서도 눈은 해랑 쪽을 힐끔 보고 나서 배봉 옆에 털썩 몸을 내려놓았다.

"무신 일이야?"

"글씨예."

그 소리들을 끝으로 또다시 침묵. 지금 방안은 술이 출렁거리지 않고 고요한 술잔 속 같았다.

"……."

해랑은 도무지 무엇을 어떻게 해야 할지 몰랐다. 마음 같아서는 앞뒤 헤아릴 필요 없이 그곳을 나와야겠지만 하 목사를 생각하니 또 그럴 수도 없다. 그가 돌아왔을 때 그녀가 자리에 없다는 것을 알면 노발대발 정말 무슨 벌을 내릴지 모른다. 결국, 그대로 앉아 있을 수밖에 없는 노릇이다.

해랑은 자리에 앉았다. 배봉이나 억호가 말하기 전에 내가 먼저 그래야 한다고 생각했다. 굴욕스럽게 그들 명을 따르느니 스스로 결정하고 행동하니 그 점만은 마음 편했다. 억지 논리를 폈다.

그래, 저것들과 같이 있는 게 뭐 그리 대수일까? 마음만 따로 있으면 되지. 그리고 지금 이곳은 저것들이 잠시 들어와 있는, 목사가 유희를 즐기는 방 아니냐?

그러나 막상 다시 자리에 앉기는 했지만 해랑 마음은 홍수가 진 저 남강보다 더 무수한 물결이 일렁거렸다. 말 그대로 만감이 엇갈렸다. 대체 눈은 어디에 두어야 할지, 또 손은 어떻게 해야 할지 까마득했다. 몸이 캄캄하고 갑갑한 허공에 붕 떠 있는 느낌이었다.

'아, 지옥 겉다.'

얼마 동안이나 그런 숨 막힐 것 같은 시간이 지나갔을까? 배봉이 그 특유의 징그러운 목소리로 말을 걸어왔다.

"오랜만이거마는, 옥진아. 흐흐. 우리가 이런 모습들로 만낼 끼라고는 구신도 몰랐을 끼라. 아이제. 니 눈에는 우리가 구신들로 안 비이것나. 내 말 맞제?"

"⋯⋯."

해랑은 지금 그 상황과는 너무나 어울리지 않게 생뚱맞은 생각을 했다. 왜 하 목사는 홍 목사나 정 목사와는 다르게 관기들이 악기를 켜거나 노래를 하거나 춤을 추는 것을 별로 좋아하지 않는 걸까.

"니도 머라꼬 함 말을 해봐라. 인자 여게 우리끼리만 있는데 모리는 사람들매이로 할 필요 있것나?"

떡으로 치면 떡으로 치고, 돌로 치면 돌로 친다고 했다. 그렇지만 그때 해랑은 자기를 해롭게 하려는 상대가 누구라 할지라도 도저히 대적할 기력이 없었다.

"옥지이 니가 기생이 되다이, 참말로 시상은 희한한 기라."

해랑은 속으로 무릎을 쳤다. 아, 그렇구나! 하 목사는 술 따르는 관기들을 더 좋아하지.

"요지갱 시상이다, 그 말이제."

그래도 해랑이 아무런 대꾸가 없자 급기야 배봉은 해랑의 부모를 걸고 나왔다.

"콧구녕 큰 용삼이하고 요조숙녀 겉은 동실댁 한분 만내고 싶거마는. 우떤 얼골 할 낀고. 히히히."

해랑은 뜨거운 물 속에 거꾸로 처박히는 것 같았다. 자신의 가장 아픈 구석을 건드리고 있었다. 누가 손으로 휘어잡고 뽑아내듯 머리카락이 뭉텅뭉텅 빠져나가는 기분이었다.

'머리털이 모도 없어지모 내는 저절로 비구니가 안 돼삐까? 그리 되

모 아모도 모리는 산속 깊은 곳에 있는 쪼꼬만 암자 겉은 데 가갖고 혼자 지낼 수 있을 낀데.'

해랑의 염불 외는 심정에서 나오는 생각이었다.

"비화 고년도 니 땜새 짜다라 괴로블 끼거마는."

나중에는 어떤 사람까지 끌어낼지 몰랐다.

"고맙다이, 해랑아. 에나 고맙다이, 옥진아."

배봉의 비아냥거림은 그 끝을 보이지 않았다.

"가마이 생각해보모, 기구한 기 사람 운맹 아인가베."

읍내장터같이 사람들이 많이 모이는 곳에서 노는 광대라도 된 것처럼 손가락으로 술잔을 빙글빙글 돌렸다.

"사주팔자, 사람 운맹을 누가 쥐고 주무르는고 너모너모 존갱시러버서, 내가 이 술 한 잔 주고 싶거마는. 아, 니한테 주까?"

만석중이를 놀리듯 해랑을 겨냥한 배봉의 희롱은 갈수록 그 도가 심해졌다.

"용삼이 여식이 기생이 돼갖고, 이 천한 배봉이하고 그 자슥한테 무르팍 꿇고 앉아 술을 따르다이. 킬킬킬."

해랑은 주리로 형벌을 당하는 느낌이었다. 그야말로 뽕 내 맡은 누에 같이 마음에 흡족하여 어쩔 줄을 모르는 배봉이었다.

"요새도 비화는 맨날 만내는 기가? 만내모 꼭 이약해라. 니가 우리한테 큰절도 올리고 술도 따랐다꼬."

"······."

"아, 너모 그리 금방 죽을 사람 겉은 얼골 하지 마라 카이."

하 목사가 배경 삼고 앉아 있던 병풍은 이제 절벽 따위가 아니었다. 지옥에서 벗어날 수 없게 첩첩이 쌓아 올린 쇠 울타리였다. 뜨거워 타죽을 것 같은 쇠로 만든 가시덤불이었다.

"하 목사가 앞으로 우리하고 자리 자조할 끼라 캤은께네, 인자 옥지이 니하고 우리도 신물나거로 보기 안 되까이."

"흑."

해랑은 끝내 눈물을 보이고 말았다. 무슨 일이 있어도 이것들 앞에서 눈물만은 보이지 않으리라 그토록 다짐했건만 소용없었다. 마음을 묶었던 모든 끈이 일시에 끊어져버린 듯했다.

"흑흑, 흑흑흑."

그리고 한 번 솟기 시작하면 걷잡을 수 없는 게 눈물이다. 얼마 안 가곱게 단장한 해랑 얼굴은 보기 흉하게 얼룩이 지기 시작했다. 꽃 같던 얼굴이 흙탕물에 나뒹구는 칙칙한 낙엽을 방불케 했다.

'고마 일나라, 옥진아이. 고마 퍼뜩 몬 일나나?'

마음속에서 외치는 소리가 들렸다.

'안 된다 고마. 하 목사가 우짤 낀고 모리나?'

또 다른 목소리가 외쳤다.

'여서 나가라!'

'몬 나간다!'

해랑 머릿속은 여러 개의 소리가 원수처럼 앞을 다퉈가며 크게 싸웠다. 조금만 더하면 정신분열증을 일으킬지도 몰랐다.

바로 그때다. 실로 예상치도 못한 이런 소리가 들렸다.

"아부지! 인자 그 정도만 하이소. 됐심니더 고마."

억호였다. 억호가 그런 소리를 했다. 그러자 잠시 방금 내가 무슨 소리를 들었지? 하는 낯빛이던 배봉이 버럭 화를 냈다.

"머시? 니 애비 보고 머라 캤노?"

그러나 억호는 아버지에게 조금도 지지 않고 대거리했다.

"솔직히 시방 아부지가 너모하시는 거 아입니꺼?"

"머라꼬?"

배봉은 벌떡 일어나 상을 엎어버릴 기세였다.

"이, 이눔잇! 오데서 감히 애비한테 눈깔 딱 뜨고 앵기드는 기고? 이 엠뱅에 땀을 몬 낼 눔아!"

멍하고 황당해진 건 해랑이었다. 그건 전혀 짐작 못 한 사태였다. 그것도 해랑 자신 때문에 저들 부자가 싸우다니?

"으, 내 몬 참것다."

"내도 가리방상합니더!"

갈수록 그들 감정은 격해졌다. 배봉은 당장 일을 낼 사람 같았다.

"그기 애비한테 할 소리가? 오데서 배운 버르장머리고, 으잉?"

억호 눈 밑에 난 점이 꿈틀거리는 듯했다.

"엠뱅예? 버르장머리예?"

같잖다는 투로 내갈겼다.

"아부지가 너모하신께 하는 소리지예."

"너, 너모해?"

뒤통수를 얻어맞은 표정의 배봉이었다.

"내가 머슬 너모하는데?"

억호는 그것도 모르느냔 투였다.

"너모 안 하고예?"

"허, 쇠똥에 미끄러져 개똥에 코 박을 일이라더이."

억울하여 못 견딜 노릇이라는 배봉 얼굴에 대고 억호가 내뱉었다.

"자슥보담 나 에린 여자한테 자꾸 그런 소리 해싼께 하는 말이지예."

"허, 동네 사람들아, 이런 호로자슥, 때호로자슥 봤나?"

파르르 경련이 이는 손가락으로 해랑을 가리켰다.

"지 에핀네 역성들어도 머할 낀데, 저 웬수 겉은 기집 팬을 다 들어?"

억호 입귀가 보기 흉하게 말려 올라갔다.

"참, 에린 아도 아이고. 팬이 머심니써, 팬이?"

"에, 에린 아?"

"에린 아도 한참 에린 아지예."

"저눔이 미칫다."

"그거를 인자 알았심니꺼?"

"기집한테 눈깔 뒤집힛다."

그러는 배봉의 눈알이 허옇게 뒤집혀 보였다. 남강 백사장 가장자리로 죽은 채 밀려나온 물고기를 연상케 했다.

"내가 그런 기 아이고, 아부지가……."

"사람이 홰까닥하모 몬 하는 말이 없다더이."

"함 물어보이시더. 아부지는 장 할 이약만 딱딱 가리감서 하는 사람입니꺼?"

"사람? 애비를 보고 사아라암?"

"그라모 사람이 아인가베예."

"요, 요 개짐승만도 모, 몬한 눔이?"

해랑은 눈앞의 현실을 받아들이기 어려웠다. 억호가 나를 위해 저렇게 나오다니? 억호가 이 해랑을 보호하고 두둔하다니? 더욱이 그의 상대가 누군가. 제 아비 배봉이 아닌가.

해랑은 지극한 슬픔과 분노 속에서도 지금까지 한 번도 느껴보지 못했던 새로운 감정에 사로잡히기 시작했다. 그녀의 삶을 회복 불가능하게 망가뜨려 놓은 철천지원수. 자다가도 벌떡벌떡 일어나게 하는 그런 억호였다.

한데, 그런 그가 해랑 자신을 괴롭히는 배봉을 상대로 부자지간 천륜마저도 끊을 것같이 하며 대들고 있다.

그런데 그때까지와는 정말 비교가 아니게 해랑을 경악케 하는 소리가 나온 것은 그다음 순간이었다. 해랑은 귀를 의심했다. 아니, 그 정도가 아니라 둔중한 쇠뭉치가 사정없이 뒤통수를 후려친 아찔한 느낌이었다.

"아부지는 장마당 웬수 겉은 기집이라고 하지만도, 지는예, 그기 아입니더. 해랑이, 아니 옥지이가 불쌍합니더! 불쌍해서 몬 살것심니더!"

급기야 배봉은 세상에서 가장 무서운 말을 들은 사람으로 비쳤다.

"머? 머시라꼬? 시, 시방?"

"모립니더, 아부지는."

마침내 억호 입에서는 울음소리까지 흘러나왔다. 울음…….

"아부지는 모립니더, 몰라예. 흐흑. 아입니더. 이 억호 심정 우떤 누 도 모리지예. 누가 알 낍니꺼? 흐흑."

배봉은 아예 입을 떡 벌린 채 새파랗게 질린 얼굴로 흉측한 낮도깨비 대하듯 억호를 바라보았다. 지금 그 순간 그는 어떤 생각도 불가능한 정 신 상태일 것이다. 그리고 그런 배봉보다도 더 충격을 받은 사람이 해랑 이었다.

나를 불쌍하다고? 제 심정 어느 누구도 모른다고? 아니, 그보다도 나 를 해랑이란 기명이 아니라 옥진이란 본명으로 부르다니?

옥진, 얼마나 오랜만에 들어보는 내 진짜 이름인가? 부모님이 지어주 신 세상에서 최고로 소중하고 고마운 이름. 그런데 정작 나는 어떻게 하 였는가? 그 좋은 이름자를 버리고 내 멋대로 다른 이름, 기명을 붙이고 살아간다. 아니다. 살아가는 게 아니고 죽어간다. 나의 이름 '강옥진'은 나의 사후死後에나 다시 불리어질까?

해랑이 관기가 된 후로 진심으로 본래의 이름을 불러주는 사람은 비 화 한 사람뿐이었다. 호랑이의 눈빛을 간직한 채 소걸음으로 간다는 말 은, 곧 비화가 살아가고 있는 모습을 그대로 나타내는 소리라고 사람들이 이야기했다.

해랑이 아주 잠깐 그런 생각에 잠겼다가 다시 앞을 보았을 때, 배봉은 분을 못 참아 두 손아귀로 제 복장을 마구 쥐어뜯고 있었다.

"니눔이 돌아삐릿다. 기집한테 홀리모 약이 없다더이. 으으."

억호가 아니라 배봉 자신이 금방 돌아버릴 사람처럼 보였다. 오장육부가 뒤틀리는 듯한 신음소리가 까칠한 그의 입술 사이로 흘러나왔다.

"조 야시 겉은 년한테 혼이 뺏기서 지 애비도 모리고 날뛴다 아이가."

그러나 억호는 뒤로 물러나지 않고 끝장을 보려는 심산 같았다. 감히 아버지 말끝을 가로챘다.

"지발 증신 똑바로 채리야 할 사람은 아부집니더. 인자 돈도 권세도 그만치 가지셨으모 채통도 지키시야지예."

"채, 채, 채토옹?"

체통은 고사하고 금방이라도 눈알이 튀어나올 것 같은 배봉에게 억호는 조금도 겁내는 기색 없이 대들었다.

"하모예. 아즉 에린 관기 하나 앞에 앉히 놓고 하시는 짓이 뭅니꺼?"

배봉은 미치기 전에 숨통부터 막혀 죽을 사람으로 보였다.

"머? 짓? 짓?"

"……."

"어이구, 이눔이 애비한테 대고 짓?"

"시방 짓 소리 들을 짓 하고 있는 거 아입니꺼?"

더 이상 갈 데가 없을 만치 막가고 있었다.

"흐, 이눔이 내 죽으라꼬, 낼로 쥑일라꼬?"

"우쨌든 우리 동업직물 우사 안 시킬라모 딱 근치소."

"우사 겉은 소리 하고 자빠졌다?"

"아부지도 지발 이신(위신)도 좀 채리시고……."

그 순간, '짝' 하는 소리가 나면서 억호가 두 손으로 얼굴을 감싸 쥐었다. 솥뚜껑 같은 배봉 손이 억호 뺨을 사정없이 올려붙인 것이다.

"씨이."

얼굴에 가져갔던 손을 떼고 잠시 씩씩거리다가 그렇게 욕설을 하는 억호 두 눈에는 대장간에서 나오는 것 같은 시퍼런 불꽃이 튀었다.

'아!'

해랑은 몸서리를 쳤다. 그건 인간의 눈이 아니었다. 아니, 어떤 동물에게도 그런 독이 서린 눈은 보지 못했다. 천하 독종 배봉마저도 그만 질리는 듯했다. 더 이상 손을 놀리지는 못한 채 중환자가 몹시 심하게 앓는 소리처럼 말했다.

"이눔이, 이눔이!"

바로 그때 방문이 열리지 않았다면 정말이지 부자지간에 상상도 못할 무슨 해괴한 일이 벌어졌을지 모른다. 그게 해랑에게 미쳤을 여파 또한 마찬가지였다.

"이거 손님을 불러놓고 미안하오이다. 공무에 매인 몸이다 보니 어쩌겠소이까."

하 목사는 웬일인지 굉장히 상기된 표정이었다. 배봉과 억호는 하 목사 몰래 서로 노려보듯 하고는 억지로 낯을 폈다.

"어?"

하 목사는 눈치 하나 빨랐다. 역시 권력이 있는 곳의 냄새를 잘도 맡아가면서 승승장구하는 간물奸物다웠다.

"허어, 술자리 분위기가 왜 이리도 썰렁하나? 냉방이로구먼."

"……."

"해랑아, 너 손님 대접이 영 시원찮았던 게 아니냐?"

이번에도 화살은 애먼 해랑에게 날아왔다. 해랑이 어쩔 줄 몰라 하고 있는데 억호가 또 해랑을 두둔하고 나섰다.

"아이옵니더, 영감. 분에 넘치거로 대접받고 있사옵니더."

하 목사는 손등으로 쓱쓱 소리 나게 주걱턱을 문질렀다.

"그게 정말인가?"

억호는 아주 태연스레 말했다.

"예, 난생 첨 받아보는 대접이옵니더. 그라이 영감께서도 술이나 드시지예."

"수울? 좋지, 술."

하 목사는 억호가 제법 마음에 드는 모양이었다. 갈수록 배봉보다 억호 말을 더 잘 받아들였다. 그는 손을 턱에서 목으로 가져갔다.

"허허, 그래볼까? 사실 지금 내 목이 여간 컬컬하지 않구먼."

배봉이 어둠 속의 쥐 눈같이 잔뜩 탐색하는 눈빛으로 물었다.

"나라에 무신 일이라도?"

하 목사는 대답 대신 술부터 쭉 들이켜고 나서 말했다.

"임자 같은 사람들이야 뭐 신경 쓸 일도 아니오."

어쩐지 사람을 얕잡아보는 듯한 그 말에 배봉은 배알이 꼴렸지만 그런 내색은 보이지 않고 여전히 공손하게 나갔다.

"예에."

하 목사는 당신들과 나는 품격과 수준이 다르다는 걸 노골적으로 드러냈다.

"나처럼 나라의 녹을 먹고 사는 신분이라면 몰라도 말이지. 흐음."

해랑이 얼핏 보기에도 하 목사는 뭔가를 꼭꼭 감추고 있는 게 틀림없었다. 배봉도 그런 낌새를 느꼈는지 계속 물고 늘어졌다.

"소인이 알모 안 되는 일이옵니꺼?"

하 목사가 상을 찌푸렸다. 말도 짜증스럽게 나왔다.

"허, 별일 아니래도?"

그의 얼굴에는, 제비와 참새가 어찌 기러기와 고니의 뜻을 알리요? 하는 빛이 서려 있는 듯싶었다.

"아부지."

억호가 손가락으로 하 목사 모르게 배봉 옆구리를 찌르며 눈짓을 했다.

"벨일 아이라 안 쿠십니꺼? 고마 술이나 드시이소."

배봉이 억호를 째려보며 입맛을 다셨다.

"쩝."

그러자 하 목사가 못 이기는 척 입을 열었다. 어떻게 보면 값을 올리기 위해 일부러 그렇게 빼고 있었던 것 같았다.

"정 알고 싶다면 내 이야기하리다."

배봉은 얼른 '예' 하면서 자세를 고쳐 앉았고, 억호는 그다지 흥미 없다는 표정을 드러내 보였다.

"잘들 들으시오. 조금 전에 내가 말은 그렇게 했지만 사실 이 나라 백성이라면 누구든지 해당이 될 터…….."

하 목사는 그러고도 한동안 더 뜸을 들인 후에 말했다.

"대원군이 뒤로 물러앉고 고종 황제께서 앞으로 나서실 것 같다는 분위기가 돌고 있다는 거요."

배봉이 깜짝 놀란 얼굴을 했다.

"예? 그라모 권력 이동?"

억호도 충격을 받은 빛이었다.

"자슥이 부모를?"

하 목사는 매우 감개무량한 표정이었다.

"권불십년이라더니, 십 년 동안이나 조선 땅을 밀가루 반죽 주무르듯

하던 흥선 대원군이 아드님에게 밀리는 것 같소이다."

"그라모 앞으로 이 시상은……."

모두 자기 계산을 하느라고 잠시 방안은 동굴 같은 침묵만 흘렀다. 그들 얼굴은 하나같이 굴을 세 개 판다는 교활한 토끼 같아 보였다.

해랑은 바싹바싹 입이 말랐다. 세상이 크게 바뀌는 게 아닌가 싶었다. 아니다. 그 정도가 아니라 뒤집혔다고 봐야 마땅할 듯했다. 무소불위의 대원군이 권좌에서 물러나게 될 것이라니. 하 목사가 뭉개듯이 깔고 앉아 있는 비단 방석이 홀연 비명을 지르는 것처럼 느껴지는 해랑이었다.

"본관이 한 가지 일러둘 게 있소."

세상에 무엇 하나 걸리적거릴 게 없이 제멋대로 하는 하 목사도 갑자기 다른 사람이 된 듯 목소리를 낮추었다. 방문도 좀 더 굳게 닫히는 것 같았다.

배봉과 억호 얼굴도 덩달아 한층 굳어진다. 얼핏 맷돌을 연상시켰다.

"오늘 들은 이 이야기는 절대 섣불리 발설하지 마시오."

하 목사는 술잔 잡았던 손을 목으로 옮겼다.

"입 한번 잘못 뻥긋 놀렸다간 어느 귀신이 잡아가는 줄도 모르게 죽을 것이오."

"……."

해랑 눈에는 이렇게 모여 있는 그들이 흡사 무슨 모의를 하고 있는 귀신들같이 비쳤다. 하 목사는 방문 쪽으로 고개를 돌리며 말했다.

"그 귀신이 지금 바로 이 방 밖에 서 있는지도 모르겠소."

배봉이 기겁을 했다.

"예에?"

억호는 무덤덤해 보였다. 아들이 아버지보다 무게감이 느껴졌다.

"우리는 참으로 무섭고 힘든 세상을 사는 듯하오."

하 목사 그 말에 배봉 역시 음성을 잔뜩 아래로 깔고 물었다.

"그라모 인자 시상은 우찌 되는 것이옵니꺼?"

잠시 침묵이 이어졌다.

"일찍이 없었던 큰 파도가 세상을 한 번 뒤집어 놓지 않겠소."

이윽고 그렇게 말하면서 하 목사는 손바닥을 거꾸로 뒤집어 보였다.

"시상이 뒤집히져……."

하 목사 말을 되뇌는 배봉의 탐욕스러운 두 눈에 근심이 가득 서렸다. 그는 추위를 타는 사람처럼 굵은 목을 움츠리며 또 물었다.

"저희 동업직물은 문제가 없것사옵니꺼?"

하 목사가 두 손을 휘휘 내저었다.

"아, 아, 임자가 하는 사업이야 무슨 일 있겠소?"

해랑에게 무슨 말을 하려다 말고 이렇게 말했다.

"우리 같은 관료들이 문제지."

"예."

안도감을 느끼는 배봉의 얼굴을 힐끗 보고 나서 한 번 더 못 박았다.

"문제는 관료들이야."

그는 무너져 내려앉을 것을 근심하듯 잠시 머리 위의 천장을 올려다보았다.

"장사꾼이나 농사짓는 사람들이야 설사 왕조가 바뀐다고 해도 무어 달라질 게 있을까? 안 그렇소이까?"

그 소리를 들은 배봉이 보다 한시름 놓았다는 듯 얼굴이 펴지더니 거지 근성이 전해지는 투로 말했다.

"헤헤. 듣고 보니 그렇것사옵니더. 지들 겉은 무지렁이들이사 상관 없것지예."

그러자 듣고 있던 억호가 몹시 기분이 상한 듯 낯을 찡그리며 불쑥 내뱉었다.

"아부지, 우리가 와 무지렁입니꺼? 그런 말씀하시모 안 되지예."

"목사 영감 앞인께네 하제."

그러면서 변명 늘어놓듯 하는 배봉의 말을 억호는 끝까지 듣지도 않았다.

"동업직물 하모, 온 천지 모리는 사람이 없는데, 아부지만 모리시는 거 겉네예."

하 목사가 억호에게 술을 권했다.

"그 기백이 내 마음에 쏙 드는구먼. 역시 생긴 그대로 통이 커."

"소, 송구시럽사옵니더, 영감."

이번에도 억호보다 배봉이 선수를 쳐서 아부했다. 하 목사가 술잔을 높이 들어 올리면서 권주가 부르듯 했다.

"자아, 나랏일에 대해서는 이제 그만 얘기하고 한잔들 합시다. 같이 잔을 들어요. 이 어렵고도 힘든 시대에 우리 앞날을 위해서요."

역시 억호보다 배봉이 먼저 잔을 들어 하 목사 잔에 갖다 대며 말했다.

"소인들은 그저 목사 영감만 믿고 있것사옵니더."

"하하하. 여부가 있겠소."

그런 큰소리와 함께 하 목사는 잔을 비우기가 무섭게 명했다.

"해랑아, 뭘 하느냐? 잔이 비었다. 어서 따르거라."

해랑은 하 목사와 배봉 그리고 억호의 순서대로 잔을 따랐다. 이제는 억호 잔을 채우는 손이 떨리지 않았다. 배봉과 한바탕 크게 다툰 억호가 어쩐지 예전의 억호 같지 않았다. 해랑 자신도 그런 느낌을 받았다. 옛날과 지금이 서로 다른 해랑.

그리고 해랑은 보았다. 술잔을 내밀고 있는 억호 손이 심하게 흔들리는 것이다. 피도 눈물도 없는 줄로만 알았던 억호에게 이런 면이 숨겨져 있었다니. 억호는 해랑을 똑바로 쳐다보지도 못했다. 고개를 옆으로 꺾고 외면하는 거였다.

"임 사장은 말이오."

"예, 예, 나리."

"나랏일과 장사란 것이, 내 따로 말 안 해도 아실 것으로 생각하오."

"그, 그렇사옵니다."

하 목사와 배봉은 계속해서 이야기를 나누었다. 주로 배봉의 뒤를 봐주겠다, 목사 영감이 섭섭지 않게 후사하겠다, 그따위 구중중한 소리 일색이었다.

이윽고 영원히 지속될 것 같던 그 술자리를 파할 시간이 왔다. 얼굴이 마치 불귀신같이 빨개진 하 목사가 자리에 앉은 채 말했다.

"잘 돌아들 가시오. 오늘 참으로 즐거웠소이다."

억호는 말이 없고, 배봉이 송구스러워 어쩔 줄 모르겠다는 듯 말했다.

"아, 아이옵니다. 저, 저희는 더, 더 그랬사옵니다."

하 목사는 개개풀어진 눈을 해랑에게로 돌리며 말했다.

"나는 해랑이와 한잔 더 해야겠소. 나라를 생각하니 갈증이 자꾸 나는구려."

그러자 서둘러 자리에서 일어선 배봉은 허리를 있는 대로 굽실거렸다.

"감사, 감사하옵고, 베풀어 주신 호이(호의), 절대 안 잊것사옵니다. 백골난망……."

그대로 앉아 있는 억호 등짝을 무릎으로 쳤다.

"억호 니도 인사 안 드리고 머하노?"

"예."

억호가 잠에서 깬 듯 몸을 일으켰다.

"목사 영감, 이만 물러가옵니더."

"더 같이 못 해서 섭섭하이."

하 목사는 이번에도 배봉보다 억호에게 더 친근한 모습을 보였다. 어쩌면 굴러먹을 대로 굴러먹은 배봉보다 약간은 어리숭해 보이는 억호가 더 요리하기 수월하겠다는 판단에서 그러는 것이다.

"다음에 또 봄세."

"예."

"그땐 동생도 데리고 오게나."

"예."

"이름이 만호라 했던가?"

억호는 진정성이 담겨 있지 않고 건성으로 들리는 하 목사 물음이 역겹고 귀찮다는 듯 역시 짧게 대답했다.

"예."

그들에게 술을 따르지 않는다고 극성이던 하 목사가 어쩐 셈인지 해랑에게 일어나서 배웅하라는 소리는 하지 않았다. 배봉이 먼저 몸을 돌려세우고 그다음으로 억호도 등을 돌려 방문 쪽으로 향했다.

한데, 바로 그 순간이었다. 해랑과 억호 눈이 허공에서 마주친 것이다.

해랑 가슴이 무너져 내렸다. 억호의 눈빛. 놀랍게도 그것은 평소의 억호 눈빛이 아니었다. 그의 눈에는 탐욕도 독기도 전혀 없었다. 있다면 오직 한 가지, 한없이 안타깝고 슬픈 빛만 가득 서렸을 뿐이었다.

"해랑아, 이리 더 가까이 오너라."

넋을 잃고 바라보는 해랑 어깨를 하 목사의 손이 낚아채듯 했다. 해랑은 놓치지 않았다. 막 방을 나서는 억호 두 눈에 가득 괸 눈물을 보았다.

억호의 그 눈물. 그것은 해랑으로서는 도저히 풀어낼 수 없는 영원한 수수께끼와도 같은 눈물이었다.

배에 아이가 서다

이상한 일이다.

비화는 요 며칠 동안 도통 음식을 먹지 못했다. 목으로 넘기기도 전에 죄다 토해버렸다. 본래 위장이 튼튼하여 여간해선 잘 체하지도 않는 체질인데도 그랬다. 위장뿐만 아니라 무관 출신 아버지 호한의 강성強性을 그대로 물려받은 천부적 건강을 모두가 부러워할 정도였다.

"우짜모 좋노?"

재영은 말할 것도 없고 우정 댁과 원아도 여간 걱정이 아니었다.

"옛날부텀 일한테 이기는 장사가 없다 캤는데……."

재영의 말에 우정 댁이 비화더러 나무라듯 했다.

"그런께 내가 머라 쿠데? 몸을 그리 혹사시키모 탈 난다 안 쿠더나?"

원아는 금방 울 것 같은 얼굴이었다.

"체해도 그냥 보통 체한 기 아이라예, 성님. 아이구, 우리 조카를 우짜노?"

우정 댁이 입술을 깨물었다.

"가마이 있거라."

원아가 달라붙듯 했다.

"예? 무신 좋은 방법을 찾았어예?"

우정 댁은 주위를 두리번거렸다.

"오데 손가락 잘 따는 사람 있는가 알아봐야것다."

원아는 썩 내키지 않아 했다.

"그거는 피를 내야 하는 거 아입니꺼."

재영도 약간 몸을 떨었다.

"피……."

그런 두 사람을 잠깐 보고 있다가 우정 댁이 말했다.

"안 그라모, 침을 맞거나 뜸질을 하든가."

그리고 연이어 민간요법을 들먹이자 원아는 자기 생각을 말했다.

"약 지이묵는 기 더 안 낫을까예?"

우정 댁은 답답하다는 듯 얼굴을 찡그렸다.

"그리 약 무라 약 무라 글 캐도, 약이라쿠모 웬수가 졌는고 안 무울라 쿤다 아이가."

원아는 한숨을 폭폭 내쉬었다.

"그라모 우짤라꼬?"

얼이한테 비화가 아무것도 먹지 못하고 아파 누워 있다는 말을 전해 들은 꼽추 영감과 언청이 할멈이 병문안을 왔다.

"각중애 이기 뭔 일고, 으잉? 얼굴이 반쪼가리다, 반쪼가리!"

"머 묵고 싶은 거 있으모 말해 보래이. 산삼 녹용이라도 구해줄 낀께."

지난날 큰아들 원채가 미국 군인들에게 포로로 잡혀갔을 때와 풀려나 왔을 때 비화가 베풀어준 은혜를 잊지 못하는 노부부였다.

"묵고 싶은 기 있으모 이모님들 보고 하매 말했지예. 걱정하시지 마이소. 속에 좀 걸린 거만 넘어가모 탈탈 털고 일납니더."

그러면서 비화는 억지로 웃어 보였다. 그걸 본 꼽추 영감이 모두를 안심시키듯 말했다.

"봄철 꽁(꿩)은 누가 머라 안 캐도 지 스스로 알아서 운다 안 쿠던가 베? 비화 각시가 비미이(어련히) 알아서 하까이."

그래도 언청이 할멈은 친딸이나 친손녀 대하듯 비화 손을 꼭 쥐고 막무가내로 나갔다.

"글 싸도 입에 땡기는 기 하나는 있을 끼라. 말해 봐라 캐도?"

절대 그대로는 돌아가지 않을 사람들같이 하면서 하도 조르는 통에 비화는 할 수 없이 이렇게 말했다.

"꼭 그라시모 한 가지만 말씀드리께예."

"진즉 그리 안 하고."

언청이 할멈은 눈까지 살짝 흘기며 물었다.

"그기 머꼬?"

그러자 비화 입에서 나오는 소리였다.

"오데 좀 신 기 없으까예?"

"신 거?"

언청이 할멈이 얼른 확인했다.

"예, 신 음식이 생각나네예. 석류 겉은 거도 괜안코예."

그런데 비화의 그 말이 미처 떨어지기도 전이었다. 갑자기 언청이 할멈이 보물을 발견한 사람처럼 외쳤다.

"아이구, 인자 알것다! 이 사람들아, 인자 알것다!"

저마다 눈이 휘둥그레져서 언청이 할멈을 바라보았다. 그녀는 합죽한 입가에 웃음기를 한 움큼 깨물었다.

"허, 이 사람들아, 그래도 모리것나?"

서로 얼굴을 마주 보는 나루터집 식구들을 향해 소리쳤다.

"아, 각시가 신 기 묵고 싶다쿠모 그기 무신 소리것노?"

"아, 그라모!"

홀연 우정 댁도 얼굴 가득 기쁜 빛을 띠었다. 그러고는 모두가 내 죄라는 듯 말했다.

"우리 얼이 놓고 나서 아를 몬 뱄더이, 내도 참말로 멍청 안 합니꺼."

원아 낯빛이 가문 날의 달처럼 붉게 달아올랐다.

"그란께 우리 조카가?"

비화 얼굴은 원아보다 더 빨개졌다.

"아, 그라모 지가?"

꼽추 영감이 손뼉이라도 칠 것같이 했다.

"인자 됐거마는, 인자 됐거마는. 다 잘됐다 아인가베."

언청이 할멈이 우정 댁과 원아를 돌아보며 독한 시어머니처럼 재촉했다.

"뭣들하고 있노? 후딱 가서 새댁 몸보신할 거 좀 안 가지오고?"

"아, 예. 알것심니더."

우정 댁과 원아가 막 마루로 나왔을 때 마침 얼이와 강에 바람 쐬러 갔던 재영이 마당을 들어서고 있었다.

"조카사우! 퍼뜩 이리 함 와 봐라."

우정 댁이 큰 소리로 부르자 재영이 깜짝 놀란 얼굴로 물었다.

"와예? 이, 이모님들, 무, 무신 일 있심니꺼?"

원아가 미소를 지으며 대답했다.

"일이 있지예. 그거도 보통 일이 아이지예."

나이 차가 많이 나는 우정 댁은 재영에게 하대下待하고 있었지만, 그렇지 않은 원아는 어느 정도 말을 높이는 터였다. 우정 댁과 원아 입에서 거의 동시에 똑같은 소리가 튀어나왔다.

"각시가 아를 뱄다 아인가베!"

비화가 임신했다는 전갈을 받은 다음부터 여간해선 딸네 집을 찾지 않는 호한과 윤 씨 부부의 나루터집 발길이 잦아졌다.

"너모 심려하시지 마이소. 지가 알아서 잘 보살피컷심니더. 이모님 두 분도 곁에서 에나 멤 써주시고예."

재영이 호한에게 술을 따라주며 말했다.

"박 서방, 고맙네. 우리는 자네만 믿거마는."

윤 씨가 만감이 엇갈리는 얼굴로 말했다. 혼례를 치르자마자 사위가 집을 나가 여러 해 동안 독수공방하던 외동딸을 생각하면, 아직도 가슴이 미어질 수밖에 없는 게 어미 된 사람의 심정일 것이다.

"흠."

그러나 호한은 될 수 있는 한 사사로운 감정을 숨기려는 눈치였다. 이런 좋은 때일수록 서로가 지난날의 서운하고 아픈 기억은 들추어내지 않는 게 현명한 법이다.

"이보게, 박 서방. 한양 땅을 지 안방맹캐 자조 들락거리는 내 죽마고 우 조언직이 말에 따르모 말일세."

호한은 딸의 임신 때문이 아니라 사위와 나랏일에 대해서 담소나 나누려고 온 사람처럼 꾸몄다. 그게 그에게 잘 어울리는 모습 같기도 했다.

"시방꺼정 권력을 잡고 있던 흥선 대원군이 뒷전으로 나앉고 고종 황제가 정치 전면에 나섬서, 우리 조정의 대외정책도 쪼꼼씩 배뀌고 있다 안 쿠는가베."

여전히 세상 물정에 어둡기만 한 재영은 그저 이랬다.

"예, 장인어른."

"이 점에 관해 자네는 우찌 생각하나?"

호한은 살림집과 다른 가겟집 분위기를 새삼 느꼈다.

"자네 이갠(의견)을 함 듣고 싶거마는."

재영은 얼굴을 붉히며 목구멍으로 기어들어 가는 소리로 대답했다.

"지가 머를 알것심니꺼."

그리고 구태여 하지 않아도 될 말까지 입술에 묻혔다. 그만큼 천성이 모질지 못하다는 증거라고 볼 수도 있었다.

"한 가정의 가장 구실도 잘 몬 하는데……."

호한은 못 들은 척 술을 들이켰다.

"커어, 술맛 조오타!"

아직도 재영 귀에 들리는 것 같았다. 아버지 술천의 꾸짖음과 어머니 이 씨의 애달파하는 소리였다.

'천하에 몬난 늠! 지 각시 아이모 우짤 뿐했노? 아모 소리 말고 니 각시 하는 장사나 곁에서 잘 도와조라.'

'너모 그리 죄인 다루듯 하시지 마이소. 사내가 지 기집 놔놓고 딴 여자한테 눈 돌릴 수도 있지예. 재영아, 인자 죄 지은 얼골 고마해라. 지내간 일은 지내간 일이고, 앞으로 잘하모 되는 기다.'

그런 환청에 시달리던 재영은 호한의 굵직한 음성에 정신이 돌아왔다.

"자네, 묵는 음식 앞에 놓고 제사 지내나, 머하나?"

"예?"

호한은 근엄함 대신 술친구에게 툭 내던지는 소리처럼 말했다.

"쌔이 술잔 안 돌리고. 상에 딱 달라붙어갖고 안 떨어지것다."

"아, 예. 자, 장인어른."

재영은 급하게 잔을 비우고 호한에게 건넸다. 호한은 잔만 받아놓고 마시지는 않았다. 그 대신 진지한 얼굴로 말을 이어갔다.

"자고로 사내대장부란 말일세, 가정도 중요하시만, 더 나아가 나라 돌아가는 정세에도 밝아야 하는 기라."

재영은 속으로 나도 앞으로는 정말 그래야겠다고 다짐을 했다.

"예, 알것심니더."

임배봉의 간계에 치명적인 상처를 입고 부하가 저지른 부정으로 인해 관직에서 물러났지만, 그는 여전히 대범하고 나랏일에 관심이 높았다. 그리고 비화는 비록 여자지만 아버지의 그런 기질을 그대로 이어받았다.

"내가 듣기로, 시방꺼지는 주로 중국하고만 외교를 해왔는데, 인자부텀은 한거석 달라질 끼라데."

아랫배에서 나오는 우렁찬 목소리였다. 성내 높은 장대將臺에 올라서서 부하들을 호령하던 범 같은 무관이 거기 있었다.

"아, 우찌?"

조심스럽게 묻는 사위에게 말했다.

"아까 말한 언직이 그 친구 하는 소리가, 중국을 여러 차례 오가던 박 머라쿠는 사람이, 무신 통상 개화론을 주장하는데…….'"

오랜만에 재영이 제 판단을 내비쳤다.

"우리 조선의 이익을 생각해서 그라는가베예?"

"하모, 그랄 끼거마는."

호한은 조금씩 그 그릇이 커 가는 사위가 흡족한지 고개를 끄덕였다.

"우쨌거나 연못물 말리갖고 물괴기 잡는 짓은 안 해야 할 낀데 말이 제."

"예에."

재영 또한 가까이할수록 문무를 겸한 장인이 우러러 보였다. 장모를 향한 감정의 물살도 점점 더 따스해지고 있었다.

"당장 눈앞에 비이는 쪼꼬만 이익을 얻을라꼬 먼 장래를 생각 안 하모 그기 더 큰일인 기라."

호한 머릿속에 언직의 말이 떠올랐다. 대원군이 물러난 이후로 일본이 조선의 움직임에 굉장히 민감한 반응을 보인다는 것이다. 그러면서 언직은 그만 와락 울화가 치미는 듯 목소리를 높였다.

"왜눔들이 또 우리 조선을 정벌하자쿠는 벼락 맞을 소리를 해쌌고 있다 안 쿠는가베?"

호한은 흡사 범이 포효하듯 했다.

"머라? 그눔들이 또?"

"하모."

"괘씸한!"

언직은 탈기한 듯 말했다.

"우짜모 좋노, 이 사람아."

"이대로 앉아갖고 당해서는 안 되제."

아무리 떨쳐버리려고 해도 앉은뱅이 용쓰는 모습이 자꾸만 눈에 어른거리는 호한이었다.

"그런께 말인 기라."

"몰라서 당하는 거보담도 뻔히 앎시로 당하는 기 더 몬났제."

"후~우."

정한론征韓論. 조선이 일본을 서양처럼 오랑캐로 인식하게 했던 정한론이, 그 당시 조선을 겨울바람에 부대끼는 문풍지같이 뒤흔들고 있었는데, 바로 그 얘기였다.

세상 어느 여인네가 그렇지 않겠느냐마는, 비화는 임신한 그 이후로 하루에도 천만 가지 생각에 젖곤 했다.

드디어 나도 어머니가 되는가? 어머니가 되면 무슨 기분이 들까? 아이가 잘 태어나 줘야 할 텐데. 우리 부부 사이에 태어날 아이는 어떤 아이일까? 정녕 신기하기도 하고 궁금하기도 했다. 그러자 주위에 있는 아이들이 번갈아 떠올랐다.

유춘계 아저씨 밑에서 농민군 하다가 성문 밖 공터에서 형장의 이슬로 사라진 천필구의 아들 얼이, 천주학 대박해 사건에 연루되어 남강 백사장에 목 없는 시신으로 나뒹굴던 전창무 아내 우 씨의 소생, 초지진인가 광성보인가에서 조선 수비대로 싸우던 중 미국 군대의 포로가 되었다가 풀려난 꼽추 영감과 언청이 할멈의 큰아들 원채, 저 철천지원수 임배봉의 자식인 만호와 상녀 사이에 태어난 은실, 그리고 무엇보다도 억호와 분녀가 나루터집에 데리고 왔던 동업이란 아이…….

어쨌든 비화는 원수 점박이 형제처럼 나도 이제는 자식을 갖게 되었다는 생각에 마음이 그렇게 든든할 수 없었다. 천하를 거머쥔 기분이 이러할까? 그래서 사람들은 모두가 제 핏줄을 찾는가 싶었다.

'그거는 그렇는데?'

그런데 참으로 알 수 없는 일이 하나 있었다. 남편 박재영의 태도였다. 남편만 생각하면 비화는 너무나 서운하고 야속하다는 마음에 울고 싶었다. 도대체가 이 세상 누구보다도 가장 기뻐해야만 마땅할 남편이란 사람이, 시큰둥한 정도가 아니라 아예 관심조차 없는 것 같았다. 아니, 아내의 임신을 싫어하는 듯한 기색마저 내비쳤다. 내가 잘못 본 거겠지 하고 다시 봐도 그릇된 판단은 아닌 성싶었다.

"큰이모님, 궁금해서예."

"사람이 숙맥 아이가. 부끄러버서 글 썼는 기다. 너모 멤 쓰지 마라."

하루는 하도 답답하고 울적하여 우정 댁에게만 슬쩍 물어봤더니 잠시 후 돌아오는 답변이 그러했다.

"얼이 아부지도 그리하시던가예?"

불쑥 묻고 나서 비화는 크게 후회했다. 이렇게 세견머리 없기는. 역시 우정댁 얼굴 가득 깊고 어두운 그림자가 드리워지기 시작했다. 뿐만이 아니었다. 우정댁 입에서는 엉뚱한 소리가 흘러나오기 시작했다.

이 걸이 저 걸이 갓 걸이
진주 망건 또 망건
짝발이 휘양건
도르매 줌치 장독간
머구밭에 덕서리
칠팔월에 무서리
동지섣달 대서리

비화 가슴이 칼로 도려내는 듯 쓰려왔다. 지난날 농민군들이 이마에 흰 수건 동여맨 채 죽창과 몽둥이, 지겟작대기, 농기구 등을 들고 진군할 때 부르던, 유춘계 아저씨가 지은 그 '언가'를 부르고 있는 우정댁 두 눈에 가득 괸 눈물을 본 것이다.

비화는 우정 댁에게 미안하다는 소리도 건네지 못한 채로 주방에서 뛰쳐나오고 말았다. 그러고는 등 뒤에서 들려오는 우정댁 통곡 소리를 들었다.

그런데 무슨 모를 하늘의 뜻일까? 옆집 밤골 댁이 마당으로 들어서더니 우두커니 서 있는 비화더러 우정댁 좀 나와 보라고 하라는 것이다.

"그 사람들이 우리 집에 왔다. 그 사람들 오모 반다시 알리 달라꼬 우정 댁이 내한테 대고 신신당부 안 했디가."

"아, 예."

비화는 '그 사람들'이 누군지 알고 가슴이 철렁 내려앉았다. 임술년에 한돌재와 함께 농민군 하던 판석과 또술, 태용 등이었다. 밤골 댁이 간간이 흘리는 말에 의하면, 그들은 경상도뿐만 아니라 전라도와 충청도 등 여러 곳에서 정보를 모으며 새로운 일을 꾸미고 있다고 했다.

"우리 돌재 씨 하는 말이, 요담에 일어날 농민들 항쟁은 에나 겁날 끼라데. 그기 운제가 될란지는 잘 몰라도, 시간이 쪼매 걸리더라도, 상구 철저한 준비 끝에 들고일어날 낀데, 그때는 증말 나라에서 꼼짝달싹 몬하고 우리 농민들이 요구하는 거를 모돌띠리 들어줄 수밖에 없을 끼다, 글 안 쿠나."

비화가 밤골댁 그 말을 머릿속에 떠올리고 있을 때였다. 우정 댁이 어떤 계시라도 접한 사람같이 주방에서 엎어질 듯이 달려 나오며 소리질렀다.

"밤골댁! 그 사람들 온 기요?"

그러자 밤골 댁은 그러는 우정 댁이 걱정되는지 딴전을 피웠다.

"주방에서 귀밝이술 마시고 있었소? 시방이 정월 보름날 아츰도 아인데……."

"안 맞소? 맞지요, 그 사람들이?"

언제나 외딴 섬에 지는 해처럼 외롭고 힘들게 살아가는 우정 댁에게, 저 농민군은 창무 부부가 애타게 찾고 기다리던 구세주와도 같은 존재인 것처럼 보였다. 하지만 그런 감정 뒤끝에 비화는 망나니 칼에 목을 베인 천필구가 되살아나 마음 가득히 시커먼 구름장이 뒤덮이는 것이었다.

"아, 같이 갑시더, 우정댁."

그 말을 뒤로 밤골집으로 냅다 달려간 우정 댁은, 방안에 앉아 있는 판석과 또술, 태용을 보자 죽은 남편이 살아 돌아온 것처럼 반가워했다.

"얼이 어머이, 그동안 잘 지내셨심니꺼?"

판석이 안부를 물었다. 우정 댁은 죄지은 사람 같은 얼굴을 했다.

"지야 팬안히 앉아서 팬안한 밥 묵고 있은게 그냥 미안할 뿐이지예."

편안하다는 말을 반복하더니 무척 안됐다는 눈으로 그곳 사람들을 둘러보았다.

"돌아댕기심서 애쓰시는 분들이 에나 고생 짜다라 하시지예."

판석은 그깟 고생은 아무것도 아니라고 했다.

"아, 들고 나니 초롱군이라 안 캤심니꺼. 초롱을 들고 나서모 우떤 누구나 싹 다 천한 초롱군도 되는데, 그에 비하모 우리는 아입니더."

우정 댁은 기어들어가는 소리로 말했다.

"그리 말씀하신께 더……."

밥집과 술집은 꼬집어 말할 수는 없어도 어쩐지 좀 다른 공기가 흐르는 것 같았다.

"그래도 저희들이사 이리 목심이 붙어 있지만도, 그리 억울커로 돌아가신 유춘계 나리나 천필구, 한화주, 서준하, 방석보 겉은 분들만 생각하모 가슴이 맥힙니더."

또술의 그 말을 태용이 받았다.

"천벌 받아 팍 꼬꾸라질 임배봉이 그런 인간은 잘도 살고 있는데 말입니더."

"고 인간 이약은 안 했으모 좋것심니더."

우정 댁은 억만금을 준다고 해도 임배봉 이야기는 듣기 싫었다. 울고는 피를 토하는 두견새의 목에서 피를 내어 먹듯, 온갖 나쁜 짓 못 할 짓을 자행하여 남의 재물을 전부 빼앗는 그런 족속 몸에는, 개도 더럽다고 오줌을 누지 않을 것이었다.

"일은 멤 묵는 대로 좀 될 거 겉심니꺼?"

그렇게 궁금한 것부터 기대 섞인 소리로 물은 후에 우정 댁은 말했다.

"돈이 필요하모 운제든지 말씀들 하이소. 지가 애끼서 모운 돈이 그러키 많기는 안 해도 쪼매 됩니더."

"그 말씀만 들어도 눈물이 나거로 고맙심니더. 진짜 심이 막 납니더. 되는 집에는 가지 나모에 수박이 열린다꼬, 나루터집이나 여게 밤골집이나 모도 다 장사가 잘된께네 증말 좋심니더."

또술이 말했고 판석이 물었다.

"얼이는 잘 있지예? 인자 장골 티가 날 낀데예?"

"안주꺼지 그 정도는 몬 되고예."

그러던 우정댁 입에서는 놀라운 소리가 나왔다.

"하지만도 우리 얼이가 필요할 때가 되모 운제든지 데리가이소."

"예?"

"아, 아드님을?"

차마 믿어지지 않는다는 듯 하나같이 눈을 크게 뜨고 자기를 바라보는 농민군들에게 우정 댁이 말했다.

"억울하거로 죽은 지 아부지 웬수 갚는 일인데, 아즉 에리기는 해도 지가 넘보담 앞장을 서야지예."

누군가가 물기 젖은 목소리로 말했다.

"아, 우찌 그런 생각꺼지 다 하시고?"

강 쪽에서 들려오는 물새 울음소리가 처량한 듯 우렁찼다.

"아입니더. 아조 당연한 일 아입니꺼."

심지어 우정댁 입에서는 이런 소리도 나왔다.

"여자도 농민군이 될 수 있는 날은 안 오까예?"

"……."

저마다 입을 다물었고 잠시 침묵이 흘렀다.

"여자 농민군, 여자 농민군."

그렇게 되뇌던 판석이 일행을 한 번 둘러보고 나서 말했다.

"얼이 어머이께서 그리 각오를 무쇠매이로 굳게 하시고 키우는 얼인께네, 난주 난 뿔이 우뚝하다쿠는 말은 얼이를 두고 하는 말이 될 낍니더.”

우정 댁은 창무, 우 씨 부부와 더불어 기도할 때의 모습이 되었다.

“아, 증말 그리만 될 수 있다모!”

모두가 한입으로 말했다.

“됩니더!”

나루터집과 구조가 비슷한 밤골집 마당에 서 있는 감나무에서 때까치가 울고 있었다. 까치보다 좀 작지만, 성질이 사나운 그 새를 돌재는 좋아했다. 나약해 빠진 것보다 차라리 약간 못돼도 강하게 살고 싶다는, 지배 세력들에게 항상 억눌려 지내야만 하는 민초들의 반발심에서 우러나온 것인지도 모른다.

“그날의 초군들은 참말로!”

“나모만 잘 베는 기 아이었지예.”

그네들 대화는 끝날 줄을 몰랐다. 뒤늦게 방에 들어와 이야기를 듣고 있던 밤골 댁이 또 옷고름 끝을 들어 코 밑을 닦으며 말했다.

“마린 나모를 태운께 생나모도 타데예. 대세만 잘 타모 모든 일이 뜻대로 안 되까이예. 그라이 우짜든지 멤을 모질거로 묵고 싸와야지예.”

밤골 댁은 자신과 동갑나기인 우정 댁이 존경스럽기까지 했다.

“얼이 어머이 겉은 분하고 이웃하고 산다쿠는 기 내한테는 너모 과분합니더.”

그때 그녀 눈에 비친 우정 댁은 한갓 무지렁이의 과부, 콩나물국밥집 아낙이 아니었다. 여전사처럼 비쳤다.

“〈이 걸이 저 걸이 갓 걸이〉 노래가 하로라도 더 쌔이 이 나라 이 강산에 다시 울리 퍼질 날이 와야 할 낀데.”

밤골 댁이 스스로의 감정에 겨워 어깨를 들썩이며 흐느끼는 모습을 가만 지켜보며 돌재가 비장한 얼굴로 한 말이었다. 그 소리에 방안은 더 더욱 엄숙한 공기에 휩싸였다.

"그란데 우리가 들은께 말입니더."

판석이 자못 걱정스러운 말투로 입을 열었다.

"임배봉이하고 그 자슥들 점벡이 행재가 하는 동업직물이 그리 잘된 담서예? 사람들 말이, 그 집구석은 맨날 뗑그렁이라, 그리쌌던데예."

태용이 분노에 떠는 목소리로 말했다.

"우리 농민군 항쟁이 실패했을 당시, 농민군 색출에 눈깔 뻘겋게 돼 갖고 설치쌌던 짐승만도 몬한 고 인간들이 천벌 안 받고 도로 저리 잘사는 거를 보모, 전창무와 우 씨가 그리 달라붙던 천주학도 맞는 긴가 벨벨 생각이 다 듭니더."

또술이 그곳 문풍지가 흔들릴 만큼 큰 한숨을 내쉬었다.

"전창무 그분을 떠올리모 억장이 막힙니더. 목 없는 시신을 땅바닥에 파묻었지 않심니꺼. 내는 시방도 꿈속에서 성문 밖 장대 끝에 높이 걸리 있는 그의 목을 볼 때가 있심니더."

우정 댁이 문득 떠올렸는지 들려주었다.

"운젠가 우 씨가 저희 나루터집에 넘들 몰래 와서 비화 조카를 만내고 간 적이 있심니더. 아모도 자기를 몰라보거로 얼골을 천으로 싹 가리고 말입니더. 그래서 우리도 그분을 잘 몰라봤지예."

그러자 판석 일행뿐만 아니라 돌재와 밤골 댁도 깜짝 놀랐다.

"그, 그런 일이 있었어예? 어이구, 불쌍해서 우짜노."

"시방은 오데서 우찌 살고 있을랑고. 에린 자슥도 하나 안 딸리 있심니꺼?"

판석이 농민군 죽창처럼 주먹을 크게 흔들어 보였다.

"백성이 바래는 시상이 오모, 전창무 그분도 새로 팽가받을 기고예."

"증말 그리 되까예?"

여자들이 입을 모아 그렇게 물었다.

"하모예. 그때가 되모 부인 우 씨도 사람들 앞에 떳떳이 모습을 나타 내것지예. 우리 모도 그날을 위해 목심 걸고 싸와야 하는 깁니더."

누군가 이런 말도 했다.

"만수산萬壽山에 구름 모이듯기 만백성이 안 모이까예."

그때, 밖에서 얼이가 우정 댁을 부르는 소리가 났다.

"어머이, 그 안에 계시예?"

그러자 문 가까운 쪽에 앉아 있던 태용이 얼른 방문을 열었다. 그와 동시에 여러 개의 눈들이 바깥을 향했다.

"아!"

거기 모인 사람들을 본 얼이 표정이 확 달라졌다. 입술은 굳게 닫히고 두 주먹은 불끈 쥐여져 있다. 누군가 감격에 찬 목소리로 말했다.

"얼이 모습 좀 보이소! 영락없이 지난날의 농민군 아입니꺼?"

그 얼이의 몸 저 뒤쪽 하늘 위로 날아가고 있는 때까치가 보였다. 아직은 체구가 작은 얼이처럼 다른 까치에 비해 왜소하지만, 결코 자기보다 몸집이 큰 까치들에게 지지 않을 때까치였다.

재영은 혼자 강가에 나와 앉아 있었다.

이날은 얼이조차 싫었다. 남강 위를 멋지게 나는 물새 역시 싫었다. 몸이 절반쯤 물에 잠긴 채 흔들리며 자라고 있는 수초도 싫었다. 싫지 않은 게 없었다. 그리고 그 모든 것들보다도 더 싫은 게 그 자신임은 당연했다.

'내 몰랐네, 내 몰랐어.'

아내 비화의 임신이 이토록 자기 마음을 심하게 억누를 줄 몰랐다.

말에게 실었던 짐을 벼룩 등에 옮겨 실어도 이토록 무겁고 힘겹게 느껴지지는 않을 것이다.

'내 아들아이, 닐로 우짜노? 내가 닐로 우짜모 좋노?'

내내 머릿속을 맴도는 게 허나연과의 사이에서 낳은 아들 생각이었다. 아내 원수 집안에 업둥이로 들어간 아들. 동업직물 후계자.

'집사람 눈치가 오데 예사가? 내가 이리싸모 금세 알아채삘 끼다.'

그런 걱정부터 앞섰다. 임배봉의 대저택 솟을대문 앞에서 만난 억호와 분녀 얼굴도 자꾸 눈앞에 어른거렸다. 게다가 분녀 입에서 허나연이라는 이름이 나왔던 일은 기억만 해도 끔찍했다. 대체 이게 어찌 된 영문인가? 귀신도 통곡할 노릇이라더니. 나도 지금 나연의 행방을 모르고 있는데.

'그거는 그렇고, 앞으로 아내한테서 태어날 내 자슥하고, 억호와 분녀한테 업둥이로 줘삔, 나연이가 논 내 자슥은, 우떤 관계가 되는 기고?'

스스로 되짚어 봐도, 세상에 이런 일도 있는가 믿을 수 없었다. 처가와 임배봉 집안 사이의 오래 묵은 원한에 생각이 닿자 정말 획 돌아버릴 것만 같았다. 똑같이 내 핏줄을 받은 두 아이가 철천지원수라는 두 집안의 맏이로서 서로를 향해 피 묻은 칼을 겨눌 그 장면은 상상만으로도 숨이 가빠왔다. 그 두 개의 칼이 부딪는 한복판에는 재영 자신이 있었다.

'아아, 우짜다가 이런 일이?'

재영은 이대로 앉아 있다간 저 깊고 시퍼런 강물에 풍덩 뛰어들고 말 것 같은 강렬한 두려움에 휩싸였다. 강가 모래밭 언저리에 밀려 나와 있는 썩은 나뭇가지라도 들어 목을 콱 찔러 자살해버리고 싶은 충동을 떨치기 힘들었다.

'안 되것다. 내가 무신 일 저질기 전에 여게를 떠나야것다.'

그리하여 그가 엉덩이에 묻은 모래를 손으로 대강 털어내며 막 일어났을 때였다. 문득 귀에 익은 음성이 들렸다. 놀라 돌아보니 뜻밖에도 아버지 술천과 어머니 이 씨다. 다시 봐도 맞다. 그는 어릴 적에 부모를 부르던 것처럼 했다.

"아부지! 어머이!"

재영은 바로 눈앞의 일을 받아들이기 어려웠다. 저 두 분이 상촌나루 터에 나타나시다니. 재영은 생판 모르는 사람 보듯 인사를 할 생각도 잊고 멀거니 그들을 바라보기만 했다. 강에서 불쑥 나온 사람들 같았다. 그러다가 재영은 가까스로 입을 열었다.

"여, 여게는 우찌 오싯심니꺼?"

술천이 오스스 냉기가 묻어나는 소리로 아들 말끝을 잔인하리만치 싹둑 잘랐다.

"와? 말 올 데 소가 왔나?"

재영 목이 자라처럼 움츠러들었다. 강에는 세찬 물너울이 재영의 마음을 그대로 반영하듯 사납게 움직이고 있었다. 그런 강은 온 세상을 집어삼키려는 한 마리 거대하고 푸르죽죽한 몸통을 가진 괴물을 연상케 했다.

"우짜다가 우리가 니 겉은 눔을 자슥이라꼬 낳는고 모리것다."

부모가 해 보이는 언동은 그러잖아도 심란한 재영을 한층 더 당혹스럽게 몰아갔다.

"이눔아, 안 그래도 꼬라지도 보기 싫은 눔이, 와 그리 청승맞거로 혼자 밖에 나와 앉아 있는 기고?"

그들 눈에 자식이 외로운 나룻배같이 비치고 있는지도 몰랐다.

"바, 바람 좀 쐴라꼬예."

누가 들어도 뻔한 변명을 늘어놓는 재영 몸은 작은 강바람에도 휙 날아갈 지푸라기처럼 불안정해 보였다. 간헐적으로 들리는 물새 울음소리도 불길하게 울려 퍼졌다.

"오데 부모가 죽었나?"

스산한 아버지 음성이었다.

"우찌 그런 말씀을?"

정말이지 살고 싶지 않은 재영이었다.

"부모가 죽어도 그런 꼬라지는 안 하것다. 빙신 겉은 늠!"

분명히 술천의 말끝에는 분노 섞인 울음기가 묻어 있다. 언제부턴가 침묵으로 일관하고 있는 이 씨 표정도 예사롭지 않다.

"무, 무신 일이 있는 깁니꺼?"

재영은 마구 두근거리는 가슴을 억누르며 가까스로 입을 열었다. 그러자 이 씨가 더할 수 없이 떨리는 목소리로 말했다.

"이 일을 우짤 끼고, 이 일을?"

그러는 모습이 여간 심상치 않았다.

"와예, 어머이?"

재영 심장이 푸슬푸슬한 모래로 만든 두꺼비집처럼 와르르 무너져 내렸다. 그 모래가 일으키는 먼지가 숨통을 틀어막는 것 같았다.

"와예고 저예고……."

강과 모래밭과 몇 그루 나무, 저 하류 쪽에 아주 조그맣게 떠 있는 나룻배들 외에는 다른 사람들 그림자도 없는 주위를 유심히 둘러보면서 술천이 낮은 소리로 입을 열었다.

"허나연이 고것이 집에 왔다 갔다."

"예에?"

재영은 제 몸이 두꺼비 꽁지만한 크기가 되는 듯했다.

"나, 나연이가예?"

"……."

부모는 서로 외면한 채 말이 없었다.

"와, 와예?"

재영 얼굴이 거기 백사장보다도 더 하얗게 변했다.

"흐."

술천은 씩씩거리기만 하고 이 씨가 일러주었다.

"지 자슥 데꼬 갈라꼬 왔다 안 쿠나."

"아, 아를예?"

재영의 눈에 남강이 쩍 갈라지면서 저 아래 물 위에 떠 있는 나룻배들이 모조리 뒤집히고 있다. 저만큼 강기슭에 서 있는 나무들이 쿵쿵 쓰러지고 있다.

"내 그리 낯까죽 두꺼븐 년은 머리털 나고 나서 첨 봤다. 우짜다가 그런 거한테 우리가 걸릿는고 기도 안 찬다."

조금 전까지 보이지 않다가 언제 나타났을까? 그곳 강 위를 날고 있는 무수한 흰 물새들 사이로 간혹 섞여 있는 잿빛 물새들이 어쩐지 남의 영역을 넘보는 침범자들 같았다.

"쇠까죽, 개까죽을 둘러 안 썼나. 화냥년!"

여간해선 입술에 험한 소리 묻히지 않는 선량한 사람이 술천이다. 그렇지만 그는 도저히 흥분을 가라앉히지 못하는 빛이었다.

"마구간 바닥에 깐 마판이 안 될라모, 당나구 새끼만 모이든다쿠디이."

재영은 이게 꿈인가 생신가 했다. 아니, 꿈이래도 이건 아니다.

"그기 진짭니꺼?"

세상에, 허나연이 아들을 찾으러 왔다니. 업둥이로 줘버린 아들을.

"무신 일이 있더라도 지 자슥 도로 데꼬 가것다꼬, 상구 미친년매이로 눈깔이 뻘게갖고 마구재비 설치쌌는데, 내사 무서버서 몬 보것더라."

이 씨는 부르르 몸을 떨었다. 재영은 물귀신이 나와서 자기를 강 속으로 끌고 가버렸으면 했다. 부모는 아직 손자의 행방을 전혀 모르고 있다. 다만 재영이 어딘가에 맡겨놓았을 거라는 막연한 예상만 하고 있을 것이다.

"큼! 쿨럭! 큼! 쿨럭!"

술천은 오장육부가 자리를 바꾸는 것 같은 기침을 마구 쏟아냈다. 재영은 아무런 소리도 할 수 없었다. 만일 전후 사정을 알게 되면 나연은 그 성깔에 재영 자신을 겨냥해 칼을 휘두를지도 모른다. 그리고 아내 비화가 이 모든 걸 알게 되는 날이면…….

재영은 끝내 모래밭에 다시 털썩 주저앉아 통곡하고 말았다.

강이, 하늘이, 땅이 뒤집히고 있다.

음모의 늪에 빠져

　하루 수천 명이 넘게 드나드는 상촌나루터는 남강 제일가는 나루터답게 크고 드넓었다. 그리고 비화나 밤골 댁처럼 그곳을 생활 근거지로 삼고서 살아가는 사람들 역시 그만큼 많았다.

　바로 그런 점에서 임배봉과 점박이 형제가 '개코같이' 어느 정도 냄새를 맡았지만, 운산녀 꼬리를 완전히 잡아내지 못하는 것도 결코 무리는 아니었다. 더욱이 운산녀 치마 속에는 구름도 불렀다 바람도 일으켰다 하는 꼬리 아홉 개가 감춰져 있어, 그 경악할 둔갑에는 온 세상이 혀를 휘휘 내두를 정도였으니 쉽게 덜미를 잡힐 여자가 아니었다.

　그들 부자가 운산녀와 민치목의 뒤를 캐기 위해 혈안이 돼 있는 중에도, 두 사람은 하동 포구 팔십 리로 아주 유명한 섬진강을 이용한 지리산 벌목 사업에 한창 열을 올리고 있었다. 게다가 몹시 암팡지고 포악할 뿐만 아니라 색광이기도 한 그들 남녀는 그곳에 사업장뿐만 아니라 은밀한 밀실까지 마련해 놓고 쏠쏠한 재미를 보고 있기도 했다.

　그날, 운산녀와 치목이 상촌나루터에서 최대 규모를 자랑하고 있는 객줏집에 나란히 그 모습을 드러낸 것은, 장차 엄청난 파문을 불러일으키기 위한 일종의 예비단계였다.

"아재가 해나 잘몬 안 거는 아이것지요?"

남의 이목을 피해 가면서 찾아든 객줏집 구석방에 마주 앉자마자 운산녀가 맨 처음 꺼낸 소리였다.

"잘몬 알아요?"

치목이 낯을 붉혔다. 검은 얼굴에 붉은 기운이 돌자 그에게서는 좀 더 으스스한 느낌이 전해졌다. 얼핏 입가에 피를 묻힌 검은 투견 같은 인상을 풍기기도 했다.

"아즉도 이 치목이 능력과 수완을 으심하는 기요?"

적잖게 도전적이고 으르렁거리는 말투였다. 그러자 운산녀가 손과 머리를 한꺼번에 내저었다.

"그런 거는 아이요. 절대로 아이요."

그래도 치목의 눈이 꼬부장한 것을 보고 말했다,

"내 손가락에 장을 지지것소."

그곳이 구석방인 탓도 있겠지만 그들은 어쩐지 구석에 거미줄을 쳐서 먹잇감을 노리고 있는 시커먼 거미를 연상시켰다.

"그란데?"

불만 섞인 치목의 반응에 운산녀는 혼잣말처럼 했다.

"하도 안 믿기는 일이라 놔서요."

치목이 매서운 눈초리로 방문 쪽을 힐끗 살피고 나서 낮은 목소리로 속삭였다.

"그거는 맞소. 솔직히 내도 안 믿기요. 시상에, 비화 고것의……."

그러나 그 말이 끝나기도 전이었다.

"쉿!"

운산녀가 손으로 얼른 치목의 입을 틀어막았다. 여자의 순간적인 동작이라고는 도저히 믿을 수 없을 만큼 대단히 잽싸 보였다.

"입 다무소. 새가 듣소."

하지만 그렇게 치목을 엄중하게 단속시키는 운산녀도, 더는 솟구치는 감정을 억제할 수 없다는 듯 재차 확인하고 있었다.

"고 기집 이름이, 허나연이라 캤소?"

치목은 모반자처럼 운산녀와 머리를 맞댔다.

"맞소, 허나연."

"음."

남녀는 똑같이 꿀꺽 마른침을 삼켰다. 방안에는 잠시 침묵이 흘렀다.

"함 보소! 내 함 보소!"

"와 그라요?"

"당신 운제부텀 그리 잘났는고 모리것거마는."

"허, 장사하로 온 기가, 시비 걸로 온 기가?"

"사둔 넘 말 하요."

바깥에서 사람들이 제멋대로 떠드는 소리에 문득 정신이 난 듯 운산녀가 흥분을 억누르는 목소리로 말했다.

"비화 고 잘난 년 서방하고 놀아난 기집이라쿠는 그 생각만 해도, 내사 너모 좋아갖고 딱 미치삐리것소."

"미치뻿소."

"아재가 우찌 그런 기집을 거미줄에 걸린 나비매이로 옴쭉 몬 하거로 붙잡았는고 기뻐서 에나 환장하것소."

"환장하소."

그렇게 운산녀 말끝을 곱씹듯 하며 장단 맞춰주던 치목은 듣기만 해도 오싹 소름 끼치는 그 특유의 음산한 웃음기를 실실 뿌렸다.

"흐흐. 비화 고 자존심 강한 년이 만약시 이런 사실을 알기 되모, 앞뒤 안 헤아리고 저 시퍼런 남강에 몸을 던질라쿨 끼거마는."

쇳덩이로 후려갈겨도 쉬 부서지지 않을 것처럼 강인해 보이는 턱을 치켜들어 강이 있는 쪽을 가리켰다.

"운젠가는 저 강이 지년 무덤이 되것지만도."

"무덤의 강! 호호호."

운산녀 또한 간드러지게 웃었다.

"그런 거를 수장水葬이라 캤소?"

남녀의 은밀한 대화는 그 바닥을 잊었다.

"하늘이 내리준 기회요."

"땅이 올리준 기회는 아이고요?"

별다른 장식이 없는 객줏집 방은 그저 밋밋하고 휑하니 빈 상자 속같이 보였다. 하지만 세상 모든 음모와 술수가 감춰져 있는 비밀의 방 같았다.

"우리가 이리 좋은 기회를 놓치모 반다시 크기 후회할 끼요."

"두말 하모 입 아푸요."

"세 말 하모 잔소리고?"

여기저기서 방문 여닫는 소리가 쉴 새 없이 들려오고 있었다. 마당에서는 숱한 사람들이 오가는 발걸음 소리가 끊이질 않았다.

"잔소리고 굵은 소리고, 내도 미치고 환장하것소."

"인자 이만큼만 이약하고 함 기다리 보자요. 단풍도 떨어질 때에 떨어진다 글 안 캤소. 인자사말로 때가 온 기요, 때가."

그러다가 서로 말이 좀 뜸해지는가 했더니만 운산녀가 지금까지와는 다르게 약간 불안한 목소리로 물었다.

"그란데 허나연이라쿠는 고 기집이 오기는 올 거 겉소?"

치목은 큰 주먹으로 제 복장을 땅땅 치며 말했다.

"허어, 내를 그리 몬 믿것소? 내가 빈틈없거로 손 다 써놨소 고마."

"누가 몬 믿는다 쿠요?"

"닭 쫓던 개는 안 될 낀께 안심 폭 공구소."

운산녀가 의혹과 기대가 엇갈리는 목소리로 말했다.

"이거는 달팽이가 바다를 건넜다쿠는 소리 겉에서 그라요."

"너모 불가능한 일이라 놔서 그런 말꺼정 나오것지마는, 안 그렇소."

치목 입가에 무어라 형언할 수 없는 야릇한 빛이 서렸다.

"그라고 뭣보담도 시방 그 기집은 이 치목이 심이 절대적으로 필요할 때요."

"야? 방금 머라 캤소?"

운산녀 말끄트머리가 철사나 못처럼 구부러졌다.

"아재 심이?"

밖에서는 장사치들 언쟁이 심해지는 듯 좀 더 힘이 실린 목소리들이 오가기 시작했다.

"그거는 또 무신 이바구요?"

치목은 그렇게 묻는 네 속셈 다 안다는 듯 음침한 빛이 감도는 얼굴로 소리 없이 웃고 나서 말했다.

"고 기집이 비화 서방하고 헤어진 그담에 또 몇 분이나 갈아치운 사내들이, 배신한 고 기집년을 때리쥑일라꼬 야단인 기라요."

운산녀가 깊은 생각에 잠길 때면 습관적으로 그러하듯 잔주름이 생길 정도로 콧잔등을 크게 찌푸렸다.

"그란께 시방 아재 이약은, 아재가 그 사내들로부텀 허나연이 닐로 보호해주것다, 그리 약속했다 이 말인 기요?"

치목이 의기양양한 표정을 지었다.

"바로 그거요. 그라고 내도 약속 받았소."

운산녀의 눈이 빛났다.

"약속?"

"야."

"무신 약속요?"

"머시든지 내가 시키는 대로 모도 하것다는 약속."

순간, 운산녀 이맛살이 깊은 고랑을 팠다.

"머시든지 시키는 대로?"

"야."

"아재!"

치목은 엉덩이를 한 번 들었다가 내려놓았다.

"내 오데 안 가고 여게 그대로 있으이, 부리지 말고 말이나 하소."

잔뜩 탐색하는 눈빛으로 운산녀가 다그쳤다.

"해나 아재가 고 야시 고아묵은 거 겉은 기집한테 무신 다린 멤 묵고 있는 거는 아이요?"

그런데 치목이 하는 말이 생뚱맞았다.

"하모, 아인 기 아이라 맞소."

운산녀는 방벽이 무너질 만큼 고성을 질렀다.

"머, 머요?"

그 순간에는 마당에서 들리는 소리도 딱 멎었다.

"고 기집이 더 내를 멤에 두고 있소."

치목이 돼지같이 굵은 목을 끄덕이며 말하자 운산녀 두 눈에 독기가 확 번졌다. 그런 운산녀를 재미있다는 듯이 한참 바라보던 치목이 껄껄 소리 내어 웃었다. 그러고는 순박한 맛이라곤 조금도 전해지지 않는 어투로 말했다.

"내사 이래뵈도 순정파 아인가베, 순정파?"

"순정, 눈깔 빠지것다."

지금 자기들이 그곳에 와 있는 목적도 잊어버린 것 같은 사람들이었다. 그러고는 운산녀가 그러거나 말거나 치목은 또 말했다.

"이 치목은 운산녀 말고는 한 우물에만 두레박 내리는 사내요."

운산녀는 빨아들일 것처럼 하는 치목의 시선을 외면했다.

"하기사 내가 본 마누래꺼지 가차이 몬 하거로 막을 권리는 없것제. 넘의 거 쌔비쌌는 주제에."

치목은 동정하는 건지 푸념하는 건지 모를 애매한 어조로 말했다.

"피장파장 아이것소."

"후우. 돈이 없으모 적막강산, 돈이 있으모 금수강산. 인자 보이 그 말도 싹 다 안 맞는 소리거마는."

운산녀는 한숨을 폭폭 내쉬며 자조하듯 말을 계속했다.

"이 운산녀가 운제부텀 요리 속아지 좁아터진 여자가 돼삣는고 모리 것거마는."

그새 조금은 조용해진 방문 저쪽을 한 번 보고 나서 말했다.

"이기 모돌띠리 배봉이 조 인간 겉지도 않은 인간 땜인 기라."

치목이 목뼈가 '오도독' 소리 나도록 고개를 힘껏 가로저었다. 그 소리가 운산녀 귀에도 들렸는지 운산녀가 상을 찡그렸다.

"점벡이 자슥들 탓도 크것제."

치목은 그 말끝에 문득 떠올린 듯 말했다.

"맹쭐이 요노무 빌어묵을 새끼는 시방도 고 점벡이들하고 오데 처자빠져 있을 끼요. 다리몽디이를 탁 뿔라빼야 하는 긴데……."

생각할수록 울화통이 치민다는 얼굴이었다.

"넘의 집 담 구멍 뚫을 계산이나 안 하고 있으모 다행이제."

"운제 시껍 함 주소."

그러고 나서 운산녀는 목소리를 죽여 말했다.

"방금도 이약했지만도 허나연이라쿠는 고 기집을 만낸 거는, 하늘이 우리를 도운다쿠는 정그 아이것소."

치목 음성도 한층 가라앉았다. 그러자 그 안이 저 남강 수심 같았다.

"와 아이것소. 시방도 그날 일만 떠올리모……."

치목 눈앞에 그날이 아주 또렷하게 되살아나기 시작했다.

평상시 물품 매매 관계 등으로 돌쩌귀에 불이 날 정도로 수없이 많은 사람이 드나드는 객줏집이었지만 그날따라 어쩐지 분위기가 좀 달랐다.

'어? 와 이런 기고? 공기가 요상타?'

알고 보니 영 막돼먹게 생기지는 않은 새파란 사내가 무슨 영문인지는 몰라도 어떤 젊은 여인에게 사정없이 손찌검해대고 있었다.

"어이쿠쿠! 어이쿠쿠!"

여인은 금방 죽는소리를 하며 주위 사람들에게 도움을 청했지만 아무도 선뜻 남의 일, 그것도 특히 남녀 일에는 섣불리 나서려고 하지 않았다. 도리어 대단히 신나는 구경거리 하나 생겼다는 듯이 활극이 벌어지는 방 앞에 서서 목을 빼고 안을 들여다보기 바빴다.

'내 당장 저눔을?'

구경꾼들 사이에 섞여 있던 치목은 젊은 사내에게 한 방 먹이고 싶어 자꾸만 간질간질해지는 주먹을 억제하며 상황을 지켜보았다.

"사람 살리……."

"니년이 그래……."

사내 말로 미뤄보건대, 여인이 그 아닌 다른 사내와 놀아난 모양이었다. 그런데 사람들 흥미와 관심에 한층 불을 지핀 건 어떤 꽁지 수염 사내였다. 그가 그곳에 모여 있는 다른 사람들 들으라고 이렇게 말했다.

"저 젊은 기집이 꼴값한다꼬 또 사내를 새로 바꾼 모냥 아인가베? 에나 미치도 더럽거로 미친 년이거마는. 에이, 퉤퉤."

치목은 나중에야 알았지만, 그는 춘화를 팔러 다니는 반능출이란 자였다. 그자의 말을 들은 덩치 큰 장사치 하나가 손가락으로 방안을 가리키며 물었다.

"임잔, 저 기집을 알고 있는 기요?"

그러자 그 사내가 버릇처럼 여자같이 가느다란 손가락으로 꽁지 수염을 배배 꼬며 이렇게 대답했다.

"혼례 치른 지 몇 달도 안 된 새신랑하고 눈이 맞아갖고는, 애정 도피 행각을 벌인 적도 있거마는."

마른 대나무같이 몸이 호리호리한 장사치가 끼어들었다.

"기집이 생긴 꼬라지 본께, 사내깨나 밝히것거마는."

그런데 치목 귀에 들러붙어 떨어져 나가지 않는 게, 그 계집이 혼례 치른 지 얼마 안 된 새신랑과 줄행랑을 놓았다는 얘기였다. 이상하게도 그게 무슨 모를 암시처럼 마음 깊이 뿌리를 내렸다.

"내 쪼꼼 보입시다."

그러면서 제 팔짱을 꽉 끼는 거구의 치목을 잔뜩 경계하는 눈초리로 보면서 꽁지 수염이 만만찮은 어조로 물었다.

"내 말이오?"

"내 말이고, 니 말이고."

"낼로 와요?"

"따라오라쿤께?"

꽁지 수염은 저보다 목 위 정도는 더 장신인 치목을 올려다보았다.

"갑시더. 머 몬 갈 거도 없제."

"후딱 저리로."

치목은 거의 강압적으로 꽁지 수염을 객줏집 마당 한쪽 구석으로 데리고 갔다. 그곳에는 말라죽은 고목 한 그루가 서 있었고, 때마침 그 뿌리에 대고 오줌을 갈기려고 하던 검정개 한 마리가 사람들이 다가오는 것을 보고 슬그머니 자리를 피하고 있었다.

"머 팔로 댕기요?"

치목이 그렇게 묻자 꽁지 수염 눈이 염색이라도 한 사람처럼 노랗게 번득였다. 치목 같은 사람이 보기에도 더러운 눈길이었다.

"와 한 개 사 줄라요?"

꽁지 빠진 새처럼 몰골이 초라한 꽁지 수염 또한 물건을 강매하는 투로 나왔다.

"내가 묻는 말에 안 기시고 똑바로 대답만 해주모 열 개도 사것소. 내는 물건을 사모 그 정도는 사야제, 한두 개 갖고는 성에 안 차는 사람이오."

치목은 그렇게 미리 양념을 친 다음에 말했다.

"저 기집하고 도망쳤던 사내가 눈고 아요?"

"……."

꽁지 수염은 대답 대신 치목 얼굴을 뚫어지게 쳐다보았다. 머리통 하나는 더 높은 치목이 꽁지 수염 얼굴을 내려다보며 다시 물었다.

"각중애 와 넘 얼골은 그리 치키보고 난리요? 내 얼굴에 머 묻었소?"

꽁지 수염이 고목 둥치에 등을 갖다 붙이고는 탐색하듯 되물었다.

"그짝도 저 기집하고 그렇고 그런 사이요?"

"머요? 허 참 내."

치목은 벌컥 화가 치솟았지만 억지로 삭였다. 크든 작든 무엇을 얻기 위해서는 인내가 꼭 필요한 법이다. 하지만 아무래도 말투는 다소 거칠게 나올 수밖에 없었다.

"시방 사람을 우찌 보고 하는 소리요?"

그 서슬에 질린 꽁지 수염이 꼬리 사리는 짐승같이 했다.

"똑 우찌 봐서라기보담도……."

장신의 치목은 고목 가지에 걸릴 것 같은 고개를 절레절레 흔들었다.

"그거는 아이요."

그러고는 여차하면 그대로 돌아설 것처럼 해 보였다.

"그보담도 대답해 줄라요, 안 해 줄라요?"

치목의 표정을 유심히 살피고 있던 꽁지 수염이 협상조로 나왔다. 그런 그에게서는 얼핏 모사謀士의 분위기도 풍겼다.

"물건만 사 준다쿠모 에려블 거도 없지요."

치목은 징그러울 만큼 큰 손으로 저고리 안주머니에서 불룩한 돈주머니를 꺼내 보이면서 유혹하듯 했다.

"머신지는 몰라도 열 개는 산다 안 쿠디요, 내가."

꽁지 수염이 눈을 가느다랗게 뜨고 말했다.

"내도 자세한 거는 모리고 이거 하나는 확실하요."

고기 뼈다귀를 본 개처럼 돈주머니에서 좀처럼 시선을 떼지 못했다.

"저 기집하고 놀아난 사내 본처가, 시방 요기 상촌나루터 오딘가에서 무신 장사가 하고 있다쿠는 거는……."

치목이 끝까지 듣지도 않고 말했다.

"열 개 사겟소. 물건 내놔 보소."

사내 얼굴에 흉물스러운 웃음기가 스멀스멀 피어올랐다.

"사내라모 꼴까닥 심이 넘어갈 물건 아인가베요."

옆에 선 고목도 사람 팔 같은 가지를 뻗어 기지개를 켜고 하품을 할 만큼 그는 계속해서 감질나도록 뜸을 들였다.

"그짝도 덩치 본께, 사내, 음…… 장난이 아이것거마는."

그러자 치목은 그 계통에는 나를 따라잡을 사람이 없다는 듯이 한마디 툭 던졌다.

"덩치 크다꼬 다 그런 거는 아이요."

꽁지 수염이 치목과 비교되는 바람에 더 왜소해 보이는 체구를 바람에 잔가지 하늘거리듯 건들거리며 킬킬댔다.

"그기사 기집 쪽도. 내가 말이 좀 심했나?"

치목이 질세라 한 수 더 놓았다.

"아, 그래서 과일하고 여자는…… 안다 안 캤소?"

"그짝한테는 내가 졌소."

두 사람 시선이 약속이라도 있은 것처럼 장사꾼들이 들끓고 있는 객줏집 넓은 마당 쪽을 향했다. 둘 다 밀고 당기는 데 시간과 힘을 많이 허비했다는 빛이었다.

"억울해서 더 할라모 더 해도 되거마."

"아이요, 인자 고만합시다."

사내는 물건값 문제도 있고 하니 짐짓 져주려는 척한다는 걸 치목이 모를 턱이 없었다. 그렇지만 치목은 입으로는 다른 소리를 했다.

"지는 사람이 이기는 기요. 만고 진리 아인가베?"

꽁지 수염이 투덜거렸다.

"그래도 이기는 기 더 좋제."

치목이 꽁지 수염 손에 들려 있는 보자기에 눈을 박고 마치 처음으로 흥정을 시작하려는 사람처럼 새삼스럽게 물었다.

"그거는 그렇고, 그기 대체 무신 물건이오?"

"아, 이거요? 이기 머시냐 할 거 겉으모, 안 있는가베."

그러면서 잠시 뜸을 들이던 꽁지 수염이 무슨 큰 선심 쓰듯 대답했다.

"춘화요, 춘화."

치목은 의외란 듯 곱씹었다.

"춘화?"

"봄그림 아인가베. 알지요? 봄, 봄, 인생의 영원한 봄을 꿈꾸는 자……."

그러면서 보자기를 조금 풀고 약간 꺼내 보이는 춘화를 본 치목 눈빛이 당장 달라졌다. 그런 기똥찬 춘화를 가지고 다니는 꽁지 수염이 신기할 정도를 넘어서 위대해 보이기까지 했다. 치목은 뜨거운 물 속에서 허우적거리는 사람 같았다.

"허! 허! 우찌 이런 거를?"

"오늘 그짝이 횡재한 기라요, 횡재!"

그러고는 춘화 값을 치르기 무섭게 운산녀에게 곧장 달려온 치목이었다.

객줏집은 여전히 온갖 곡류며 담배 그리고 쇠가죽 등의 냄새가 감돌고 있었다.

"앞뒤 꿰맞차 본께, 비화 고년 서방이 딱 맞거마는. 호호호."

운산녀가 웃음을 그치기를 기다려 치목이 공치사하듯 물었다.

"상촌나루터서 장사하는 여자라모 비화가 확실하것지요?"

운산녀는 제발 헛물만 켰던 일이 아니길 바라는 투로 대답했다.

"비화 고년이 혼례 치르고 올매 안 지내서 서방이 다린 기집하고 달아났다쿠는 거는, 알 만한 사람은 다 아는 공개된 사실 아이요. 안 틀릴끼요."

방문 틈으로 거간꾼들이 내는 시끌벅적한 소리가 계속해서 들려왔다. 치목이 인상을 팍 쓰며 씨부렁거렸다.

"와 퍼뜩 안 오는 기고? 사람 지루하거로."

그러면서 치목은 품에서 무언가를 끄집어냈다.

"그기 추, 춘화요? 씨염이 좀 요상하거로 생긴 사내한테서 샀다쿠는 그거."

운산녀 물음에 치목 답변이 짧았다.

"봄그림!"

운산녀는 춘화에 머리를 처박듯이 했다.

"얼릉 봐도 희한빠꼼하거마는."

"내 머리 털 나고 이리 기통찬 춘화는 첨 보요."

치목은 손가락 끝에 침을 묻혀가며 그림책을 넘기기 시작했다.

"아, 요거는 내 겉은 남자가 보는 기고, 운산녀 겉은 여자가 좋아할 그림은, 어, 가마이 있거라, 아, 이거요, 이거!"

어떻게 보면 자신들을 모형으로 그린 춘화 같기도 하다. 둘이서 춘화를 들여다보며 시간 가는 줄도 모른 채 희희낙락하고 있을 때였다.

"똑똑."

누군가 가볍게 방문을 두드리는 소리가 났다. 치목이 급히 춘화를 챙겨 품속에다 넣으며 낮게 속삭였다.

"왔소."

만면에 득의양양한 빛을 띠었다.

"고 기집이 온 기요."

운산녀 입에서 신음 같은 소리가 새 나왔다.

"흐흡."

치목은 천천히 일어나서 방문을 열었다. 운산녀 두 눈이 방 밖에 서 있는 여자에게 빠른 화살처럼 날아가 꽂혔다.

"퍼뜩 들오시오. 누 본 사람 없지요?"

치목 말에 여자는 잠자코 고개를 끄덕이며 서둘러 방으로 들어섰다.

선입견으로 그렇게 느낀 것인지는 몰라도 치마가 일으키는 바람부터 벌써 남달랐다.

'꽤 반반하거로 생긴 기집이거마는. 비화 서방 늙이 넘어갈 만 안 하나.'

허나연을 처음 본 운산녀 느낌이 그랬다. 더군다나 요즘 들어와서 축 처지면서 무척 까칠해지는 자기 피부에 비하면 너무나 싱싱한 그 젊음에 질투심을 넘어 그만 주눅까지 들었다.

"인사하소. 동업직물 안방마님이요."

치목은 우선 나연의 기부터 죽였다.

"이리 고귀하신 분을 아모나 만내기는 안 쉽제."

나연은 방바닥에 얼굴이 닿을 정도로 넙죽 엎드리며 큰절을 했다.

"앞으로 잘 부탁드립니더. 허나연이라 쿱니더, 마님."

운산녀가 나연이 모르게 치목을 향해 한쪽 눈을 찡긋해 보이고 나서 말했다.

"이리 만나게 돼서 반갑거마는."

"지가 더 그래예."

"우리 잘해보자꼬."

"우짜든지 부탁합니더."

"자, 고마 일나소."

"예."

나연이 몸을 바로 세워 앉았다. 그러고는 옆에 있는 치목을 눈으로 가리키며 말했다.

"저분 아이었으모 지는 하매 맞아죽을 뿐했어예. 목심의 은인인 기라예. 우짜모 그리도 기운이 장사신고 아즉도 몬 믿것다 아입니꺼."

치목이 어깨를 으쓱하며 한마디 했다.

"아, 연약한 여자를 때리는 무작한 눔을 그냥 보고 있으모 사내대장부 아이제."

나연을 구타하던 그 젊은 사내는 치목 발길질 한 번에 그대로 벌레같이 나뒹굴고 말았다. 그리하여 싸울 엄두도 내지 못하고 덜덜 떨고 있는 그에게 치목은 자신의 장기인 공갈을 쳤다.

"저 여자가 눈고 아나?"

"누? 누……."

"내하고는 우리 친가 쪽으로 조카뻘 되는 기라."

"어이쿠! 자, 잘못했심니더."

"잘못했다모 다야?"

"지가 미처 사람을 몰라 뵙고 벌로 설치심니더."

"범인지 새낀지 알아야제."

"아, 앞으로는 꼭 그, 그리하것심니더."

"오데 그뿐인 줄 아나?"

"예, 예."

사내는 치목이 대강 둘러대는 말을 곧이곧대로 믿고, 다리야 나 살려라, 줄행랑을 놓고 말았다.

"한 주먹도 몬 되는 새끼가?"

치목은 의기양양하게 서서 사내 뒷모습을 지켜보고 있다가 동네북처럼 마구 두들겨 맞고 있던 여자에게로 고개를 돌리며 말했다.

"저리 가서 내하고 이약 좀 하자꼬."

"예."

여자는 모가지에 줄이 매인 강아지처럼 치목을 쫄쫄 따라왔다. 치목에게 매우 혼쭐이 나 그대로 달아나 버린 그 젊은 사내는, 옹기로 제법 유명한 인근 고을의 부잣집 막내아들 풍림이란 자였다.

"아재!"

그 객줏집에서 있었던 나연과의 일들을 떠올리고 있는 치목을 운산녀가 불렀다.

"혼자서 무신 생각을 그러키나 부지런히 해쌓고 있는 기요? 우리 서로 할 이약들이 태산 겉은데 말이오."

"아, 그, 그라이시더."

번쩍 정신이 난 치목은 나연을 향해 입을 열었다.

"내가 먼젓번에 상세한 이약은 싹 다 해줬고, 오늘은 앞으로의 우리 계획을 말해 보기로 하것소."

또 한 무리 장사치들이 들어왔는지 방문 밖 마당이 퍽 소란스러워지기 시작하고 있었다. 거간꾼인 듯싶은 컬컬한 목소리의 사내가 그중 가장 신나 하는 분위기였다. 방에 앉아서 들어도 흥정 붙이는 일을 업으로 하는 사람다웠다.

"예, 말씀을 해보이소."

나연은 평상시의 그녀와는 다르게 굉장히 여성스럽고 고분고분한 태도였다. 사실 그녀는 아직도 꿈에서 덜 깬 기분이었다.

"내사 마, 그렇다 치더라도 안 있소."

지난번 나연에게서 그녀와 둘이 함께 애정 도피 행각을 벌였던 사람이 비화 남편이라는 사실을 확인한 치목은, 남산 검불 북산 검불 다 주워 모아 나연 마음에 불을 지피기에 안간힘을 다했었다.

"그짝이 내를 만낸 거는 에나 행운인 기라."

"예, 하늘이 도우신 기라예."

벌써 몇 번을 물었는지도 모를 정도로 물었다.

"비화 서방 이름이 박재영이라 캤소?"

"예, 박재영."

나연은 될 수 있는 대로 약하고 청승맞게 보이려고 애쓰며 말소리도 매우 구슬프게 지어 대답했다.

"듣고 본께 그자가 천하에 몬씰 인간이거마는."

치목은 세상에서 가장 여자를 위해주는 정의파인 것처럼 행세했다.

"암만 혼례 치른 아내가 있다 쿠더라도 그렇제, 지 자슥꺼정 논 여자를 그리 매몰차거로 배신하다이."

"흑."

들썩거리는 나연의 어깨를 보면서 동하는 야릇한 음심을 억눌렀다.

"우짜다가 그런 눔을 만내갖고?"

"지가 복이 없는 년이 돼갖고예."

"쯧쯧."

한편, 나연은 나연대로 그 거짓말이 상대에게 제대로 먹혀들었다는 사실에 한결 마음이 놓였다.

"그 사람이 그랄 줄은 꿈에도 몰랐어예."

그녀는 제 쪽에서 배신한 것이 아니라 사내 쪽에서 먼저 등을 돌렸다고 그 누구 귀에도 그럴싸하게 꾸며댔다. 게다가 사람 마음이란 건 참 간사한 것이어서, 그렇게 말해놓고 나니 말한 자신마저도 그 말이 사실인 것 같은 착각을 일으켰다.

"지가 자기를 우찌 생각함서 살았는데예."

치목은 한 수 가르쳐준다는 투였다.

"인간을, 특히 사내를 믿은 기 잘몬핸 기요."

나연은 잘 나오지도 않는 콧물을 연방 훌쩍였다.

"그래도 질로 구해주신 그짝 겉은 남자 분은 다리지예."

어쨌거나 만약 그날 치목이 구해주지 않았다면 그녀는 맞아 죽었을 것이다. 그래서 앞뒤 더 잴 것도 없이 치목이 묻는 말에 꼬박꼬박 답을 해주었다.

"지는예, 아즉도 지 아들을 몬 잊어갖고 날마당 울고 지내예."

"그기 바로 부모 멤 아이것소? 애고."

다시 한번 부모 속도 모르는 맹쭐이 이 자식, 하는 생각을 했다.

"눈물이 날라캐서 더 몬 듣것거마는."

여자 어깨에 손을 대려다 제풀에 놀라 얼른 도로 거둬들였다.

"참고 기다리 보소. 그라모 반다시 좋은 날도 안 오까이."

까짓 돈 들 일도 없는 것, 동정과 위로의 말을 아끼지 않고 퍽퍽 퍼주었다.

"지발 지 아들을 찾거로 해주이소. 무신 짓이라도 하것심니더."

"그런 기 바로 모성애라쿠는 기요."

"아들, 아들만……."

나연의 유일한 핑곗거리는 아들이었다. 천성적인 바람기를 이기지 못해 이 사내 저 사내 가리지 않고 사귀어왔지만 기실 박재영만큼 만만한 상대도 없었다. 더군다나 치목한테서 재영이 지금 상촌나루터에서 그중 잘나가는 콩나물국밥집 바깥주인이 되어 본처와 아주 행복하게 살고 있다는 상세한 소식을 전해 듣자 엄청난 질투심에 미쳐버릴 것 같았다.

'내는 이렇는데 와 지만?'

흔히 말하듯, 놓친 고기가 더 커 보인다고, 이제라도 재영과 다시 합치고 싶다는 욕망이 그녀의 이성을 깡그리 잃게 했다. 그리고 그 일을 성사시키기 위해서는 누군가의 도움이 필요했다. 이것저것 가만히 헤아려보니 민치목이란 이 사내가 딱 적격이 아닐 수 없었다. 또한, 비단 위 꽃이라더니, 운산녀라는 저 여자는 근동 최고 갑부 동업직물의 안방마님이라지 않은가.

나연도 치목을 만나기 이전부터 비화에 대해 흐릿하게는 알고 있었다. 나루터집이 무척 유명한 국밥집이라는 소리도 들었다. 처음에는 다른 여자에게 제 서방을 빼앗긴 못난 생과부였지만 지금은 대단한 땅 부자로 변신했다는 사실도 모르지 않았다.

'그거는 그렇는데 안 있나.'

그런데 나연에게는 너무나 궁금한 게 있었다. 언젠가 재영 부모 박술천과 이 씨를 찾아가 내 아들 내놓으라고 생떼를 쓴 적이 있다. 그런데 그들은 아이에 대해 전혀 모르는 것 같았다. 일부러 그러지는 않을 사람들이었다. 그래서 혹시 비화라는 여자가 키우고 있지나 않을까 하여 몰래 알아봤더니 그것도 아니었다.

그렇다면 결론은 한 가지로 묶여 나온다. 재영은 본처에게 아들 이야기를 하지 않았다는 얘기가 된다. 만약 나연 자신이 꺼내지 않았다면 재영의 부모도 알지 못했을 게 아닐까 싶었다.

'그라모 시방 내 아들은 오데 있는 기고? 재영이 고 인간밖에는 알 사람이 안 없나.'

마침내 재영을 계속 피해 다녀서는 안 되겠다는 자각이 일었다.

'고 인간을 만내보기는 만내봐야 하것는데 우짜꼬.'

솔직히 말해 자신이 없었다. 재영은 나연 그녀를 보기만 하면 그 자리서 사정없이 때려죽이려 들 것이다. 세상 어떤 쓸개 빠진 사내가 자기와 자식을 한꺼번에 내팽개치고 다른 놈과 눈이 맞아 달아난 계집을 용서하겠는가 말이다.

그러자 나연은 더더욱 재영과 재결합하고 싶은 욕망이 굴뚝같았다. 시간이 더 가기 전에 말이다. 더욱이 둘 사이에는 딸린 자식까지 있으니, 그렇게만 되면 서방도 얻고 자식도 생기고 말 그대로 일거양득 아니냐?

급기야 나연은 사이비 종교 신자처럼 맹신하기에 이르렀다. 아들이야말로 재영과 나를 다시 맺어줄 튼실한 끈이라고. 어떻게든 그 아들만 되찾게 되면 세상만사 내 뜻대로 성사되리라 생각했다.

한데, 도대체 지금 내 아들은 어느 구석에 처박혀 있단 말이냐?

혼자만의 계산속에 깊숙이 빠져 있던 나연이 한순간 소스라치며 퍼뜩 정신을 차린 것은, 운산녀가 손가락 끝으로 그녀 옆구리를 건드렸기 때문이었다.

"옴마야!"

깜짝 놀라며 자기를 바라보는 나연을 향해 운산녀는 다시없이 가엾다는 표정을 만들어 보였다. 그러면서 귀신같이 물었다.

"시방 그 남자하고 자슥 생각하는 것가?"

"아, 아이라예!"

마당에서는 흥정이 막바지에 이른 듯 거간꾼 목소리가 왕왕 울리고 있었다. 그의 목소리 사이사이로 장사치들이 내는 소리가 소음처럼 섞여 들렸다.

"아이라?"

"예, 하매 잊아뻤심니더."

나연은 필요 이상으로 펄쩍 뛰는 시늉을 했다. 그렇지만 그녀 얼굴에는 거짓말이란 게 똑똑히 씌어 있었다.

"아이기는 머시 아이라?"

"아, 아인데예."

"기거마는."

운산녀는 혀까지 찼다.

"옆에서 볼라쿤께 에나 안됐거마는."

"……."

나연은 가슴이 막힌 듯 가만히 있었다.

"내도 안다 아이가."

"마님."

치목을 힐끗 보고 나서 운산녀가 말했다.

"지 남자가 다린 여자하고 놀아날 때 올매나 고통스러븐지 안 모리요."

또 치목더러 단단히 들으란 듯 덧붙였다.

"그랄 때는 이 시상 사내라쿠는 사내는 모돌띠리 쥐이삐고 싶어지더마."

운산녀로서는 배봉의 바람기로 인한 자신의 신세타령으로 하는 소리였지만, 듣고 있는 나연은 그게 꼭 제 이야기 같아 감격스러운 마음까지 생겨났다.

"에나 하늘매이로 높고 넓으신 멤이시거마예."

나연은 장사치들이 계속 드나드는 소리를 잠깐 듣고 있는 눈치더니 말했다.

"우찌 넘 속을 그리 잘 들이다보심니꺼?"

언제나 큰 방에서만 생활해오던 터라 지금 앉아 있는 그곳 구석방이 조금씩 갑갑해지기 시작하고 있는 운산녀였다.

"증말 고맙심니더, 마님."

운산녀와 치목 눈이 나연 몰래 허공에서 마주쳤다.

"인자 그런 소리는 고만하소."

치목이 입을 열었다.

"그냥 우리가 시키는 대로만 하소. 그라모 그짝 팔자는 오육월 엿가락 늘어나듯기 쫘악 펴질 끼요."

운산녀가 치목 말을 이었다.

"손톱만치도 안 기시고 탁 터놓고 이약하자모, 내는 시방 색시 남자하고 같이 살고 있는 비화라쿠는 고년, 고년이 참말로 미버 죽겄소."

"......."

"예전에 고년 할배 김생강이하고 애비 김호한이라쿠는, 잘난 작자들이 우리를 올매나 깔봤던고, 시방 와갖고 생각해봐도 막 치가 떨리는 기라."

한때는 배봉에게 퉁을 맞아가면서까지 호한의 대장부다운 풍모에 넋을 빼앗기기도 했던 운산녀였다. 하지만 파란만장한 세월이 휩쓸고 간 지금은 그 연모의 정이 그 무게만큼의 증오와 반감으로 탈바꿈했다.

"시방 이 시점에서 더 진(긴) 소리 짧은 소리 무담시 해쌀 필요 없다꼬 보요."

의복이 남루한데다 옷매무새 또한 단정치 못한 나연을 흘낏 보면서 말했다.

"색시가 우리하고 멤만 같이 뭉텅거리모(뭉치면) 되는 기요."

"아, 지야 안 할 이유가 없지예."

운산녀가 나연을 자기편으로 끌어들이려는 데는 여러모로 이유가 있었다. 우선 갈수록 거리가 멀어지고 있는 배봉과 점박이 형제에 대한 우려 때문이었다. 언젠가는 그녀를 헌신짝처럼 내팽개치고 새 여자를 안방에 들여앉힐지도 모른다는 초조감을 떨쳐버리지 못했다. 설혹 그렇게까지는 되지 않는다고 하더라도 배봉이 죽고 나면 점박이들은 친모도 아닌 자기에게 어떤 짓을 해올지 모른다.

그런가 하면, 나중에 비화와 결정적으로 맞붙게 되는 경우가 생길 때 나연을 방패막이로 내세울 계획이었다. 과거에 살을 섞고 뼈를 부딪던 사이인 데다가 아이까지 낳은 그런 관계이니만큼, 재영은 비화 편도 나연 편도 들지 못하는 그야말로 무용지물이 되고 말 것이다.

그뿐만이 아니다. 운산녀는 치목도 불신했다. 치목에게는 절구통에 치마를 두른 것 같은 아내이긴 해도 몽녀가 있으며 거기에다가 아들 맹

쫄도 있다. 결국, 종국에 혼자가 될 사람은 운산녀 자신일 것이다.

그런 점에서는 나연이 오히려 더 믿고 사귈 만했다. 나연은 싫든 좋든 이쪽에 등을 비빌 수밖에 없는 처지다. 비화를 겨냥한 그녀의 질투심을 잘만 이용한다면 예상 밖의 소득을 거둘 수도 있을 것이다. 물론 현재 상황으로서는 그럴 가능성이 희박하지만, 혹시라도 비화와 재영이 서로 갈라서고 재영이 나연과 재결합하게 된다면, 주변에 사람이 아쉬운 운산녀 자신으로선 재영이란 또 다른 동지까지 얻게 되는 것이다.

"지가 할 일이 머신고 째이 말씀해주이소."

어느새 충직한 여종처럼 된 나연이 재촉했다.

"우리는 돌다리 앞에 서 있거마. 안 뚜드리 보고 건너모 안 된다는 기라."

운산녀는 웃음 띤 얼굴로 말했다.

"찬물도 쉬감서 마시라 캤제. 무신 말인고 알 끼고."

"지 아들이…… 지 아들을……."

나연은 돈이나 제 일신상의 안락보다도 오로지 아들 하나만을 위해 그 모든 일을 하려는 여자같이 보이려고 안간힘을 다했다.

"그보담도 우선에 옷부텀 좋은 걸로 해서 몇 벌 마련해야제."

운산녀는 나연이 너무 안돼 보여 눈물을 뿌리고 혀라도 찰 것같이 했다.

"시방 입고 있는 그 옷 꼬라지가 머꼬?"

"지 옷."

그러면서 고개를 숙여 부끄러운 듯이 자기 입성을 내려다보는 나연에게 또 말했다.

"돈이 올매나 필요하고 말해 보소. 달라쿠는 대로 다 줄 낀께네."

나연은 가슴이 벅차올랐다.

"마님."

"옷 말고도, 또 더 돈 쓸데가 쌔뼛을 끼거마."

짐짓 아주 통 큰 척 운산녀가 해주는 그 말에, 나연이 끝내 울먹이기 시작했다. 이번은 가식이 아닌 듯했다.

"고, 고맙심더, 마님. 이 한 몸 마님께 모돌띠리 바치것심더."

운산녀는 짐짓 민망스럽다는 표정을 지었다.

"내사 그런 대접 받을라꼬 이리쌌는 거는 아이요."

나연은 실제로 눈물까지 흘리기 시작했다.

"아이라예. 지 진담을 알아주이소. 지는 마님을 만내갖고 새로 태어 났다, 그리 생각하고 있심더. 흑흑."

나연은 그동안 온갖 부류 사내들과 분별없이 놀아난 탓에 몸과 마음은 만신창이가 되어 있었다. 그런 그녀였기에 자기를 따뜻이 대해주는 이들 에게는 의외로 아주 약했다. 정말 목숨까지도 바칠 지경에 이르렀다.

운산녀와 치목 눈빛이 다시 한번 공중에서 부딪쳤다. 한없이 위험한 기운이 방안 가득 넘실거리기 시작했다. 그때 요란스러운 소리가 터져 나왔다.

"아, 요 새끼 봐라?"

"새끼라이? 내가 니 새끼가?"

"내 새끼 아인 거를 천만다행이라꼬 생각해라. 내 새끼 겉으모 시상 다 봤다."

"니 새끼 되는 거보담은 도로 개 새끼가 되것다."

"머라? 시방부텀 아모도 내 말리지 마라이. 살인친다아!"

"또랑이나 쳐라. 또랑도 몬 칠 자슥이 육갑 떤다?"

"녹슨 내 주먹이 운다!"

무엇이 원인이 된 걸까? 홀연 객줏집 안 어디선가 장사치들이 악다구니를 써가며 싸우는 소리가 들려왔다. 나연이 몸을 떨었다.

"와 이리 시끄러븐 기라?"

치목이 당장 밖으로 달려나가 어떻게 할 사람처럼 주먹을 마구 휘두르며 말했다. 사실은 나연에게 겁을 먹이기 위한 위장이었다.

"내 저것들을?"

그 으름장에 나연이 더욱 움찔했다. 운산녀가 목을 옆으로 꺾고 웃었다.

깨진 청동거울

마당 담벼락 밑에 혼자 오도카니 쪼그리고 앉아 열심히 손가락을 꼽아보던 설단은 그만 간이 철렁했다.

'옴마야, 우짜노?'

없다. 그것이 없다. 분명히 있을 때가 됐는데 없다.

지난번 억호와 분녀가 출타한 후 동업을 놓고서 언네와 크게 신경전을 벌이던 날부터 어쩐지 느낌이 좀 이상했는데 그만 덜컥 일이 벌어진 게 틀림없다.

'하이고, 이 일을 우짜모 좋노?'

설단의 머릿속에 맨 먼저 자리 잡는 게 분을 이기지 못해 광녀같이 길길이 날뛰는 분녀 모습이다. 바로 악녀의 분신이다. 그다음으로 억호 얼굴이 그려졌는데, 너무나 황당하고 난감해하는 빛이다. 그리고 뒤이어 죽 떠오르는 이 집안 남녀 종들이었다.

'안 되것다. 우선 간에 할 수 있는 거부텀 먼첨 해야것다.'

설단은 서둘러 치마끈부터 졸라맸다. 바람 한 점 못 들어올 정도로 단단히 죄었다. 벌써 그럴 리야 없겠지만 배가 불러 있는 것 같았다. 결

코, 기우는 아니었다. 아무래도 분녀가 친정나들이 한 그날 일이 잘못된 게 확실했다

'누 보는 사람…….'

설단은 근처에 아무도 없다는 것을 확인한 후에 품에서 청동거울을 꺼내 제 얼굴을 요리조리 비춰보기 시작했다. 그 멋진 새 거울은 설단이 싫다고 해도 굳이 억호가 분녀 모르게 선물한 것이었다. 설단은 거울 속에 나타난 얼굴이 왠지 낯설기만 했다.

'저기 내 얼굴 맞는 기가? 똑 딴 여자 겉다.'

설단은 자기 뱃속에 새로운 하나의 생명이 자라고 있다는 사실이 도시 믿어지지 않았다. 그것도 하늘 같은 주인 나리의 씨가 아닌가 말이다.

'하모, 맞다. 쥔 씨 아이가. 그렇다모?'

설단은 그때까지의 근심과 두려움과는 달리 다른 감정에 사로잡혔다. 이번에야말로 진짜 무엇에 홀려버린 사람같았다.

'이 설단이가 주인 씨를 뱄는데, 누가 감히 벌로 대할 끼고?'

그러자 설단은 팔짝 뛸 듯이 기뻤다. 몸도 마음도 널뛰기할 때처럼 하늘로 높이 차고 오른다. 어쩌면 신분 상승도 가능하다. 아아, 신분 상승, 신분 상승.

그렇게만 된다면야 언네 따윈 요만큼도 무섭지 않을 것이다. 그 정도가 아니다. 언네가 나에게 꼭 고양이 앞의 쥐처럼 하면서, '아씨 마님, 아씨 마님' 하리라. 어떤 궁녀가 임금의 눈에 들어 왕자를 잉태하여 무슨 빈嬪인가 뭔가 되기도 했다는, 얼핏 귀동냥으로 들었던 얘기도 곰실곰실 되살아났다.

'그라모 눈만 붙은 동업이 조것도, 내를 작은 옴마라꼬 불러야 안 하까이.'

마침 담장 위에 날아와 앉은 조그만 참새들이 짹짹거리는 소리가 설

단 귀에는 '아씨 마님, 작은 옴마' 하는 소리로 들렸다.

'아아, 그런 날이 오모!'

설단은 그만 눈물이 왈칵 치솟았다. 거울이 뿌옇게 흐려 보였다. 지금까지 자신의 출생 성분에 대해 아무것도 모른 채 종년 신세로 서럽게 살아온 열여덟 해. 아니, 그 나이가 맞는지도 모르겠다. 하긴 저를 낳아준 부모가 누군지도 모르는데 그깟 나이가 무어 그리 대수랴. 그렇다. 중요한 것은 이제부터인 것이다.

아아, 고을 목사와 술자리를 같이할 만큼 세도가 하늘 밑구멍을 찌르는 임배봉 가문의 며느리가 되다니.

그때다. 문득 땅끝에서 들려오는 듯한 고함소리가 있었다.

"설단이 요년! 내 쎄빠지거로 찾았더이 요 있었거마는. 이리 오이라. 니년 가래이를 쫙쫙 찢어삘 끼다."

"아!"

깜짝 놀라 보니 악이 받칠 대로 받친 분녀가 허리춤에 손을 갖다 대고 당장 잡아먹을 듯 무섭게 노려보고 있다. 설단은 허겁지겁 거울부터 품에 감추며 일어섰다. 입에 담지도 못할 욕지거리를 실은 분녀 호통소리가 온 집안을 뒤흔들었다.

"염불 빠진 년! 펄펄 끓는 물에 팍 삶아 쥑일 년! 이년아! 시방 우리 동업이가 오데 가 있는고 아나?"

"헉!"

설단은 염불 빠진 년이라는 말에 숨이 멎는 듯했다. 긴긴 겨울밤 배는 한정 없이 고프고 잠은 죽어라 오지 않을 때, 종들끼리 주인 몰래 행랑방 한곳에 모이곤 했는데, 그럴 때 행랑아범이 잘 쓰는 걸쭉한 육두문자가 떠올라서다.

"설단이 니 염불이 머신고 아나?"

누가 물었다. 설단은 그것도 모르는 줄 알아요? 하는 얼굴로, 절간 스님들이 외우는 거, 했더니만, 저마다 허리가 끊어지게 웃었다. 그러고는 악의는 아니지만 사람 못 살도록 놀려먹기 시작했다.

"머? 스님들이 우짜는 기라꼬?"

"그믐밤에 홍두깨 내민다더이 딱 그짝이다."

그러자 늘 어린 설단이 불쌍하다고 잘 돌봐주는 행랑어멈이 다른 종들을 제지하고 나서 설단에게 설명해주었다.

"이것아! 널로 순진하다꼬 해야 하나, 빙신이라꼬 해야 하나? 염불이 머신고 하모, 여자 자궁이……."

"아, 그런?"

설단 얼굴이 군불 때는 아궁이 앞에 앉아 있는 것처럼 후끈 달아올랐다. 또 다른 여종이 상을 찡그리며 말했다.

"그리 되모 걸음을 걸을 때도 어기적어기적 해쌌는 기 에나 보기 숭하거마는."

그런데 지금 설단 마음을 바싹바싹 태우는 건, 지나치게 관계를 해도 그런 증상이 있고 더군다나 유산될 가능성이 높다는 소리였다. 설단은 자기도 염불이 빠질 것만 같았다.

"요년이 귓구녕 동냥 보낸 것가? 와 멍청하이 있는 기고?"

"아!"

분녀 고함에 설단은 다시 본정신이 났다. 억호 씨에 대한 그때까지의 휘황찬란했던 꿈은 한순간에 거울같이 산산이 깨어지고, 그녀는 암팡진 고양이 안방마님 앞에 쥐 꼴이 된 어린 종년으로 되돌아갔다.

"되, 되련님이 오, 오데 계시는데예?"

설단이 더듬거리며 묻자 분녀는 서까래와 축담이 내려앉을 만큼 방방 뛰며 소리소리 질렀다.

"요, 요 도둑늠하고 딱 바까갖고 때리쥑일 년아! 우리 동업이가 뒷마당 우물에 간 기라, 뒷마당 우물에. 그 우물이 우떤……."

"거, 거게!"

설단은 끝까지 듣지도 않고 허둥지둥 뒤뜰로 내달렸다. 제 치맛자락을 제 발끝으로 밟는 바람에 그만 땅바닥에 엎어지기도 하면서 내달았다.

그 우물이 어떤 우물인가? 주인 배봉이 대대로 철천지원수로 여기는 김호한 집 우물물이 근동에서 가장 좋다는 소문을 듣고, 그보다 더 좋은 우물물을 얻을 요량으로 얼마나 큰 공력을 들여 만든 우물인가?

그리고 설단을 정신없이 그곳으로 내닫게 한 것에는 또 다른 사유가 있었다. 얼마 전에 동업이 그 우물에 빠져 죽을 뻔했던 사건이 그것이었다. 그래서 우물을 없애버리려다가 거기 쏟아부은 투자가 아까워 대신 그 높이를 두 뼘 이상 돋우는 데 그쳤다. 그러니까 아슬아슬하게 폐정廢 井 위기를 넘긴 우물이었다.

하지만 동업의 키가 그만큼 훌쩍 자라버린 탓에 위험하긴 마찬가지였다. 그래도 이제는 제법 세견이 난지라 우물 가까이 가지 않았는데, 어쩌다 오늘 또 그 망할 놈의 장난기가 발동한 모양이었다.

그런데 허겁지겁 뒤뜰로 달려갔을 때, 설단은 눈앞에 벌어진 천만뜻밖의 광경에 또다시 망연자실, 그 자리에 딱 멈추고 말았다.

'아, 언네가!'

그랬다. 언네가 있었다. 그것도 동업의 손을 잡고 웃고 서 있는. 한순간 하늘이 허공에 거꾸로 매달린 우물처럼 보였다.

'그라모 언네가 우물에 빠질 뻔한 동업을 구해줬다 말가?'

세상사 하도 복잡하고 끔찍하여, 이슬을 먹는 매미를 사마귀가 노리고, 또 그 사마귀를 하늘의 참새가 노린다 했는데, 도대체 누가 누굴 노리는지 멍했다.

"포르르."

그곳 우물 둘레에 작은 둑 모양으로 만들어 놓은 우물 둔덕 위에 앉아 있다가 날아가는 것은 참새보다도 더 작아 보이는 이름을 알 수 없는 새였다.

"설단아."

설단이 얼마나 넋 나간 듯 우두커니 서 있었을까? 이윽고 언네가 경악한 표정을 짓고 있는 설단에게 능글능글한 목소리로 말했다.

"머 땜새 그리 가래이 찢어지거로 달리왔노?"

우물에 '첨벙' 두레박 던져지는 것 같은 소리였다.

"아모 일도 없다."

설단이 더 무어라 입을 열기도 전에 등 뒤에서 또다시 상스럽기 그지없는 분녀 독설이 화살이나 창같이 날아왔다.

"언네 아이었으모 우짤 뻔했노?"

설단 눈에, 분녀 입이 우물 밑바닥처럼 시커멓게 보였다.

"벼락 쫓아가 나(이) 대로 맞아 뒤질 년!"

설단은 꼼짝없이 죽은 목숨이라는 위기감에 가슴이 벌름거리고 사지가 후들거렸다. 땅이 흔들리고 하늘이 노랬다. 하지만 그 와중에도 생각했다.

'내가 죽으모 우리 애기도 몬 살 낀데.'

그런데 이건 또 무슨 조화속이냐? 언네 입에서 자기가 전혀 예기치 못한 소리가 나오는 통에 설단은 또 한 번 머리가 아찔했다.

"마님, 설단이 조년을 딱 요분 한 분만 용서해주이소. 천만다행하거로 되련님이 무사하신께네예."

그러나 분녀는 여전히 화를 삭이지 못했다.

"용서 몬 한다! 우리 동업이가 잘몬됐을 일을 상상만 해도 살점이 부들부들 떨린다 고마. 요렇는데 내가 조년을 용서해라꼬?"

그러자 설단으로서는 한층 아연할 장면이 펼쳐졌다.

그것은 우물가의 신파극新派劇과도 같았다. 이제 언네는 머리통을 조아리고 두 손까지 싹싹 비벼가며 설단 그녀를 위해 분녀에게 사정하기 시작했다.

"언네 이년 부탁입니더. 요분만 눈감아주이소."

설단은 언네가 정말 고맙다는 생각이 들면서도 한편으로는 대단히 미심쩍었고 불안했다. 분녀와 언네가 언제부터 저런 사이가 됐다는 말인가? 설단은 너무나 충격적이고 앞으로의 일을 헤아리기 힘든 불가사의하고 위험한 상황이 아닐 수 없었다.

바로 얼마 전까지만 하더라도 언네는 배봉과 운산녀, 점박이 형제 부부는 물론이고, 어린 동업에 이르기까지 못 잡아먹어 이빨을 뿌드득 갈아대지 않았던가? 그런데 어떻게?

'하기사 언네가 동업을 구해준 일이 분녀로서는 시상 다 준다 캐도 안 아까블 만큼 고마블 끼라.'

그렇다면 언네는 더욱 두꺼운 가면을 둘러쓰고 있다는 그런 얘기가 된다. 하지만 언네가 동업을 구해주다니. 마침내 설단은 내심 고개를 끄덕였다.

'맞다, 맞아. 언네가 동업을 살살 꼬아서 여 우물로 데꼬 온 기 틀림없는 기라. 그래갖고 동업을 이험하거로 맹근 후에, 지가 구해준 거매이로 수작을 부린 기다. 그라이 구신도 우찌 알 끼고?'

그런 짐작 끝에 바라본 언네가 너무나 무서워 설단은 엄동설한에 그 우물에 풍덩 빠진 것처럼 전신만신 소름이 쫙 끼쳤다. 행랑채 나이 많은 종들 하는 이야기가, 세상에서 가장 못되고 무서운 게 사람이라더니 그 말이 들어맞았다.

'사람이 싫다. 내는 사람이 아이모 좋것다.'

그러나 아직 세상을 잘 모르는 설단은 분녀와 언네의 능구렁이 속까지는 전혀 짚어 내지 못했다. 분녀는 겉으로는 언네를 다시없는 종인 양 대했지만 속으로 치밀한 계산을 하고 있었다.

'시아부지를 우찌 믿것노. 임배봉이라쿠모 만천하가 손까락질해쌌는 사람 아이가. 이름 하나 처라쿠는 운산녀만 돌리앉히놓고 아들들하고만 장 꿍꿍이짓 아인가베. 그라이 며느리인 내나 상녀는 더 찬밥 신세로 맨들어삘 수도 안 있것나. 이런 판국인께 언네를 이용해야 하는 기라.'

언네가 배봉과 운산녀에게 앙심을 품고 있다는 사실은 삼척동자라도 안다. 섣불리 집 밖으로 내쳤다간 도리어 더 큰 화를 불러올지도 모른다는 우려 때문에 그냥 집 안에 묶어놓고 있는 것이다. 그만큼 언네는 이 가문의 비밀을 속속들이 알고 있다.

'언네를 살살 구실리갖고 내 팬으로만 맨들어 놓으모, 난주 가갖고 반다시 크거로 써묵을 데가 있을 끼거마는.'

분녀는 언네에게 돈 꾸러미나 좀 안겨 주리라 작정했다.

'사람이 늙어가모 다린 거는 눈에 안 들오고 돈밖에 안 들온다 글 캤제. 그라이 돈 갖고 개 목줄매이로 조년 모가지를 매놓는 기라.'

언네 머릿속도 물레나 맷돌처럼 재빠르게 돌고 있었다.

'세월이 더 가모 배봉이하고 운산녀는 이빨 다 빠진 늙은 호래이가 안 되것나. 갤국 이 가문 실권은 큰며누리 분녀 손에 돌아 안 가까이. 그라이 일단은 분녀한테 잘 비이갖고 멤도 얻고 안심시키는 기 중요한 기라.'

그녀는 혼자 마음속으로 아흔아홉 칸 대궐 같은 집을 지었다.

'운제 때가 오모 배봉이, 운산녀는 더 말할 필요도 없고, 점벡이 자슥들하고 그 에핀네들 모도에게 복수하모 끝난다. 동업이 조것의 출생 성분이 시상에 알리지게 되모, 요눔의 집은 그대로 콩가루 집구석이 되는

기다.'

언네는 분녀에게 이렇게 얘기했던 적이 있다.

"우리 마님은 증말 이 집안에 태산 겉은 복을 갖다 주신 깁니더. 안 그렇심니꺼? 이리 똑소리 나고 늠름하신 되련님을 누가 놓는다 말입니꺼? 있으모 이리 나와 봐라 쿠이소."

그러자 분녀가 설단을 힐끗 보고 나서 말했었다.

"그거는 그럴거마. 말이사 바린 말이지, 내도 토옹 안 믿긴다. 우찌 내 뱃속에서 저리 잘난 아들이 나왔는고."

그러던 그녀는 그 까닭을 스스로 말했다.

"우리 고향 돌무데기 서낭님께 빈 효험인 기라."

설단 눈에 분녀 낯가죽이 밀가루 반죽을 철썩 갖다 붙인 것같이 보였다.

'귀를 가리고 방울을 훔친다더이.'

그런가 하면, 동업의 출생 성분을 안다고 해놓고 분녀 앞에서는 저토록 갖은 아부와 아양을 떠는 언네 낯가죽도 그에 못잖게 두꺼워 보였다.

그나저나 분녀와 언네가 한통속이 되면 나한테는 득일까 손해일까? 설단은 한참이나 궁리했다. 동업도 이제는 언네를 싫어하지 않는 것 같아 설단의 신경은 숫돌에 간 듯 날카로울 대로 날카로워졌다.

'언네가 멤만 뭇다쿠모 동업 목심은 포리 목심 아이가. 동업이한테서 절대 눈을 떼모 안 되것다. 행랑어멈 말마따나, 간에 옴이 올라 긁지도 몬하고 죽을 년이 언넨 기라.'

그러나 그 순간까지만 해도 설단은 전혀 알지 못했다. 언네나 동업에 앞서 정작 그녀 자신에게 닥쳐올 저 엄청난 재앙에 대해서는 까마득히 몰랐다.

그날 이후 설단은 억호에게 임신 사실을 알리기로 마음먹었다.

하지만 좀체 기회가 닿질 않았다. 쇠똥도 약에 쓰려면 귀하다더니, 막상 만나 이야기를 하려니 실타래가 꼬이듯 일이 자꾸만 엇나갔다.

무엇보다 억호 태도가 변한 듯했다. 예전 같으면 분녀가 엉덩이만 뗐다 하면 고기 맛을 본 땡추중처럼 굴었는데 요즘은 왠지 시큰둥했다.

설단은 알 턱이 없었다. 지금 억호 마음은 온통 해랑에게 쏠려 있다는 사실이다. 하판도 목사와의 술자리에서 해랑을 한번 본 후부터 억호는 장질부사보다 더 대책이 없다는 상사병에 걸려버렸다. 그다지도 애지중지하던 동업마저 마음을 떠난 판인데 그깟 계집종 하나야 어디 안중에나 남아 있겠는가?

그러나 하늘 아래 오직 억호 하나만을 바라다보면서 신분 상승의 기회만을 노리고 있는 설단의 입장은 달랐다. 억호 씨를 밴 것을 계기로 새로운 삶을 꿈꾸었다. 나라고 평생 종년으로 썩으랴 싶었다. 주인 배봉이나 운산녀도 본디 태생은 미천했음을 설단도 안다. 운산녀는 중인계급 운운하기도 했지만 그게 그것이라고 보았다.

그러던 어느 날, 드디어 설단이 목을 빼고서 기다리던 기회가 왔다. 그날따라 담장 아래 꽃밭의 연보랏빛 비비추가 한데 어울려 한껏 자태를 뽐내었다. 날씨는 약간 덥긴 해도 이따금 부는 유월 하순의 바람은 상쾌했다.

"내 없을 동안에 집 소제 잘해 놔라."

"예, 알것심니더. 잘 댕기오시소."

분녀가 동업을 데리고 읍내 장에 갔다. 동업의 옷이며 신발 등속을 구입하기 위해서였다. 다른 물품을 사러 갈 때는 여종을 대동하기 일쑤인 분녀가, 동업에게 필요한 물품을 살 때는 그렇게 혼자만 가는 것이었다. 그건 아마도 그 귀한 내 아들을 위한 장보기인 만큼 다른 사람에게

맡길 수가 없다는 생각에서일 것이다.

'시방인 기라.'

억호가 혼자 사랑채에 있는 것을 확인한 설단은 사랑방으로 들어갔다. 억호는 제 딴엔 꽤 근사한 서안을 앞에 놓고 서책을 펼쳐놓기는 한 양반 행색인데, 마음은 콩밭에 가 있는 듯 멍한 표정이었다. 그건 지극히 당연한 현상이었다. 해랑 생각에 푹 빠져 있었던 것이다.

"어?"

억호는 갑자기 나타난 설단을 보자 반가워하는 빛이 아니라 되레 좀 성가셔하는 얼굴이 되었다. 설단은 내가 잘못 보고 있는 거겠지 자위하며 서운한 감정을 억누르고 더듬더듬 입을 열었다.

"저, 지가, 지가예."

억호가 마음에 내키지 않고 답답하다는 듯 꽥 소리 질렀다.

"지가 머 우뗗단 말고?"

흡사 때 벗기듯 눈 밑의 점을 손등으로 쓱쓱 문질렀다.

"머 얻어무울 끼라고 주디는 촉새 부리매이로 쏙 내밀어갖고 지랄이고?"

사람 홀대하고 자존심 팍 깎아내리는 소리가 분녀와 비등비등하다. 하긴 그러니 둘이 배 붙이고 등 대고 같이 살아가겠지. 설단은 낯을 있는 대로 붉히며 간신히 통보했다.

"지가 이, 임신을 한 거 겉……."

그 순간, 억호는 벌떡 자리에서 일어설 사람처럼 했다.

"흐억."

숨을 크게 헐떡거렸다. 어찌 보면 배가 터지도록 포식한 두꺼비 형상이었다. 설단은 다른 말은 하지 못하고 애꿎은 저고리 옷고름만 잘근잘근 씹었다.

346

"이, 임신? 임신을?"

잠시 후 억호 입에서 잠꼬대처럼 흘러나오는 말이었다. 그는 그야말로 억장이 다 무너져 내리는 모양이었다.

설단은 너무너무 울고 싶었다. 그 애길 들으면 억호가 굉장히 좋아하고 기뻐할 것으로 기대했었다. 어디 내 예쁜 새끼 한번 보자며 배라도 쓰다듬어 주리라 굳게 믿었었다. 하지만 억호는 무언가에 목이 짓눌린 사람이 그러하듯 신음만 낼 뿐 한참 동안 말을 하지 못했다.

설단도 그만 큰 죄라도 지은 사람처럼 그러잖아도 참새같이 작은 몸을 한층 더 움츠리고 억호가 입을 열기만을 기다렸다. 그 순간이 얼마나 길고도 지루하게 느껴지는지 그녀가 지금까지 살아온 한평생만큼이나 되는 듯싶었다.

"니 안 있나."

그런데 한참 만에 그렇게 말문을 열고서 한다는 소리였다.

"해나 딴 데 가서 이런 소리 한 기가?"

설단은 대답 대신 울먹거리며 가느다란 모가지가 빠지게 세찬 도리질만 했다. 입을 열면 말보다도 울음이 먼저 터질 것 같아서였다.

"그라모 됐다."

억호는 조금은 안도하는 빛이었다. 그러고는 강요하듯 말했다.

"니 목에 시퍼런 칼이 들와도, 아 뱄다 소리하모 안 된다. 알것제?"

설단은 기어드는 목소리로 '예' 했다. 한데 이렇게 매정할 수가 없었다.

"고마 나가 봐라."

"예, 예?"

갈수록 첩첩산중이다.

"그라고 앞으로는 내가 부릴 때꺼지는 무신 일이 있다 캐도 절대로 이 방에 들오모 안 되는 기다. 알것나?"

설단의 대답이 없자 억호가 주먹을 들어 서안을 내리칠 기세로 호통을 쳤다.

"귓구녕에 당나귀 머 박았나?"

방 한쪽에 놓여 있는 고급 분盆에 담긴 희귀종 난초 이파리가 파르르 떠는 듯했다. 설단 같은 종들이 볼 때는 그런 난초가 뭐가 대단하다고 거금을 주고 사서 소장하고 있는지 참 알다가도 모를 일이었다.

"나가 봐라 안 쿠나!"

억호가 발악하듯 소리 질렀다. 설단은 기어이 한 손으로 입을 가린 채 울음을 터뜨렸다. 그건 연못에 살던 물고기들이 어느 날 갑자기 닥친 홍수나 가뭄으로 말미암아 영문도 모른 채 당하는 것과 진배없는 꼴이었다.

"에나 안 나갈 끼라?"

억호는 최후의 통첩 보내듯 했다.

"그, 그라모 지, 지는 우짜라꼬?"

간신히 호소하듯 상의하듯 하는 설단에게, 급기야 깔고 앉았던 방석을 집어 던지며 벌컥 화를 냈다.

"요망한 기집이 콱 뒤지고 싶은 기가?"

설단은 더 말은 하지 못하고 안타까운 소리만 냈다.

"아."

억호는 당장 무슨 일을 낼 사람 같았다.

"아, 요년이 그래도야?"

"헉!"

설단은 소스라쳐 얼른 자리에서 일어섰다. 그러고는 방문을 닫는 둥 마는 둥 하고 거길 나오는데, 앞이 뿌옇게 흐려지는가 했더니 이내 눈물이 폭포수처럼 쏟아졌다.

영락없이 문전박대당한 처량한 걸인 형상으로 억호 사랑채에서 쫓겨난 설단은, 하인들의 거처가 있는 대문간 행랑채를 향해 비칠비칠 걸어갔다. 하지만 곧장 방으로 들어가지는 못하고 솟을대문 밖으로 나왔다. 방에서 울다가 혹시 다른 종들에게 들키기라도 하면 큰일이었다.

설단이 연체동물처럼 흐느적거리며 막 대문 밖에 나와 섰을 때였다. 조금 전까지만 해도 멀쩡하던 하늘에서 별안간 '후드득' 굵은 빗발이 떨어지기 시작했다. 마침 지나가던 몇몇 아이들이 손가락으로 하늘을 가리키거나 고개를 뒤로 젖히고 올려다보며 소리 질렀다.

"와아, 호래이 장개 간다아!"

정말 햇빛이 훤히 비치는데도 비가 오고 있다. 장가드는 신랑 호랑이와 시집가는 각시 호랑이는 얼마나 행복할까? 설단은 눈물 그렁그렁한 눈을 들어 그 고을 주봉인 비봉산 쪽을 바라보았다. 희뿌연 물안개가 푸른 산 중턱을 비단보처럼 휘감았다. 여느 때 같으면 아름답고 신비롭게 느껴질 그 풍광이 지금은 아무런 감흥도 주지 못한다. 아니, 되레 보기가 싫다. 참 치사스러울 만큼 변덕스러운 날씨다.

'내가 모도 내 멤 겉은 줄 알았제.'

설단은 야속한 심정이 되어 생각했다. 억호는 저 날씨처럼 변덕스러운 사내라고. 화류계 여자나 장바닥 동냥아치라도 절대 저렇게 번뜻번뜻하지는 않을 거라고. 꼴에 수캐라고 가랑이 들고 오줌 누듯이 꼴같잖게 굴던 그가 무엇이 좋다고 내 열여덟 꽃다운 순정을 바쳤던고. 그러다가 골이 울렁거릴 정도로 고개를 마구 내젓기도 했다.

'하기사 뺏긴 기지 오데 바친 것가? 그리 보모 내 죄는 한 개도 없는 기라. 아, 그나저나 앞으로 우짜모 좋노? 분녀가 알아놓으모 낼로 고만 안 둘 낀데.'

그 걱정 끝을 물고 언네와 관련된 괴담이 떠올랐다. 정말 운산녀가 칼이나 인두로 그렇게 했을까? 상상만으로도 콩알만 한 소름이 온몸에 오톨도톨 돋았다.

'행랑어멈 말마따나 차라리 질가 버들과 담베락 밑에 핀 꽃으로 살아 가는 팔자가 상구 더 낫것다.'

그런 불순한 생각마저 덤벼들기 시작했다. 길가 버들과 담벼락 밑 꽃. 그게 몸을 파는 여자를 가리키는 말이란 것을 알고 나서부터 설단은 종년 신세가 더 서럽고 싫었다.

'질가에서 아모나 팍팍 꺾을 수 있는 버들가지거나 말거나, 지내가는 개가 벌로 오줌을 갈기는 꽃이거나 말거나, 시방 내보담은 한거석 더 낫 을 끼라.'

설단은 그쳤다가 뿌렸다가 반복하는 여우비를 고스란히 맞으며 서 있 었다. 계절 감각도 잊은 듯 그저 자꾸 오슬오슬 떨리는 몸에서 더운 김 이 피어났다. 맹감을 따먹어도 개똥밭에 굴러도 이승이 낫다는 소리가 순 엉터리지 싶었다.

'그거는 살기 심든 내 겉은 상것들이 자살 몬 하거로 양반들이 지이낸 거 아이까?'

얼마나 혼자 이런저런 잡념들에 부대끼고 있었는지 모르겠다. 저만큼 큰길가로부터 분녀와 동업이 오고 있는 게 보였다. 그리고 모자 둘만 외 출했을 거라 짐작했는데 그들 곁에는 뜻밖에 언네도 있었다. 언제 어디 서 함께했는지 알 수 없었다.

'나이 값도 몬 하는 불야시 겉은 종년.'

설단은 억호를 겨냥했던 증오와 반감을 언네에게로 돌렸다.

'사람이 우찌 저리 두 가지 얼굴을 할 수 있노.'

하긴 해도 나고 비도 오는 하늘도 한 가지 얼굴은 아니다 싶기도 했다.

"설단이 이년아!"

나잇값도 하지 못하는 불여우 언네가 상전 분녀보다 먼저 소리쳤다.

"시방 마님하고 되련님이 비 홈빡 맞고 오시는데, 퍼뜩 우산 갖고 마중 나올 생각은 안 하고, 똑 동냥 얻으로 온 거지맹캐 거 서서 머하는 기고, 으잉?"

그리고 보니 세 사람 모두 약간 젖은 몰골들이다. 그래도 집 가까이 와서 비를 만나 많이 맞지는 않은 듯했다. 아마 가마를 타고 가지 않은 걸 후회할 것이다. 설단은 내심 조롱과 함께 하늘을 원망했다.

'꼴 조오타. 하느님은 와 비를 더 팍팍 마이 안 내리주고.'

동업이 갑갑한 가마 타기를 싫어하고 걷기를 좋아한 탓에 종종 지금 같은 외출을 했다. 급히 집 안에 들어가 우산을 가져오려고 하는 설단을, 분녀가 짜증 잔뜩 섞인 목소리로 말렸다.

"치아라. 됐다 고마. 집꺼정 다 왔는데 우산 필요 없다. 언네가 갖고 있는 짐이나 쌔이 받아라. 우찌 된 종년이 하나부텀 열꺼지 싹 다 갈카조야 하이. 후우."

설단은 아차! 싶어 얼른 언네가 머리에 이고 있는 보퉁이를 받아들었다. 이것저것 정말 많이도 샀는지 그 보자기에 싼 덩이가 여간 크고 무거운 게 아니다. 그 무게만큼이나 나가는 설움과 불안에 눌려 설단은 계속 배트작거렸다.

"쯧쯧."

분녀가 안방에 들어가는 것을 보고 돌아 나온 설단을 향해 언네가 쇳소리 나게 혀를 차며 비꼬는 투로 말했다.

"쥔 뫼시는 뱁, 한거석 더 배와야 되것다. 그래갖고는 어림 반 푼어치도 없제. 반 푼어치가 머꼬? 반에 반에 반 푼어치도 안 되는 기라."

"……."

설단은 무어라 대꾸하는 대신 배부터 집어넣었다. 나이는 멀리 추방했는지 눈도 밝게 그것을 본 언네가 고개를 갸우뚱하며 혼잣말로 이랬다.

"그거는 또 무신 지랄이고?"

설단이 행랑방으로 들어가고 얼마 지나지 않아서였다.

"인자 왔나?"

사랑채에 있던 억호가 시장 갔던 분녀가 돌아온 기척을 듣고 안채로 왔다.

"여보, 이거 함 보이소."

분녀는 행복에 겨운 얼굴이었다.

"우리 동업이한테 에나 잘 어울리것지예?"

그런데 억호는 분녀가 내보이는 동업의 옷가지며 신발 따위는 본체만체하더니 대뜸 이렇게 물었다.

"설단이를 꺽돌이한테 시집 보내모 우떨꼬?"

그야말로 아닌 밤중에 홍두깨였다.

"야? 설단이를 꺽돌이한테 시집 보내예에?"

분녀는 너무나 어리둥절한 얼굴로 난생처음 보는 사람이라도 하듯 억호를 한참이나 빤히 바라보다가 물었다.

"와 각중애 그런 생각을 하기 됐어예?"

따지듯 하는 품이 억호 마음을 영 편치 못하게 했다.

"아, 그거는……."

억호는 선뜻 대답하지 못했다. 그 어떤 말을 할 수 있겠는가? 그의 눈에는 태산같이 부풀어 오른 설단의 배만 어른거렸다. 입덧을 하는 설단에게 매질을 가하며 누구의 짓이냐고 다그치는 분녀의 모습도 보였다.

'정 안 되모 설단이 고년을 쥐도 새도 모리거로 쥑일 수밖에. 그라모 뱃속에 들가 있는 새끼도 따라 죽것제.'

억호 머릿속으로 정월 대보름날 마을 앞 말무덤(馬塚)에서 당산제를 지내던 이웃 고을이 자리 잡았다. 진섬이란 기생 하나와 유람을 다니다가 우연히 들른 곳이었다.

"여 씨 집안에 태어난 아아였다꼬예?"

억호가 물었다. 그러자 머리를 빙 돌아가면서 지나치게 많이 깎아버린 탓에 어쩐지 석수장이를 방불케 하는 그곳 토박이 사내는, 자기도 선친에게서 들었다며 그 당산제에 대한 이야기를 해주기 시작했다.

"태어날 때부텀 보통 아아들하고는 그리 달랐다데예. 그란데 하로는 산모가 바깥에 잠깐 나갔다 들와 본께, 애고, 시상에, 방바닥에 누우 있어야 할 애기가 높은 선반 우에 대뚝 올라앉아 있는 기라요."

기생 진섬이 호들갑스럽게 말했다.

"아, 애기가 선반 우에 올라앉아 있었어예? 말도 안 돼!"

억호가 가볍게 나무랐다.

"허어! 방정맞다 아이가? 일단 들어나 보자꼬."

사내는 적잖게 기분 나쁜 표정을 지었으나 외지에서 온 손님에 대한 예의를 지키느라고 그런지 그래도 말을 이어갔다.

"모도 우리 집안에 역적이 될 아아가 태어났다꼬 야단 난리가 났다데요. 그래갖고 그냥 살리놔서는 안 되것다 싶어서 다듬잇돌로 눌러 쥑잇다 쿠더마요."

"옴마야! 다, 다듬잇돌로?"

또 진섬이 사내 이야기 중간에 끼어들었다. 그렇지만 억호도 이번에는 진섬을 나무라지 못했다. 평소 어지간한 것에는 별 반응을 보이지 않는 그의 얼굴도 하얗게 질려 있었다. 다듬잇돌로 어린 아기를 눌러 죽이다니.

"더 들어보이소."

물론 아무리 대단하고 충격적인 내용도 여러 차례 입에 올리다 보면

감각이 좀 무뎌지고 예사로 받아들여지기는 하겠지만, 그래도 사내는 그 내용에 비하면 잔인하다 싶을 만치 너무나 심상한 낯빛으로 이야기를 계속했다.

"그라고 난께 갑작시리 천둥이 침서 오색 무지개가 생깃는데 말입니더."

"아, 그?"

진섬이 또 입을 열려다가 억호 눈치를 보면서 서둘러 다물었고 억호는 눈을 떴다 감았다 했다.

"오색 무지개라."

그렇게 중얼거리는 억호 머릿속에 제수인 상녀가 즐겨 입는 '무지기'가 떠올랐다. 치마 속에 입는 짤막한 그 통바지는, 끝에 갖가지 빛깔의 물을 들여서 다 입으면 무지갯빛을 이루었다. 예절을 차릴 때 입는 그 무족無足을 상녀는 시도 때도 없이 몸에 꿰차곤 하여 남편 만호에게서 핀잔을 듣기도 했다.

"그란데 있지예?"

사내는 진섬이 입고 있는 여러 빛깔의 치마와 저고리를 흘낏 보았다.

"뒷산 깃대봉에서 용마 한 마리가 막 아우성을 내지림서 세 발자국만에 마을 앞꺼정 와갖고……."

잠시 말을 멈추고 숨을 몰아쉬었다가 얘기했다.

"그 애기하고 같이 죽어삣다는 기라요."

진섬이 억호 눈치를 봤다.

"애기하고 용마가 같이예."

그 용마가 죽은 자리에 돌로 무덤을 만든 게 바로 지금 앞에 보이는 저 돌탑이라는 거였다. 하여튼 끔찍하면서도 신비스러운 사연이었다.

'천하의 이 억호가 할라쿠는 일을 감히 우떤 것들이 막을 끼고?'

새삼스럽게 그 이야기를 떠올린 억호는 내심 한층 모질고 독한 마음을 다져갔다. 사람을 다듬잇돌로 눌러서 죽인 일도 있다는데, 종년 하나 극약을 먹여 없애는 일쯤이야⋯⋯.

떨어지는 것이 낙엽뿐이랴

얼이가 다니는 서당 훈장 권학은 더할 나위 없이 사려 깊은 인물이면서도 때로는 잔인할 만치 냉정하고 외계에서 온 듯 엉뚱한 데가 있는 선비였다.

그는 답답한 글방에만 학동들을 가둬두지 않고 곧잘 제자들을 이끌고 고을 곳곳을 돌아보았다. 소위 '산 교육'을 실천하는 선각자의 반열에 너끈히 세울 만했다. 성리학과 실학 모두 골고루 갖춘 뛰어난 학자였다.

그러나 설혹 아무리 그렇다손 치더라도, 얼이를 데리고 촉석루로 간 것은 좀체 이해하기 어려웠다. 물론 얼이 외에도 문대, 남열, 철국 등 다른 학동들도 몇 있었지만, 얼이에게는 평생 고통과 한이 옹이처럼 박혀 있을 곳이 촉석루 쪽이었다.

몇 해 전 거기 성 밖에서 무슨 일이 있었던가. 유춘계가 이끄는 농민군을 효수형 시킨 피의 처형장이 아닌가? 그날 아버지 천필구가 망나니들이 휘두른 칼에 의해 목이 뎅겅 달아나는 광경을 어린 두 눈으로 똑똑히 지켜봤던 얼이였다.

어쩌면 권학이 촉석루로 간 것은 깊은 뜻이 담겨 있어서인지도 모르겠다. 아니, 다분히 어떤 의도가 있었을 것이다. 그는 얼이 아버지의 안타깝고 억울한 죽음을 누구보다도 잘 기억하고 있는 사람이었다. 그래서일까, 저만큼 큰 성곽이 비쳤을 때 그의 눈이 얼이를 겨냥했다. 얼이 표정은 무어라 형용할 수 없을 정도로 복잡해 보였다. 그것은 신이 한 인간의 얼굴에 얼마나 많은 감정의 모양과 빛깔을 담아낼 수 있는지 실험해 보는 것 같았다.

'누구든 한번 두고 보라지.'

권학은 혼자 속으로 중얼거렸다.

'그냥 보통 사내아이는 아니야. 아직은 어려서 잠잠하지만, 저놈이 좀 더 장성하면 언젠가는 온 세상이 깜짝 놀랄 엄청난 사고를 치고 말 놈인 게야.'

무기로 중무장을 한 장수의 모습으로 용마를 타고 멋진 전투를 하는 얼이 모습이 그의 눈앞에 어른거리는 듯했다. 용같이 생겼다는 상상의 말, 용마. 저 중국 복희씨 때 팔괘를 등에 싣고 나왔다는 준마駿馬.

'일기당천一騎當千이라 했던가. 피는 못 속인다더니.'

권학의 눈은 서로 무어라 조잘거리는 다른 학동들과는 달리 혼자 무언가 깊은 상념에 잠겨 있는 얼이 얼굴을 줄곧 지켜보고 있었다.

'두 눈에 서려 있는 빛이 그냥 예사로운 게 아니야.'

한 인간의 운명은 그의 눈빛에 따라 달라진다고 믿고 있는 권학이었다. 말하자면 눈에서 내뿜는 빛은 곧 마음에서 우러나오는 빛이라고 보는 것이다.

'저 아이 운명이 그렇다면 어쩔 수 없는 일이기는 하지만, 그렇다고 부자가 똑같은 피의 가시밭길을 걸어야 한다는 건 너무나 가혹한 하늘의 뜻이구나.'

결국 권학은 얼이를 향했던 서늘한 눈길을 거둬들이며 무엇에 쫓기듯

이 서둘러 걸음을 옮겨놓았다.

"저벅저벅."

"쿵쿵."

학동들은 발소리도 요란하게 바삐 훈장 뒤를 따랐다. 그러다가 문득 스승이 멈춘 곳은 길가 커다란 은행나무 밑이었다. 한군데서 부채꼴의 잎이 여러 개가 나 있는 그 고목은 아이들뿐만 아니라 어른들도 그저 무심히 지나치는 나무가 아니었다.

"모두 잘 보거라."

"예."

곧이어 제자들에게 이런 질문이 나왔다.

"저 은행나무가 다른 나무들보다도 훌륭한 게 있다면 그게 무엇인지 누가 말해볼 수 있겠느냐?"

그러자 아버지가 유명한 도목수인 문대가 제일 먼저 입을 열었다.

"지가 말씀을 올리것심니더. 지 아부지께서 하시는 말씀이, 은행나모는 살아 천년 죽어 천년이니라, 그리하시데예."

권학이 기대를 담은 목소리로 다시 물었다.

"그 까닭이 무엇이라 하시던고?"

평소 싹싹하고 사내다운 문대에게선 곧 대답이 나왔다.

"천년을 넘거로 살고, 죽어서도 잘 안 썩기 땜에, 우리 생활에 유익하거로 쓸 수 있는 나모라서 그렇다꼬 말씀하싯심니더."

"아버님께서 잘 알고 계시는구나."

계속 이어지는 질문이었다.

"한데, 장수목長壽木이란 것 말고는 또 없다시더냐?"

"그, 그거는예."

이번에는 문대가 우물쭈물했다. 권학은 그 지방 방언이 전혀 섞이지 않은 말씨로 제자들 전부에게 물었다.

"누가 말해볼 사람 없느냐?"

아무도 답을 하지 못했다. 권학이 말했다.

"그 깨끗함을 들 수가 있느니라."

나이가 무색하리만치 스승 얼굴이 정말 맑고 깨끗하다는 생각을 얼이는 했다. 거울처럼 투명한 그의 낯빛은 보는 이로 하여금 감탄을 자아내게도 하였다.

"포구나무나 느티나무는 쉬 더럽혀지기도 하지."

얼이는 상촌나루터 강변에서 흔히 볼 수 있는 그 나무들을 떠올렸다.

"그렇지만 은행잎이나 은행가지는 참으로 깨끗하고, 또 보다시피 나무 아래도 정결하여 따로 소제할 필요도 없어."

스승 말씀이 끝나자 남열이 입을 열었다.

"아, 은행은 단풍도 그런 거 같어예. 노란 기 올매나 깨끗해예."

권학이 저만큼 지나가는 흰옷 차림새의 행인들을 한 번 바라보고 나서 다시 말했다.

"그래서 예로부터 선비들이 무척 좋아하는 나무 중의 하나라고 할 수 있느니. 또한, 절간 스님들도 좋아들 하시더군."

얼이 마음에 다가오는 무엇이 있었다. 스승의 말씀 속에는 너희도 그 나무처럼 깨끗하게 살라는 깊은 의미가 담겨 있었다.

"음, 다 왔군."

"예, 스승님."

이윽고 그들은 경건하고 조심스럽게 나무계단을 밟고 촉석루에 올랐다. 그 누각은 언제 와 봐도 절로 감탄을 자아내게 하는 기품과 풍취를 간직하고 있었다.

"와아, 좋다!"

"우찌 이리?"

권학이 미리부터 주의를 주었는데도 불구하고 학동들이 큰소리로 환호했다. 하긴 아직은 그럴 나이들이긴 했다. 어쩌면 그건 꾸짖을 성질의 것이 아니라 바람직한 거였다.

"히야!"

날아갈 것 같은 팔작지붕이 웅장했다. 박공이 지붕 위까지 달려 있고 용마루는 삼각형의 벽을 이루었다. 주황색 나무 기둥은 햇볕을 받아 제 그림자를 누각 마룻바닥에 눕히고 있었다. 그런데 왜일까? 얼이 눈에 어딘지 모르게 지쳐 보이는 그림자였다.

"뒤돌아보면……."

그렇게 회고하는 권학도 얼이와 비슷한 심경이었을까? 그의 얼굴에도 짙은 음영이 점점 드리워지고 있었다.

"그 칠 년 세월 동안 이 나라 강토는 얼마나 힘들어했을꼬?"

얼이는 금방 알 수 있었다.

'아, 저 임진왜란 말씀이시다.'

권학은 깊은 눈길로 주위를 둘러보았다.

"특히 이곳 성의 전투는 피로 얼룩진 역사야. 내 눈에는 저 남강 물이 붉게 보이는구나. 얼마나 많은 군·관·민이 피를 흘린 곳이냐."

그렇게 들려주고 있는 그다지 크지 않은 스승의 몸이, 얼이 눈에는 비봉산 중턱에 깊이 뿌리박고 있는 큰 바윗덩이처럼 비쳤다.

"그 싸움에 대해 알고 싶심니더. 들려주이소, 스승님."

그중 가장 머리 굵은 문대가 말했다. 그의 아버지 서봉우는 이름난 도목수로 돈을 많이 모아놓은 것으로 알려져 있었다. 그래서 비록 신분은 낮았지만, 재력을 이용해 장남 문대를 위해서는 무엇이든 해주는 사람이었다.

얼이는 왠지 문대가 나중에 자기와 함께 일을 할 사람 같다는 예감이 들기도 했다. 그건 일종의 계시와도 같은 것이었지만 희망 사항이기도 했다.

"허허, 문대 이눔. 번갯불에 콩 구우묵을 눕이다. 여게서 돌아가신 순국선열님들께 멤속 추모부텀 드리고 나서 이약하자."

권학 입에서 갑자기 그 고을 방언이 나왔다. 한양 말씨와 지역 말씨가 섞인 권학 말투는 언제나 색다른 느낌으로 다가오곤 했다. 우리 스승님은 무슨 남모를 비밀이 있어 오랜 한양 생활을 그만두고 낙향해 학동들이나 가르치고 계실까? 얼이가 늘 궁금해하는 수수께끼였다.

"제1차 전투가 있었느니라. 당시 여길 공격하기 전, 왜군은 김해성에 모였다."

얼이는 퍼뜩 떠올렸다. 비화 누이의 본관이 김해 김씨였다. 열 번을 연거푸 들어도 기억에 흐릿할 일본인들 이름도 나왔다.

"가토, 하세가와, 나가오까 등의 왜장들이 모여서 이 성을 치기로 했다."

난간 아랫부분에 쭉 뚫린 구멍들 틈새를 비집고 들어온 햇살이 누각 나무 바닥을 투명하게 비추었다. 그곳 관리인이 얼마나 부지런하고 청결한 성품의 사람인지 미세한 먼지조차도 그대로 드러나 보일 지경이었다.

"풍신수길이 보낸 그 왜놈 장수들은 가증스럽기 이를 데 없었다."

학동들 입에서 꿀꺽, 하고 마른침 삼키는 소리가 났다. 스승 입에서 흘러나오는 말씀은 갈수록 두렵고 무섭기만 했다. 어이없게도 거기 경내로 들어오는 입구인 저쪽 촉석문이 지옥문같이 비쳤다. 당장이라도 그 문을 통해 일본군들이 들이닥칠 것만 같았다.

얼이는 부르르 몸을 떨었다. 그 자신이 그렇게 무서울 수 없었다. 이제는 다 잊은 줄로 알았던 끔찍한 버릇이 되살아났다. 얼이는 옆에 있는 학동들 목을 모두 확 비틀어버리고 싶은 강렬한 충동에 어쩔 줄 몰랐다. 심지어 너무나 불경스럽게도 스승의 목까지도 눈에 가득히 들어왔다.

그때였다. 대단히 화가 난 듯 권학의 목소리가 별안간 촉석루 아래로 둘러쳐진 벼랑처럼 높아지는 바람에 얼이가 얼른 정신을 차린 것이다.

"왜군은 우리 고을 동쪽의 마현馬峴에 나타났다."

"마핸이 오덴데예?"

철국이 사뭇 흔들리는 목소리로 물었다. 서당에 앉아 글공부할 때와는 그 분위기부터 달랐다.

"저어기 말티고개를 일컬음이니라. 사람들 가운데는 말띠고개라고 부르는 이도 있지만, 정확한 이름은 '띠'가 아니라 '티'라고 봐야 해."

권학은 손을 들어 거기서 볼 때는 동쪽에 있는 선학산과 뒤벼리가 있는 방향을 가리켜 보이고 나서 말을 이어갔다.

"그래 곧 큰 싸움이 벌어졌지."

학동들은 하나같이 긴장되고 두려운 눈빛이 되었다.

"아, 큰 쌈이?"

얼이 눈에 옥봉리 저편 아주 꾸불꾸불한 말티고개를 무리지어 넘어오는 왜군들이 보이는 듯했다. 당시 우리 조선에서는 경상우병사 유숭인, 사천현감 정득열, 그리고 거제권관 주대청 등의 장수가 장렬하게 전사했단다.

"무릇, 한 시대가 간절히 원하는 인물은……."

권학이 이야기하고 있는 동안 저 아래 절벽을 휘감아 흐르는 남강으로부터 물새 울음소리가 점차 크게 들려오고 있었다. 아마도 전신이 순백색으로 아름답고 몸이 큰 고니가 아닌가 싶었다. 지금 위험한 전쟁 이야기를 듣고 있어서일까, 하늘가에 걸린 조각구름이 땅으로 떨어져 내릴 듯 위태로워 보였다.

'저 새는 그때 죽은 사람이 도로 살아난 긴지도 모린다. 그기 아이다. 저 새는 울 아부지 넋이다. 억울한 혼이다.'

얼이는 그곳에서는 잘 보이지 않는 물새의 모습을 그려보며 생각했다.

'옴마가 말했다. 사람이 한을 품고 죽으모 저승에 몬 가고 이승을 떠도는데, 새가 돼갖고 울고 댕기는 수가 쌔삣다 안 쿠더나.'

그 생각을 하다가 또 치를 떨었다. 저 새는 목 없는 새가 아닐까?

"스승님, 김시민 목사 이약도 해주이소."

남열이 꼭 할아버지에게 어리광 피우는 손자같이 말했다. 학동들 가운데서 가장 체구가 왜소한 남열은 목소리도 여자처럼 여렸다. 하지만 권학의 문하생들 중에 얼이 다음으로 똑똑한 학동이었다.

"김시민 목사? 아암, 김시민 장군을 뺄 수 없제."

권학 목소리에 힘이 들어갔다. 음성뿐만 아니라 몸 전체가 그런 것 같았다.

"불과 3천8백 군사로 2만이 더 넘는 왜놈들과 싸웠더니라."

"야, 에나 대단했것네예?"

무슨 일이든 간에 감동을 잘 받는 철국이 그 커다란 눈을 반짝였다. 그 애는 눈처럼 마음 씀씀이도 크고 넓었다. 외동인 얼이는 평소 형제인 양 지내는 벗들을 둘러보면서 생각을 굴렸다.

'요새 돌재 아자씨 집에 잘 오는 판석이, 또술이, 태용이 아자씨들이 우 들고일 나모, 저 아아들도 내하고 같이 가서 싸우자쿠모 안 되까?'

권학 말이 얼이 귀를 낚아챘다.

"비격진천뢰와 질려포로 저항했다더구나."

병장기 이야기가 나오자 얼이는 자신도 모르게 물었다.

"그기 머신데예?"

처음에 잔잔했던 권학의 음성은 서서히 격해지기 시작했다.

"내가 알기로, 선조 임금 때 이장손이 발명한 폭탄이 비격진천뢰다. 질려포는 나도 잘 모른다. 어쨌든 그 무기뿐만 아니라 돌도 던지고 뜨거운 물도 끼얹고 하면서 그 많은 왜놈들을 다 물리쳤다는 것이다."

"아, 돌하고 뜨거븐 물도!"

얼이 뇌리에 흐릿하게 되살아나는 게 아버지 천필구와 다른 농민군들이 손에 들고 있던 죽창과 몽둥이, 지겟작대기, 농기구 등이었다. 헤아려보니, 저 임진년에 왜군들과 싸울 당시에 조선 군사들이 사용한 무기와, 임술년에 농민군이 관군과 싸울 때 사용한 무기가 비슷하다는 생각도 들었다.

'난주 내도 싸울 때가 되모 무기는?'

그러자 농민군을 이끌던 유춘계가 지었다는 '언가' 곧 〈이 걸이 저 걸이 갓 걸이〉 노래가 입에서 튀어나오려고 했다.

'운젠가는 내도 그분맹커로 되고 말 끼다.'

얼이는 자꾸만 너무나 위험하고 엉뚱하고 무서운 망상에 빠져들려는 제 머리통을 세차게 흔들었다. 머릿속이 꿀렁꿀렁했다.

"싸움이 시작된 지 닷새째 되는 날 밤, 왜놈들은 동문과 북문 그리고 서문, 이렇게 세 곳의 문으로 공격을 해왔던 게야."

권학의 이야기는 갈수록 그 열기를 더해갔다. 얼이는 또 자신도 모르게 불끈 주먹을 쥐었다. 그것을 권학이 언제 보았을까? 홀연 호된 질책이 떨어졌다.

"얼이 네 이누움! 그 주먹 퍼뜩 몬 펴것나? 오데 스승 앞에서 벌로 주먹질할 태세고, 으잉?"

저 비격진천뢰나 질려포 소리가 그렇게 우렁찰까?

"아, 예?"

얼이는 흠칫 놀라며 얼른 주먹을 폈다. 다른 학동들도 아주 간이 조마조마한 모양이었다. 권학은 크게 화가 난다거나 꾸지람을 할 때면 말씨가 갑자기 이곳 토박이말로 바뀌었다. 그것은 그만큼 그 고을 태생 학동들에게 이른바 '말발'이 잘 먹혀들어 가게 하는 효과를 나타내었다.

'저놈이……'

어쨌거나 권학은 매우 정확하게 꿰뚫어 보고 있었다. 얼이는 고조되어 가는 스승 이야기를 들으면서 줄곧 농민군이 되어 관군을 맞아 싸울 생각만 키웠다. 나는 아버지처럼 죽어갈 수 없다고 마음에 칼날을 세웠다.

"음."

신음 비슷한 소리를 내던 권학이 무슨 주문 외듯 중얼거렸다.

"얼이 저눔 몸속에 들어가 있는 구신을 무신 수로 내몰꼬? 억울하거로 죽은 지 아부지 망령을 우짜모 좋을꼬?"

그 말뜻을 알아채지 못한 제자들이 스승을 재촉했다.

"그래서 우찌 됐는데예?"

"스승님, 째이예!"

모두 전쟁 이야기를 한창 좋아할 나이들이긴 하였다. 권학은 다시 이야기를 계속하기 시작했다.

"내가 엉뚱한 생각 좀 했다. 그 당시는 참 위기였제. 왜놈들은 나름대로 작전을 세우고 공격했거든."

강 쪽으로 내려가는 암문暗門으로부터 바람이 불어왔다. 문대가 큰 걸때를 흔들며 그 작전이 어떠했는가를 물었다.

"긴 사다리를 성벽에 걸쳐놓고 타고 오르기도 하고, 성 밑을 파기도 하고, 또한 장작을 쌓아 불을 피워대는 바람에 연기가 온 천지를 가리기도 했지."

그 전투가 바로 눈앞에서 펼쳐지는 것처럼 묘사해 보이는 스승이었다. 지금 그들이 와 있는 그 장소가 실제로 그 싸움이 벌어졌던 현장이니만큼 이야기 효과는 배가倍加되는 게 당연한 이치이기도 했다.

"에나 난리였네예!"

"우짭니꺼?"

남열과 철국이 무섭다는 듯 목을 움츠렸다. 하지만 얼이 주먹은 또다시 단단히 쥐어졌다. 그것을 본 권학이 이번에는 아무 말도 하지 않았다.

얼이 뇌리에 그려졌다. 성을 공격하는 것은 왜군이 아니고 농민군이다. 하지만 지난날 비화 누이의 아저씨 유춘계가 이끌던 농민군처럼 비정규군이 아니다. 산에서 나무 베다가 온 초군이 아니다. 철저한 군사 훈련을 받은 정규군이다.

밤골집에서 돌재를 비롯한 판석과 또술, 태용 아저씨들이 서로 주고받는 소리를 옆에서 열심히 들어온 얼이다. 그래서 얼이는 제 또래들이 상상도 하지 못할 군대 용어라든지 전술 등을 안다. 그것은 동네에서 어린아이들의 우두머리 노릇을 하는 골목대장과는 그 차원과 성질이 전혀 다른 것이었다.

'아!'

얼이는 보았다. 드디어 함락되는 성. 농민군의 승리. 싸움에 이긴 농민군이 이마에 흰 수건 질끈 동여매고 죽창과 몽둥이, 농기구 같은 무기들을 힘차게 흔들어대며 목이 터져라 막 외친다.

- 천필구 만세!

- 그대 천필구의 원혼이여, 기뻐하시라!

- 그대의 희생으로 우리는 오늘 승리했도다!

- 농민군 세상이 왔도다!

그것은 밤골집 구석방에서 판석을 비롯한 농민군 아저씨들이 어쩌다 막걸리라도 몇 잔 걸칠라치면 잊지 않고 목소리를 낮추어 내지르곤 하던 소리다. 물론 우정 댁과 밤골 댁도 있는 자리였지만. 그런가 하면, 돌재 아저씨는 한술 더 떴다.

— 천얼이 만만세! 얼이가 맨 앞장 서갖고 저눔들 물리쳤다. 아, 지 아부지 웬수 갚았다. 얼이는 우리 농민군 빛인 기라. 희망인 기라. 농민군 대장 아인가베.

그 말에 우정 댁은 기쁨의 눈물을 철철 흘렸다. 감격을 이기지 못해 온몸을 있는 대로 떨었다. 밤골 댁이 아직 어린 사람 듣는데 자꾸 그런 소리 좀 하지 말라고 말렸지만 아무도 그녀 말을 듣지 않았다. 설사 왕이 와서 명을 내려도 멈추지 않을 그들이었다.

"우리는 농민군! 농민군!"

방안 가득 감정이 물결치면 얼이는 그야말로 미친 아이처럼 굴었다. 작은 이마에 흰 수건 동여매고 두 손에는 숟가락과 젓가락을 마치 죽창이나 농기구처럼 치켜들고 누군가를 겨냥해 마구 찌르는 시늉을 했다.

"그래, 우리 얼이 잘한다! 역시나 천필구 새끼다."

우정 댁도 완전히 돌았다. 급기야 저마다의 입에서 〈이 걸이 저 걸이 갓 걸이〉 노래가 흘러나오기 시작했다. 그 소리가 바깥으로 새 나갈 정도로 격해지려는 순간, 판석이 후끈 달아오른 분위기를 식혔다.

"인자 고마하이시더. 잘몬하모 큰일나것심니더. 그라고 우리가 암만 한이 많다 쿠더라도, 얼이꺼정 저리하거로 하는 거는 아인 거 겉심니더."

돌재가 날뛰고 있는 얼이 몸을 잡아끌며 타일렀다.

"얼이야, 니 서당 갈 시간 다 안 돼가나?"

밤골 댁도 남편 말을 거들었다.

"얼이 니한테는 우선에 공부가 더 중요한 기라."

사실 지금 그곳에 있는 사람들은 모두가 공부에 포원이 진 사람들이기도 했다.

"아이라예!"

그런데 목이 빠져라 흔들어대는 얼이 입에서는 다른 말이 나왔다.

"지한테는 공부보담도 더 중요한 기 있어예!"

반항아처럼 그렇게 소리를 내지르고는 방을 뛰쳐나왔다. 그러고는 고삐 풀린 망아지같이 천방지축 내닫기 시작했다. 강을 향하여. 오직 강물만이 얼이 마음을 식혀줄 수 있었다. 강물 소리만이 얼이 가슴을 달래줄 수 있었다.

이윽고 강가에 다다른 얼이는 물 위에 비치는 목 없는 시체를 들여다보았다. 몸뚱이만 살아 움직였다. 아버지 천필구가 드세게 휘몰아치는 강바람 끝에서 막 울부짖고 있었다. 세상이 온통 피로 물들어 보였다.

그때 권학의 음성이 또다시 격앙되는 바람에 현실로 돌아온 얼이는 깜짝 놀라며 스승을 바라보았다. 권학의 턱수염이 남강 가장자리에 자라는 물풀처럼 흔들렸다.

"동문에서 용감하게 군사를 선두 지휘하고 있던 목사가 그만 쓰러지고 말았구나. 참으로 원통하게도 왜적의 탄환이 이마를 꿰뚫었던 게야."

왜병 하나가 왜군 시체더미 속에 숨어 있다가 김시민을 향해 조총을 쏘았다는 것이다. 망나니의 칼이 천필구의 목을 잘랐다는 것이다.

"아, 우짜노?"

"그래서 우찌 됐어예?"

학동들 입에서 경악과 탄식의 소리가 터져 나왔다. 심약한 남열은 깊은 신음소리를 냈다. 안색마저 창백해졌다.

남열 아버지는 비봉산 자락에 터를 잡고 '비봉루'라는 누각에서 서예를 가르친다고 했다. 오래전 저 유명한 포은 정몽주가 들른 적이 있다는 사실로 더욱 유명해진 누각이다.

그 비봉루에 오르면 유서 깊은 그 남방 고을이 눈 아래로 굽어 보였다. 남열 아버지에게 붓글씨를 배우러 오는 제자 가운데에는 놀랍게도 여자도 있다고 들었다. 그래서 그 소문이 사실인지 거짓인지 직접 가서 확인해보는 이도 있다고 했다.

"수성장守城將이었던 목사 김시민이 결국 숨을 거두자, 다른 여러 장수 추대를 받은 곤양군수 이광악이 그를 대신해서 군사를 통솔하여 물 샐 틈 없는 방어를 했디라."

권학의 눈길이 다시 얼이에게로 돌려졌다. 권학도 천필구를 본 적이 있다. 의협심이 퍽 강하고 체구가 우람한 그는 언제나 앞장서서 농민군을 이끌었다. 이마에 흰 수건을 질끈 동여매고 솥뚜껑만 한 손에는 시퍼런 죽창을 쥔 채 〈이 걸이 저 걸이 갓 걸이〉 노래를 부르며 진격하던 천필구. 얼이는 제 아버지를 꼭 빼닮았다. 어떨 땐 천필구가 다시 살아 돌아온 게 아닌가 하고 착각하는 사람까지 있을 정도였다.

"그래서 이깃심니꺼, 졌심니꺼?"

문대와 철국이 함께 물었다. 권학은 천필구 환상에서 깨어났다.

"그 싸움은 일본이 인정할 수밖에 없는, 우리 조선이 완벽하게 승리한 감격스러운 전투였느니라."

남강 쪽에서 물새들 소리가 좀 더 크게 들려왔다.

"와아!"

"그라모 왜눔들을 싹 다 물리친 기라예?"

이번에는 학동들 입에서 기쁨과 감탄의 환호성이 터져 나왔다. 그중 얼이 목소리가 단연 컸다. 난간에 둘러앉아 바라보는 촉석루 경내가 새롭게 보였다.

바로 그런 속에서였다. 얼이 눈에 얼핏 두 사내 모습이 들어왔다. 그들은 누각 위에 미리 와 있는 사람들을 의식한 탓인지, 누각 나무계단을 오르지 않고 둥글고 붉은 기둥이 떠받치고 있는 누각 아래로 막 들어서고 있었다. 그런데 다음 순간이었다.

'아, 저, 저놈은?'

얼이 심장이 그대로 얼어붙는 듯했다. 거기 두 사나이 가운데 나이 많은 쪽 사람, 그는 천만뜻밖에도 민치목이 아닌가!

상촌나루터에서 만취한 소금복을 남강 속으로 밀어 넣어 죽인 살인마. 얼이 자신뿐만 아니라 비화 누이까지 해치려 했던 민치목이 분명했다.

'곁에 있는 놈은?'

얼이 눈은 반사적으로 치목과 함께 있는 젊은 사내에게 꽂혔다. 그 찰나, 얼이는 그만 비명을 지를 뻔했다. 그가 누구인가?

얼이는 눈을 의심했다. 이럴 수가? 그는 얼마 전 상촌나루터 강물에 얼이 자신을 처박아 넣고 달아났던 그자가 아닌가? 하도 졸지에 당했던 일인지라 그 당시에는 기억이 나지 않았지만 이제야 알아볼 수 있었다. 아, 저것들이 어떻게 같이……

얼이는 그들이 자기 얼굴을 보지 못하도록 재빨리 고개를 모로 돌렸다. 그리고 젊은 사내가 치목에게 하는 소리를 얼이는 똑똑히 들었다.

"아부지, 날씨가 덥심니더. 고마 성 밖에 나가서 시원한 동동주나 한 잔 하이시더."

그자 목소리는 저 밑에서 위로 새처럼 날아오르고 있었다. 아부지. 그렇다. 그는 분명히 치목을 아부지라고 불렀다.

'그, 그라모 저놈이 치목이 아들?'

얼이는 캄캄한 어둠 너머로 번쩍 켜지는 환한 불빛을 본 느낌이었다.

'그렇거마는, 치목이 아들.'

물새도 그 순간에는 딱 소리를 멈추는 것 같았다.

'그래서 그날 낼로 쥑일라캔 기다.'

그자들은 이내 완전히 누각 밑으로 들어가 그 모습이 전혀 보이지 않았다. 하지만 잔뜩 신경을 곤두세운 얼이 귀에 다시 이런 소리가 올라왔다.

"그보담도 맹쭐이 니한테 물어볼 끼 하나 있다."

"머신데예, 아부지?"

"맹쭐이 니가 안 있나."

"예, 아부지."

"앞으로 말이다, 내하고 맹쭐이……."

얼이는 가슴팍에 맹쭐이라는 이름을 꼭꼭 새겨 넣었다.

그러나 그게 마지막이었다. 얼이는 더는 그들 대화를 엿들을 수 없었다. 그들이 문득 목소리를 한껏 낮췄을 뿐만 아니라 스승 입에서 이곳 제2차 전투 이야기가 이어졌기 때문이었다.

"그렇게 끝났으면 좋았으련만."

권학 이야기를 들으면서도 얼이 다리는 제멋대로 후들거렸다. 누각 나무 바닥이 함부로 쿵쿵거리지나 않을까 염려될 지경이었다. 내 발 바로 아래 저 무서운 살인마 부자가 있다. 잔혹한 저들이 얼이 자신을 발견하면 무슨 짓을 가해올지 모른다.

얼이는 이빨을 굳게 앙다문 채 부릅뜬 눈으로 성 바깥쪽을 바라보았다. 그러자 효수형 당한 아버지가 떠오르면서 분노가 두려움을 몰아내었다. 얼이는 시정잡배 같은 그자들 밀담에 신경 쓰지 않기로 했다. 어차피 복수는 정해진 수순이었다.

"참으로 애석하고도 분통이 터질 노릇이었느니."

동쪽 저편 외성外城 하늘에서 거기 내성內城을 향해 훨훨 날아오고 있는 것은 거대한 몸집을 자랑하는 매였다. 그놈은 한가로이 노닐고 있는 남강 물새들을 노리고 있는지도 모른다. 격분으로 떨리는 스승의 말이 이어졌다.

"임진년이 가고 계사년 유월이 왔다. 왜놈들은 조선군에게 패배한 한을 품고 다시 여길 공격해왔다."

학동들은 눈 하나 깜짝하지 않고 긴박감을 더해가는 스승 이야기에 푹 빠져들었다. 얼이는 그것과 이것은 전혀 다르다는 사실을 뻔히 알면서도 그 싸움이 임술년 농민항쟁이라는 망상에서 헤어나지 못했다. 치목 일당과의 싸움이라는 착각마저 일었다. 그렇다. 죽이지 못하면 죽는다.

"그것에 왜적들이 얼마나 크게 신경을 쏟았는가 하면……."

'저눔이!'

역시 얼이가 우려했던 바대로 매는 의암 근처에까지 날아와 강 언덕에서 자라는 무성한 대숲 위를 선회하고 있었다.

"저들 수괴가 이런 명령을 내렸다는구먼."

그냥 듣고 있으면 스승이 모두 이야기해줄 텐데도 성급한 학동들은 도무지 가만히 있지를 못하고 또 물었다.

"우떤 맹넝인데예?"

"누라꼬예?"

얼이는 그 경황 중에도 스승의 해박한 지식이 참으로 부러웠다. 나도 저런 지식을 쌓아 장차 농민군으로 활약할 때 잘 이용해야지 다짐했다. 얼이는 아버지를 비롯한 농민군을 죽인 관군들 이야기를 듣듯 스승 말씀 한마디도 놓치지 않았다.

민치목과 맹쭐이 저것들이 왜놈들이라는 생각에 사로잡혔다. 그리하여 조선인이 어떻게 왜군을 맞아 싸웠는가를 아는 것은, 곧 앞으로 이 얼이가 저놈들과 싸울 전략을 배우는 것이라고 받아들였다. 하지만 스승 입을 통해 전해 듣는 저들은 상상했던 것보다도 훨씬 무섭고 가증스러웠다.

"잘 들어들 보거라, 어떤 악독한 명을 받았는지."

얼이의 희망 섞인 착각일까? 물새들 사이에 경계하는 듯한 기운이 전해지기 시작한 것이다. 얼이는 언제나 청정한 기운이 서려 있는 성내 공기 속에 비릿한 피비린내가 섞여 있는 것 같은 섬뜩함에 사로잡혔다.

"한성에 있는 병력을 받아 이곳 성을 공격해서 단 한 사람도 남기지 말고 도살하라는 것과 이 성을 완전히 멸한 연후에 경상도와 전라도를 정복하라는 것 등, 치밀하고도 가소롭기 그지없었다."

그렇게 하여 김해성을 출발, 함안과 반성을 점령하고 이곳 성까지 도착했는데, 그 당시 저들 병력이 자그마치 10만이었다는 것이다. 얼이 계산으로는 좀처럼 쉬 그려지지 않는 대군이었다. 그저 개미 무리나 벌 떼처럼 시커멓게만 나타나 보이는 거였다.

"원숭이 같은 것들이 또 이랬다."

스승 이야기에 깊이 빠져들면서 얼이는 치목과 맹쭐의 존재를 잠시 잊을 정도였다. 아니, 그들은 누각 아래 서 있다가 암문의 돌계단을 통해 의암 쪽으로 내려간 듯했다. 아무리 귀 기울여 봐도 이제는 어떤 작은 소리도 없었다. 얼이는 생각했다.

'논개 혼이 나와서 잡아가삐모 좋것다.'

그런 바람과 함께 다시 바라본 대숲 위에서는 매의 모습이 보이지 않았다. 물새 사냥을 포기한 걸까? 아닐 것이다. 아마도 음흉한 그놈은 먹잇감들이 눈치채지 못하게 가까운 곳에서 계속 기회를 엿보고 있을 것이다.

맞았다. 드디어 매가 사냥을 시작한 걸까, 물새들이 한꺼번에 날개 치는 소리가 강을 흔드는 듯했다. 저 '만물도랑'이라고도 불리는 나불천이 흐르고 있는 서쪽에서 불어오는 강바람에 시퍼런 머리칼을 풀어헤친 대나무들이 일제히 한곳으로 쏠리고 있었다.

얼이는 자신을 바라보는 권학의 강한 눈빛을 느끼기 시작했다. 분명히 스승님은 나에게 무언가를 일깨워주시기 위해 여기까지 데리고 오셨으며, 특히 그날의 이곳 전투에 관해 저렇게 상세한 이야기를 들려주심은 아버지 천필구의 죽음과 무관치 않을 것이다.

'그렇다모?'

어쩌면 스승님은 임술년 농민항쟁보다도 몇 배 더 큰 농민항쟁이 다시 일어날 것이라고 확신하고 계시는 건 아닐까? 미래를 내다보는 스승님의 밝은 눈은 보통이 아니라는 것을 얼이는 누구보다도 잘 알았다.

'아!'

그렇다. 새로운 농민항쟁이 다가오고 있다는 사실을 감지하고 계시는 것이다. 그리하여 네 아버지 원수를 갚으라는 은밀한 뜻을 심어주시기 위함일 것이다. 얼이 머릿속에 돌재, 판석, 또술, 태용 아저씨 얼굴들이 잠시 머물렀다 사라졌다.

그리고 또다시 얼이 눈앞에 유령들처럼 나타나 보인 것은 치목과 맹쭐 부자였다. 강가에 내려갔던 그들은 언제 다시 올라왔는지 저만큼 웅장하고 예스러운 자태를 드러내고 있는 촉석문 쪽을 향해 등을 보인 채 나란히 걸어가고 있었다.

그런데 얼이의 머리털이 쭈뼛이 곤두설 일이 다시 생겨났다. 무슨 이상한 낌새라도 차린 걸까? 앞을 보고 걸어가던 맹쭐이라는 그놈이 갑자기 고개를 홱 돌려 힐끔 누각 위를 돌아다본 것이다. 얼이는 잘 훈련받은 군사처럼 황급히 고개를 숙였지만, 심장은 걷잡을 수 없을 만치 쿵쿵 뛰놀기 시작했다.

'내, 내를 알아본 기 아이까?'

그러나 다행히 놈은 다시 걸음을 떼놓으면서 치목이 무어라 하는 말을 열심히 듣고 있는 모습이었다. 그자들이 걸어가고 있는 방향으로부터 아버지 천필구의 붉은 비명이 끝없이 들려오고 있다.

한 생명이 가져오는 것

성 밖 김호한의 집이었다.

무더위가 한풀 꺾이고 길섶의 목 가녀린 코스모스가 짙푸른 하늘가에서 하늘거리는 날, 비화는 마침내 열 달 동안 무거웠던 몸을 풀었다.

"꼬치다, 꼬치! 하하하."

호한의 호탕한 웃음소리가 사랑방 창가 무화과나무를 흔들며 저택 곳곳으로 퍼져나갔다. 실로 오랜만에 듣는 장군의 웃음소리였다. 그만 영원히 잊어버리지 않았나 하고 가족들 애를 태우게 했던 그 웃음소리였다.

"하하하. 여보! 우리도 살다 보이 이리 좋은 일이 있소."

하늘에 계신 조상님들께 비록 친손은 아닐지라도 외손의 탄생을 고할 수 있게 되었으니 불효를 조금이나마 덜 수 있게 되었다.

"증말 잘됐다 아입니꺼. 혼례 치르고 여러 해가 지나 개우시 얻은 애기가 딸이모 우짤 뿐했어예?"

부엌 아궁이 앞에 다리가 저리는 것도 잊고 쭈그리고 앉아 미역국을 끓이고 있는 윤 씨 얼굴에도 함박웃음이 피었다.

산방産房은 비화가 시집가기 전 자기 방으로 썼던 그 친정집 방이었다. 언제나 모태 속처럼 여겨지는 방. 비화는 어려울 때면 언제나 그 방을 떠올리며 마음의 안정을 되찾는 공간으로 삼곤 했었다.

'아, 애기, 내 애기.'

비화는 옆에 눕혀놓은 핏덩이를 보며 연신 눈물이 났다. 어쩌면 영영 아이를 못 가지는 게 아닌가 하고 얼마나 노심초사하였던가?

그런데 최초의 모자 상봉의 순간을 생각하면 비화는 아직도 가슴이 떨렸다. 비화 눈에 맨 먼저 들어온 게 아기 손이었다. 비화는 더없는 기쁨 속에서도 너무나 모순될 만큼 전신에 소름이 쫙 끼쳤다. 작고 하얀 손이었다.

'으으.'

무슨 해괴한 망조인가? 비화는 떠올리고 말았다. 남편 재영이 집을 나가 있을 때 꾸었던 기이한 악몽. 물속에서 솟아 나와 남편 발목을 잡던 손.

아아, 이 세상 그 어떤 것과도 바꿀 수 없는 소중하고 예쁜 내 아들 손에서 꿈에 본 그 기분 나쁜 손을 연상하다니. 참으로 가당찮은 일이다.

지금도 여전히 풀리지 않는 게, 도대체 그 손이 어떤 아이의 손이며 왜 남편을 붙들려고 했을까 하는, 너무나 이상하고 께름칙하고 불길한 의문이었다.

"여보, 에나 고생 마이 했소. 애기가 참 똘똘하거로 생깃거마는."

재영은 아직도 부기가 남아 있는 비화 손을 꼭 부여잡고 만감이 엇갈리는 표정을 지었다. 비화는 당연히 몰랐다. 재영 얼굴에 깊이 서린 복잡한 빛 속에 꼭꼭 감춰져 있는 엄청난 비밀을. 그 무서운 악연을.

'인자 내한테는 아들이 둘 아이가.'

재영은 자신의 몸도 마음도 두 개로 갈라지는 것 같았다. 바라보이는 모든 것들이 전부 그러했다.

'열 손까락 깨물어 안 아푼 손까락 없다쿠더이, 이 아하고 억호한테 업둥이로 쥐삔 그 아하고 우짜모 이리 똑겉이 귀하고 소중하거로 여기지노. 이라모 절대 안 되는 줄 아는데 말이다.'

머리를 쥐어뜯으며 아내 모르게 끝없이 한숨을 내쉬었다. 앞으로 일이 어떻게 돌아갈지 생각만 해도 가슴이 터질 것처럼 답답하고 두려웠다. 이게 축복이 아니라 저주라면.

그날 임배봉의 대저택 솟을대문 앞에서 맞닥뜨린 억호와 분녀는 정말 버거운 상대였다. 아버지와 어머니는 또 무슨 말씀을 전해주고 갔던가? 허나연이 눈깔이 벌겋게 돼 가지고 제 아들 찾으러 왔다면서 야단 난리를 쳤다고 한다. 언제 또 갑자기 나타나서 내 자식 돌려 달라고 생떼를 부릴지 모른다.

'후~우.'

재영은 행여 아내가 알아챌세라 한숨마저도 속으로 삼키지 않으면 안 되었다. 울화병이 생겨 오래 살지도 못할 것 같다는 망상에 시달렸다. 하늘이 나를 데려가기 위해 대신 이 아이를 내려보낸 게 아닐까 하는 생각마저 들었다.

'이 죄를, 내가 지은 이 죄를 우짤꼬?'

그는 쌔근쌔근 잠들어 있는 아기 얼굴을 억지로 외면했다. 그 어린 핏덩이 얼굴 위로 '동업'이라고 불리는 친아들 얼굴이 선명하게 겹쳐 보였다. 같은 피를 타고 태어난 한 형제이면서도 철천지원수 집안 맏이들로서, 장차 영원히 서로에게 원한과 복수의 무기를 겨누고 살아야 할 기구하고 얄궂은 내 자식들 운명이었다.

'걱정스러븐 거는 그거뿐이 아이다.'

거기에다 고삐 풀린 망아지 같은 나연까지 끼어들면 상황은 한층 어렵고 복잡하게 될 것은 불 보듯 빤한 일이다. 재영은 탄식해 마지않았다.

'철딱서니 없는 한때의 불장난이 이리 엄청난 사태를 몰고 올 줄은 에나 몰랐다 아이가. 앞으로 우짜모 좋노? 논개매이로 으애미 바구에서 뛰내리갖고 물에 팍 빠지 죽어삐까? 그라모 물괴기 밥이 돼갖고 내는 흔적도 안 남을 끼라.'

아무리 속으로 감춘다고 감추어도 겉으로 드러날 수밖에 없는 것이 인간의 한계인지도 모른다. 재영의 안색이 지나치게 나빠 보여서일까?

"여보."

비화가 물먹은 솜처럼 방바닥에 누운 채 남편 얼굴을 올려다보며 아주 걱정스레 말했다.

"지가 몸조리한다꼬 이리 누우갖고 당신께 신갱 몬 써서 당신 몸이 상구 안 좋으신 거 겉어예."

"아, 아이요."

재영은 제풀에 놀라 손과 고개를 동시에 내저었다.

"심드시도 쪼꼼만 기다리주이소."

비화는 힘겹게 이를 악물었다.

"우짜든지 지가 쌔이 탈탈 털고 일어날 낀께네예."

하지만 그녀는 이불조차도 쇠로 만들어진 것처럼 무겁게 느껴지는 산모였다. 친정어머니 덕분에 산후조리는 잘하고 있지만 그래도 아이를 낳는다는 게 어디 예사로 볼 일인가 말이다.

"내는 아무치도 않소. 그러이 당신이나……."

그러면서 말끝을 맺지 못하는 재영의 두 눈에 눈물이 핑 돌았다. 차라리 어리석다고 할 정도로 너무나 착해빠지기만 한 아내. 아아, 아내가 모든 사실을 알게 되면 얼마나 충격을 받을 것인가? 당장 기절해버릴 수도 있다. 그리하여 영영 깨어나지 못할지도 모른다.

'재영이 이눔, 난장 맞고 뒤져삐라.'

재영은 아무도 모르게 마루의 기둥 모서리에 함부로 머리를 찧었다.

'죽어라, 죽어라. 살 가치도 없는 눔아.'

비화가 출산했다는 소식을 누구에게서 어떻게 전해 들었는지 해랑이 효원과 함께 들렀다. 두 사람 모두 상기된 얼굴로 자기들 일같이 기뻐했다.

"언가야, 잘됐다. 에나 잘됐다."

"진짜 축하드리예."

재영은 그게 예의란 듯 손님과 잠시 함께 앉아 있다가 밖으로 나가고, 해랑이 강보에 싸인 아기를 조심스럽게 들어 올려 자기 품에 안았다. 그러고는 혼잣말을 했다.

"시상에 나온다꼬 올매나 고생했으꼬."

효원은 아기가 무척 신기한지 얼굴을 들여다보며 호들갑을 떨었다.

"눌로 닮았지예? 아부지를 닮은 거도 겉고, 어머이를 닮은 거도 겉고."

"눌로 닮아도 닮았것제. 자슥이 지 부모 안 닮고 눌로 닮을까이?"

해랑이 퉁을 쥐도 효원은 친조카가 생긴 것처럼 좋아했다.

"옥지이 니도 나이 더 묵기 전에 퍼뜩 우찌해야 될 낀데."

비화는 누워서도 해랑 걱정이었다.

"사람이 한팽생 혼자 살 수도 없고……."

"언가."

해랑의 목이 메었다. 남강 백사장 모래알보다도 더 많은 사연을 안고 살아가는 그녀에게 말은 차라리 사치에 가까운 것인지도 몰랐다.

"내 곧 몸 풀고 일나모 뱃사공 달보 영감님 큰아드님 이약해주께. 그냥 보통 사람이 아이고 에나 대단한 사람이거마. 그러이 기대하고 있으라이. 알것제?"

한꺼번에 많은 말을 쏟아낸 탓에 힘이 들어 보이는 비화였다. 베갯머리를 적시는 남강 물소리에 잠시 귀를 기울이고 있다가 말했다.

"그라모 옥지이 니도 악착겉이 살아야것다는 멤이 절로 날 끼라."

진작 물어봤어야 했다는 듯 말했다.

"부모님은 잘 계시더나?"

"……."

의혹과 우려가 섞인 목소리가 되었다.

"아모 말도 안 하는 거 보이, 해나 여꺼정 와갖고 바로 옆에 있는 친정에도 안 가본 거 아이가?"

그 힘든 와중에도 연이어 나오는 비화 말에 응하기는 고사하고 고개조차 끄덕이지 않는 해랑의 얼굴이 겨울 강가 돌멩이만큼이나 차갑고 딱딱해졌다. 내가 살기는 살아도 사는 게 아니라고 자조하고 한탄하며, 무심한 물살에 속절없이 떠밀리는 썩은 나무이파리인 양 흘러가는 대로 사는 것 같았다.

'내가 관기의 길로 들어설 때부텀 하매 각오는 하고 있었지만도 너모 심들다.'

하판도 목사가 그 고을에 부임한 후로 해랑의 삶은 한층 고단하고 피폐해졌다. 걸핏하면 술자리에 불러내어 아무 앞에서나 추태를 보이는, 관리의 자질이 의심되는 개망나니 같은 목민관. 그자로 인하여 홍우병 목사가 더욱 보고 싶어지는 해랑이었다.

'아, 요새는 우째서 내 꿈속으로라도 안 오실꼬? 그이의 꿈속에서는 내가 나타나 보일랑가? 꿈길이 닳아 없어지도록 서로 오갈 수 있었으모.'

그런데 해랑이 가장 힘들고 고통스러운 건 배봉과 억호 때문임은 더 말할 나위가 없었다. 스스로 돌아봐도 정말 알 수 없는 자신의 마음. 그날 방을 나가면서 눈물을 보였던 억호. 그 수수께끼 같은 눈물이 무슨 마술의 물처럼 해랑 뇌리에서 마를 줄 몰랐다.

'내가 이기 무신 짓고?'

점박이 형제에게 당한 대사지 못물이 언제나 가슴 밑바닥에서 핏빛으로 출렁거리듯, 이제 억호의 그 눈물 또한 홍수처럼 점점 불어나 급기야 그녀를 익사 직전에까지 몰아가는 것이다.

'내한테 또 뭔 안 좋은 일이 생길라꼬?'

해랑은 접신接神하는 무녀처럼 무엇인가 자기 신상에 뜻하지 않은 큰 변화가 다가오고 있다는 예감에 전율을 금치 못했다. 그것은 절대로 있을 수 없고 또 있어서도 안 될 일임에도 불구하고 인간이 거역할 수 없는 운명처럼 시나브로 밀려오는 것이다. 해랑은 요즘 들어 부쩍 언젠가 비화에게 했던 그 어처구니없는 저주의 말에 시달리고 있었다.

'내 최초의 남자다.'

최초의 남자. 부인하지 못한다. 분명 해랑 자신의 입을 통해 나왔던 그 소리. 그때 비화는 비명처럼 소리 질렀었다. 아니, 분노의 화신 같았다.

'니 미칫다!'

그래, 이 해랑은 미쳤다. 지금 당장은 아니라고 할지라도 조금씩 미쳐가고 있다. 그렇지 않고서야 어떻게 내 입으로 억호를 내 최초의 남자라고 발설할 수 있었는가 말이다. 딴 사람도 아닌 비화 언니 앞에서.

아니다. 그게 아니다. 진정 이 해랑을 괴롭히는 건 그때 그 말이 아니다. 그것은 눈물, 억호의 눈물이다. 하 목사 팔이 징그러운 뱀처럼 목을 친친 휘감고 있던 그녀를 향하던, 더없이 안타깝고 슬픈 빛이 서린 그

두 눈에 가득 괴어 있던 눈물…….

그것은 자기보다 강한 자의 벽을 뛰어넘지 못하는 약자의 가련하고 비참한 모습, 그리고 아무것도 가식하지 못하는 진솔한 모습, 그 자체였다.

'아!'

해랑은 하마터면 품에 안은 아기를 그냥 방바닥에 털썩 내려놓을 뻔했다. 해랑은 보았다. 티 없이 해맑고 깨끗한 아기 얼굴에서 한없이 순수하고 진지한 한 사내 얼굴을. 진심으로 마음 깊은 곳에 두고 있는 한 여인에게, 사랑의 노예가 되어 있는 한 남자의 애틋하고도 진실한 마음을 보는 듯했다.

해랑은 전율했다. 섬뜩했다. 어떻게 이럴 수가? 아아아, 그의 얼굴에서 내가 진실을 보고 있다니? 그의 마음에서 사랑을 읽고 있다니?

해랑은 끝내 아기를 방바닥에 팽개치듯 내려놓고 말았다. 그러자 그 순간을 기다렸다는 듯 비화 입에서 이런 소리가 흘러나왔다.

"옥진아이, 내는 안 있나."

"그래, 언가야."

"천지신맹을 두고 꼭 맹서할 끼 하나 있다."

"맹서…….."

효원은 그들 두 사람 대화 따윈 아랑곳하지 않고 여전히 아기에게만 온통 관심이 쏠려 있었다. 비화가 물었다.

"그기 머신고 아나?"

"머신데, 언가야."

해랑이 바로 얼마 전에 해산한 산모보다도 훨씬 더 기운이 없어 보였다. 산모는 아이를 낳는 마지막 순간에 용을 쓰듯 말했다.

"하늘 두 쪼가리 나도 안 있나, 내 아들을 점벡이 자슥들 아들하고 딸보담 훌륭하거로 키우것다는 기 그건 기라."

"……."

해랑은 차마 똑바로 보지 못했다. 엄청난 복수심에 이글이글 타오르는 비화의 눈빛을 바라보고 있다간 그 강렬한 기운에 쐬어 자기 눈이 소경처럼 멀어버릴 것만 같았다. 그러다 반발하듯 기원했다. 차라리 아무것도 볼 수 없는 봉사가 돼버렸으면 좋을 것 같았다.

해랑은 한참이나 눈 둘 곳을 찾다가 다시 아기를 보았다. 배냇짓을 하고 있었다. 그러자 문득 언젠가 억호와 분녀가 나루터집에 데리고 왔던 동업이란 그 아이가 떠올랐다. 그들 부부와는 조금도 닮지 않은, 아니 그 정도가 아니라 달라도 그렇게 다를 수가 없는 예쁜 사내아이였다. 어쩌면 계집아이로 태어날 것이 잘못된 듯싶었다.

'아인 기라. 남자로나 여자로나 안 태어나는 기 더 낫다.'

해랑은 홀연 자기 몸에서 물기가 다 빠져나가 마른 잎으로 변해가는 듯한 지독한 갈증을 느꼈다. 그 극심한 목마름은 근동에서 가장 물맛 좋기로 소문난 이 집 뒷마당 우물물을 모두 길어 올려 마셔도 가시지 않을 것 같았다.

"언가야, 내는 고마 가볼란다."

해랑은 마치 굴렁쇠 굴러가듯 빠르게 그 말을 끝내기 무섭게 치맛자락에서 씽 소리가 날 정도로 불쑥 자리에서 일어섰다.

"진아?"

어리둥절한 표정을 지은 건 비화뿐만 아니었다.

"어, 언니!"

효원도 너무나 갑작스러운 해랑의 언동에 커다란 눈을 끔벅이며 놀라 물었다.

"와 각중애 얼릉 갈라 캐예?"

"……."

비화에게 그랬던 것과 마찬가지로 여전히 입이 붙은 사람처럼 보이는 해랑에게 효원이 또 말했다.

"쪼매 늦거로 들가도 된다꼬 먼첨 허락도 안 받았어예?"

비화는 억지로 몸을 일으켜 앉았다.

"진아. 쪼, 쪼꼼만 있어 봐라."

비화는 해랑의 말끝에서 지난날의 어둡고 아픈 기억 하나를 떠올렸다. 일어나 앉지 않고서는 도저히 배기지 못할 만큼 그 기억에 쫓겼다.

'그날……'

재영이 집 나가고 자기 혼자 품팔며 삯바느질 등을 하며 근근이 연명해나갈 때, 해랑, 아니 그때는 옥진이었다. 옥진이 일에 바빠 자기를 제대로 상대해 주지 못한 비화에게 바로 지금 같은 그런 말을 남기고는 휑하니 집을 나가버렸었다.

그리고 그날로부터 얼마 지나지 않아 비화는 별명이 '코순'인 길순에게서 옥진이 관기가 되었다는 그 청천벽력 같은 소리를 들었다.

바로 그날이 '해랑'이 아닌 '옥진'을 마지막으로 본 날이었다. 비록 당시는 비화 자신도 살아갈 수 없을 정도로 힘든 시기였지만, 옥진에게 좀더 신경을 써주었더라면 관기의 길로 들어서지 않았을지도 모른다고 얼마나 안타까워하고 죄스러워했던가?

비화는 아직도 완전히 회복되지 못한 산모의 몸이지만 이번만은 해랑을 이대로 보낼 수 없다는 생각을 했다.

'언가야, 내는 고마 가볼란다.'

그 소리가 왠지 모르게 너무나도 불안하게 들렸다. 어쩐지 또다시 엄청난 불행이 해랑을 향해 들이닥칠지도 모르겠다는 강박관념이, 비화를 차가운 겨울비에 젖은 어린 새같이 춥고 떨리게 했다.

"진아, 니 무신 일 있는 기제?"

아직 산후조리가 덜 된 탓에, 비화는 몇 마디 되지도 않은 그 말을 하는데도 벌써 몹시 힘들어하는 기색이 역력했다.

"이 언가한테 기시는 기 머꼬?"

옆에서 보는 사람이 힘들 정도로 가쁜 숨을 몰아쉬었다.

"함 말해주모 안 되것나."

그러나 굉장히 힘들여 어렵사리 그 말을 할 때까지도 비화는 전혀 예상치 못했다. 해랑 입에서 그런 소리가 튀어나올 줄은, 어찌 손톱만큼이라도 짐작이나 했겠는가?

"와? 천한 기생 년한테는 기시는 기 있으모 안 되는 기가? 꼭 넘한테 모도 이약해야 되는 긴가?"

효원이 깜짝 놀라 두 눈을 휘둥그레 떴다.

"언니! 와 그래예? 비화 언니한테 우찌 그런 소리를?"

하지만 비화가 받은 충격은 효원의 그것과는 비교할 바가 아니었다. 비화는 엄청난 쇠뭉치에 뒤통수를 사정없이 얻어맞은 사람 같았다.

"넘?"

"……."

"진아, 니 방금 내 보고 넘이라 캤나?"

"……."

늦은 가을날 짝을 잃은 기러기 울음소리 같은 목소리가 파리한 비화 입에서 나왔다.

"니, 니가 낼로 보고 넘……."

그런데 해랑의 반응은 갈수록 태산이었다. 새치름하게 두 눈을 내리깐 채 똑바로 서서 아래를 내려다보며 세상에서 가장 잔인하고 무서운 선고를 내리는 심판관처럼 말했다.

"하모, 글 캤다."

비화는 불에 덴 사람처럼 보였다.

해랑은 볼멘소리로 내뱉었다.

"넘은 넘 아이가."

"아, 지, 진아."

해랑의 말에는 얼음 조각이 박혀 있는 듯했다.

"넘이다."

그때쯤 돌변해버린 분위기를 읽은 효원은 갑자기 바보가 된 듯, 두 사람을 보며 우두커니 있기만 했다.

"니, 니가 우찌 내, 내한테 그, 그런 말을?"

비화는 금방이라도 실신해버릴 사람같이 비쳤다. 그러잖아도 아기를 낳고 탈진해 있는 몸이 아닌가?

"언니! 비, 비화 언니!"

멍하게 있던 효원이 기겁을 하면서 두 손으로 비화 몸을 부축했다. 살벌한 방 안 공기를 느꼈을까?

"아앙!"

그때까지 얼굴을 찡그리기도 하고 웃기도 하는 등 배냇짓을 하며 자고 있던 아기가 별안간 자지러지듯 울음을 터뜨렸다.

"아이고, 애기가 잠자다가 우리 소리 듣고 상구 놀랜 거 겉어예!"

효원은 비화를 잡았던 손을 얼른 놓고 급히 아기를 보듬으려 했다. 그렇지만 그만 겁이 나는지 아기 몸에 선뜻 손을 뻗치지 못했다. 아직 한 번도 아이를 낳고 키워보지 못한 처녀이기에 그저 어쩔 줄 몰라 하며 허둥댈 뿐이었다.

"흐."

비화는 철저히 혼쭐이 빠진 모습이었다. 아기가 숨이 넘어갈 정도로 울어대는 소리가 전혀 귀에 들리지 않는 성싶었다. 어쩌면 아기를 어떻게 해주고 싶어도 워낙 기운이 다 빠져 그대로 있는 것 같기도 했다.

해랑도 마찬가지였다. 아기야 울든지 말든지 나와는 아무 상관이 없는 일이란 듯이 그대로 장승처럼 멀거니 섰기만 했다.

"애, 애기야, 애기야."

가까스로 아기를 품에 안은 효원이 어떻게든 아기 울음을 그치게 하려고 혼자서 갖은 애를 태웠지만, 아기는 더욱 큰 소리로 울어댈 뿐이었다. 그야말로 산모의 방은 세상과는 완전히 단절된 것처럼 보였다. 얼마나 그런 순간이 흘러갔는지 알 수 없다.

"안에 아모도 없나?"

그런 소리와 함께 방문이 벌컥 열렸다.

"와? 애기가 각중애 와 그라노, 으응?"

그 소동을 들은 윤 씨가 놀라 치맛자락까지 밟고 엎어질 듯이 방으로 뛰어들면서 큰 소리로 말했다.

"아, 퍼뜩 이리 줘봐라."

윤 씨는 효원에게서 아기를 빼앗다시피 하여 둥둥 어르기 시작했다.

"악아, 악아, 우리 악아."

그러자 마치 경기 든 것 같던 아기가 비로소 조금씩 안정을 되찾는 듯했다.

"어? 진아! 니 와 그리 서 있노?"

그제야 해랑이 눈에 들어온 모양인지 윤 씨가 물었다. 그렇지만 해랑은 들은 척 만 척 그대로 방문을 넘어서고 있었다.

"어, 언니!"

효원이 해랑을 부르며 얼른 그림자처럼 해랑 뒤를 따랐다.

"비화야, 옥지이가 와 저라노?"

뭔가 아주 심상찮은 분위기를 느낀 윤 씨가 이번에는 비화에게 물었다. 하지만 비화 역시 대답은 하지 않고 가만히 있더니 그만 통곡하기 시작했다.

"비, 비화야!"

윤 씨가 소스라치게 놀라며 딸을 말렸다.

"니 아즉도 몸이 정상이 아이다. 아, 안정을 취해야 된다 캐도?"

그러나 윤 씨의 안타까운 타이름에도 비화 울음은 갈수록 더욱 커져만 갈 뿐이었다. 게다가 온몸을 흔들어가며 절규했다.

"으흐흐흑."

엄마의 기氣가 다시 아기에게 고스란히 옮겨간 것일까? 윤 씨가 간신히 울음을 멈추게 했던 아기가 또다시 발작하듯 울어대기 시작했다. 그것도 그냥 우는 게 아니라 그 작은 몸에 경련까지 일으키는 게 그대로 두면 경기驚氣가 들 것처럼 위태로워 보였다.

"아이고, 이, 무, 무신 이런 일이?"

윤 씨는 품에 안은 아기를 어찌할 수도 없고, 미친 듯이 울어대는 딸을 어떻게 할 수도 없어 안절부절못했다. 무방비로 열려 있는 방문 밖에는 이제 막 나간 해랑과 효원은 그림자도 비치지 않았다.

"대체 머가 우찌 된 기고?"

그런 소리와 함께 윤 씨는 망연자실, 아기를 안은 채로 방바닥에 무너지듯 털썩 주저앉고 말았다.

"흑흑."

"으아앙!"

비화 울음소리가 커지면 아기 울음소리도 덩달아 커지고, 비화가 목이 잠겨 잠시 울음을 그치면 아기도 따라서 잠잠해지는 일이 반복되었다. 그러한 가운데 비화는 간간이 미친 여자같이 혼자 중얼대고 있었다.

"넘? 진아! 우리가 넘이라꼬?"

세상 종말을 보고 있는 사람처럼 했다.

"니가 내한테 그리 말한 기가? 넘, 넘."

"……."

그런 딸을 잠시 가만히 응시하고 있던 윤 씨가 손으로는 아기를 둥둥 어르면서 입으로는 탈기하듯 말했다.

"옥지이가 이전 옥지이가 아이다."

구들장이 내려앉을 만큼 한숨을 폭 내쉬었다.

"하기사 우찌 옛날하고 똑같것노. 그리 되거로 바랬다모 그거는 우리가 잘몬 생각하고 있는 기제."

이런 소리까지는 하고 싶지 않지만 한다는 듯이 말했다.

"기생 짓 그기 오데 아모나 예사로 할 짓이것나?"

윤 씨는 계속 말하고 비화는 듣기만 했다.

"옥지이는 이뻐서 더 심이 들 기라. 그러이 비화 니가 속이 상해도 참아야 된다."

아기를 내려다보면서 말했다.

"그라고 인자 니한테는 애기가 있는 기라. 아 옴마다, 그런 말이제."

그러나 한참 듣고 있던 비화는 어느 순간 고개를 함부로 흔들며 울부짖듯 했다.

"진이한테 틀림없이 안 좋은 일이 있어예!"

자신의 그 단정에 못을 박는 목소리였다.

"아모 일도 없는데 저리할 진이가 아인 기라예."

"……."

"어머이, 진이한테 우떤 일이 생긴 기까예? 생긴 기 맞는 거 겉지예?"

한참 후 윤 씨 입에서 가늘게 흘러나온 말이었다.

"글씨, 그거는 내도 모리것다."

윤 씨인들 알 재간이 없었고, 그 대신 아기만 앞으로 어떤 무서운 일이 닥쳐올 것을 예고라도 하듯이 홀연 이상한 울음소리를 내기 시작했다.

"까, 까, 까……."

왠지 듣는 사람을 오싹하게 이끄는 그것은 꼭 한 맺힌 까마귀 울음소리 같았다.

비화 친정집에서 나와 정신없이 내닫던 해랑이 이윽고 당도한 곳은, 촉석루 아래 경사 급한 강 언덕이었다. 그 밑에는 강물이 사시사철 철썩거렸다.

왜 하필이면 거기였을까? 무슨 보이지 않는 손이 해랑을 그 자리로 이끌었을까? 그곳은 바로 지나간 어린 시절 비화와 해랑이 나란히 앉아 논개사당이 있는 쪽을 바라보며 도란도란 정담을 나누던 그 장소였다.

"후우, 숨차 죽겄다."

해랑은 미친 듯 뛰는 자기 뒤를 따라오느라 무진 애쓴 효원이 가쁜 숨을 몰아쉬며 털썩 옆에 와 앉아도 본체만체했다. 생명이 들어 있지 않은 밀랍인형 같았다.

남강 저 건너편 백정들 거주지인 섭천 쪽 무성한 대밭에서는 어찌 된 셈인지 새 한 마리 날아오르지 않고 있었다. 거기서 왼쪽으로 바라보이는 멀리 하류 쪽에 우뚝 선 뒤벼리가 이날따라 보기만 해도 다리가 저릿저릿할 정도로 한층 더 가팔라 보였다. 그 부근의 돝골(저동睹洞) 사람들이 많이 기르는 돼지들이 꿀꿀거리는 소리가 강바람을 타고 거슬러 올라오는 듯했다.

"언니, 미쳤어예?"

남강 수면 위로 튀어 올랐다가 잠수하는 것은 잉어거나 가물치일 것이다.

"방금 언니가 비화 언니한테 우떤 소리 막 해 댔는고 그거 기억해예?"

잠시 후 조금 숨을 되찾은 효원은 흥분한 돼지같이 씩씩거리며 해랑에게 따지듯 했다. 하지만 해랑은 변함없이 강 어딘가를 향해 초점 잃은 눈길만 보낼 뿐이었다. 그런 그녀 눈에 보였다. 정석현 목사와 당시 한양에서 내려온 관리 박순국, 역관 오석경과 더불어 남강에 놀잇배 띄우고 놀던, 그날이 떠올랐다.

유춘계가 이끌던 농민반란의 책임을 지고 먼 섬으로 귀양 간 홍우병 목사와 저 위 촉석루에서 풍악을 울리던 시절도 있었지. 아, 의암별제 땐 얼마나 가슴 벅찼던가? 그래, 비록 고달프긴 했어도 혼자라는 생각은 한 번도 해본 적이 없어. 한데, 요즘 와서 난 왜 혼자라는 지독한 외로움에서 벗어나지 못하고 있는가?

조금씩 제정신을 되찾아가고 있는 해랑은 전율했다. 비화 언가에게 집을 나갔던 남편이 돌아오고 상촌나루터에 개업한 콩나물국밥집이 흥성하고, 이제는 아기까지 낳았다는 소리를 듣는 순간, 자신에게 어떤 기분이 들었던가. 비화 언가 행복에 기뻐하면서도 마음 한 귀퉁이에서는 뿌리가 너무 깊숙이 박혀 도저히 빼버릴 수 없는 바윗덩이 같은 감정이 분명히 도사리고 있었다.

질투심? 열등의식? 자기비애?

해랑은 길고 가느다란 목이 빠지게 고개를 흔들었다. 아니다. 절대 그럴 리가 없다. 다른 사람도 아닌 비화 언가에게 그따위 감정을 품을 리는 없다. 결단코 아니다.

그러면? 그런데? 조금 전 내가 비화 언가한테 했던 언동은 대체 무어란 말인가? 이 해랑 몸속에 들어 있는 악령의 짓인가?

'넘은 넘 아이가.'

아직도 귀에 생생한 그 소리. 비화 언가가 받았을 충격을 생각하면 당장 저 시퍼런 남강 물속에 몸을 던지고 싶을 뿐이었다. 남이라니?

그리도 이 해랑을 아끼고 사랑해주던 비화 언가. 피해 당사자인 이 해랑을 빼고는 저 대사지의 핏빛 비밀을 알고 있는 유일한 사람, 비화 언가. 그런 비화 언가한테 그따위 소리를 주절거리게 한 근원은 도대체 무엇이란 말인가?

"으으."

그때부터 해랑은 덜덜 떨리기 시작했다. 엄청난 충격에 온몸이 그대로 산산조각이 날 것만 같았다. 이럴 수가? 이 무슨 변괴인가?

억호.

마침내 해랑은 깨닫고 있었다. 스스로도 이해할 수 없는 이 모든 일들 뒤에는 저 억호가 은신하고 있다는 것을. 하 목사가 아니라 홍 목사나 정 목사가 있었다면 이런 감정은 결코, 생겨나지 않았을 것이다.

하지만 하 목사의 행위에 너무 넌더리가 나고 효원마저 싫어지고 낳아준 부모마저 원망스러워지는 등 하루하루가 정말이지 불지옥과도 같은 나날들이었다. 그리고 상대가 누구든 살짝 손만 내밀어주면 곧바로 그의 손을 잡고 어디론가 함께 멀리 멀리 달아나고픈 충동에서 헤어나지 못하는 해랑이었다.

그러나 그 손의 임자가 억호일 수도 있다.

내 목숨과 바꿀 수 있을 만큼 소중한 비화 언가한테 '넘'이라는 말을 할 수 있게 한 장본인이 다름 아닌 억호, 임억호였다.

– 백성 2부 7권으로 계속

백성 6

초판 1쇄 인쇄일 • 2023년 10월 25일
초판 1쇄 발행일 • 2023년 10월 30일

지은이 • 김동민
펴낸이 • 임성규
펴낸곳 • 문이당

등록 • 1988. 11. 5. 제 1−832호
주소 • 서울시 성북구 동소문로 65−2 삼송빌딩 5층
전화 • 928−8741~3(영) 927−4990~2(편)
팩스 • 925−5406

ⓒ 김동민, 2023

전자우편 munidang88@naver.com

ISBN 978−89−7456−558−9 03810

값은 뒤표지에 표시되어 있습니다.